# A VIAJANTE DA NOITE

Armando Lucas Correa

Autor do best-seller *A Garota Alemã*

# A VIAJANTE DA NOITE

Da Alemanha de Hitler aos dias de hoje, a jornada de autodescoberta de quatro mulheres separadas pelo tempo, unidas pelo sacrifício e por um poema inspirador

Romance

*Tradução*
Jacqueline Damásio Valpassos

JANGADA

Título do original: *The Night Travelers*.

Copyright © 2023 emanaluC Production Corp.

Copyright da tradução para o inglês © 2023 emanaluC Production Corp.

Publicado mediante acordo com a editora original, Atria Books, uma divisão da Simon & Schuster, Inc.

Copyright da edição brasileira © 2023 Editora Pensamento-Cultrix Ltda.

1ª edição 2023.

Todos os direitos reservados. Nenhuma parte desta obra pode ser reproduzida ou usada de qualquer forma ou por qualquer meio, eletrônico ou mecânico, inclusive fotocópias, gravações ou sistema de armazenamento em banco de dados, sem permissão por escrito, exceto nos casos de trechos curtos citados em resenhas críticas ou artigos de revistas.

A Editora Jangada não se responsabiliza por eventuais mudanças ocorridas nos endereços convencionais ou eletrônicos citados neste livro.

Esta é uma obra de ficção. Todos os personagens, organizações e acontecimentos retratados neste romance são produtos da imaginação do autor e usados de modo fictício.

Obs.: Este livro não pode ser exportado para Portugal, Angola, Moçambique, Macau, São Tomé e Príncipe, Cabo Verde e Guiné Bissau.

**Editor:** Adilson Silva Ramachandra
**Gerente editorial:** Roseli de S. Ferraz
**Preparação de originais:** Marta Almeida de Sá
**Gerente de produção editorial:** Indiara Faria Kayo
**Editoração eletrônica:** Join Bureau
**Revisão:** Vivian Miwa Matsushita

**Dados Internacionais de Catalogação na Publicação (CIP)**
**(Câmara Brasileira do Livro, SP, Brasil)**

Correa, Armando Lucas
  A viajante da noite / Armando Lucas Correa; tradução Jacqueline Damásio Valpassos. – 1. ed. – São Paulo: Editora Jangada, 2023.

  Título original: The Night Travelers.
  ISBN 978-65-5622-070-3

  1. Romance cubano I. Título.

23-171011                                                           CDD-Cub863.4

**Índices para catálogo sistemático:**
1. Romances: Literatura cubana Cub863.4
Aline Graziele Benitez – Bibliotecária – CRB-1/3129

Jangada é um selo editorial da Pensamento-Cultrix Ltda.
Direitos de tradução para o Brasil adquiridos com exclusividade pela
EDITORA PENSAMENTO-CULTRIX LTDA., que se reserva a propriedade literária desta tradução.
Rua Dr. Mário Vicente, 368 — 04270-000 — São Paulo, SP
Fone: (11) 2066-9000
http://www.editorajangada.com.br
E-mail: atendimento@editorajangada.com.br
Foi feito o depósito legal.

Para Emma, Anna e Lucas

# Sumário

## ATO UM

1. Berlim, março de 1931 ............................................................. 13
2. Berlim, março de 1938 ............................................................. 19
3. Düsseldorf, junho de 1929 ...................................................... 30
4. Düsseldorf, março de 1934 ..................................................... 41
5. Berlim, agosto de 1936 ............................................................ 54
6. Berlim, outubro de 1938 .......................................................... 60
7. Brandemburgo-Görden, janeiro de 1939 .............................. 70
8. Berlim, fevereiro de 1939 ........................................................ 87
9. Berlim, março de 1939 ............................................................. 97
10. Hamburgo, maio de 1939 ...................................................... 106

## ATO DOIS

11. Havana, novembro de 1942 ................................................... 115
12. Havana, abril de 1944 ............................................................ 123
13. Varadero, dezembro de 1948 ................................................ 141
14. Havana, junho de 1951 .......................................................... 156
15. Havana, março de 1952 ......................................................... 169

16. Arroyo Naranjo, dezembro de 1956 .................................. 182
17. Havana, junho de 1958 ..................................................... 195
18. Havana, janeiro de 1959 ................................................... 205
19. Santiago de Cuba, março de 1959 .................................... 219
20. Havana, março de 1962 .................................................... 232

## ATO TRÊS

21. Nova York, maio de 1975 .................................................. 245
22. Düsseldorf, novembro de 1975 ......................................... 256
23. Düsseldorf, agosto de 1981 ............................................... 270
24. Berlim, agosto de 1988 ..................................................... 277
25. Bochum-Linden, abril de 1996 ......................................... 287
26. Berlim, janeiro de 2000 ..................................................... 299
27. Berlim, março de 2014 ...................................................... 308
28. Berlim, junho de 1939 ...................................................... 316
29. Oranienburg, janeiro de 1940 ........................................... 324
30. Berlim, abril de 2014 ........................................................ 334
31. Pankow, maio de 2014 ...................................................... 349
32. Havana, maio de 2015 ...................................................... 358
33. Havana, janeiro de 1988 ................................................... 369
34. Havana, maio de 2015 ...................................................... 376
35. Berlim, novembro de 2015 ............................................... 380

Nota do autor ............................................................................ 386
Agradecimentos ....................................................................... 390
Bibliografia ............................................................................... 395

*Viajantes da noite são plenos de luz.*

– RUMI

# ATO UM

# 1

## Berlim, março de 1931

Na noite em que Lilith nasceu, tempestades de inverno assolaram a cidade em plena primavera.

Janelas cerradas. Cortinas fechadas. Ally Keller se contorcia de dor nos lençóis úmidos. A parteira segurou firme os tornozelos de Ally.

— Desta vez, está mesmo chegando.

Depois da última contração, sua vida mudaria. "Marcus", pensou Ally. Ela queria gritar o nome dele.

Marcus não podia responder. Estava longe. O único contato que tinham agora era por meio de uma carta ocasional. Ally começara a esquecer-se de seu cheiro. Até mesmo seu rosto havia se dissolvido na escuridão por um instante. Ela olhou para si mesma na cama como se fosse outra mulher, como se o corpo em trabalho de parto não fosse o dela.

— Marcus — ela disse em voz alta. Sua mente estava cada vez mais inquieta.

Depois de tudo que passaram juntos, depois de tudo que disseram e compartilharam, Marcus havia se tornado uma sombra para ela. A filha deles cresceria sem pai. Talvez esse pai nunca a tivesse de fato desejado, no fim das contas. Talvez esse sempre tenha sido o destino da filha. Que direito ela tinha de interferir?

Na noite em que Lilith nasceu, Ally pensou na própria mãe. Ela não conseguia se lembrar de uma única canção de ninar, um abraço, um beijo. Passara a infância cercada de tutores, aperfeiçoando sua caligrafia e o uso da linguagem, aprendendo novas palavras para seu vocabulário e construções gramaticais adequadas. Os números eram um pesadelo, a ciência era monótona, e a geografia a deixava desorientada. Tudo o que importava era se refugiar nas histórias de faz de conta que a levavam a embarcar em viagens no tempo.

— Junte-se a nós no mundo real, está bem? – sua mãe diria. – A vida não é um conto de fadas.

A mãe permitiu que ela seguisse o próprio caminho. Havia pressentido como seria a vida de Ally e sabia que não tinha o poder de impedi-la. Em consequência do rumo que a Alemanha estava tomando, sabia que a filha rebelde e obstinada era uma causa perdida. Olhando para trás, Ally podia ver que a mãe estivera certa o tempo todo.

— Você está caindo no sono! – A voz agitada da parteira interrompeu seus pensamentos; suas mãos estavam manchadas com um líquido amarelado. – Você precisa se concentrar, se quiser acabar logo com isso.

A parteira era experiente; podia se gabar das necessárias novecentas horas de treinamento; havia auxiliado o parto de mais de cem bebês.

— Nenhum bebê morto, nem um só. Nenhuma mãe também, nem uma – ela dissera a Ally, quando esta a contratou.

— Ela é uma das melhores – garantira-lhe a agência.

— Um dia, promulgaremos uma lei para assegurar que o parto de todo bebê nascido em nosso país seja feito por uma parteira alemã – acrescentou a mulher da agência, elevando a voz. – Pureza sobre pureza.

"Talvez eu devesse ter encontrado alguém sem experiência, alguém sem a menor ideia de como trazer um bebê ao mundo", pensou Ally.

– Olhe para mim! – a parteira vociferou. – Se você não fizer a sua parte, não poderei fazer meu trabalho direito. Você vai me atrapalhar.

Ally começou a tremer. A parteira parecia estar com pressa. Ally imaginou que poderia haver outra mulher grávida esperando por ela. Não conseguia parar de pensar que os dedos daquela mulher, que suas mãos, estavam dentro dela, explorando seu corpo. Salvando uma vida enquanto destruía outra.

Na noite em que Lilith nasceu, Ally tentou se imaginar de novo no apartamento à beira do rio com Marcus os dois, envolvidos sob o luar, fazendo planos para a vida em família, como se isso fosse possível. A luz da manhã sempre os apanhava de surpresa. Pegos desprevenidos, começavam a fechar as janelas e cerrar as cortinas para ficar no escuro, que era o refúgio que tinham.

– Devíamos fugir – ela disse, uma vez, a Marcus, enquanto estavam deitados encolhidos na cama.

Ally esperou a resposta dele em silêncio, sabendo que para ele só poderia haver uma resposta. Ninguém poderia convencê-lo do contrário.

– Se as coisas estão ruins para nós aqui, seria pior na América – argumentava ele. – Cada dia que passa, mais pessoas nos veem como inimigos.

Para Ally, o medo de Marcus era abstrato. Estava em forças não manifestas, como uma onda crescente que eles não podiam ver, mas que, um dia, talvez, afogaria todos eles. Então, ela optou por ignorar os pressentimentos de Marcus e os presságios de seus amigos artistas; tinha esperança de que a tempestade passasse. Marcus sonhava em trabalhar no cinema. Já havia aparecido em um filme, em um papel menor, como músico, e disse que ela deveria ir com ele a Paris, onde esperava ser escalado para outro. No entanto, ela engravidou e as coisas mudaram.

Os pais de Ally ficaram fora de si. Eles a enviaram para morar em seu apartamento vazio em Mitte, no centro de Berlim, a fim de esconder sua vergonha. Disseram-lhe que era a última coisa que fariam por ela. O modo como Ally escolheria viver além desse ponto seria problema dela, não deles. Na carta que a mãe lhe havia escrito, ela podia ouvir sua voz firme e ponderada, com seu sotaque bávaro. Ally não tivera mais notícias dela desde então.

Ally soube da morte do pai por meio de uma nota no jornal. No mesmo dia, também recebeu uma carta a respeito de uma pequena herança que o pai lhe havia deixado. Imaginou que em Munique haveria orações, ave-marias, janelas veladas e conversas artificiais que iriam morrendo em murmúrios. Pensou em sua mãe envolta num luto – um luto que para ela começara no dia em que Ally partiu. Ally estava convencida de que, quando a mãe morresse, deixaria instruções para que a notícia de sua morte não fosse divulgada, de modo a garantir que passasse despercebida, para que a filha não tivesse a chance de chorar por ela. Ally não merecia nem isso. A vingança da mãe seria o silêncio.

Lembrou-se da sensação de estar sozinha no vasto apartamento em Mitte, perdendo-se em seus corredores, seus cômodos repletos de sombras, pintados num tom de verde-musgo que ela sentia que a consumiria. Foi, então, que as cartas de Marcus começaram a chegar. *Este não é o país que eu quero para o meu filho, não volte para Düsseldorf, a vida aqui fica mais difícil a cada dia. Eles também não nos querem na América. Ninguém nos quer.* Às vezes, não eram respostas às suas próprias cartas, mas desabafos.

Um grito preencheu o vazio da sala. Tinha vindo do fundo de seu peito, de sua garganta sufocada, de seus braços retesados. Sentiu-se partida ao meio. A dor lancinante no ventre se espalhara por todo o seu corpo, e ela se agarrou com desespero às grades da cama.

— Marcus! — Seu grito gutural assustou a parteira.

— Quem é Marcus? O pai da criança? Não há ninguém aqui. Vamos, não pare, você está quase lá. Mais um empurrão e você consegue!

Ela sentiu um arrepio e enrijeceu o corpo. Os lábios estavam trêmulos, secos. Sua barriga ficou intumescida até um certo ponto e depois encolheu, como se o ser vivo dentro dela tivesse se dissipado. Parecia ter trazido uma tempestade. Sentiu as rajadas de vento e a chuva desabando. O som de trovões e granizo a atingiu. Ela estava se despedaçando. Seu abdômen se contraiu. Abrindo as pernas cada vez mais pesadas, ela liberou algo, uma espécie de molusco. Um cheiro de ferrugem invadiu o ar fétido da sala. O corpo minúsculo havia levado todo o calor de sua barriga com ele. Sua pele estremeceu.

Houve um longo silêncio. Ally esticou as pernas e fechou os olhos. Lágrimas misturadas com suor. A parteira pegou o bebê inerte pelos pés e cortou o cordão umbilical. Com a outra mão, atirou a placenta sobre uma tigela com água ensanguentada e, em um canto da cama, começou a lavar o recém-nascido com água morna.

– É uma menina. – A voz da parteira ressoou na sala, que, exceto por isso, estava mergulhada num silêncio ensurdecedor.

"O que aconteceu? Por que ela não está chorando? Nasceu morta", pensou.

Sua garganta ainda ardia; a barriga latejava. Não conseguia mais sentir as pernas.

De repente, o bebê soltou um gemido suave, como se fosse um animal ferido. Aos poucos, o gemido se transformou em um uivo. Por fim, tornou-se um lamento. Ally não reagiu.

Enquanto isso, a parteira começou a massagear a bebê; estava mais relaxada agora, envolvida com seu trabalho. Quando percebeu o tom azulado do rosto limpo, foi tomada por sua ansiedade de novo. "Falta de oxigênio", deduziu. Hesitante, abriu a boca da bebê e inspecionou as gengivas roxas. Pensando que poderia haver um bloqueio na traqueia, enfiou o dedo indicador na garganta minúscula da recém-nascida. Ela olhou para a bebê e para Ally, que ainda estava com os olhos fechados.

A bebezinha não parava de chorar enquanto a parteira a enrolava de um modo ríspido em um lençol limpo. Apenas seu rosto ficou à mostra. A parteira franziu os lábios e entregou a bebê para Ally da mesma maneira que alguém entrega um objeto exótico a alguém.

– É uma bastarda da Renânia. Você trouxe uma *mischling* ao mundo. Essa garota não é alemã, ela é negra.

Ally sentou-se e pegou a bebê no colo. A recém-nascida se acalmou no mesmo instante.

– Lilith – Ally murmurou. – O nome dela significa luz.

# 2

## Sete anos depois
## Berlim, março de 1938

Crepúsculo.

– Lilith, corra! Corra e não olhe para trás! – Ally gritou, com os olhos bem fechados. – Continue! Não diminua o ritmo!

Os reflexos dos postes de luz eram como fios prateados nos bancos de madeira e bronze do Tiergarten. Ally rodopiou com os braços estendidos, formando um turbilhão de folhas. Por um instante, ela fez o mundo parar, criando uma nuvem protetora ao seu redor. Quando abriu os olhos, era o parque que girava; as árvores estavam caindo sobre ela, e Ally não conseguia se firmar. Sentiu que poderia desmaiar.

À noite, o Tiergarten, no centro de Berlim, parecia um labirinto.

– Lilith? – Ally sussurrou.

Sua filha havia executado o jogo com perfeição; era impossível vê-la.

Com a avenida à sua frente e as árvores atrás de si, Ally suspirou. Achou que estivesse sozinha, fora do halo de luz do poste, mas, quando se virou, viu que um grupo de jovens estava parado diante dela, vestindo uniformes cinzentos. Ela sentiu uma pontada de medo. Você pode conter as lágrimas, erguer os cantos dos lábios, disfarçar as pernas trêmulas e as palmas das mãos suadas, mas o medo sempre estará lá, buscando o caminho para a superfície de algum modo e o enfraquecendo. O caçador pode farejar o medo. Entretanto, os jovens uniformizados sorriram para ela e ergueram o braço direito fazendo uma saudação. Ela era a imagem de uma mulher alemã vigorosa e perfeita.

– *Sieg heil!*[1]

"Se eles soubessem...", ela pensou.

Uma rajada de vento fez as nuvens se dissiparem. A lua brilhou sobre ela, sobre seus cabelos louros e sua pele de porcelana. Ally estava radiante. Um dos jovens se virou para olhá-la, como se ela fosse algum tipo de aparição mágica no Tiergarten, uma Valquíria a caminho de encontrar seu destino. Os jovens foram embora dando passadas fortes. Ela estava mais uma vez sozinha, na escuridão.

– Mamãe? – A voz de Lilith a tirou de seu estupor. – Fui bem desta vez?

Sem olhar para baixo, Ally passou as mãos nos cabelos cacheados e crespos da filha enquanto trotava ao lado dela. Apenas Ally estava banhada pela luz. Lilith era a sombra.

– Vamos para casa.

– Mas eu me saí bem, mamãe?

– Claro que sim, Lilith, como você faz todas as noites. Você fica melhor a cada dia.

Na escuridão, elas passavam despercebidas. Os transeuntes as ignoravam. Ninguém as olhava com espanto, nem franzia os lábios com nojo ou desviava o olhar sentindo pena. Ninguém lançava pedras ou insultos, e as crianças não corriam atrás delas, protegidas por sua pureza, entoando canções sobre a selva ou chimpanzés.

À noite, elas se sentiam livres.

---

[1] "Salve a vitória!", em alemão. Era uma expressão utilizada pelos nazistas durante a Segunda Guerra Mundial. (N. da P.)

— À noite, somos todos da mesma cor — murmurava Ally para a filha enquanto caminhavam, como se recitasse um de seus poemas.

Ally estava sempre escrevendo, não importava onde estivesse. Não precisava de lápis nem de papel; sua mente trabalhava mais rápido que suas mãos, como ela costumava dizer a Lilith. Recitava poemas para ela, poemas com uma cadência musical que enchia a garota de alegria.

— O que você quer dizer, mamãe?

— O que eu quero dizer é que a noite é nossa, minha e sua. A noite é nossa.

· ✦ ·

Foi por volta do sétimo aniversário de Lilith que os pesadelos de Ally começaram. "Que tipo de mãe sonha com a morte da própria filha?", ela pensou. Só tinha a si mesma para culpar, por tê-la trazido ao mundo. Por ter de viver em uma fuga eterna.

No prédio em que moravam, escondido em uma rua sombria e sem saída em Mitte, elas nunca usavam o elevador; sempre subiam e desciam as escadas escuras para não esbarrar em nenhum vizinho. Ela ouvira os Strasser, que moravam no mesmo bloco de apartamentos, reclamarem, relembrando um passado triunfante. No dia em que ela se mudou para o apartamento, antes de Lilith nascer, eles a convidaram para um café. As salas eram repletas de troféus trazidos de terras distantes: esfinges, fragmentos de rostos esculpidos em pedra, bustos de barro e mármore. Adoravam ruínas. *Frau* Strasser passara a vida sufocada por um espartilho que a fazia ficar o tempo todo rabugenta, esnobando quem não se vestisse como ela e sua magnífica prole. O mero ato de caminhar lhe causava dificuldade para respirar, e, mesmo no inverno, era atormentada por gotas de suor que ameaçavam estragar sua maquiagem. Tiveram duas filhas, perfeitas como o Sol. O ideal feminino, como, muitas vezes, estampava a capa da *Das Deutsche Mädel*, a revista da Liga das Moças Alemãs que todos adoravam.

Depois que Lilith nasceu, eles passaram a evitar Ally. Um dia, *Herr* Strasser ousou cuspir nela quando se cruzaram na rua, em frente ao prédio. O saco de frutas que Ally carregava havia caído no chão, e as maçãs rolaram pela calçada, acumulando uma sujeira escura e úmida pelo caminho.

— Essas maçãs são mais limpas do que você — disse *Herr* Strasser depois de lançar a bola de catarro que caiu aos pés de Ally.

Os insultos não eram mais velados. Ally havia atravessado a porta de bronze e madeira do prédio que não era mais seu refúgio. Viu seus vizinhos, os Herzog, aparentando medo, atravessando a soleira do bloco 1B. Haviam testemunhado sua humilhação e provavelmente sentiram pena dela. Também foram insultados em mais de uma ocasião.

Os Herzog tinham uma pequena loja de iluminação do lado externo da estação do metrô, no Hackescher Markt. Uma vez, Ally pensou em entrar na loja para se proteger de uma chuva gelada, mas, no fim, não o fez, pois viu a estrela de seis pontas na vitrine e, dentro dela, a palavra mais ofensiva para descrever alguém na época, *Jude*\*. Ela baixou a cabeça e continuou andando, molhada e trêmula. A última vez em que saiu do metrô, viu de longe o que restava da loja. As vitrines tinham sido quebradas, e todas as lâmpadas foram destruídas. Havia vidro por toda parte. Era impossível evitar pisar nos cacos. Ela estremecia quando o vidro rachava sob seus pés; aquilo passou a fazer parte da sinfonia da cidade. Cada pisada reduzia os fragmentos a pó, até desaparecerem. "Ninguém

---

\* Nome perojativo utilizado pelos nazistas para se referir aos judeus como um grupo, que esteve sob ameaça durante o período de perseguição às minorias na Alemanha ao longo de parte da República de Weimar e de todos os doze anos do Terceiro Reich. (N. do E.)

mais em Berlim precisa de luz", pensou ela, virando para a direção oposta. "Acho que viveremos nas sombras de agora em diante."

Ally tinha perdido a capacidade de se horrorizar; nada mais a chocava. As palavras não a assustavam; ela nem se surpreendeu com a cusparada de *Herr* Strasser, que foi apenas mais um incômodo desagradável e insignificante.

Por sorte, estava sozinha naquele dia, como quase todas as tardes. Lilith tinha ficado em casa com *Herr* Professor, seu vizinho e mestre. O nome dele era Bruno Bormann, mas as duas o chamavam de Opa. Ele não gostou, no início. "Estou tão velho assim, a ponto de vocês me chamarem de vovô?", ele perguntava. Agora, no entanto, sempre anunciava sua chegada ao apartamento com "Opa está cansado...", "Opa está com fome...", "Opa precisa de alguém para cantar para ele..." ou "Cadê o beijo e o abraço no Opa?".

– Sabe, Lilith, você é mais velha que Opa. Você tem uma alma antiga – ele lhe disse, um dia, quando liam juntos e ela lhe perguntou sobre o destino.

Os três jantavam juntos quase todas as noites, menos quando *Herr* Professor encontrava seus antigos colegas da universidade onde lecionara literatura por mais de duas décadas. Não havia sobrado muitos deles. Alguns tinham morrido e outros fugiram para a América, a fim de escapar do horror e da vergonha do que estava acontecendo em seu país. *Herr* Professor já fora reverenciado; muitas vezes, alunos fiéis citavam suas reflexões literárias. Quando começou sua carreira de professor, imaginou-se de cabelos grisalhos e com uma bengala ainda ensinando aos alunos, e estava determinado a continuar ensinando até seu último suspiro. Mas os tempos haviam mudado. O medo e as denúncias tinham se instalado, e ele não confiava mais nos professores que haviam escolhido ficar nem nos novos alunos. Aqueles jovens rebeldes eram os que agora decidiam o que deveria ser ensinado na sagrada academia alemã e o que deveria desaparecer para sempre do currículo. Os professores, diretores e até o reitor da universidade tinham tanto medo de ser denunciados por um aluno quanto de ser atingidos por uma bala perdida. Certa manhã, ele chegou à universidade e encontrou várias estantes vazias na biblioteca; edições antigas espalhadas pelo chão e pisoteadas.

– Os livros não são mais considerados úteis neste país – ele disse a Ally. – Quem se interessa por ler os clássicos hoje em dia? Quanto tempo isso vai durar, minha querida Ally? Você e eu somos sobreviventes; pertencemos a outra época. A nova geração só quer ouvir os discursos do Führer, as vociferações do Führer.

*Herr* Professor, com seus modos brandos e uma entonação perfeita, tinha uma voz que ressoava sem ser elevada, de forma que podia ser ouvida em todos os cantos da casa. Ele era o tutor de Lilith. Graças a ele, a menina já sabia ler e escrever com surpreendente fluência desde os 5 anos de idade. Ela devorava obras que não conseguia entender por completo, sublinhando palavras nas páginas dos livros que pegava, sem pedir permissão, da vasta biblioteca de *Herr* Professor.

As portas da frente de Ally e de *Herr* Professor, lado a lado, quase nunca ficavam trancadas.

– Deveríamos derrubar a parede entre nossos apartamentos. Assim, Opa não teria que visitar vocês duas – *Herr* Professor havia sugerido uma vez, num tom de provocação.

Lilith sorriu diante dessa ideia, pensando que seria capaz de esquadrinhar sua biblioteca sempre que quisesse, não apenas à noite, o único momento em que tinha permissão para sair do apartamento, tomando cuidado para não deixar os fantasmas – o nome que deram aos vizinhos – vê-la.

Ally sabia pouco sobre a vida de *Herr* Professor antes de eles se conhecerem, mas o considerava uma parte fundamental de sua vida. Ela sabia que, uma vez, como ele mesmo contara, "havia cometido um erro", isto é, tinha se apaixonado. Ela nunca o pressionara para obter detalhes sobre isso.

— Erros como esse podem mudar o curso da nossa vida, mas, por sorte, não costumamos nos apaixonar duas vezes. Uma vez é o suficiente – disse o velho.

Nesse momento, Lilith estava absorta em um livro encadernado em couro, escrito em uma linguagem incompreensível, intitulado *Eugenia*, uma palavra que ela não ousava dizer em voz alta. Ela se debruçou sobre as ilustrações de corpos humanos, doenças, distrofias, perfeição e imperfeição, e parou numa imagem que mostrava o rosto impecável de uma garotinha.

— Opa, quero que você comece a me ensinar inglês hoje, agora mesmo.

— Se eu lhe ensinar inglês, não será para você ler aquele livro, mas para entender o Grande Poeta.

Daquela noite em diante, eles começaram a ler em voz alta os sonetos de Shakespeare, escritos em inglês antigo, sem se preocupar em tentar descobrir o que significavam.

— Para aprender um idioma, a primeira coisa a se fazer é captar sua sonoridade, desembaraçar a língua e relaxar os músculos faciais – explicou *Herr* Professor. – O restante vem no devido tempo.

Lilith iluminou-se, emocionada com este excitante novo mundo que acabava de se abrir para ela.

— Vamos chamar a mamãe para que ela possa nos ouvir!

— Devemos deixar sua mãe em paz. Ela precisa escrever, e escrever muito. Isso faz bem a ela, sobretudo quando está cansada.

— É minha culpa que a mamãe não dorme.

— Não, Lilith. É culpa do Führer, do fato de ele acreditar que é Odin. Você não tem nada a ver com isso.

— Mamãe não gosta que mencionemos o nome dele...

Desde o momento em que acordava, Lilith passava quase todo o tempo com *Herr* Professor. Na hora do almoço, os três comiam juntos, e a garotinha ficava encantada com suas histórias, que iam das glórias da antiga Babilônia à mitologia grega; discursos intermináveis sobre deuses e semideuses, ou sobre os templos dóricos da Acrópole, que podiam desembocar de repente nas Guerras Greco-Persas. *Herr* Professor ficava feliz por falar tanto sobre Afrodite, Hefesto e Ares e seus lugares no Templo dos Doze Deuses do Olimpo quanto sobre as batalhas dos núbios e dos assírios.

Uma tarde, *Herr* Professor encontrou Lilith em frente ao espelho do banheiro, o único lugar em seu apartamento que não tinha livros. A menina aproximou-se do vidro como se procurasse responder às suas dúvidas, acariciando com suavidade os cabelos e as sobrancelhas. Quando percebeu que *Herr* Professor estava olhando para ela, deu um pulo, assustada.

— Mamãe é tão bonita — ela disse.

— Assim como você.

— Mas eu não me pareço com ela. Quero parecer com ela.

— Vocês têm o mesmo perfil, os mesmos lábios, seus olhos têm o mesmo formato.

— Mas a minha pele...

— Sua pele é linda. Veja como brilha ao lado da minha.

Eles permaneceram juntos na frente do espelho. Lilith soltou suas tranças. *Herr* Professor afastou os cabelos grisalhos da testa e passou a mão pela barriga.

— Vou ter que fazer alguma coisa com esta barriga, está crescendo mais a cada dia. Posso estar velho, mas pelo menos ainda tenho todo o meu cabelo!

Eles riram. Para Lilith, *Herr* Professor era como um gigante gentil que cuidava delas.

Em alguns dias, ele subia na escada portátil de madeira para alcançar o guarda-roupa no quartinho ao lado da cozinha. Empoleirado no degrau mais alto, baixava para Lilith caixas forradas de veludo vermelho. Era lá que ele guardava as fotos de família que sua mãe, uma mulher alta e robusta, havia separado em seus últimos anos. A menina adorava ver as fotos de estranhos, pessoas de uma época tão distante que nem mesmo *Herr* Professor conseguia se lembrar dos nomes.

– O pequeno Bruno tinha medo do escuro – disse ele certa vez, apontando para uma foto sua de quando era criança. – Mas nós não temos, certo, Lilith?

A garotinha caiu na gargalhada ao ver um bebê careca e gordinho empoleirado em uma almofada de renda em uma das fotos.

– Você tem uma cara mal-humorada desde que nasceu! Não poderia ser outro senão você.

– Todos nós já fomos bebês e, antes de morrer, voltamos a ser como éramos no tempo em que dependíamos de alguém que fizesse tudo por nós.

– Não se preocupe, Opa, eu cuidarei de você.

Mais tarde, naquela noite, depois que Lilith foi para a cama, Ally e *Herr* Professor prepararam um bule de chá para afastar o sono. Permaneceram em silêncio; não precisavam de palavras para se comunicar. Depois de alguns minutos, Ally encostou a cabeça no colo dele, e ele acariciou seus cabelos, um cinza esfumaçado na escuridão.

– Vamos dar um jeito, vamos, sim – ele repetiu. – Lilith é uma garota esperta. Ela é um prodígio, muito especial.

– Opa, o tempo está contra nós. Lilith tem quase 7 anos – disse Ally; sua respiração estava ofegante.

– Podemos confiar em Franz.

As mãos de *Herr* Professor tremiam.

Franz Bouhler era um dos ex-alunos de *Herr* Professor. Sua mãe insistira para que ele estudasse ciências, de modo que pudesse trabalhar no laboratório de seu primo Philipp. Philipp havia começado uma pesquisa que, segundo Franz, iria mudar a maneira como eles viam o mundo. Sua verdadeira paixão, porém, era a literatura. Ele escrevia poesia e se matriculara nas aulas de literatura de *Herr* Professor. Depois que *Herr* Professor se aposentou, Franz continuou a visitá-lo e a compartilhar seus escritos.

– Franz é um sonhador – observou Ally.

– Todos nós somos – disse *Herr* Professor. – "When I waked, I cried to dream again."[2]

Desde que Franz começou a visitá-los, tornara-se seu único contato com o mundo exterior. Lilith crescia rápido, e a cada dia ficava mais perceptível que era uma criança *mischling*, uma bastarda renana, que, por lei, teria de ser esterilizada para sobreviver na nova Alemanha. Eles evitavam os noticiários das rádios, e não havia jornais em suas casas. Quando saíam à noite, baixavam o olhar para não ver a avalanche de cartazes triunfalistas brancos, vermelhos e pretos que inundavam a cidade.

*Herr* Professor, às vezes, editava os poemas pomposos de Franz, recheados de esperança, contrastantes com o lirismo sombrio e pessimista dos próprios versos de Ally. Foi o espírito jovem e fresco de Franz – ele era quatro anos mais novo que Ally – que a levou a buscar abrigo nele. As tardes de quarta-feira eram a hora deles. Ally sentia-se segura andando pelas ruelas de Mitte ao lado do homem alto, de braços fortes, movimentos desajeitados, mas com uma doçura que lhe dava um ar quase infantil. Ele sempre usava uma camisa de flanela cinza, e ela, um *trench coat* de lã em tons avermelhados que alteravam de cor conforme a mudança da luz do dia.

Franz lia os poemas de Ally com devoção. Admirava a simplicidade de seus versos. Em seu trabalho, ele procurava com frequência fazer construções cada vez mais complexas para dar conta de uma ideia que

---

[2] "Ao acordar, chorei porque queria continuar a sonhar." William Shakespeare, *A Tempestade*, ato III, cena II. (N. da T.)

sempre acabava parecendo banal em 24 horas. Ally tentava entender os textos de Franz, sua retórica, mas era sobrecarregada por sua tempestade de palavras. Ela atribuía isso à inocência dele.

Para Lilith, Franz era algo entre um deus grego e um irmão mais velho. Quando ele chegava, a garota corria para os seus braços e enterrava o rosto em seu pescoço, enquanto ele a agarrava e a erguia no ar.

– O que você tem para mim hoje, Luzinha? – Franz lhe dizia. – Pergunte-me qualquer coisa.

Podiam levar horas contando um ao outro como haviam passado o dia: da parte dela, levantar-se, lavar o rosto, beber água, ler com *Herr Professor*, ir para a cama e sorrir; da parte dele, estudar livros imensos sobre anatomia humana e escrever o mais belo poema que um alemão houvesse criado, que ela logo poderia ler sozinha. Para Franz, isso era o mais próximo que tinha de um lar. Evitava jantar em casa, com a mãe, uma viúva que só sabia dar ordens. Ela considerava uma fraqueza escrever poemas que não o levariam a lugar algum e ler livros que um dia acabariam em uma fogueira.

– A Alemanha não precisa de mais escritores – dissera-lhe a mãe. – O que a Alemanha precisa é de soldados preparados para servir seu país.

A casa de Ally era a única residência que o jovem visitava que não tinha um retrato do Führer pendurado sobre a lareira. E a garotinha podia ver que, quando Franz estava presente, sua mãe ficava feliz. Em sua companhia, elas não tinham medo de fantasmas ou do Führer. Ninguém poderia machucá-las. Franz era uma barricada.

Então, começaram os preparativos para o sétimo aniversário de Lilith. Esse número os mantinha acordados à noite. Não havia mais sorrisos, não recitavam mais poemas no escuro. A hora do jantar voltou a ser silenciosa.

– Sete – Lilith repetiu, como se o número tivesse se tornado sua sentença de prisão.

# 3

## Nove anos antes
## Düsseldorf, junho de 1929

—Se você não se apressar, vamos nos atrasar — Ally gritou, já parada na porta da frente.

Quando viu Stella sair do banheiro, ela riu.

— Vermelho? E com todo esse decote à mostra? Para onde você acha que estamos indo?

— Nos divertir! — Stella disse.

— Vestir vermelho só fará com que você seja notada por um vampiro.

As duas sorriram e desceram as escadas.

Eram apenas oito da noite, e a cidade estava silenciosa. Os dias estavam ficando mais longos, e os postes de luz nas esquinas ainda estavam apagados. Atravessaram bulevares vazios, evitando as poças que uma tentativa de chuva de verão havia deixado para trás.

Quando chegaram à estação do metrô, na linha Altstadt, a plataforma estava deserta. Parecia que a praga que devastara o mundo uma década antes havia retornado.

— Todo mundo presta muita atenção nas manchetes dos jornais — disse Ally.

– Que assustador, o Vampiro de Düsseldorf está à nossa espera – zombou Stella. – De alguma forma, não acho que seríamos a isca ideal para ele.

– Ideal? Não acho que esse vampiro seja tão seletivo. Sua vítima é apenas a primeira garota que ele vê pela frente.

– Bem, de qualquer forma, nós saímos para nos divertir.

Elas eram as únicas passageiras no vagão. Em uma das portas havia um cartaz oferecendo uma recompensa pela captura do Vampiro: 10 mil marcos. As duas se entreolharam surpresas e percorreram o restante do trajeto em silêncio. Nunca haviam sentido medo antes, mas, agora, estavam alarmadas, embora não ousassem admitir. Em poucos minutos, chegariam à parada, e com certeza haveria muita gente circulando em volta da Brauerei Schumacher. Marcus e Tom as encontrariam a alguns quarteirões dali. Por que alguém iria querer ficar em casa em uma noite de sábado no verão? Elas decidiram que nenhum vampiro – real ou imaginário – iria impedi-las de fazer o que quisessem. O agressor – que havia violentado meninas, mulheres, velhinhas e até mesmo homens na área próxima ao rio Reno, e depois os esfaqueara até a morte – aparecera na primeira página de todos os jornais alemães. A polícia, alguns empresários e a população em geral estavam em alerta máximo. Assim como elas.

A última vítima fora encontrada perto da Estação Central, deitada nua sobre um colchão em um quarto de hotel. Tinha sido estrangulada, mas seu corpo não apresentava outros sinais de violência e não havia vestígios de sangue. Alguns duvidaram que fosse obra do mesmo assassino.

Desde que se mudaram de Munique para Düsseldorf juntas, Ally e Stella prometeram a si mesmas que seriam independentes. Embora suas famílias as ajudassem, as duas passavam as tardes trabalhando em uma loja de departamentos no centro da cidade, vendendo perfumes. "Todo mundo se esconde sob odores", Ally costumava dizer. Berlim era para ser o destino final, mas decidiram ficar um pouco na cidade às margens do Reno, por causa da música. Stella queria ser dançarina; Ally, escritora.

Aos sábados de manhã, Ally escrevia longos poemas enquanto Stella dormia. Gostariam de morar mais perto do centro, em um apartamento de dois quartos, mas, com o tempo, se acostumaram a viver num espaço bem apertado.

Durante a semana, ao meio-dia, tentavam memorizar os componentes dos perfumes, que vinham em frasquinhos feitos por artesãos aparentemente obcecados pela paixão eterna. Por trás do balcão de uma perfumaria que mais parecia uma botica, falavam como especialistas sobre anis, chás orientais, cálamo, romã, murta, cipreste e pétalas secas de rosa búlgara.

Nas noites de sábado, atravessavam a cidade para ir até o cabaré, onde conheceram Marcus e Tom, saboreando ritmos que seus pais teriam desprezado.

— Se nossos pais soubessem que estamos saindo com músicos negros, eles nos deserdariam — disse Stella, rindo.

— Marcus é alemão — Ally a corrigiu.

— E Tom é americano — acrescentou Stella. — Mas ambos são negros.

Abriram caminho em meio à multidão, que, como elas, havia escolhido ignorar o Vampiro. A parede da popular cervejaria estava coberta de cartazes que anunciavam a recompensa. "Dez mil!", elas ouviam entre risos e trechos de conversa, como uma ladainha. Todos queriam pegar o Vampiro, por isso estavam atentos, procurando encontrar o culpado. Alguns tentavam usar a si próprios como isca. Se você trabalhasse em dupla, dizia-se, poderia pegar o homem mais temido e procurado da Alemanha.

As conversas se misturavam ao barulho. As pessoas gritavam umas para as outras enquanto Stella apressava Ally, que esbarrava nos passantes, aturdida por frases que chegavam a ela como golpes.

– Aposto que é um judeu desprezível. Precisamos acabar com eles de uma vez por todas.

– Acho que deve ser um desses negros que inundaram a cidade graças aos judeus.

– Está mais para "graças aos franceses". Foram eles que encheram seu exército de pretos.

– O que você faria com 10 mil marcos? – Ally ouviu uma garota perguntar ao namorado.

– Nós iríamos para Berlim – ele respondeu.

"Berlim", pensou Ally. "Marcus e eu poderíamos ir para Berlim."

No corredor, sob a luz suave da porta lateral do Schall und Rauch, Ally avistou Marcus, e seu coração disparou. Ele sorriu quando a viu e acenou com a mão para que ela se aproximasse. Ally saiu do lado de Stella e correu até ele.

– Você me deixou esperando por horas – ele sussurrou em seu ouvido.

– Não exagere – disse ela, beijando-o.

Marcus abriu a porta para deixar Stella passar. Ele permaneceu sob a luz da porta, com Ally em seus braços. Ficaram quietos, estavam em paz.

– Acho que devemos entrar – ela disse.

– Você está aqui, agora. Não me importo se estamos atrasados.

Ele deu um passo para trás e pareceu a absorver com os olhos.

– Você olha para mim como se eu pudesse evaporar a qualquer segundo.

Ele sorriu ao ouvir isso. Depois, segurou a mão dela e os dois seguiram por um corredor escuro. Subindo as escadas até o palco, sentiram a agitação nos bastidores. A fumaça de cigarro se misturava ao cheiro de cerveja. Ao passar, Ally roçou nas pesadas cortinas, levantando uma nuvem de partículas de poeira que pareciam emitir luz própria.

Podiam ouvir fragmentos de música dissonante vindos do palco. A voz do comediante soou como um uivo de protesto contra o riso da plateia.

– Agora, você vai subir ao palco e acalmá-los – Ally disse a Marcus, no camarim.

O camarim era pequeno, uma espécie de sótão, com roupas e instrumentos musicais espalhados pelas tábuas nodosas do assoalho. Havia garrafas de cerveja vazias por ali, um litro de uísque, copos por toda parte, pilhas de jornais. Várias fotografias penduradas nas paredes. Ela reconheceu Marcus em uma das fotos, e atrás dele, a Torre Eiffel. Ele estava com os braços estendidos para os lados e o saxofone aos seus pés.

Marcus pegou o sax, deu um beijo em Ally e a deixou no camarim. Ela caminhou até onde estava uma fotografia de Marcus, colada no espelho, e, quando estendeu o braço para tocá-la, Stella a interrompeu:

– Você vai ficar aqui a noite toda ou vai querer ouvi-los? Venha, vamos!

Elas encontraram uma mesa perto do palco, mas em uma das laterais, de onde podiam ver os músicos e o público. De onde estavam, o som lhes chegava distorcido. Ainda assim, Ally, que havia sido apresentada ao jazz pouco tempo antes por Marcus, deleitava-se com aquelas cadências. Poucas pessoas na plateia prestavam atenção. Era música de fundo, destinada a preencher o intervalo até que o próximo comediante entrasse, seguido pelas dançarinas com suas barrigas nuas. Na plateia, havia algumas mulheres sentadas às mesas. Outras dançavam em um canto. Um grupo barulhento parecia ter inventado uma música sobre a excelência alemã. Em uma das mesas centrais havia três jovens maquiadas, com lábios roxo-avermelhados e cabelos penteados para trás. O olhar perplexo de Ally pousou em uma mesa no fundo, onde havia seis homens de terno e gravata preta. Ainda estavam de chapéu. Com olhos fixos no palco, expressões tensas.

– Você sabe quem são aqueles homens? – Ally perguntou a Stella, gesticulando de modo discreto em direção à mesa em que eles estavam.

– Aqueles ali? – Stella perguntou, apontando. – Não faço ideia, mas aposto que não são muito divertidos.

Quando a música parou, os holofotes percorreram o clube desde os músicos até a plateia, que aplaudia. A luz pousou em Ally. Um dos homens tirou o chapéu e fixou o olhar nela.

Com o palco às escuras, uma voz veio dos alto-falantes.

– Senhoras e senhores, o momento que todos vocês esperavam. Nosso ilustre mestre de cerimônias...

Um rufar de tambores, uma longa pausa, e as luzes se acenderam sobre um homem totalmente maquiado, vestido com uma camisa branca desabotoada, sem calças, com um suspensório, ligas e sapatos de salto alto. Ele tirou a cartola que usava, fez uma mesura e, quando os pratos da bateria soaram, caiu para a frente, no chão. A plateia rugiu. Das sombras, um cachorro branco usando um enorme laço rosa de *chiffon* correu até ele, aconchegando-se em suas pernas.

– Você não poderia ser um pouco mais discreto? – o mestre de cerimônias sussurrou para o cachorro, provocando outra série de gargalhadas da plateia.

Então, ele acariciou o cachorro, com uma expressão macabra no rosto. Os dois esperaram em silêncio algum sinal da orquestra, uma nota dissonante. Em seguida, o homem se levantou com relutância, e o palco mergulhou na escuridão. Logo depois, um holofote iluminou um pequeno trecho do palco, e abriu-se um facho de luz lentamente acompanhado por uma melodia animada, para revelar o traseiro nu do mestre de cerimônias, e o do cachorro também. Uma trombeta soou, e o público aplaudiu e assobiou.

O *show* continuou, mas Ally não prestou muita atenção, pois estava perdida em meio aos próprios pensamentos. Quando um barulho alto vindo do palco a acordou, ela se viu sozinha à mesa. Ela olhou ao redor do teatro, tentando adivinhar aonde Stella tinha ido. Os homens sentados à mesa dos fundos também haviam desaparecido. Ally se levantou e foi para os bastidores, passando pelas dançarinas, até chegar ao camarim. Ela se surpreendeu com o silêncio quando entrou. Viu Stella nos braços de Tom; ela parecia meio perturbada. Marcus estava guardando o saxofone.

– Eles levaram Lonnie para a delegacia de polícia de Mühlenstrasse – Stella lhe disse, abafando um soluço. – Aqueles homens lá de trás, aqueles de aparência sinistra, sabe? Eram policiais.

– Mas por que levaram Lonnie? – perguntou Ally.

Ninguém respondeu.

– Vamos, devemos ir andando – disse Marcus, pegando-a pela mão.

Saíram do cabaré sem se despedir de ninguém.

Eles caminharam de cabeça baixa por um bom tempo. Ally esperava que Marcus iniciasse a conversa, mas, no final, desistiu de esperar.

– Do que eles estão acusando Lonnie? Você pode pelo menos explicar? Vamos apenas ir embora, sem fazer nada?

– Não há nada que possamos fazer, Ally. O poder está na mão deles.

– Eu não entendo – Ally disse.

– Você não precisa ser culpado de nada, eles podem levá-lo para a prisão do mesmo jeito. Lonnie é negro. Isso, por si só, já o torna culpado. Amanhã, pode ser eu. Na semana seguinte, Tom.

– Eles devem ter tido um motivo para levá-lo – Ally insistiu.

– Não seja ingênua. Foi porque ele faltou uma semana inteira no clube. Foi por isso que o levaram.

– O que isso importa para a polícia?

– Na semana em que ele estava de folga, uma mulher foi encontrada morta à margem do rio. Você já sabe... se o Vampiro de fato existe, ele deve ser negro. Somos sempre os primeiros a ser acusados. Somos nós os culpados. Os selvagens, os assassinos. Um dos músicos brancos estava de folga nesses mesmos dias. Ele nem foi interrogado.

Ally não sabia o que dizer. Ela se aproximou mais dele, para demonstrar apoio e consolá-lo. Seu amigo tinha sido preso, e Marcus sabia que poderia ter sido ele. Ele teve sorte.

— A menos que outro corpo apareça, eles não o libertarão. Para todos os efeitos, ele é culpado.

Ele não foi o primeiro a ser detido. O açougueiro de seu bairro havia ganhado as manchetes alguns meses antes. Ser judeu e açougueiro era a combinação perfeita para ser suspeito dos assassinatos. Caricaturas do homem encheram as revistas e os jornais. O açougueiro acabou tirando a própria vida na cadeia. Enforcou-se usando lençóis. "Uma demonstração clara de sua culpa", dissera o juiz. Meninas, mulheres e velhinhas podiam voltar a dormir tranquilas em suas camas; todos poderiam voltar a frequentar o parque, para caminhar ao luar ao longo do rio Düssel. A paz retornou a uma cidade que havia mergulhado no terror. Em um editorial de jornal, um vereador chegou a dizer que isso era um sinal de que eles precisavam se livrar de todos os judeus, não apenas na cidade atormentada por tantos assassinatos, mas em todo o país. A Alemanha precisava recuperar sua grandeza. Chega de vampiros. Então, o *Volksstimme* publicou uma carta anônima que fora enviada à polícia. O verdadeiro Vampiro não queria perder os holofotes: "Hoje, pouco antes da meia-noite, vocês encontrarão a próxima vítima".

Naquela noite, o corpo nu de uma mulher foi encontrado em uma das praças. O Vampiro a estuprara à margem do rio. O corpo foi encontrado por um bêbado, que de imediato se tornou suspeito.

O verão desencadeou a fúria do Vampiro. Poucas horas depois do primeiro incidente, um homem foi esfaqueado enquanto lia o jornal em um banco de um parque, e uma mulher foi esfaqueada várias vezes entre as costelas num dia em que havia saído para caminhar em plena luz do sol.

Ally e Marcus só ousavam andar de mãos dadas à noite, quando estavam protegidos pelas sombras. Durante o dia, andavam separados – Marcus à frente, Ally atrás. Sabiam que, se fizessem o contrário, ele poderia ser preso por suspeita de perseguir uma mulher indefesa. Estavam acostumados com isso agora – era a única maneira de ficarem juntos. Ally não se importava de ser vista ao lado dele à luz do dia. Teria ousado beijá-lo em público, abraçá-lo, se ele tivesse deixado, mas Marcus caminhava com ela como se fossem conspiradores. Ele sabia que todos sempre veriam o homem negro como o culpado, a ameaça. Ela sempre seria a vítima.

Stella, por outro lado, só se encontrava com Tom no quartinho do apartamento em que as garotas moravam, onde, como ela costumava dizer, duas pessoas eram demais. Ela não ousava sair na rua com ele, e achava que Ally era imprudente por deixar-se ser vista com Marcus. Uma coisa era se divertir, curtir no cabaré; outra, era se apaixonar e sonhar em construir uma vida juntos. Stella sempre dizia a Ally que esse tipo de coisa nunca seria aceito em Düsseldorf nem em nenhum outro lugar da Alemanha.

No entanto, com o tempo, Ally deixou claro que estava preparada para começar uma família com Marcus. Sua irreverência, seu espírito rebelde, seu puro talento a cativaram. Com ele, sentia-se segura. Juntos, poderiam conquistar o mundo, ela pensou. Como só saíam à noite e se encontravam no clube, a atmosfera festiva, a música e a fumaça eram como um cobertor confortável para eles. Algumas pessoas a viam como uma "mulher perdida", como a senhoria a descrevera uma vez, vendo-a sair sozinha à noite, apesar das advertências da polícia. Quando as mulheres a viam com Marcus, ficavam assustadas. Elas analisavam sua expressão, tentando descobrir se havia sido forçada ou se estava com aquele estranho espécime por vontade própria. Os homens a despiam com os olhos, ela podia sentir. Mas os que ela temia eram os camisas marrons. Eles lhe causavam um arrepio na espinha, e havia mais deles a cada dia, como se a maldita praga tivesse retornado e estivesse arruinando o país mais uma vez.

Quando chegaram a seu apartamento na Ellerstrasse, naquela noite, Marcus tirou os sapatos e, depois, o paletó, atirando-o na poltrona perto da janela. Não se preocupou em pendurá-lo com cuidado no guarda-roupa para evitar que amassasse. Ele se deitou na cama. Quando Ally tentou se aproximar, Marcus rolou para longe dela.

— Você quer que eu vá embora? — Ally perguntou, reticente.

— Claro que não. Precisamos dormir. Teremos mais informações amanhã.

Ally não fez mais perguntas. Ela olhou ao redor do aposento, que tentava tornar a cada dia mais aconchegante: a fotografia emoldurada em bronze de seus avós alemães, que Marcus nunca conhecera; uma pintura a óleo da casa da família na fronteira com a Alsácia, que ele também nunca havia visitado; um pôster de *Chocolate Kiddies*, de quando a orquestra de Sam Wooding fora tocar em Berlim, e a única fotografia da mãe dele, com seus cabelos louros e olhos lânguidos, na mesa de cabeceira da qual faltava uma perna.

Havia vários exemplares do *Der Artist* empilhados em um canto, um deles com uma manchete em vermelho: *Schesbend*. Havia também partituras para piano de Dvorak e um programa, assinado por Sam Wooding, do show no Admiralspalast em Berlim, de três anos antes, a primeira vez em que Marcus ouvira a música de Duke Ellington. Não havia fotos de seu pai. A mãe de Marcus o conhecera na França e dera à luz o seu filho sozinha, em Düsseldorf, longe de sua família. Depois que o bebê nasceu, ela conseguiu trabalho como empregada doméstica, e a família que a contratou logo reconheceu os talentos musicais de seu filho; então, essa família patrocinou aulas de piano para Marcus quando ele tinha apenas 4 anos.

Quando adolescente, Marcus foi para Paris, talvez esperando encontrar o homem que não era mais que uma imagem, uma sombra sem rosto. Seu pai. Foi lá que começou a tocar piano e saxofone, em cafés em que as pessoas iam para conversar, não para ouvir música, onde conheceu outros artistas como ele. Tinha a capacidade de dominar qualquer instrumento desde o momento em que o tocava. Num inverno, recebeu uma carta da família com a qual cresceu, a família que o acolhera: sua mãe havia morrido, disseram-lhe, vítima de uma gripe que assolava o país. Arrasado, voltou para Düsseldorf com um saxofone que herdara de um amigo músico que se cansara das noites maldormidas e dos salários piores ainda, e Marcus iniciou sua vida noturna como músico na cidade onde nasceu. No Schall und Rauch, ele conheceu Tom e Lonnie, e eles logo se tornaram um trio inseparável.

Ally se assustou quando Marcus, de repente, despertou, levantou-se e sentou-se na beirada da cama.

– Eu sei onde Lonnie esteve a semana toda – ele disse num tom bem sério.

– Ótimo! Vamos à polícia, para libertá-lo, então.

Marcus balançou a cabeça e fixou os olhos nela de um jeito sombrio.

– Não posso.

– Por que não? É a única maneira de ajudar Lonnie!

Marcus olhou para Ally.

– Não há o que fazer. Se eles souberem a verdade, isso só vai piorar as coisas.

# 4

## Cinco anos depois
## Düsseldorf, março de 1934

Na noite em que Lilith nasceu, Ally pensou que seus dias de escrever poesia haviam acabado. Qual era o sentido de encher folhas de papel branco com poemas insípidos se ela não podia estar ao lado de Marcus, criando com ele a filha dos dois? Lilith iria precisar de toda a atenção de sua mãe. O caderno de Ally desapareceu em uma das gavetas da mesa de cabeceira, e ela não ficava mais deitada na cama criando versos, brincando com as palavras, como fazia antes. Então, quando a pequena Lilith começou a falar, Ally descobriu que suas próprias palavras aos poucos começaram a retornar para ela.

Ela releu as cartas de Marcus várias vezes, esperando que um dia ele viesse e as surpreendesse.

Depois das eleições de 1933, Marcus parou de escrever e enviar cartas. Aquele outono sombrio trouxe uma vitória para os nazistas: Marcus havia se tornado oficialmente inimigo do Estado. Como não teve notícias suas durante um mês e meio, Ally decidiu recorrer à sua velha amiga Stella, escrevendo para ela, que estava em Düsseldorf. Então, um incêndio no Reichstag, no centro de Berlim, tomou a cidade de terror. Todos eram suspeitos. Seguiram-se mais eleições, orações de novena por uma república que já estava morrendo, mas Ally estava esperançosa. "O país vai recuperar a sanidade", dizia ela. "Voltaremos a ser nós mesmos de novo."

Ally nunca teve a intenção de ficar em Berlim. Desde que chegara lá, grávida, sua mala estava sempre embalada e pronta; a casa, arrumada; os livros, ainda em caixas; a máquina de escrever, em um canto próximo a um armário vazio. A menina dormia em um berço enfeitado com rendas e fitas, ao lado de Ally, que entrava em negação quando se tratava de preparar o quarto do bebê, como se mandar Lilith para o próprio quarto significasse admitir que nunca mais retornariam a Düsseldorf e formariam uma família de verdade com Marcus.

No dia em que Lilith completou 2 anos, Ally lhe informou que elas iriam viajar de trem para comemorar. A garotinha a fitou com espanto. Tudo o que queria era um bolo de creme com duas velas para apagar no escuro.

– Cuidado com o que deseja – dissera *Herr* Professor, acrescentando uma piscadela brincalhona para suavizar a advertência. – Desejos podem ser muito perigosos...

As malas feitas permaneceram no corredor por meses. Ally não conseguia se decidir. Todas as noites, dizia a *Herr* Professor que elas partiriam, apenas para adiar a viagem no dia seguinte. Todas as cartas que ela enviara a Marcus foram devolvidas fechadas. Ela as guardava na gaveta onde escondia seus poemas.

Numa noite, não muito antes do terceiro aniversário da filha, enquanto os três estavam sentados próximo às brasas do fogo que quase se apagavam, Ally disse que havia se decidido. Elas pegariam o trem na manhã seguinte.

De manhã, quando viu que ela estava de fato pronta para partir, *Herr* Professor olhou para Ally perplexo.

— Eu já disse a Stella que estamos indo. Ela vai nos esperar na estação — Ally disse a *Herr* Professor.

— Você tem certeza disso? — ele perguntou baixinho. — Se é o que realmente quer, eu as acompanharei até o trem.

Em pé ao lado do vagão, Lilith ficou fascinada com o vapor das locomotivas e os apitos constantes dos trens.

— Cuide de sua mamãe — *Herr* Professor lhe disse enquanto a erguia para se despedir na plataforma. — Ela precisa de você.

— Nós vamos perder o trem — Ally disse. — Precisamos embarcar.

— Não se preocupe, minha filha, vocês só ficarão fora alguns dias — disse ele a Lilith.

Ally fixou os olhos em *Herr* Professor. Havia neles um olhar suplicante.

— Eu cuidarei das plantas, vou verificar o correio. Se eu tiver alguma notícia...

— Sobre o papai? — perguntou Lilith.

— Se houver alguma notícia sobre o papai, você a encontrará em Düsseldorf, não aqui. Subam, ou vão perder o trem.

"Descobrir sobre ele, não onde ele está", pensou Ally. Elas entraram no vagão, Lilith primeiro, tentando ajudar a mãe com a mala.

— É muito pesada para você — *Herr* Professor ouviu Ally dizer.

Lilith estava determinada a ajudar a mãe. Ela franzia os lábios e retesava todo o corpo cada vez que tentava levantar a bagagem. Antes de desaparecerem no vagão, ela inclinou a cabeça e procurou seu Opa. Despediu-se com o braço direito estendido e um largo sorriso no rosto.

Opa estendeu a mão para se despedir.

Ally dormiu durante toda a viagem de trem. Ao abrir os olhos, viu Lilith ao lado da janela entreaberta, congelada, com os olhos vermelhos por causa do vento. Ally estava sonhando, e tentou se lembrar se tinha sido um pesadelo ou não. Em seu sonho, Marcus estaria esperando por elas na plataforma. Ele pegava Lilith no colo e lhe falava: "Meu pequeno raio de sol...". Ele sussurraria no ouvido de Ally, "O que a mulher mais bonita do mundo tem a me dizer?", da maneira como costumava fazer ao acordá-la de manhã, depois de terem passado a noite juntos. Ele pegava a mala e as levava para um apartamento bem iluminado com vista para o rio Düssel. Jantariam juntos, conversariam sobre música, poesia, sobre os amigos. Deitavam-se cedo, e ela dormia nos braços dele, protegida das tempestades que abalavam a cidade, o país.

As horas que separavam Berlim de Düsseldorf pareceram a Ally apenas alguns minutos.

Um casal de idosos olhava espantado para Lilith. Vendo que a mãe havia acordado, a garotinha correu até ela. Os velhos não conseguiam tirar os olhos da menina, então Lilith enfiou, de um modo desajeitado, os cachos sob o chapéu. Ally deu um beijo na filha e olhou pela janela. O trem diminuíra a velocidade. Estava parando na estação. Seus olhos percorreram a plataforma, passando pelas pessoas que aguardavam com ansiedade as suas famílias. Ela esperava encontrar Stella no meio da multidão, mas estremeceu ao ver os soldados.

Entraram na estação, que era tão familiar para Ally, mas ela de repente sentiu como se estivesse de volta a Berlim, como se a distância tivesse sido apagada. Como na capital, havia bandeiras com suásticas penduradas por toda parte, em todos os cantos da estação, como se a eleição não tivesse acabado, como se vivessem uma campanha política sem fim para garantir a vitória contínua do grande sedutor. Uma banda de música tocava uma marcha. A música soava dissonante, vulgar. Os instrumentos a atacaram. "Não queremos você aqui", pareciam gritar.

Ela avistou Stella, parada no meio da multidão agitada. Ally e Lilith se apressaram. Stella usava um longo sobretudo azul da Prússia, os cabelos ondulados presos para trás deixando a testa livre; seus lábios, pintados de um vermelho vivo.

– Stella – Ally sussurrou aliviada.

Stella curvou-se e cumprimentou primeiro Lilith.

– Você deve ser a famosa e brilhante Lilith.

Lilith estendeu a mão, séria, com os olhos arregalados.

– Pode dar um beijo na tia Stella, ela é muito amiga da mamãe.

Stella ficou corada.

– Vamos pegar um táxi – disse Stella. – Parece que vai chover. Vamos! Deixe-me cuidar da sua mala.

– Não há necessidade, nós conseguimos carregar. Não é mesmo, Lilith?

Lilith assentiu e sorriu. Estavam perto da banda, que tocava os últimos compassos de uma marcha empolgante. Atrás delas havia uma imagem colorida ampliada do Führer. Um grupo de jovens cantava uma música que Ally reconheceu. A cantoria ficou mais alta, e Ally começou a tremer quando ouviu um dos versos: *Denn heute gehört uns Deutschland, und morgen die ganze Welt...* (Porque hoje a Alemanha é nossa, e amanhã, o mundo inteiro...).

O táxi se afastou do caos comemorativo, dos cartazes, do coro intimidador de vozes.

– Veja, Lilith. Era aqui que tia Stella e eu costumávamos passear, antes de você nascer – disse ela, olhando para o pequeno afluente do Reno. – Às vezes, durante a semana, descíamos até o vale de Neander. Mas não nos fins de semana... nós os reservávamos para ver seu pai no palco do Schall und Rauch. Tudo parece tão diferente agora...

– Todos nós mudamos – disse Stella. – Vivemos em uma nova Alemanha, Ally. Já está na hora de você acordar. Você não pode dormir durante tudo isso.

Ally ficou em silêncio até saírem do táxi. Ela mal reconhecia a amiga. Quando eram crianças, Ally e Stella haviam feito um pacto de ir estudar em Berlim juntas, onde morariam no mesmo apartamento até o dia em que se casassem, e também queriam se casar no mesmo dia. Elas subiriam juntas ao altar. Construiriam suas casas lado a lado, seus bebês nasceriam na mesma época e, assim como elas, seriam melhores amigos por toda a vida.

– Eu lhe contei que consegui entrar em contato com Tom? – Ally disse, seguindo-a escada acima.

– Estou surpresa que ele ainda não tenha ido embora.

– Ele vai voltar para Nova York assim que puder. Está com medo.

– Essa é a melhor coisa que ele pode fazer. Não adianta olhar para trás, Ally. Não vai fazer bem algum a nenhum de nós.

– Ele vai me encontrar hoje à noite, antes de partir.

Stella suspirou, balançando a cabeça.

– Você deve saber no que está se metendo.

O elegante apartamento de Stella ficava no quarto andar. Havia cortinas de seda escura na sala de estar. Quando Stella as afastou, uma luz fraca se infiltrou na sala. Lilith correu para a janela.

– Olhe, mamãe, o rio.

– Vocês duas podem usar o meu quarto. Vou dormir no escritório.

– É um lindo apartamento. Você mora com alguém?

– Sim, mas ele está viajando por algumas semanas.

– Não se preocupe. Partiremos em alguns dias.

– Fique o tempo que precisar, Ally. Mas, a esta altura, não acho que você encontrará muitas respostas.

– Só quero saber onde ele está.

Os olhos de Stella se fixaram na garota.

– Ela está nos ouvindo.

– Ela sabe que viemos procurar o pai dela.

– Ally, Marcus foi embora há mais de um ano. Você mesma me disse isso.

— Ele não foi embora, Stella. Eles o levaram. Assim como levaram Lonnie. Ou você não se lembra disso? Não se lembra de como você chorou?

— Vou preparar uma xícara de chá para nós. Você precisa de uma.

Elas se sentaram à mesa da sala de jantar, ao lado de uma estante na qual havia um retrato do Führer em uma moldura de bronze, com uma fita vermelha amarrada em um canto.

Stella viu que a foto deixou Ally desconfortável e fechou os olhos.

— Não sei em que mundo você está vivendo — ela disse enquanto servia o chá e oferecia a Lilith um biscoito gelado. — Eles são deliciosos, Lilith. Sua mãe e eu os adorávamos quando tínhamos sua idade.

Lilith pegou o biscoito e voltou para a janela.

Ally tomou um gole de seu chá devagar. Estava na casa de uma estranha. A luz na sala era fraca, e era como se houvesse uma fina camada de vidro entre elas. Até o cheiro de Stella estava diferente. Sentiu as palavras que trocavam condensando com o vapor de seu chá.

— Não sei como é lá, mas aqui tudo mudou — Stella prosseguiu.

— Também em Berlim, não somos mais os mesmos.

— Pelo bem de sua filha, volte para Berlim. — A voz de Stella ficou tensa. — Você não vai encontrar nada aqui. Pense em Lilith.

— Devo ter medo? — questionou Ally com um tom de ironia.

— Sim, por que não deveria? — Stella levantou a voz. — Eu ficaria com medo se estivesse no seu lugar. Com uma...

— Uma bastarda da Renânia?

— Você sabe o que eu quero dizer. Sua filha...

— Ela é minha filha, e é tão alemã quanto você.

— Ela é diferente. Nós nunca deveríamos ter ficado com os músicos. Era apenas um pouco de diversão. Mas você...

— Stella, eu amava o Marcus — Ally voltou a interrompê-la. Percebendo que havia usado o verbo no passado, ela gaguejou: — Ele é... ele é o pai da minha filha. — Sua voz então se tornou frágil.

– Pelo menos, ela não saiu tão escura quanto o pai, e tem as suas feições. Mas o cabelo... o problema é o cabelo.

– Stella, Lilith é minha filha.

Ally terminou o chá e foi pegar o casaco e a bolsa no quarto. Então, ela caminhou até onde estava Lilith e se ajoelhou para abraçá-la.

– Procure se comportar. Você vai ficar com a titia por algumas horas. Dê um beijo na mamãe.

Lilith jogou os braços em volta do pescoço da mãe e a abraçou com força, e Ally a pegou no colo.

– Você está ficando tão pesada... Em alguns meses, não conseguirei mais levantá-la do chão.

– Tenha cuidado, Ally. Eu cuidarei de Lilith, não se preocupe – assegurou Stella.

Ally desceu as escadas com cuidado. Contou cada passo como se relutasse em chegar ao seu destino. Parou em frente à porta de entrada e olhou em volta, para os prédios de tijolos vermelhos e amarelos. Cortinas floridas nas janelas, portas imaculadas, o latão polido dos números. A um mundo de distância do prédio decrépito em que ela e Stella outrora dividiram um quarto úmido e mofado.

Pegou o metrô em direção ao centro. A essa hora da noite, os vagões estavam lotados. Não havia mais vampiros caçando mulheres como ela; agora, havia soldados por toda parte. Olhou para os rostos dos rapazes, todos resplandecentes com a alegria de ter um propósito. Olhou para as insígnias na jaqueta de um jovem, e ele sorriu para ela com orgulho. A euforia dele causou arrepios em sua espinha.

Ela subiu ao nível da rua, deixando a estação para trás, e caminhou em direção à cervejaria. Não havia longas filas, agora, nem casais fumando do lado de fora. Faltavam luzes na placa acima da porta de entrada do clube. O último "L" e o "R" não estavam acesos. As palavras não faziam mais sentido.

Entrou e viu que todas as luzes estavam acesas. Sentiu falta da escuridão. Um homem de cabelos brancos e terno amarrotado estava sozinho em uma das mesas, bebendo cerveja. Havia duas mulheres sentadas perto do palco. O restante das mesas estava vazio. Quando atravessou a sala, um *barman* com dentes pequenos acenou com um *olá* de uma forma que parecia familiar. Ela não o reconheceu. Ouviu passos sobre as tábuas do palco, os saltos ressoando como tiros. Não havia holofotes. Um homem caminhou em direção ao armário de adereços. Ela ouviu o familiar *Senhoras e senhores...* e rezou por um milagre.

No entanto, Marcus não subiu ao palco.

Ela foi até o bastidor do lado esquerdo do palco e abriu uma das portas secretas que conduziam aos camarins. As lâmpadas brilhantes em cada canto do palco penetravam as cortinas com feixes de luz. Não havia dançarinas correndo para subir ao palco. Ela caminhou até o camarim onde Marcus costumava se reunir com os outros músicos. Tom estava esperando por ela na porta. Ele gesticulou para que ela entrasse e deu-lhe um abraço rápido. Ela não reconheceu nenhum dos outros músicos e percebeu que Tom era o único homem negro na sala. Ninguém se preocupou em cumprimentá-la.

Ela viu o saxofone de Marcus encostado em um canto, coberto de poeira, do mesmo modo como ele devia ter deixado. Ally procurava pistas, sinais, qualquer coisa que pudesse levá-la a ele.

Foi até onde estava o instrumento e o pegou. Lançou a Tom um olhar suplicante, e ele se aproximou dela com o estojo. O sax era a única coisa de Marcus que ela conseguia ver. Tom o enfiou dentro do estojo, que estava coberto com imagens da Torre Eiffel, da Estátua da Liberdade, do Portão de Brandemburgo.

Não havia nada para perguntar. O que ela estava fazendo ali? Sentiu que ia desmaiar e amparou-se em Tom, soluçando. Sentiu que nunca mais encontraria Marcus. De repente, ocorreu-lhe que, se vissem o saxofone, perceberiam que ele era apenas um músico, alguém que até havia tocado para um filme alemão. Marcus era alemão, tão alemão quanto ela.

– Marcus precisa do saxofone dele – Ally disse com os dentes cerrados, lutando contra as lágrimas, quase chorando.

Tom segurava um maço de cartas bem amarradas com barbante vermelho.

– São suas. Você deveria ficar com elas.

Ally olhou para as cartas que havia escrito para Marcus. Todas elas tinham sido abertas e lidas. Segurá-las era desolador. Sentiu como se tivessem sido escritas por outra pessoa. Percebeu que Tom já havia se acostumado com a perda de Marcus, Lonnie e sabe-se lá quantos outros amigos. Agora, era a sua vez de fazer o mesmo.

Tom explicou como a polícia encontrara algumas cópias de uma revista política clandestina que estavam com Marcus. Uma revista à qual seu amigo Lonnie supostamente estava associado. Apesar de não terem provas, determinaram que Marcus era o autor de alguns dos artigos anônimos da revista.

Ally sabia que Lonnie e Marcus não foram os primeiros a ser levados e que não seriam os últimos. Com certeza, Tom seria o próximo se não partisse agora. Eles saíram do cabaré. Tom carregava o estojo do saxofone de Marcus. Permaneceram sob o toldo no escuro.

– Marcus sempre me disse que nosso relacionamento não duraria. Ele sabia que nunca nos aceitariam, mas eu sempre tive esperança. Eu não me importava que as pessoas nos vissem juntos.

– Ele estava protegendo você. Estava muito preocupado com você e com o bebê porque sabia que você tinha que sair daqui, mas também estava animado com a ideia de se tornar pai.

Os olhos de Ally se arregalaram.

— Você quer dizer que ele concordou com a ideia dos meus pais de me mandar para Berlim?

— Você não podia ficar aqui com ele... Era muito perigoso.

— E Berlim não era?

— Em Berlim, você tinha um apartamento. Onde você teria morado aqui?

— Com Marcus.

— Ninguém teria alugado um apartamento para um casal como vocês.

Ally abaixou a cabeça, sentindo-se esgotada.

— Você está cansada. Deveria ir para casa. Não acho que seria uma boa ideia eu acompanhá-la. Estará mais segura sozinha.

— Antes, quando Stella e eu saíamos sozinhas à noite, tínhamos medo do Vampiro. Agora, tenho medo a cada minuto do dia, mesmo que tenha alguém comigo.

Ally mantinha o olhar fixo no estojo do saxofone. Ela sentiu tudo girando ao seu redor, apanhada em seu próprio medo. Sabia que nunca mais veria Tom, nem Lonnie, nem Marcus. Pelo menos, Tom iria se salvar.

Eles caminharam um pouco, de cabeça baixa, em silêncio, contando os passos. Um policial aproximou-se dela, parou-a e agarrou-a pelo braço.

— Você está bem? — O homem olhou para Tom. — O que esse negro imundo está fazendo? Ele a machucou?

— É você quem está me machucando! — ela respondeu com raiva. — Deixe-me em paz.

Desvencilhou-se da mão dele sacudindo o braço, e eles correram para a estação do metrô sem olhar para trás. Chorando, ela abraçou Tom e depois entrou no trem sozinha. Aquilo era um adeus.

Quando chegou ao apartamento de Stella, foi direto para o quarto e deitou-se ao lado de uma Lilith adormecida. Um pouco antes de amanhecer, ela se levantou e se vestiu. Contemplou a cidade, seu murmúrio calmo, a névoa fria. Em poucas horas, começaria o alvoroço, as hordas da juventude se preparavam para construir a nova Alemanha, onde ela e a filha não tinham lugar.

Ela andou até a mesa com o maço de cartas e as abriu. Reconheceu sua caligrafia, mas não o que havia escrito. Passou por elas, uma por uma, relendo frases estranhas que apareciam vez ou outra.

*Espere por mim, eu voltarei.*
*Ela tem os seus olhos e o meu sorriso. Lilith nos guiará.*
*Eu o ouço antes de fechar os olhos, mas a cada dia sua voz fica mais fraca. Não me abandone.*
*O que nos tornamos, Marcus?*
*Venha nos ver. Lilith precisa de você.*
*Ela aprendeu a dizer papai antes de mamãe.*
*Noite... Eu sempre espero a noite chegar.*

— Mamãe... — Com seus cabelos desgrenhados, Lilith veio até onde ela estava.

— Olhe o estado do seu cabelo. Preciso desembaraçá-lo para você, mas não podemos fazer barulho, tia Stella está dormindo.

Ally foi para o quarto. Procurando um pente, abriu o guarda-roupa e encontrou um na gaveta de cima. Ao lado, havia insígnias militares, selos de metal com suásticas e um revólver em um estojo de couro. Ela viu vários uniformes pendurados. Fechou o guarda-roupa e voltou para Lilith.

— É hora de juntar nossas coisas, vamos embora daqui. — Agitada, ela começou a desembaraçar os cabelos de Lilith.

— Vamos para um hotel?

— Não, vamos voltar para Berlim.

Lilith não fez mais perguntas. A menina não sabia onde havia acordado ou do que sua mãe estava falando. Se havia encontrado seu pai ou não. Ela queria chorar, mas conteve as lágrimas com todas as suas forças. Não era hora de ser uma garotinha indefesa.

· ✦ ·

Com apenas 3 anos de idade, Lilith já havia aceitado que talvez nunca fosse conhecer seu pai. Quando soprou as velas de seu bolo de aniversário naquele ano, e depois, em todos os anos que se seguiram, seu desejo não era para si mesma, mas para sua mãe. Era sua mãe quem precisava encontrá-lo. Lilith se contentava em se esconder. O que mais ela poderia pedir do que se perder nos livros de *Herr* Professor, ou nos passeios noturnos pelo belo parque, que, naquelas horas, era só delas?

Segurando a mão de Lilith, e também a mala, Ally deixou Düsseldorf rumo a Berlim sem se despedir de Stella nem da cidade, como se nunca tivessem feito parte de sua vida, como se Marcus nunca houvesse existido. A única coisa que importava para ela era o presente. A lembrança não era mais um escudo. Ela havia perdido seu refúgio. Lilith era seu presente. A viagem não foi o que ela queria, mas era o que precisava fazer. Enfim, compreendera que Marcus havia desaparecido de sua vida para sempre.

# 5

## Dois anos depois
## Berlim, agosto de 1936

—Mamãe! É o Jesse! – a garotinha gritou, e Ally e *Herr* Professor correram para o rádio.

Lilith estava sentada de pernas cruzadas no chão de madeira, evitando o tapete que a fazia se coçar. Sua mãe e *Herr* Professor se juntaram a ela para aproveitar o único contato que tinham com o mundo exterior: uma caixinha mágica de madeira com detalhes dourados.

Para Lilith, que agora tinha 5 anos, o rádio era uma espécie de templo sagrado com um rosto de mulher. Ela podia ver seus olhos, o nariz e a boca sorridente e, no topo, a forma oval de uma coroa. Em mais de uma ocasião, sua mãe a encontrara conversando com ele como se fosse um amigo leal. Algumas vezes, Lilith adormecia ao som do aparelho quando as estações terminavam de transmitir as programações. O crepitar, que para ela mais parecia um assobio, havia se tornado sua canção de ninar favorita.

*Duas mil e quinhentas pombas no céu sobre Berlim. Agora, os canhões estão sendo preparados para receber o símbolo da glória olímpica alemã.* A voz de Paul Laven, a quem a garotinha adorava, ressoava por todo o prédio. A Alemanha inteira estava num clima de expectativa.

*Da Reichs-Rundfunk-Gesellschaft, transmitindo para todo o mundo*, o apresentador da rádio anunciou com entusiasmo. *Milhões estão ouvindo hoje, aqui, na nova Alemanha. E, agora, o momento que todos nós esperávamos, a corrida de cem metros.*

Ally e *Herr* Professor deram as mãos, seus olhos se mantinham em Lilith, que encarava com fixação a caixa mágica. Os três prenderam a respiração e fecharam os olhos. Todos tinham esperança. Jesse Owens, o corredor negro americano que havia conquistado três medalhas de ouro no maior e mais famoso evento esportivo do mundo, tinha a chance de quebrar um recorde e conquistar a quarta medalha.

Um ano se passara desde o *Nürnberger Gesetze*. As novas leis raciais acordadas durante uma reunião em Nuremberg haviam sido publicadas no *Der Stürmer*. A mensagem era clara: a pureza racial deveria reinar na Alemanha. A sobrevivência de um mestiço, de um mulato, de um *mischling*, de um judeu, dependeria de quão impuro fosse seu sangue. Uma tabela publicada no jornal permitia que as pessoas descobrissem se a mistura, o erro, era de primeiro ou segundo grau. Levavam em conta a cor da pele, o tamanho da cabeça, a proporção da testa, do nariz e dos olhos e as capacidades físicas e mentais. No dia em que foi assinada a *Lei de Proteção do Sangue Alemão e da Honra Alemã*, começou-se a definir a raça de cada cidadão e a registrar os resultados. Os impuros não tinham permissão para se casar e se reproduzir. Nem poderiam trabalhar em empresas ou em uma universidade. Infringir a lei era punível com prisão, multa ou trabalhos forçados. Deixar a Alemanha era impossível. Era necessário um passe de saída, um visto, um patrocinador. Foi nesse dia que Ally começou sua vigília.

– Jesse vai ganhar, vocês vão ver – disse Lilith, com os olhos bem fechados. – Tenham fé nele.

– Lilith, ele já ganhou três medalhas – Ally a lembrou. – Ele não tem mais nada a provar. É um grande atleta.

– A quarta! Precisamos da quarta!

Lilith havia contado à mãe, algum tempo antes, que queria ser uma atleta, uma corredora de longa distância. Tinha o mesmo sangue de Jesse, ela disse, e, em alguns anos, também seria tão alta quanto ele. Quando iam ao Tiergarten à noite, Lilith corria de um lado para outro até ficar sem fôlego. Quando torceu o tornozelo e teve que tratá-lo com uma bolsa de gelo, ficou acordada por vários dias, correndo com os olhos fechados, imaginando táticas e truques que lhe permitissem prender a respiração, conservando apenas o oxigênio suficiente em suas veias para conduzi-la até a linha de chegada: primeiro, o nariz, depois, a testa, a cabeça, os ombros e o tronco. Ela sabia que tinha que começar com inspirações profundas, prender a respiração, manter o ritmo. Três passos, inspire. Três passos, expire.

Passava horas ouvindo a mãe lendo para ela, e, às vezes, sua mente viajava para lugares distantes, onde se encontrava na pista de corrida de um estádio olímpico deserto. Na época, a mãe estava lendo para ela uma biografia de Abraham Lincoln por Emil Ludwig. A constante vigília as levou a conhecer Napoleão, Cleópatra, Goethe, todos trazidos à vida pelas palavras de Ludwig. Para a menina, as narrativas sobre essas figuras históricas eram grandes aventuras. Ally não ousava ler para Lilith os próprios poemas, que começavam a ser publicados em um periódico literário universitário. No dia em que *Herr* Professor lhe trouxe alguns exemplares de uma edição que continha seus poemas impressos, Ally empalideceu.

– Isso vai nos colocar em apuros. Meus poemas não são uma ode à nova Alemanha.

– Você vai ficar bem. Não creio que cheguem a muitas pessoas por meio desta pequena revista – disse *Herr* Professor.

– Mas parece que publiquei os poemas em resposta às leis raciais – disse Ally.

– Quem está na universidade sabe que esses poemas foram escritos há muito tempo. Nada é publicado da noite para o dia. No entanto, acho melhor mantermos essas revistas longe de Lilith e até mesmo de Franz.

– Eu não deveria tê-los publicado. Não posso me dar ao luxo de atrair alguma atenção agora.

– Não vai acontecer nada. Nem a você nem a Lilith. Não precisamos nos preocupar, pelo menos não por enquanto.

Alguns dias depois, Ally e *Herr* Professor decidiram tomar a precaução de remover de suas prateleiras quaisquer livros que pudessem ser condenáveis. Lilith os ajudou a contragosto.

– Vamos ficar com os livros de Emil – declarou *Herr* Professor.

– Um dia, Emil escreverá sobre Jesse, vocês verão – disse Lilith.

Emil e Jesse se tornaram seus novos amigos imaginários. Conversava com eles como se estivessem sentados na poltrona da sala, ou na escrivaninha, escrevendo, exaustos por causa da concentração.

– Quero uma fotografia de Jesse em meu quarto – disse ela à mãe, segurando a biografia de Napoleão.

– Tenha cuidado com esse livro – Ally respondeu. – Vá colocá-lo de volta na prateleira.

– Alguém poderia nos conseguir um jornal com Jesse nele. Talvez Franz...

– Não acho que seja uma boa ideia – Ally a interrompeu, virando-se para *Herr* Professor em busca de apoio.

– Jesse pode ser um herói para nós, mas, em seu próprio país, duvido que o tenham em tão alta conta. Como corredor, talvez; como medalhista, também. Mas daí a ele ser um herói...

*Herr* Professor sorriu para Lilith. Ao ver como ela se empolgava com as corridas, confessou-lhe que, na juventude, havia sido um aspirante a atleta. Ele havia se interessado pelo atletismo e tornou-se um corredor de longa distância. Não chegava nem perto do padrão de Jesse Owens, claro, mas era bom o suficiente para disputar corridas com escolas de outras cidades.

– E você já competiu nas Olimpíadas? – Lilith perguntou com entusiasmo.

– Minha paixão pelos livros logo superou minha paixão pelos esportes. E de todo modo, Lilith, vendo Owens agora, percebo que para mim foi apenas uma coisa de infância. Na verdade, acho que só pratiquei esportes para agradar meu pai. Você sabe o que eu adorava? Férias ao longo da costa do Mar do Norte. Um dia, viajaremos para lá e nos perderemos nas dunas...

A voz grave do locutor da rádio soou, expondo as glórias que ele estava testemunhando.

*O Estádio Olímpico, a maior construção já imaginada pelo homem, está lotado. Mais de cem mil espectadores estão aqui para torcer pelos nossos atletas alemães. Graças ao Führer, nossa nação agora tem o melhor estádio esportivo do mundo.*

– Podemos visitar o Estádio Olímpico uma noite?

– Eles o fecham à noite, mas, sim, podemos olhar de fora – Ally disse.

A multidão estava tensa. A respiração superficial do apresentador podia ser ouvida. De repente, gritos de *Sieg heil! Sieg heil!* assustaram Lilith.

– Lá está ele – disse *Herr* Professor. – Eles nem precisam anunciar sua chegada.

"Só existe uma raça superior, e isso está prestes a ser demonstrado agora", continuou o apresentador. "O espírito olímpico é, em essência, alemão."

– Acho que eles podem ter uma surpresa hoje – *Herr* Professor disse com os dentes cerrados.

Lilith gesticulou pedindo silêncio. Ela queria se concentrar. Sabia que a corrida era curta, quase como um suspiro. Uma distração, uma piscada ou um espirro, e eles podiam perder.

– Três passos, inspire – Lilith disse, os surpreendendo. – Três passos, expire.

*E aí vêm eles. Podemos ver os atletas entrando na pista, um a um. Estão em suas marcas. Estes serão os segundos mais longos da história do esporte olímpico alemão. Podemos sentir a brisa. Esperamos que o vento esteja atrás de nós.*

Uma pausa. Outro silêncio longo demais no rádio.

*Eles estão prontos. Aí vem o tiro de partida! O negro é o primeiro a largar!*

A aclamação do público abafa o som do apresentador, que está tão absorto que se esquece de descrever a corrida. Talvez não fosse o que ele esperava. E tudo acontece na frente do Führer, na frente do povo. A raça superior nunca deve perder. Fique calmo. Mais um segundo.

*São O-vens, Metcalfe e Osendarp.*

Paul Laven fica sem fôlego e entrega o microfone a outro apresentador.

*Isso é tudo o que temos para hoje.*

Lilith, Ally e *Herr* Professor não reagem. O olhar de Lilith vai de Ally a *Herr* Professor, antes de retornar para o rádio. Ela quer ouvir o nome de Jesse: O-vens. Quer que Paul Laven diga o nome dele. Ninguém mencionou que ele é o vencedor. Uma quarta medalha. Ele só precisava de uma quarta medalha para ser imortal. Os três se levantam, dão as mãos em círculo e pulam de alegria.

Eles ouvem comemorações da caixinha mágica:

"O-vens! O-vens!"

# 6

## Dois anos depois
## Berlim, outubro de 1938

Com 5 anos de idade, Lilith era capaz de usar o teorema de Pitágoras com total precisão. Falava sobre triângulos retângulos com admiração, como se estivesse descobrindo a fórmula pela primeira vez.

– Temos um gênio na família – disse *Herr* Professor.

Ally ignorava as frequentes palestras da garotinha, que, a princípio, a divertiram, mas, com o tempo, começaram a lhe causar preocupação. Não sabia se os seus talentos funcionariam a seu favor ou contra ela. Para *Herr* Professor, o conhecimento da menina era a resposta perfeita para quem tentava classificá-la como um ser inferior.

Lilith tinha 6 anos quando, um dia, acordou e, durante o café da manhã, definiu a fotossíntese com a cadência de quem recita os versos de Heine, o poeta preferido de Ally.

– O processo metabólico das células e dos organismos autotróficos, quando expostos à luz solar, pode ser aplicado de forma inversa à vida que eles viveram – disse ela.

Segundo Lilith, ela era a prova viva de que o luar era uma fonte de energia e nutrição tão válida quanto a luz do sol.

– Precisamos controlar os livros aos quais essa menina tem acesso? – *Herr* Professor perguntou, surpreso.

– A culpa é sua, ou melhor, da sua biblioteca – Ally respondeu sorrindo.

– Ninguém deveria ter um livro negado – Lilith interrompeu. – Não existe essa coisa de livros impróprios. Todo livro pode nos ensinar algo.

Diante desses ditos espirituosos, Ally e *Herr* Professor se entreolhavam, mordendo os lábios para não rir. Lilith, que nunca havia colocado os pés em uma escola, era prova de que não existiam raças superiores ou inferiores. Ally tentava se convencer disso sempre que lia as notícias alarmantes.

Muitas vezes, Ally se sentia culpada. Roubara a infância da filha, forçara-a a crescer, a amadurecer, enquanto os dias do calendário voavam em segundos. Não havia tempo a perder. Houve momentos em que ela desejou poder voltar no tempo e devolver a infância perdida de Lilith. Mas sabia que, por enquanto, precisava tirar proveito do brilhantismo da garotinha. Esse seria seu trunfo.

Com a ajuda de Franz, conseguiram uma consulta no número 4 da Tiergartenstrasse, onde ele trabalhava com o primo, que era especialista nas novas leis raciais. Se Lilith fosse aprovada pela comissão, se não fosse considerada inferior, não precisaria ser esterilizada por meio de raios X. Havia chegado a hora de demonstrar que Lilith era especial, que a cor de sua pele, a textura de seus cabelos, as proporções de sua cabeça e de seu rosto não eram impedimentos para seu progresso. Ally segurou o braço de *Herr* Professor e ele bateu na porta da frente da *villa*. Passara por ela tantas vezes, mas nunca havia parado.

– Alguns amigos de meus pais moravam aqui e costumavam me trazer, quando eu era criança – disse *Herr* Professor. – Pelo que me lembro, era como entrar em um museu. Eu não podia correr nem tocar em nada. Um descuido poderia terminar em catástrofe. Acho que acabaram abrigando alguns antiquários antes que o governo tomasse posse deste lugar.

Ele esperava que sua conversa aliviasse a tensão no rosto de Ally, mas ela parecia alheia. Uma mulher abriu a porta e, sem nem mesmo perguntar seus nomes ou quem tinham ido ver, orientou-os a segui-la. Parecia que não recebiam muitos convidados.

As salas estavam vazias, como se não houvesse mais ninguém na *villa*. Os consultórios foram instalados nos andares superiores. De um lado, viram a sala de jantar, que tinha um enorme lustre com pingentes em forma de lágrima pendurado no centro. Seguiram a criada até a biblioteca. Ela gesticulou para que entrassem e depois saiu. Incontáveis livros encadernados em couro, todos do mesmo tamanho, preenchiam as prateleiras, apoiados em aparadores de bronze. Representações egípcias – bustos, jarros, esfinges – ocupavam o tampo sobre uma mesa retangular de mármore verde-escuro. *Herr* Professor passou os olhos por cada uma das imagens, como se tentasse memorizá-las. Ally fixou o olhar na porta, esperando encontrar Franz. Sentaram-se, ainda de casaco, como se soubessem que a visita seria breve.

No interior daquelas quatro paredes, o futuro da filha seria decidido.

– Temos sorte de poder contar com Franz – disse *Herr* Professor.

Ally virou a cabeça para olhar as tapeçarias com suas paisagens bucólicas, cenas da Arcádia habitadas por adoráveis querubins. Então, ela ouviu passos, e suas bochechas coraram. Sorriu. Estava esperançosa. Quando Franz entrou, Ally sentiu que a biblioteca estava iluminada. Ela se levantou e o abraçou. Ele deu uns tapinhas em suas costas, de um modo meio frio.

– Ally, não se esqueça de que Franz está trabalhando.

– Meu primo – Franz corrigiu, com firmeza. – É meu primo Philipp quem trabalha aqui. Vamos.

Philipp Bouhler estudava filosofia e escrevia para o jornal *Völkischer Beobachter*. "Um humanista em busca da perfeição", dizia *Herr* Professor com ironia sempre que Franz elogiava o primo. Desde que se tornara um *Reichsleiter*, fora instruído a implementar as leis de higiene racial, que não estavam sendo seguidas à risca por todos os médicos. Agora, o programa Aktion T4, que recebera o nome do endereço onde ficava localizada a *villa*, estava sendo colocado em prática em todos os hospitais do país. Destinada, a princípio, a impedir a transmissão de defeitos hereditários, incluindo imperfeições físicas e mentais, a lei acabou por incluir a impureza racial.

– Sinto muito por ter pedido que viessem. Infelizmente, meu primo não pode nos receber agora – disse Franz sem olhar para eles. – Não há nada que possamos fazer para evitar. Lilith tem que passar no exame da comissão.

Franz conduziu-os pelas grandes salas com a autoconfiança de um residente. Como era bem familiarizado com o funcionamento do antigo trinco da porta do jardim, ele o abriu, e eles deixaram o prédio. O Tiergarten se estendia diante deles, as copas das árvores se mesclavam às nuvens cor de estanho. Uma chuva se aproximava, e o ar dos jardins revitalizou Ally. Ela só precisava que Franz lhe dissesse o que fazer. Seguiria suas instruções ao pé da letra. Não havia outra maneira de escapar.

Mulheres empurravam bebês imaculados em seus carrinhos pelos caminhos bem-cuidados. Bandeiras tremulavam de um modo triunfante em meio à brisa. À distância, os bondes circulavam pela cidade como em qualquer outro dia tranquilo de dezembro. Para ela, a tempestade iminente já havia começado.

– Uma comissão pode condená-la – Franz disse baixinho.

– Lilith passa pela comissão – *Herr* Professor disse de um modo claro.

Franz ficou em silêncio. Ally esperava que o relacionamento próximo dele com Philipp e a admiração que ele sentia pelo primo a libertassem de seu tormento. Ainda assim, Lilith tinha todas as qualidades de que precisava para se salvar. Ela havia nascido na Alemanha, filha de mãe alemã, cercada pela cultura e pelas tradições alemãs. Nunca tivera nenhum contato com o pai, nem com a família dele. Não sabia de verdade quem ele era, ou qual era sua aparência. Lilith era filha de um fantasma, uma ilusão.

– Vocês não encontrarão uma garota mais esperta do que a nossa Lilith – exclamou *Herr* Professor com entusiasmo.

– Lilith é brilhante – Ally concordou, sorrindo. – Sabe... antes mesmo de aprender a ler ou escrever, ela desenhava números. Era como se estivesse elaborando uma fórmula complexa. Lilith absorve conhecimentos em tudo a que se propõe a fazer.

– Eles precisam verificar se Lilith não tem deformidades – prosseguiu Franz.

– Deformidades? – Ally perguntou, estupefata.

– Quero dizer... o formato da cabeça dela. Precisam verificar se o seu nariz não é desproporcional, ou os lábios. Por sorte, sua pele não está rachada nem é brilhante. Não é muito escura, mas, ainda assim, é escura o suficiente para ser rejeitada. E o cabelo dela... Isso é o que a entrega também.

*Herr* Professor e Ally tentaram manter a calma. Ally engoliu em seco, sua garganta ardia. Não queria acreditar no que estava ouvindo. Sentiu como se estivessem discutindo sobre um cavalo ferido que precisava ser abatido para pôr fim ao seu sofrimento. Sua filha era um elo perdido em um zoológico, uma amostra, um espécime a ser estudado.

– Há três júris para convencer – explicou Franz. – Eles atestam se a pessoa é um bastardo da Renânia. Analisam qual percentual pode ser repassado aos seus descendentes. Dependendo do que encontram, determinam se ela deve ou não ser esterilizada.

— Franz, nós sabemos disso. Minha filha não vai ser esterilizada.

— Eu não estou dizendo...

— Viemos aqui na esperança de que seu primo pudesse salvar minha filha, não para submetê-la a alguma comissão que pudesse condená-la — Ally o interrompeu com uma frieza que *Herr* Professor e Franz nunca haviam visto nela antes. — O que torna o sangue dela diferente do meu ou do seu?

— *Some rise by sin, and some by virtue fall*[33] — recitou *Herr* Professor, abatido.

Desanimada, Ally sentiu o peso das nuvens sobre ela. Queria explicar mais uma vez a Franz que uma comissão não aprovaria sua filha. Por mais brilhante que fosse, a garotinha seria considerada pelos membros da comissão uma nódoa na raça alemã e no futuro do país. Para evitar os danos que Lilith poderia causar, iam querer esterilizá-la para que seu útero impuro nunca pudesse produzir frutos.

Eles caminharam em direção ao Portão de Brandemburgo. Ally compreendia agora que a *villa* número 4 na Tiergartenstrasse não lhes forneceria a ajuda de que precisavam. A salvação não estava nas mãos de Philipp Bouhler. O Aktion T4 só poderia condenar sua filha.

Começou a chover. As gotas frias da chuva tiraram Ally de seu labirinto mental. Ela tinha que parar de pensar assim. Queria estar com a filha, queria que nunca fossem separadas por nada nem por ninguém.

Estavam atravessando a Unter den Linden em direção ao rio Spree quando *Herr* Professor os parou de repente.

---

[3] "Uns se elevam pelo pecado, outros caem pela virtude." William Shakespeare, *Medida por Medida*, ato V, cena I. (N. da T.)

— Os Herzog! — exclamou ele, triunfante.

— Não acho que possam nos ajudar — disse Ally. — Eles simplesmente perderam tudo. Estão arruinados.

— Quem são eles? — perguntou Franz.

— Meus vizinhos judeus — respondeu Ally. — Moram no primeiro andar, perto da entrada, à esquerda.

— Nunca os vi.

— Desde que a loja de iluminação foi destruída, eles se trancaram em casa — explicou *Herr* Professor. — O único filho deles foi levado para Sachsenhausen, e eles não o viram mais desde então.

— Eu não os conheço muito bem, mesmo — Ally disse envergonhada. — Que horrível. Não sabia dessa história sobre o filho deles.

— Eles perderam tudo e, agora, não sabem como fugir — continuou *Herr* Professor. — Aguardaram por tempo demais. Não queriam partir e deixar o filho para trás. Estão procurando um país para onde possam se mudar, bem longe daqui.

— Lilith — Franz disse.

— O que Lilith tem a ver com os Herzog? — Ally parecia confusa.

— Podemos ajudar os Herzog a fugir, e Lilith poderia ir com eles — explicou Franz. — Talvez ela passe por judia, não acha? Tem a pele escura, mas não muito escura. Se cobrirmos o cabelo dela... Eu posso ajudá-los a conseguir passagens para um navio que deve sair de Hamburgo em breve.

— Para onde? — *Herr* Professor perguntou, de repente, esperançoso.

— Ouvi dizer que alguns estão indo para a Palestina. Até a Inglaterra aceitou muitos deles.

— Do que vocês dois estão falando? Eu não vou abandonar a minha filha!

— O que você prefere? — *Herr* Professor disse ofegante. — Que ela seja submetida a raios que poderiam matá-la? Se tivéssemos certeza de que só a deixariam infértil, mas esses raios...

Franz e *Herr* Professor pararam de falar quando viram que os olhos de Ally estavam vermelhos, sua respiração parecia irregular. Não sabiam se ela estava chorando ou se o seu rosto estava molhado da chuva.

Depois de uma longa pausa, Ally se recompôs.

— Vamos, Lilith está esperando por nós — ela disse, pegando Franz pelo braço. — O inverno logo chegará por aqui.

Eles não aceleraram o passo; pelo contrário, passaram a caminhar devagar na garoa. Haviam deixado Lilith sozinha, e, a essa altura, ela já deveria estar aguardando que eles voltassem para casa, observando as gotas de chuva escorrendo pela vidraça.

— Sete anos... — Ally repetia. — Sete anos... — Virando a esquina da Anklamer Strasse, ela avistou a janela de seu apartamento, que parecia muito distante. Mesmo de tão longe, podia ver o rosto feliz da filha.

Lilith e Ally sempre ansiavam por dias chuvosos da mesma forma que a maioria das pessoas espera o primeiro dia quente de sol depois de um longo inverno. Enquanto outras pessoas corriam em busca de abrigo, elas se sentiam livres sob as gotas frias. Era apenas quando chovia que as horas de luz do dia lhes pertenciam. Em sua capa de chuva com capuz, Lilith saltava sobre poças nas ruas de paralelepípedos de Mitte, e Ally corria atrás dela, arfando, mas sentindo-se livre. Encharcadas até os ossos, elas pulavam nos bancos do Tiergarten, suas risadas eram abafadas pelo barulho da tempestade, ouviam os passos ruidosos daqueles que buscavam abrigo e observavam os carros vagarosos na chuva. A polícia sumia: não havia mais ninguém para vigiar. Quem iria repreendê-las? Todo mundo estaria procurando se proteger do temporal, menos elas.

Eles abriram a porta da frente do prédio, e os três olharam na direção do apartamento 1B. Do lado direito do batente da porta havia um fino cilindro afixado num ângulo. Era a primeira vez que Ally notava a mezuzá na porta dos Herzog.

– Devemos falar com os Herzog agora? – *Herr* Professor perguntou num tom de determinação. – Não precisamos tomar uma decisão ainda. Podemos dizer-lhes que queremos ajudar e abrir as portas. É uma opção que não devemos descartar.

– Mais tarde. Não vamos deixar Lilith esperando, ela nos viu.

Franz fechou a porta, e eles ficaram parados sob a luz amarelada próximo ao elevador.

– Vou pelas escadas – Ally disse.

– Vou com você – disse Franz, segurando-a pelo braço.

– Vejo vocês mais tarde, então – disse *Herr* Professor. – Na minha idade, quanto menos eu usar minhas pernas, melhor.

Antes de subir, Ally passou o dedo pela mezuzá dos Herzog, tomando cuidado para que Franz não a visse. *Herr* Professor sorriu.

Quando chegaram ao terceiro andar, Lilith estava no corredor, aguardando-os.

– Vamos! É hora de nos divertirmos – Ally disse num tom alegre.

Lilith abraçou Franz, e ele tirou uma bonequinha de pano do bolso interno de seu sobretudo.

– Para mim? – Lilith perguntou surpresa. – Eu mereço isso?

Franz a abraçou.

– Ela se chama Nadine – ele sussurrou em seu ouvido.

A menina olhou para a boneca. Tinha tranças de lã amarela e um vestido azul. Seu nome estava bordado com linha vermelha em letras minúsculas em seu avental branco.

Lilith agarrou a boneca com força e depois a devolveu a Franz porque estava prestes a sair na chuva. Ela começou a descer as escadas.

– Vou ficar aqui com *Herr* Professor – disse Franz, olhando para Ally. – Nos vemos logo mais.

Ele a beijou no rosto e ela o abraçou. Ficaram assim até que as portas do elevador se abriram.

– Lilith já deve estar na calçada a esta altura – *Herr* Professor os interrompeu. – Aquela menina mal consegue esperar para sair na chuva.

# 7

## Três meses depois
## Brandemburgo-Görden, janeiro de 1939

Ally acordou à primeira luz da aurora com uma sensação de cansaço. Sentia como se o dia seguinte já houvesse acontecido e passado. Uma pessoa pode perder a noção do tempo da mesma forma que pode perder a visão, o olfato, o paladar. Ela se levantou, vestiu-se devagar, passou o batom e viu Lilith ao seu lado. Mas ela parecia estar a uma grande distância, tão longe que não conseguia distinguir suas feições. Ela encheu os pulmões de oxigênio e não conseguiu detectar nem uma única partícula de sua filha. Havia perdido todos os seus sentidos.

Lilith estava pronta; estava sempre pronta. Tinha momentos em que Ally até teria preferido uma filha que pudesse repreender, dar sermão, ralhar para que fizesse suas tarefas. Uma filha que precisasse ser estimulada a ler, ter boas maneiras à mesa, cumprimentar as pessoas com um bom-dia e despedir-se com um adeus. Adeus era essencial.

Elas pegaram o trem e, logo depois, desceram em plena luz do dia na cidade-jardim de Brandemburgo-Görden, onde minúsculas gotas congeladas de chuva derretiam ao cair do céu. O ar denso e a intensa iluminação as sobrecarregaram. "Tão perto de Berlim, mas tão diferente", pensou Lilith. Uma rajada de vento quase as derrubou. Lilith correu para perto da mãe e se agarrou a ela.

– Por que não viajamos à noite? – Lilith disse, estremecendo de frio.

– Bem, você pode ver que não há muitas pessoas por perto – disse Ally, tentando se orientar.

Atravessaram a avenida principal. Era o início da manhã, e a única alma próxima era de uma velha senhora parada em uma esquina. Um carro passou a toda velocidade. A velha ergueu os punhos com raiva.

– Onde está todo mundo? – a garotinha perguntou desconfiada.

– Noventa C da Neuendorfer Strasse – Ally disse em voz alta, sem olhar para Lilith. – Precisamos encontrar o primeiro prédio. Franz arranjou tudo. Eles só vão lhe fazer algumas perguntas e examiná-la, como acontece quando você vai ao médico.

Ally não acreditava nas próprias palavras. Estava fazendo o que dissera a Franz que jamais faria – submeter Lilith a uma comissão para julgamento. Ela seguia as instruções de Franz com uma tranquilidade que perturbava Lilith. A menina achava que deveriam ter ficado em Berlim, observadas, mas seguras, entre seus livros, com as cortinas fechadas. A escuridão era sua aliada. O que elas estavam fazendo em plena luz do dia em uma cidade estranha?

– Espero que esses médicos bobos não tenham mãos frias – Ally disse sorrindo, tentando animá-la.

– Não tenho medo do frio.

A menina se recompôs, segurou de novo a mão da mãe, e as duas atravessaram a rua deserta.

A cidade ainda estava adormecida. Não havia soldados nem bandeiras. Não havia janelas quebradas. Nada de marchas ou canções triunfais. Elas não viram uma única saudação, nem ouviram um *Sieg heil*! A harmonia as enervava. Quando desceram do trem, cruzaram o campo aberto e entraram na chamada cidade-jardim como se estivessem adentrando uma dimensão desconhecida. Franz dissera a Ally que tinha certeza de que, se a comissão avaliasse Lilith, a garotinha seria dispensada, que ela seria reconhecida como um benefício para a higiene racial. "Higiene." Essa palavra mantinha Ally acordada à noite, e Lilith, muitas vezes, a encontrava na biblioteca, reorganizando os livros nas estantes, depois de espanar a poeira que se infiltrava pelas paredes de seu reino cada vez mais frágil.

A comissão especializada que avaliaria a compleição física e a inteligência de Lilith não estava sediada na prisão transformada em hospital, mas um dos médicos trabalhava ali, e ele ajudaria a avaliar a pureza e o desenvolvimento mental da menina de 7 anos. Ally era mais uma prova de sua pureza. Não havia uma única gota de sangue judeu, negro ou de qualquer outra raça na família Keller. Também não havia alcoolismo nem vícios de qualquer tipo. Ninguém fumava, havia muito tempo tinham parado de comer carne e não havia histórico de transtornos como esquizofrenia, epilepsia ou depressão. Verdadeiro sangue alemão remontando a várias gerações. Além disso, eram católicos que nunca haviam se desviado para o protestantismo luterano, ao qual a maioria das pessoas sucumbira. Isso absolvia Lilith de qualquer pecado. Ela herdara de Ally uma pureza da qual pouquíssimos alemães da época podiam se orgulhar, quando um erro, uma pequena indiscrição ou um passado incerto poderia ofuscar ou até mesmo fechar as portas para um trabalho respeitável na nova Alemanha.

— Deveríamos nos mudar para cá, mamãe.

— Não acredite em tudo o que você vê. Não há muita diferença entre Brandemburgo e Berlim. É tudo a mesma coisa, Lilith querida.

O complexo que parecia desabitado era formado por quatro prédios semelhantes de tonalidade amarelo-esverdeada, com pequenas janelinhas, todas fechadas. Uma coluna de fumaça branca saía da chaminé de um deles. Elas subiram por uma elevação suave e viram um soldado de capacete, armado com um rifle. Ele as abordou. Ally permaneceu parada, hipnotizada pela fumaça branca inodora que as cercava. Lilith não tirou os olhos da arma do homem enquanto puxava o casaco da mãe para chamar sua atenção.

Ally cumprimentou o soldado e entregou-lhe um documento dobrado. Ele analisou o rosto e os cabelos da menina.

– Sigam-me – ele ordenou.

Eles deixaram os edifícios principais para trás. Lilith virou-se para o bloco com a coluna de fumaça subindo até ele se tornar apenas mais uma nuvem, como se estivesse alimentando o céu. O soldado as levou a um prédio isolado de dois andares com uma porta vermelha. Ele parou à porta, e poucos segundos depois um homem vestindo um jaleco branco apareceu. Por baixo, usava gravata preta, calça de veludo cotelê cinza e sapatos de couro engraxados.

– Bem-vindas – ele disse, estendendo a mão para Ally.

Suas mãos macias causaram um arrepio na espinha de Ally. O homem tinha uma voz grave e agradável. Cabelos escuros penteados para trás, pele pálida. Ally notou seus olhos cansados. Uma vez lá dentro, o homem tirou do bolso um par de óculos de armação preta, colocou-os e, com a meticulosidade de um detetive, observou a menina com atenção, como se ela fosse um espécime único, uma amostra especial a ser manuseada com extremo cuidado.

Eles foram para o saguão, onde havia um vaso de rosas brancas sobre uma mesa central; parecia que as hastes das flores competiam pela perfeição. Passaram por uma segunda porta, cujas dobradiças ruidosas rangeram na sala escura, somando-se aos estalos do piso de madeira. No outro extremo havia três médicos sentados, trajando jalecos brancos, com estetoscópios pendurados no pescoço. Todos olharam para elas ao mesmo tempo, com os braços apoiados em uma mesa de madeira preta polida. O brilho de uma luminária de mesa, com uma base dourada e a cúpula verde, ofuscava seus rostos. Em frente a eles, no centro do chão, do outro lado da mesa, um facho de luz marcava o local onde Lilith deveria se sentar, como se tudo tivesse sido coreografado. Ally e Lilith ficaram impressionadas com a amplidão da sala.

– Doutor Heinze – disse uma voz atrás delas.

O médico na extremidade direita adiantou-se e fez um sinal em direção ao facho de luz.

Naquela sala, o teto parecia quase tocar o céu, os lustres de bronze se perdiam nas alturas, de modo que a iluminação não passava de sombras projetadas nas cortinas de veludo vermelho-escuro como sangue seco. "Onde eu estou? Diante de um tribunal que pretende executar minha filha", Ally pensou. E ela era a única testemunha de defesa.

Ally caminhava devagar atrás do doutor Heinze enquanto ele guiava Lilith pela sala.

– Isso não será necessário – ela ouviu uma voz atrás dela dizer.

Ally entendeu que a frase era dirigida a ela, mas não conseguiu distinguir quem estava falando. Sentiu as palavras descendo dos céus, como se fossem uma ordem de Deus.

– Espere aqui – a voz sagrada prosseguiu.

Uma mulher indicou que ela deveria se sentar no canto oposto. Aquele gesto deixava claro que não se tratava de um pedido.

Havia uma cadeira num canto escuro, e Ally foi até ali, o único lugar em que podia aguardar. Sim, não havia dúvida de que tinha sido uma ordem. Sua filha teria de passar nos exames sozinha. Elas já sabiam que seria assim e estavam preparadas.

Outra mulher, também de jaleco branco e carregando várias folhas de papel, entrou na sala. Seus passos pareciam perfurar as tábuas do assoalho de madeira. Lilith sorriu, tentando ser simpática. A mulher não fez contato visual com a menina.

— Doutor Hallervorden — disse a mulher, entregando os documentos ao médico que parecia o mais velho, o mais experiente.

A mulher logo saiu da sala pela porta mais perto da mesa.

Com os olhos fechados, Lilith poderia sair dali flutuando para terras distantes. Em um segundo, seria transportada para jardins ou bosques ensolarados, em plena luz do dia. Se quisesse, poderia deixar seu corpo e contemplar a si mesma de cima, voando sobre a cidade, escondida entre as nuvens. Opa lhe ensinara a fazer isso quando ela começou a ler. "Se fecharmos os olhos, podemos construir nossa própria parede impenetrável. Se fecharmos os olhos, não há força no mundo que possa nos destruir." Lilith tinha certeza de que, se se empenhasse muito, poderia superar a fome ou o frio. Não precisaria usar o banheiro ou beber água. Com os olhos fechados, naquela sala rodeada de gigantes de jaleco branco, ela enfrentou a imensidão.

Ela sentiu um dos homens tirando o casaco dela com o maior cuidado. Ele a fez levantar um pé, depois o outro. Agora, estava descalça. Mãos desajeitadas tentaram desabotoar seu vestido. Sentiu quando, um a um, todos os botões de madrepérola soltaram-se de suas casas. Seu vestido se abriu e caiu no chão, acumulando-se a seus pés, como se houvesse derretido. Alguém a ergueu pelos braços. Seu corpo estava inerte, impotente, desprovido de peso. Eles a baixaram devagar, e ela sentiu o calor da madeira nas solas dos pés.

Com os olhos fechados, não havia perigo de derramar uma lágrima, de soltar um suspiro. Lilith estava nua no meio da sala, na frente de estranhos. E sua mãe? Melhor não pensar nela. Sentia-se mais forte do que todas as pessoas ao seu redor. O tempo havia parado. Ela não estava lá.

Ally observou Lilith à distância, um pequeno ponto no facho de luz. Ao vê-la nua, começou a tremer pensando no que poderiam fazer com ela. Era tudo o que podia fazer para absorver o frio, o medo, a dor e o horror. Lilith permaneceu forte; estava tão rígida que, por um segundo, Ally pensou que sua filha estivesse suspensa no ar.

 Enquanto despiam Lilith, um dos médicos começou a ler um dos documentos. Ally ouviu datas, quilos, gramas e um horário com precisão de minutos. Os detalhes do nascimento de sua filha. Deviam apenas ter dito que ela nascera na noite mais escura da estação, em Berlim. Que sua filha era uma filha da noite. *Uma bastarda da Renânia*, como ela ouvira a parteira informar.

 Um dos médicos se aproximou da menina com um instrumento pontiagudo de madeira e começou a medir seu crânio. Ele se concentrou em sua testa; depois, passou para o nariz. O último médico deixou a mesa e se aproximou de Lilith com uma tesoura de prata brilhante. Empunhando-a, foi até ela e, levantando o instrumento, examinou a cabeça de Lilith e cortou uma mecha de cabelos de sua nuca. Lilith assustou-se com o corte do metal.

 O doutor Heinze anotava, atento a cada momento. *É preciso apenas um milímetro para nos diferenciar dos outros.* Ally viu o doutor Hallervorden empurrar a cabeça de Lilith para trás, como se a arrancasse.

 – Abra os olhos – ele ordenou.

 Lilith não reagiu. Seu corpo estava lá, nu, mas ela havia escapado para o meio da noite no Tiergarten.

 Com a cabeça inclinada para trás e a luz brilhando em seu rosto, o médico forçou a abertura da pálpebra direita da menina. Não mais escondida, a íris se contraiu. O médico ergueu um cartão ao seu lado, cheio de fotos de olhos de diferentes tamanhos, formas e cores, comparando-os com os de Lilith.

 A luz fez seus olhos se encherem de lágrimas. Quando ela endireitou a cabeça, uma lágrima escorreu por sua bochecha. Ela podia ver outro médico vindo em sua direção com um instrumento pontiagudo. Pensou que estavam prestes a perfurá-la, para analisar se os seus órgãos eram humanos ou animais, e voltou a fechar os olhos. Não queria ver o que lhe causaria a dor.

O instrumento desceu pelo lado externo de sua espinha. Foi do pescoço à cintura; depois, de um ombro ao outro. Deixou o formato de uma cruz em sua pele. Lilith sentiu o médico em pé ao seu lado. Abriu os olhos. Ele estava fazendo anotações.

– Você pode se vestir agora – disse o médico depois de uma longa pausa.

Quando seus olhos abertos começaram a entrar em foco, Lilith se sentiu cada vez mais desconfortável. Pegou o vestido e se cobriu. Virou-se e viu Ally curvada na cadeira, com o rosto enterrado nas mãos. Queria lhe dizer que não havia chorado, que a lágrima era apenas uma reação involuntária à luz.

Ao ouvir uma porta bater, Ally se recompôs. O facho de luz havia desaparecido e, com ele, sua filha e os quatro médicos. Ela estava sozinha naquela enorme sala. Deveria gritar? Não tinha energia. Chorar? Para quem? Por quê? Não era aquilo que ela mesma decidira fazer?

Ela se deixou cair no chão, mas seu corpo agora não pesava. Não emitiu som algum nem fez movimentos desesperados; não passou de um baque surdo. Ela soltou um longo uivo, um gemido irreprimível. Permaneceu assim por alguns minutos, enrolada como se fosse uma bola esperando um chute, um golpe que a sacudisse de sua inércia. Mais um segundo, e ela adormeceria. Era isso o que desejava acima de tudo. Dormir até que o pesadelo acabasse. Acordada, estava condenada a um delírio infinito.

Quando abriu os olhos – há quanto tempo estava no chão? –, Ally viu a mulher que trouxera o relatório da parteira.

– Você pode esperar lá fora – disse a mulher, virando as costas.

Como Ally não respondeu, ela prosseguiu:

— A menina terá que fazer alguns testes físicos, testes de resistência. Em seguida, responderá a algumas perguntas.

— Quanto tempo mais vai demorar? — Ally perguntou, erguendo-se um pouco.

— Isso depende dela. Eles despacham as crianças depois da primeira bateria de testes. Algumas conseguem chegar ao segundo estágio. Muito raramente, passam do terceiro e quarto. Ela tem apenas 7 anos e não vai à escola. Acho que não sabe ler nem escrever muito bem.

Ally se levantou e saiu para o saguão com um sorriso no rosto. Quanto mais tempo sua filha fosse mantida lá, mais estágios estaria ultrapassando. Tinha certeza de que Lilith surpreenderia cada um dos médicos com sua inteligência. Por enquanto, essa era sua única garantia. Sabia que, se a deixassem ir depois da primeira bateria, como a mulher havia dito, isso significaria que ela havia sido condenada.

Sentindo-se como um inseto, Ally saiu do saguão. "Essas rosas são perfeitas demais", pensou, enquanto abria a porta da frente. A luz a cegou por um instante, mas ela sentiu-se mais disposta ao respirar fundo. No entanto, o cheiro de óleo queimado revirou seu estômago. Afastou-se do edifício amarelo-esverdeado e subiu a pequena colina. Não havia árvores, não havia abrigo. À distância, à direita, ao longo do complexo de edifícios, viu um grupo de médicos em seus jalecos brancos em frente a uma fila de homens e mulheres sem jaleco. Observou aqueles médicos. Nenhum deles fazia parte do grupo que estivera na sala com sua filha. Começou a descer a pequena colina e, ao se aproximar, examinou os rostos das outras pessoas, muitas delas tinham expressões vazias. Algumas mancavam, a uma mulher faltava um braço, uma velha balançava a cabeça, um jovem coçava a testa de um modo compulsivo, um homem chupava o dedo, outro cuspia. Estavam se dirigindo ao prédio que tinha uma coluna de fumaça branca saindo da chaminé.

Ally despencou seu corpo sobre a grama. Era o melhor lugar para aguardar. Então, ela começou a contar as pessoas que estavam sem jaleco. Um, dois, três, quatro... A quantos milímetros estavam da perfeição? Um defeito, um vestígio, um desequilíbrio, uma assimetria. Um erro bastava para se tornar um dos outros.

– Você não pode ficar aqui – disse o soldado que as havia deixado entrar naquela manhã.

Ally estendeu o braço direito, e o soldado a ajudou a se levantar. Ela o viu sorrir pela primeira vez.

– Vocês vão passar a noite na cidade?

Era a primeira vez que sentia sua presença ser reconhecida. Ela não era um mero fantasma, um fantasma sem jaleco procurando abrigo ao pé de uma chaminé que soltava fumaça branca.

– Vamos pegar o último trem, antes de anoitecer.

– Há menos pessoas aqui a cada dia. É sempre bom ver uma mulher bonita.

– Obrigada – ela disse, corando.

"Estou viva", ela pensou.

O soldado recomendou o restaurante ao lado do hotel. Era uma longa caminhada até a estação de trem. Talvez devessem aguardar até o dia seguinte para retornar. Quem saberia dizer quanto tempo ainda teriam de ficar por lá? Era evidente que ele precisava de alguém para conversar. Devia ter passado horas acordado, certificando-se de que os dementes não se desviassem de seu caminho.

Ela o ouviu em silêncio.

– Os médicos sempre demoram – ele disse.

O soldado queria fazê-la falar, para que ficasse mais um pouco com ele.

– Sim, e, às vezes, é bom que demorem o tempo necessário...

– De onde é a garota negra? Você não imagina a quantidade de pessoas que vêm aqui se autodenominando afro-alemães. Quem eles pensam que estão enganando?

O rosto de Ally se contraiu e ela se esforçou para manter o sorriso.

– Eu deveria voltar para o saguão. Talvez estejam procurando por mim.

Ela deixou a colina, o soldado e o prédio com a coluna de fumaça branca. Abriu a porta vermelha como se fosse sua própria casa e sentou-se ao lado das magníficas rosas. Contemplou-as uma por uma.

"O que as tornam melhores do que quaisquer outras flores? Logo, vocês vão murchar e serão descartadas", ela pensou.

Examinou suas mãos sardentas, suas unhas irregulares. Levou uma das palmas das mãos frias ao rosto. Quando estava sozinha, sempre acabava repassando na mente todas as soluções possíveis. A única opção que se recusava a considerar era abrir mão da filha, embora houvesse uma pequena esperança de que voltassem a se encontrar.

Sabia que, depois que a filha completasse 7 anos, a única maneira de ser aceita na sociedade alemã seria por meio da esterilização. Assim, nunca seria vista como um perigo, uma parasita contaminante. Mas como poderia submeter a filha a um procedimento tão agressivo? Sim, já tinham explicado a ela que os raios X eram reversíveis, que na América eram usados para esterilizações temporárias, que tudo dependia da dose. Ela poderia encontrar um médico compassivo que pudesse ter pena dela e certificar que Lilith havia sido bombardeada com raios suficientes para esterilizá-la por toda a vida. Era mais fácil para os homens. Eles só tinham que cortar um tubo. Mas radiação? Será que os raios eletromagnéticos não acabariam mutilando a filha?

Temia que não parassem nos raios X. Ouvira dizer que elas poderiam ser separadas. Que poderiam levar sua Lilith para um asilo de lunáticos e depravados mentais, "idiotas", como os jornais os chamavam, atropelando sua realidade alternativa, argumentando que a Alemanha tinha de ser completamente limpa.

A mulher de jaleco branco, agora com um vestido azul-marinho e colar de pérolas, parecia mais simpática. Era como se a aspereza viesse do branco. Ela vinha conduzindo uma sorridente Lilith pela mão.

– Sua filha se comportou muito bem – disse ela.

Lilith havia passado no teste, eles constataram que ela era tão alemã quanto eles, tão inteligente e articulada quanto eles. Lilith era mais madura do que qualquer outra criança de sua idade. Ally queria ouvir a mulher dizer isso. Queria um documento que certificasse que Lilith não era um perigo para a sociedade, um "câncer", como diziam as Leis de Nuremberg.

Lilith e Ally partiram sem se despedir, sem olhar para trás. Lilith queria esquecer aquele prédio, a porta vermelha, a cidade, os médicos, as perguntas que lhe fizeram. Em sua mente, ela ainda estava nua diante deles.

O soldado observou-as partir. Quando passaram por ele, Ally colocou o braço em volta de Lilith e beijou sua cabecinha. Sua filha tinha passado no primeiro, no segundo, no terceiro e em sabe-se lá quantos mais testes haviam aplicado nela. A filha era mais inteligente que aquele soldado perfeito e virtuoso, com seu perfil clássico e olhos azul-claros que o tornavam superior. Aquele soldado que poderia achá-la bonita, mas não sua filha, que era vista como um erro.

Elas se apressaram pelas ruas que se estendiam ao longo dos prédios.

– Estou cansada, mamãe. Não precisamos mais correr.

Quando chegaram à estação, o trem de volta a Berlim estava quase pronto para o embarque. Ally não conseguia ver as horas e não tinha ideia de quando chegariam. Assim que o trem começou a andar, ela adormeceu. Lilith deliciou-se observando o rosto maravilhoso da mãe em repouso. A caminhada rápida havia restaurado sua cor. Lilith descobriu o rosado de suas bochechas, o vermelho ainda intenso de seus lábios.

Àquela hora do dia, os tons de cinza tinham desaparecido. Lilith tentou imaginar como sua mãe era antes de ela nascer. Devia ser ainda mais bela.

Ally abriu os olhos e disse:

— Vai ser uma viagem longa. Durma, Lilith, durma um pouco.

A garotinha acordou quando o condutor anunciou que haviam chegado ao seu destino. Abriu os olhos e soltou um gritinho de pânico. Ainda era dia.

— Mamãe?!

Aturdida, Ally puxou com firmeza o gorro de lã de Lilith sobre seus cachos, segurou sua mão e elas saíram do trem juntas. Ninguém as notaria. Eram apenas um par de sombras transparentes. Quem iria se importar com uma mãe e sua filha? Saindo da estação principal, deixaram-se perder em meio ao burburinho da cidade, como se fosse o lugar ao qual pertenciam. "Estamos seguras", Ally repetiu para si mesma. Ninguém poderia ameaçá-las. Não pegariam o metrô, que era reservado aos puros. Voltariam para casa a pé, evitando a Unter den Linden, os hotéis chiques, os restaurantes movimentados. Já não deveria ter anoitecido? Já era tempo de os dias de inverno terem começado a ficar mais curtos.

À distância, viram que o Tiergarten ainda estava movimentado e barulhento. Atravessaram a Rosenthaler Platz e avistaram um grupo de jovens baderneiros do outro lado, que começaram a andar na direção delas de um modo agressivo, como se quisessem avaliá-las. Aproximavam-se cada vez mais.

— Estão embriagados. Devem ter bebido o dia todo — Ally murmurou, apertando a mão da filha com força.

A garotinha ergueu a cabeça olhando para a mãe. Ally começou a acelerar o passo quando percebeu que eles estavam em seu encalço.

"Deveríamos tentar contorná-los? Esconder-nos em um café?", ela pensou. Ninguém começaria a criar caso com elas na frente de clientes desfrutando uma noite tranquila. Eles a deixariam entrar? Ninguém as defenderia. Negros e judeus não podiam ir à escola, comprar jornal, usar o telefone, ouvir rádio. Não podiam sentar-se em um banco de parque. Só podiam usar o vagão do metrô designado a eles. Em algumas linhas, não havia sequer vagões para as pessoas discriminadas. Ally conhecia as leis. Ela as repassou em sua mente, tentando encontrar uma brecha, alguma forma de se encaixar sem que fossem consideradas culpadas.

– Mostra pra gente o barulho que um macaco faz! – disse uma voz que irradiou por todas as terminações nervosas de seu corpo.

Ally virou-se e viu o jovem camisa-parda. Naquele exato instante, um garoto com bochechas rosadas e rosto angelical tornou-se um exército inteiro.

– Acho que aquela menina negra nem sabe falar – ressoou a voz melodiosa do camisa-parda.

O menino abriu os braços como se fosse fazer um discurso para os amigos.

Ally acelerou o passo, arrastando Lilith, que parecia perturbada.

– Como eu disse, é uma raça inferior. Se continuarem nos contaminando, vão arrastar o restante de nós com eles para a destruição!

Na pressa, Ally tropeçou e caiu na calçada. Enquanto tentava se levantar, um dos jovens se interpôs em seu caminho e ela rolou em direção à rua. Agora estava deitada sobre os paralelepípedos. Um casal passou sem olhar para ela, sem se importar com o fato de que uma mulher tão branca quanto eles estivesse caída em plena via. Os olhos de Ally dispararam buscando Lilith. Não conseguia encontrá-la.

– É a primeira vez que vejo uma menina negra – ela ouviu ao longe.

Lilith permanecia intrépida ao lado de um poste de luz, acompanhando cada gesto, cada palavra. Ally tentou mais uma vez se levantar.

– Mamãe!

– Então, você gosta de negros? – o camisa-parda disse no ouvido de Ally, tão próximo que ela podia sentir os lábios úmidos dele em seu rosto, em seu pescoço, por todo o seu corpo.

Ally tentou identificar o cheiro de álcool em seu hálito. Não havia.

– Você gostou?

Enfim, ela conseguiu se levantar, mas se manteve de cabeça baixa, olhando para o chão. Um dos outros jovens a deteve com a perna e, como se fosse sem querer, fingiu um tropeço que a fez voar de volta para a rua. Ally encolheu-se em posição fetal, protegendo a cabeça com os braços. O garoto a chutou na altura do estômago. Os músculos de sua barriga contraíram-se de dor. Ela se lembrou das instruções que dera à filha em caso de ataque: proteja sempre a cabeça.

– Oh, desculpe-me – disse o rapaz dando um sorriso. – Você vai chorar? Eu quero ver uma amante de negros chorar.

Mais um chute, na nuca ou na testa, e ela ficaria inconsciente, dormiria, seria poupada daquele horror. Seus olhos ardiam, sua visão estava turva. Sentiu-se a ponto de desmaiar. Ergueu outra vez a cabeça para procurar Lilith, mas tudo o que viu foi outro jovem bloqueando sua visão como um muro. Cabeça raspada, lábios finos; o nariz, bem proporcionado, em uma linha perfeita. Nunca tinha visto alguém tão simétrico em toda a sua vida. O garoto sorriu. Seus olhos azuis não poderiam ser mais penetrantes. Ally percebeu que achava a beleza alemã repugnante.

Então, ela avistou Lilith em meio à escuridão, perto do poste de ferro. No chão de paralelepípedos, sentiu a poeira úmida da rua em seus lábios. "Corra, Lilith, corra", ela queria implorar, mas a sujeira era como um veneno que a paralisava. Talvez tivesse chegado a hora de morrer. "Quantas vezes uma pessoa pode morrer nesta vida?", perguntou-se. Aquele era um desses momentos, ela tinha certeza. Seria melhor nunca mais acordar, seria tão fácil.

O rapaz correu para onde estava a menina. Arrancou-lhe o gorro de lã e a agarrou pelos cabelos.

Lilith gritou, e nesse momento Ally reuniu todas as suas forças, ficou em pé e se jogou sobre o garoto de camisa parda com rosto angelical e sorridente.

– Não se preocupe – disse o jovem, quase perdendo o equilíbrio –, você pode ficar com a menina negra.

Um apito soou ao longe. Os garotos correram na direção oposta.

Ally envolveu Lilith em seus braços. Desejou voltar ao tempo em que a tinha segura dentro dela. Não queria olhá-la nos olhos. Estava aguardando outra surra, esperando ser devorada. Mas, desta vez, elas estariam juntas. Ela desejava receber um golpe final certeiro, daqueles que se espalham como uma onda, destruindo a gente por dentro. Ela queimava com a vergonha de ser incapaz de proteger a filha. Se uma mãe não consegue defender a própria filha, perde sua razão de ser. "É hora de desaparecer", Ally disse a si mesma, agora sentindo-se protegida pelo crepúsculo. O sol estava se pondo.

– Está escurecendo, estamos seguras – Lilith disse baixinho.

Apenas Ally podia ouvi-la.

– Você percebe a noite chegar antes de todo mundo – Ally disse a ela, erguendo os olhos para o céu. Ainda havia um mínimo vestígio de luz.
– Não falta muito agora, Lilith. Mais alguns minutos, e ninguém nos verá.

– Sinto muito, mamãe. – Lilith começou a chorar. – A culpa é minha. Desculpe...

– Oh, Lilith, o que eu fiz com você, minha querida menina...

Elas esperaram até que o último raio de luz desaparecesse. Aos poucos, se recuperaram. Ally sentiu algo como uma contração no estômago, como aquelas que, por um breve instante, a fizeram desejar morrer naquela noite tão escura em Berlim. Mas, desta vez, o espasmo na barriga a deixou feliz. Ela se viu de volta em sua cama, com a parteira ao lado, a dor deixando-a, como se estivesse dando à luz uma filha pela segunda vez. Se ela não iria protegê-la, quem iria? Sim, estava na hora.

– Você vai conhecer os Herzog – disse Ally, como se já estivessem em casa, só as duas. – Eles vão salvá-la. Você vai crescer longe daqui, vai poder ir à escola, aprender outro idioma e continuar lendo. E, um dia, talvez não muito distante, voltaremos a ficar juntas, em um mundo sem alemães. Consegue imaginar isso?

Lilith a ouviu apavorada, mas a menina não queria contrariar a mãe. Ela fechou os olhos. Esse sonho fazia a mãe se sentir segura. Quando Lilith voltou a abri-los, viu uma velha parada à sua frente, com o rosto coberto de rugas, cabelos grisalhos, e ela era pequena, tão pequena quanto Lilith. Ela a abraçou. Agora, era a vez dela de proteger a mãe.

– Vamos – disse Lilith.

Ela não precisava de luz.

# 8

## Um mês depois
## Berlim, fevereiro de 1939

As quartas-feiras haviam se tornado os dias que eram seus, o único momento em que não se sentia perseguida, em que podia passar algumas horas livre da obrigação de protegê-la, em que se sentia aquecida apesar de ser inverno. Nas quartas-feiras, ela encontrava alegria nos braços de Franz, eram os momentos em que conseguia esquecer-se de si mesma. Em tantas daquelas quartas-feiras, enquanto seu corpo se fundia ao dele, ela sonhara com a fuga perfeita, os três em uma ilha no meio do Pacífico, longe dos vampiros e dos fantasmas. Eles se tornariam pessoas diferentes, deixariam tudo para trás e permaneceriam em sua ilha, cercada por água, sem fronteiras.

Havia quartas-feiras todas as semanas, até que um dia elas deixaram de existir. Ally voltou para casa naquela tarde, dos braços de Franz, e, ao abrir a porta, encontrou Lilith tremendo, ao lado de *Herr* Professor. Havia terror em seus olhos.

– Estiveram aqui – disse ele.

Desde que Lilith nasceu, Ally aprendeu a viver sob constante ameaça. A cada ano que passava, o perigo se tornava mais iminente. Era seu castigo, ela sabia, mas não conseguia calcular a escala disso. Quanto tempo deveria pagar por ter trazido ao mundo uma criança que era diferente?

Quase se acostumara a ter a terrível decisão pairando sobre ela. O que antes estava completamente fora de questão agora parecia a única opção. Familiarizara-se com o horror. Surpreendia-se cada dia mais. Quando viu os olhos de Lilith naquela quarta-feira, não teve mais dúvidas.

Quando Ally entrou no apartamento, Lilith não correu para os braços dela. Do canto onde estava, começou a descrever o que havia acontecido. Não mudou sua entonação nem se esforçou para encontrar as palavras. Falava como se estivesse contando uma história narrada com frequência. Lilith também estava farta de viver em perigo.

Primeiro, houve uma batida forte na porta. Lilith tinha acabado de voltar do apartamento de *Herr* Professor. Ela permaneceu imóvel, ouvindo, tentando adivinhar quem poderia ser. Outra batida forte na porta. Era um tipo de batida diferente da que estava acostumada a ouvir. *Herr* Professor, em geral, batia com suavidade três vezes. O carteiro enfiava as cartas por baixo da porta e seguia seu caminho, seus passos eram mais altos que sua batida. Franz mantinha o punho contra a madeira, como se quisesse suprimir o clamor inevitável.

A terceira batida foi como uma explosão. Assim que a ouviu, Lilith correu para o quarto da mãe, encheu os pulmões de ar e evitou pisar nas rachaduras nas tábuas do assoalho para não fazer barulho.

Sentia-se segura no quarto de Ally. Se permanecesse ali, não seriam capazes de ouvi-la do corredor. Soltou todo o ar que estava prendendo e começou a respirar com mais calma. Podia sentir seus batimentos cardíacos e, quando levou a mão ao peito para acalmá-los, ouviu o rangido da dobradiça da porta da frente. A única pessoa que ousaria abrir a porta sozinho seria *Herr* Professor. Mas eram os outros; ela tinha certeza disso. Tinham vindo para levá-la embora.

Sempre que estava com medo, Lilith acalmava-se sussurrando canções ou recitando os poemas de sua mãe, os antigos, aqueles que Ally havia escrito enquanto caminhava ao longo do rio Düssel atrás do pai de Lilith, sempre atrás dele. Nunca havia contado à mãe. Ela ficaria aborrecida se soubesse que Lilith vasculhara a gaveta de papéis esquecidos. Lilith podia ouvir agora os passos na sala e supôs que estavam perto da lareira. Havia mais de um deles. Dois, talvez três. Andavam como se estivessem caçando. Sabiam que a presa estava próxima, ao seu alcance. Além de poder ser visto, o medo também pode ser sentido e farejado.

Não havia tempo a perder. A mãe a treinara para isso. Se estivessem no parque, tudo o que ela precisaria fazer era correr, como Jesse Owens lhe ensinara. Estudou sua largada, sua posição inicial, repetidas vezes. Tudo girava em torno da largada. Se não se concentrar, você perde. Se já a estivessem perseguindo, ou a cercando, deveria se enrolar como uma bola e proteger a cabeça com as mãos. Se conseguissem entrar na casa, ela teria de escapar, sem fazer o menor barulho, e se esconder no quarto. Uma vez lá, teria de abrir a porta do guarda-roupa no ritmo de sua respiração. Atrás das roupas penduradas, havia uma portinha secreta, a qual ela precisaria abrir para entrar e se esconder. Tinha que se lembrar de não mover os vestidos, para que ocultassem o esconderijo, deixando apenas a parede de tijolos visível. Lá dentro, teria que se tornar um pontinho, sempre protegendo a cabeça. Ela não podia esquecer-se de respirar fundo, movendo o máximo de ar possível para seus pulmões, e, depois, expirar, para esvaziá-los. Isso a acalmaria, a faria esquecer-se de seu medo, e, assim, nem mesmo os cães de caça seriam capazes de farejá-lo.

Um homem entrou no quarto, deu uma volta e foi até a janela. Lilith o ouviu abrir as cortinas. Ela contou um, dois, três, vários segundos, até que ele se aproximou do guarda-roupa e se deteve ali, como se estivesse se olhando no espelho. Era um soldado, e Lilith queria acreditar que ele estava apenas procurando um espelho para ver como ficava perfeito em seu uniforme impecável. Mas o guarda-roupa de sua mãe estava sem espelho desde muito antes de Lilith nascer. Não havia espelhos no apartamento, exceto um pequeno na prateleira acima da pia do banheiro. Ela sentiu pena do homem, procurando seu reflexo. Ele abriu a porta do guarda-roupa, e uma luz brilhou pelas frestas das tábuas de cedro. Lilith sentiu que estava sendo iluminada através da linha divisória da porta secreta.

Ela ouviu vozes. O homem deixou o guarda-roupa aberto e também as cortinas. Não se importava de ser descoberto. Nesses tempos, ninguém precisava ter a lei ao seu lado. Eles próprios eram a ordem. Ela era a desordem. Não conseguia entender o que estavam dizendo. Seu coração martelava tão rápido que as batidas se fundiam em uma única reverberação. Gostaria de silenciá-lo, interromper o eco, fazer seu coração parar de uma vez por todas. Ouviu alguém entrar na sala de estar. Era sua mãe? Passos nas tábuas do assoalho se juntaram ao som de seus batimentos cardíacos.

Não era sua mãe. Ela ouviu os soldados perguntando sobre ela. Então, para seu alívio, reconheceu a voz de *Herr* Professor. *Fräulein* Keller morava sozinha, ele assegurou. Não havia garota alguma. *Mischling*? Nunca tinha visto uma garota de cor no prédio. Ally Keller era uma jovem. Tinha sido sua aluna, ele explicou. Ele os estava convencendo. Por sorte, não havia fotos emolduradas em seu apartamento. "Mas por que ainda não foram embora?" O corpo de Lilith tremia. Se continuasse assim, poderiam encontrá-la.

Outro silêncio, ainda mais longo. Ela imaginou uma batalha de olhares e gestos, em que se tentava deixar claro quem tinha poder sobre quem. Mas, depois disso, o silêncio se perpetuou. As negociações se encerraram e estavam vindo atrás dela. Sabia que deveria seguir as instruções da mãe. Senão, de que adiantava todo aquele treino, toda aquela corrida para lugar nenhum no Tiergarten? Ela precisava proteger a cabeça. Seus braços formariam um escudo perfeito, os joelhos deveriam ficar encostados na barriga. Ela era uma bolinha invencível atrás de uma porta invisível que só sua mãe e Opa tinham o poder de ver.

– Lilith?

A voz de *Herr* Professor sempre a acalmava. Ela abriu a porta devagar, ainda insegura. Quando viu o roupão cor de vinho, saiu de sua caverna e se jogou sobre ele, abraçando-o com força.

Ally escutou impassível a história da filha e foi para o quarto. Estava perplexa. O cheiro dos soldados ainda pairava no ar. Um estranho tocara em suas cortinas e abrira seu guarda-roupa. Ela olhou para a cama e o imaginou passando os dedos pelos lençóis. Sentiu náuseas. Voltou para a sala e pegou Lilith nos braços.

– Você se saiu tão bem – disse ela à garotinha, que estava à beira das lágrimas. – Já acabou. Vamos preparar o jantar. Os Herzog vêm jantar conosco.

Albert e Beatrice Herzog chegaram meia hora antes de todos se sentarem à mesa. Ally abriu a porta e os recebeu com a convicção absoluta de que eram a única esperança de salvação para Lilith. O casal parou à porta, parecendo intimidado. Ela sabia que *Herr* Professor havia explicado a eles o plano que tinham traçado, que poderia salvá-los e proteger Lilith, mas ela não sabia se eles concordariam com isso. Parados à porta, pareciam pequenos diante dela, como se fossem duas sombras. Atrás das lentes grossas dos óculos de Albert, Ally viu os olhos de um homem que havia perdido toda a esperança. Era a primeira vez que os Herzog tinham sido convidados por um vizinho para jantar. Num passado não muito distante, eles iluminaram não apenas o bairro, mas, Ally tinha certeza, toda a cidade também. Os abajures, as lâmpadas, os candelabros e até as velas dos moradores haviam sido comprados na loja dos Herzog. Um dia, ela vira o filho deles ajustando as lâmpadas na marquise do Friedrichstad-Palast.

Agora, os Herzog eram vistos como vermes pestilentos, uma desgraça e um perigo. No dia em que seu filho foi levado, as pessoas pararam de cumprimentá-los e o casal passou a se ocupar de suas frágeis lâmpadas. "Todos nós precisamos de luz", eles pensaram, esperançosos. Depois que a loja foi destruída, os Herzog se isolaram. Saíam apenas de vez em quando para ir ao mercado ou à delegacia perguntar sobre o paradeiro do filho. Um dia, receberam uma carta de Sachsenhausen: o filho havia morrido de pneumonia. Quando viram o corpo, perceberam que havia sangue seco em seus pulsos e uma linha fina e arroxeada em volta de seu pescoço. Seus lábios estavam inchados, e a língua fora reduzida a um pedaço de carne seca. A partir desse dia, os Herzog mergulharam no delírio.

– Somos como animais que comem a própria espécie – Albert disse, encarando a tigela de sopa fumegante que Ally havia colocado diante dele.

– E o pior é que a gente acaba se acostumando – disse Ally com uma voz quase inaudível.

Eles moravam sob o mesmo teto, cruzaram-se inúmeras vezes no corredor e, agora, no jantar, à bruxuleante luz das velas, seus rostos compartilhavam a mesma expressão de angústia. Ally percebeu que os Herzog não haviam mencionado o filho pelo nome durante toda a noite e, consternada, prometeu a si mesma que Lilith sempre seria conhecida por seu nome, não importava para onde a enviassem. Ela sempre seria Lilith, para si mesma e para todos os outros.

A garota ficou em seu quarto, vestindo e despindo Nadine. Afrouxou as tranças e os nós da lã, como se tentasse recriá-la de outra forma, mais parecida consigo mesma. Ainda estava traumatizada por causa da visita dos soldados. Deu instruções à boneca sobre como se proteger dos outros, repetindo-as sem parar. Os Herzog tinham visto Lilith em algumas ocasiões e sabiam que ela era diferente, tão diferente quanto eles eram aos olhos dos outros. Quando *Herr* Professor falou sobre Lilith com eles, enfatizou sua extrema inteligência, sua aptidão para idiomas, sua obsessão por números, a riqueza de seu vocabulário...

– Um pequeno gênio vagando sem rumo. Ela é boa demais para Berlim – disse-lhes.

Os Herzog se entreolharam em silêncio, como se sentissem que ele estava exagerando, como faria um pai afetuoso. Como uma garota tão jovem poderia ser tão brilhante?

Já tinham acabado de jantar quando Franz entrou no apartamento. Sua voz o precedia – forte, plena –, suas palavras emanavam um tom de gentileza.

– Espero que tenham passado uma boa noite – disse ele como forma de saudação.

Apenas seu rosto estava iluminado, transformando seus olhos azuis em um agradável tom de cinza. Embora estivesse de uniforme, Franz carregava consigo uma energia de paz. Albert e *Herr* Professor levantaram-se. Beatrice segurou nervosa o guardanapo de linho branco que fora bordado com delicadeza e começou a examinar cada ponto. Com a confiança de quem era o homem da casa, Franz sentou-se à cabeceira da mesa. Do outro lado, Ally sorriu com um brilho de esperança nos olhos. Sem ter notícias da comissão especializada, estava convencida de que enviar Lilith para outro continente, e abandoná-la, era sua única chance de salvação. Lilith não fora aprovada nos três níveis de escrutínio, sua inteligência não era uma arma eficaz o bastante. Uma gota de sangue impuro foi suficiente para condená-la.

A mente de Ally estava num turbilhão. Seu estômago se contraiu, e ela temeu vomitar. Pedindo licença para deixar a mesa, correu para o banheiro, parou diante da pia e ergueu a cabeça olhando para o pequeno espelho, o único em sua casa; o vidro fumê e a ausência de uma camada de prata negavam-lhe a capacidade de um reflexo fiel. Ela acendeu a luz, e as sombras atacaram seu rosto mais uma vez. Tinha envelhecido.

Tornara-se uma velha miserável. O desespero a deixara infeliz. O medo a havia corrompido. Não passava de mais uma entre os irremediáveis.

Com a expressão cansada, voltou para a mesa. Franz estava sorrindo. Franz era a única esperança. Franz era o salvador. Ficaria em dívida com ele por toda a vida, não importava quão curta ou longa ela fosse.

– Eles estiveram aqui – Ally disse. – Franz, eles vieram atrás dela. Queriam levá-la embora.

– Há uma possibilidade – disse Franz. – Tem um país...

– Não é mais seguro nem mesmo sair à noite – Ally prosseguiu. – Eles podem arrancá-la de mim.

– Cuba – disse Franz.

– Cuba? Ir para Cuba? Do que você está falando? – disse Ally.

– Já tenho autorizações de desembarque para eles, do Ministério do Trabalho de Cuba. Solicitei o passaporte de Lilith usando as autorizações. Estará pronto dentro de algumas semanas.

– Num piscar de olhos? É simples assim? Eu tinha pensado na Inglaterra, talvez.

– Para uma ilha – disse Franz, tentando acalmá-la. – É um lugar seguro.

O mar seria a fronteira, as muralhas da fortaleza. O mar era invencível.

– Depois do que aconteceu hoje, e do que aconteceu com você há um mês... – *Herr* Professor deteve-se, sentindo que estava falando fora de hora.

Todo mundo ficou em silêncio. Então, Franz continuou se dirigindo aos Herzog.

– Vocês partiriam de Hamburgo. A viagem levaria cerca de duas semanas. Ficariam confortáveis no navio, cabines de primeira classe... – Franz foi parando de falar.

– Um navio cubano? – foi a única pergunta que Albert ousou fazer.

Franz levou alguns segundos para responder. Antes de falar, olhou para os outros.

– Um navio com bandeira alemã, mas não permita que isso os preocupe.

– O que faz você pensar que eles estarão seguros em um navio alemão? – *Herr* Professor questionou. – Que interesse eles têm em salvá-los?

Nenhuma resposta, apenas silêncio. A expressão de Ally demonstrava resignação.

O navio já tinha data de partida. Eles zarpariam em três meses, numa noite de sábado, 13 de maio.

– Dois meses depois do oitavo aniversário de Lilith – disse Ally, levantando-se.

Com as mãos trêmulas, Ally recolheu a terrina de sopa da mesa.

– Vai fazer frio quando vocês entrarem em mar aberto. Lilith vai precisar de seu casaco de inverno – ela disse.

Beatrice ajudou Ally a tirar a mesa. Ela empilhou os pratos de porcelana com o maior cuidado. Não trocaram uma palavra. Beatrice seguiu Ally, arrumando de um modo mecânico os pratos, os talheres e os copos na cozinha. Ally parou para observá-la, vendo-se na outra mulher. Ela sobreviveria, como Beatrice, sem sua filha? Acordaria todos os dias e contaria os segundos até a hora do jantar, limparia a mesa e voltaria para a cama, para dormir, até o dia seguinte? Não haveria mais ontem, hoje ou amanhã. Seu reino tinha começado a desaparecer.

Percebendo a desconfiança de Beatrice, Ally segurou suas mãos. Estavam frias, úmidas.

– Franz está nos ajudando. Você pode confiar nele. Ele é um bom homem, Beatrice. Ainda restam alguns alemães decentes.

Beatrice assentiu, mas ficou olhando para o chão.

Ally voltou para a sala de jantar. Beatrice a seguiu com um sorriso congelado nos lábios. Ambas se despediram de *Herr* Professor. Ally abraçou e beijou o velho como se fosse a última vez. Ele saiu de cabeça baixa, consciente de que o fim se aproximava rápido. Como seriam seus dias sem Lilith? Franz foi para a sala e se jogou no sofá.

Quando Ally voltou para a sala, os Herzog estavam parados na porta. Beatrice se virou e a abraçou.

– Paul. O nome dele era Paul – Beatrice sussurrou no ouvido de Ally.

Seus olhos brilharam por ter falado o nome do filho, e então ela pegou no braço do marido, e eles se foram. No momento em que os Herzog partiram, Ally correu para o quarto de Lilith com a urgência de alguém que teme ter perdido algo precioso e procura o encontrar com urgência. Lilith estava lá, dormindo, com a luz acesa.

Ally voltou para a sala, confortada por saber que a filha estava segura no quarto ao lado. Nesse momento, sozinha com Franz, Ally desabou na outra extremidade do sofá, bem longe dele. Fechou os olhos e, perdida entre as almofadas e o cobertor azul da Prússia que um dia pertencera à sua mãe, procurou se lembrar de um tempo em que a dor da perda de Marcus havia diminuído, tentando descobrir se demoraria o mesmo tempo para superar o abandono de sua única filha. A jovem ousada que havia vagado pelas margens do Düssel com um homem com quem fugiria, que havia abraçado e beijado em público, era agora um fantasma.

Franz apagou a lâmpada da sala e começou a despir Ally com delicadeza. Translúcida no escuro, ela sentiu que deveria se sentir grata. Gentileza com gentileza se paga. A ideia de que ele a achava atraente, que de certo modo a amava, dava-lhe alguma satisfação. Ela se deixou levar por suas carícias, pelo calor de seus beijos. Cada vez que ele pressionava seu corpo contra o dela, sua mente corria para outros lugares. Ela se viu no meio do mar, flutuando sem rumo na escuridão. Nas águas turvas, poderia esquecer-se de Marcus, de Lilith. Era o único momento em que ela deixava de existir, e nesse momento fugaz ela estava feliz.

# 9

## Um mês depois
## Berlim, março de 1939

Havia um bolo com oito velas brancas.

Os Herzog, Franz, *Herr* Professor e Ally estavam juntos em um lado da mesa oval, todos observando Lilith. Ela estava do outro lado, segurando sua boneca de pano, com os olhos fixos nas velas, esperando que fossem acesas. O restante da sala estava às escuras.

Havia um pequeno envelope rosa sobre a mesa, sem nada escrito.

– Quando eu apagar as velas, posso fazer um último pedido? – perguntou Lilith, absorta em seus pensamentos.

Seus desejos anteriores nunca se tornaram realidade, mas ela precisava tentar mais uma vez.

Havia também uma caixa azul-anil do tamanho de seu punho.

– Claro que pode – disse Beatrice. – Deseje mais cento e vinte anos de felicidade.

– Desta vez, experimente fazer um pedido que esteja ao nosso alcance – sugeriu *Herr* Professor. – Não peça a lua, porque todos devem compartilhar de sua luz. Como posso pedir que brilhe apenas para você?

– Que tal um cachorro, então? Isso é fácil, não é? – Lilith disse.

– Que tipo de cachorro você gostaria de ter? Um pastor-alemão? – *Herr* Professor sugeriu.

– Por que ela iria querer um cachorro alemão? – questionou Albert. – Um gato seria melhor, qualquer gato velho.

– Ah, sim, essa é uma boa ideia – o professor entrou no jogo. – Os gatos fazem menos barulho, são menos exigentes. Você pode deixá-los por conta própria, eles não precisam de pessoas cuidando deles o tempo todo.

– Eu quero ser uma gata! – Lilith disse.

– Não é má ideia. Vamos todos virar gatos! Vamos, Ally. De agora em diante, seremos todos gatos. Fechem os olhos e desejem que assim seja.

Ally não havia falado nada a noite toda, como se já estivesse tentando acostumar a filha a viver sem ela.

Eles ficaram um bom tempo no escuro, olhando para as velas apagadas e seus fios de fumaça. Então, de repente, o telefone começou a tocar. Fazia bastante tempo que ninguém ligava para eles. Ally não reagiu. Beatrice ficou alarmada. Todo mundo congelou e ninguém se mexeu até o telefone parar de tocar, como se o som viesse de outro apartamento.

Depois de soprar as velas, Lilith pegou Franz pela mão e o conduziu para fora da sala. Em pé no corredor, ela olhou em seus olhos.

– Você não precisa se preocupar – Franz lhe disse, afastando alguns cachos rebeldes de sua testa.

– Quero ver meu passaporte.

– Sua mãe está com ele, ela vai entregá-lo a Albert em breve.

– Mostre-me – falou ela.

– OK. Vamos voltar para a sala e pedir para sua mãe.

– Não. Vá buscá-lo e traga-o aqui para me mostrar, por favor.

Franz pareceu surpreso e voltou para a sala. A luz da lâmpada deixara o aposento com uma cor acinzentada. Lilith o aguardava como se tivesse começado a viver em outra dimensão. Sentia-se completamente sozinha.

Em seu oitavo aniversário, ela queria se sentir como se tivesse nascido de novo. A despedida havia começado, seria a única maneira de sua mãe respirar em paz mais uma vez. Lilith compreendia que não poderiam ficar escondidas para sempre. Ela havia concordado em ser submetida aos testes, interrogatórios e exames médicos porque não queria contrariar a mãe e o Opa, mas, desde que completara 7 anos, Lilith sabia qual seria seu destino. Sua primeira morte havia começado. Sua mãe não havia escrito em um poema que a gente nasce para morrer muitas vezes? Uma gata. Ela gostaria de dormir e acordar como um gato.

Ela nunca entendeu por que eles não conseguiram encontrar um país que aceitasse todos eles. Com sua mãe, Franz e Opa, eles poderiam começar uma nova vida, longe dos ideais germânicos de perfeição. Aprenderiam um novo idioma, ou quantos precisassem, e poderiam até esquecer o seu, se quisessem. Para que precisariam de alemão? Ela já conseguia pronunciar o sobrenome de seu herói, *Owens*, em um inglês perfeito, não *O-vens* como aqueles que o aplaudiram no estádio olímpico.

Nesse momento, em vez de continuar sendo uma Keller, ela havia se juntado a uma tribo diferente, como dissera *Herr* Professor. Da noite para o dia, ela se tornara uma Herzog. Não era mais uma alemã negra; era judia. Qual dos dois pecados traria a maior punição?

Ela viveria em uma ilha com uma nova identidade e uma nova família. Aprenderia um novo idioma, se tornaria parte de uma nova cultura e apagaria por completo o passado. O amanhã deixaria de existir para Lilith, então, a partir daquela noite, ela começou a traçar um plano secreto. Não queria sonhar para não destruí-lo; um deslize, um descuido, poderia traí-la.

– Aqui está! – Franz interrompeu seus pensamentos, entregando-lhe o passaporte com a suástica sobre a águia sagrada.

Ela o abriu com cuidado, como se fosse um documento falso cuja tinta pudesse desaparecer ao se passar os dedos. Não se reconheceu na fotografia das páginas esverdeadas. Ela leu o dia, a cidade e o país onde havia nascido e, por fim, seu nome: Lilith Herzog. Abaixo do nome, uma enorme letra vermelha tinha sido carimbada: "J".

Ela devolveu o passaporte a Franz com um sorriso tão largo quanto o da fotografia e o abraçou. Ali estava a confirmação: os três membros da comissão deviam ter decidido que ela pertencia a uma raça inferior.

– Minha Luzinha – ele murmurou.

– Está na hora de comer o bolo – disse ela, virando-se e voltando para a sala.

Lilith pegou um pratinho e deu uma pequena mordida no bolo de creme, que parecia não ter mais sabor para ela.

Então, chegou a hora de abrir os presentes. Esperavam isso dela, embora ela preferisse fazê-lo sozinha para não ter de sorrir, fazer gestos simpáticos e agradecer a todos com abraços e beijos.

Ela pegou a caixa azul-anil e passou alguns minutos abrindo-a. Todos os olhos estavam voltados para ela. Tirou de dentro uma corrente de ouro com um crucifixo. No centro da cruz havia um rubi. No verso, uma inscrição: *Lilith Keller*. Era um presente de Opa.

– Para que jamais se esqueça de quem você é.

– Às vezes, é melhor esquecer – Ally interrompeu.

– Acho que ela não deveria usá-lo no dia em que partirmos – observou Albert. – Ou quando estivermos em Cuba...

– Ela pode guardá-lo na mala – concordou *Herr* Professor. – Será o seu amuleto – ele disse a Lilith.

A garotinha colocou a corrente de volta na caixa e abriu o envelope rosa. Nele, havia um poema. Ela leu o título: *O Viajante da Noite*. Ela dobrou a folha de papel mais uma vez e a devolveu ao envelope. Colocou os dois presentes em um bolso do vestido.

Aproximou-se da mãe, abraçou-a e beijou-a.

– Vou ler o poema quando for para a cama – ela sussurrou em seu ouvido.

Ally ocupou-se indo e voltando da cozinha. Ela evitava os olhos de Beatrice; a mulher mais velha parecia perdida.

"Sim, a perda tem seu dia e sua hora marcados", pensou Ally.

Ally e Beatrice desfizeram a mesa e arrumaram a cozinha. Lilith foi sentar-se no sofá com *Herr* Professor. Albert despediu-se e voltou para seu apartamento.

– Devemos dar uma volta – Ally disse a Franz, vestindo o casaco.

– Não vai levar Lilith?

– Ela está ocupada com seu Opa. Deus sabe o que devem estar debatendo.

Eles desceram as escadas com Beatrice, e Ally se despediu dela.

– Serei eternamente grata a vocês – disse Ally.

– É a Franz que você deveria agradecer, ele tornou tudo isso possível – disse Beatrice.

Beatrice atravessou a soleira de seu apartamento com os olhos fixos na mezuzá, mas, dessa vez, não a roçou com o dedo. Nada nem ninguém poderia protegê-la. Estava perdendo sua casa.

– Preciso de um pouco de ar fresco – disse Ally, abrindo a porta do prédio.

Uma nuvem de fumaça ainda pairava no céu de Berlim. O ar estava carregado de pólvora, cinzas, couro e metal. As ruas ainda estavam cheias de cacos de vidro. Ela caminhava de braços dados com Franz. Ao seu lado, ela se sentia livre. No fim das contas, era sua própria inimiga, pensou. Foi sua a decisão de enviar a filha para uma ilha com dois estranhos, esperando que cuidassem dela.

Com os olhos fixos no chão, Franz e Ally cruzaram a Oranienburgerstrasse envoltos em uma espessa névoa. A fumaça parecia eterna, como se o incêndio que destruíra um de seus majestosos prédios se recusasse a se extinguir. Ally, de repente, sentiu que a cidade estava em ruínas, sitiada, em guerra. Planejava sua despedida, que se tornara uma espécie de rendição. Sua filha nascera sob o céu de Berlim; ela a havia escondido sob as árvores do Tiergarten. A noite sempre lhes pertencera; no entanto, não seria mais assim.

– Não acha que deveríamos voltar? – Franz perguntou, com delicadeza.

– Até onde podemos ir? – Ally respondeu com um sorriso triste.

De repente, sentiu o desejo de ir à casa da mãe de Franz em Weissensee e visitar a estoica viúva *Frau* Bouhler. Ela lhe diria que seu filho estava seguro, que sua namorada iria se livrar de seu erro, que seu filho não precisaria mais se preocupar em ser expulso da universidade, ou rejeitado, ou condenado ao outro lado, que Lilith ia deixar de existir. Na noite em que foram se encontrar com Mary Bouhler, Ally viu a alegria no rosto da mulher; ela a aceitou no momento em que adentrou a sala de estar com sua mobília luterana escura. Seu filho estava apaixonado por uma mulher ariana que poderia produzir soldados heroicos para servir ao Führer.

Durante a refeição que compartilharam naquela noite, seus olhos brilharam por estar na presença de seu filho. Ela se lembrou de quando foram juntos ao Berlin Sportpalast e, pela primeira vez, viram ao vivo o homem destinado a tirar seu país da miséria, a salvar a Alemanha. "Um segundo na frente dele é o suficiente para transformar alguém para sempre", ela disse. Ele falou com ela de um modo direto, olhou-a nos olhos como um amigo querido que viesse em visita, como se sua própria consciência estivesse falando com ela, como se alguém estivesse expressando seus próprios pensamentos. *Frau* Bouhler conseguia se lembrar do que estava vestindo naquele dia. Sim, estava frio, mas ela se aqueceu de imediato. Eles aguardaram durante horas em meio a aplausos e marchas. Foi uma noite emocionante. Seu primeiro discurso como chanceler fora um momento inesquecível na história. Os verdadeiros alemães, aqueles que votaram nele, o povo, tinham ouvido o Führer naquele dia. *Frau* Bouhler podia até mesmo recitar de cabeça trechos do discurso: "Houve um tempo em que um alemão só podia se orgulhar de seu passado; enquanto o presente só causava vergonha!".

— Está vendo *Fräulein* Keller? Ele não estava certo? Hoje, podemos nos orgulhar da nova Alemanha, e meu filho faz parte disso.

Ally levou um pedaço de pão à boca e concentrou sua mente em decifrar os ingredientes: a quantidade de farinha, gordura e fermento. Estava um pouco carregado no fermento. Tentou se lembrar de onde estivera naquele 10 de fevereiro, que vestido estava usando. Imaginou que era provável que estivesse lendo para Lilith, possivelmente uma lenda, uma história de elfos e bosques encantados. Um conto que falava de voar alto pelo ar e para longe. Mas não conseguia se lembrar. Sua mente era uma névoa.

*Frau* Bouhler, por sua vez, conseguia se lembrar de cada instante. Viu-se de volta em meio à euforia, com milhares de pessoas em êxtase lotando o Sportpalast, prestando atenção em cada palavra, em cada gesto dele. Ela dissera que cada pausa era preenchida com gritos, que, sempre que ele parava, todos levantavam o braço gritando *"Heil!"*. Disse que havia uma suástica preta em um círculo branco em uma bandeira vermelho-sangue pendurada atrás do palco. Que o povo era protegido pelos soldados, que os soldados eram o povo, que ele havia prometido que não haveria mais divisão, que não havia mais nada a temer. Que ninguém iria tirar seus filhos, assumir seus negócios, roubar suas fortunas. Que acabaria com a fome e que todos poderiam construir uma casa. Que as mulheres seriam livres para produzir os melhores frutos de seus ventres puros e saudáveis.

Antes disso, *Frau* Bouhler jamais se interessara por política. Nunca havia ido a um comício ou a uma manifestação. Nunca tinha ouvido o discurso de um líder em sua totalidade. "Se ao menos fosse jovem", dissera, "se pudesse recomeçar...", repetiu, deixando a frase no ar, com os olhos vidrados. Mas pelo menos ela tinha seu filho. Era uma grande oportunidade para toda uma geração.

— Eu espero que meu filho siga os passos de seu pai — disse *Frau* Bouhler. — Desejo que ele se torne um soldado corajoso, um membro honrado do Partido. É o mínimo que podemos fazer pelo homem que salvou a Alemanha — prosseguiu a mulher, enquanto Franz segurava a mão de Ally.

Franz percebeu que Ally estava a quilômetros de distância. Parecia sonolenta. Seus movimentos haviam se tornado lentos, deliberados. Naquele instante, Ally imaginou-se perto de Marcus, do seu lado, num tempo em que não precisavam falar para se comunicar; bastava um toque, um sorriso. "Marcus!", ela o chamou em silêncio. Como teria sido sua vida com Marcus? Se tivessem obtido uma autorização para sair do país, um visto. Mas não havia saída para eles. Estavam condenados. Só os judeus receberam cotas de refugiados. Só os judeus podiam obter permissão para deixar o país, mas havia poucos lugares que os aceitavam.

— Eu te amo, Ally. — A voz de Franz a trouxe de volta ao presente.

Ally fitou-o com afeto. Era a primeira vez que ele dizia que a amava?

— Eu também te amo — ela respondeu. — Como poderia não amá-lo?

Ela admirava o jovem que se arriscara a namorar uma mulher que tinha uma filha *mischling*. Mas estava convencida de que Franz nunca teria futuro com ela, e ela não teria futuro sem a filha.

· ✦ ·

Ally imaginou que, dali a dois meses, quando chegasse a data da partida, tomaria um banho de água de jasmim; o cheiro proporcionaria uma lembrança duradoura. Viajariam em carros separados. Os Herzog e Lilith em um, ela e *Herr* Professor em outro. Eles a observariam sair do carro. Lilith iria se virar para olhar para ela e sorrir. Seria assim que a veria pela última vez, segurando a mão de Beatrice, com a maleta quase arrastando no chão, levando tudo de que precisaria para atravessar o oceano: a corrente com o crucifixo, o poema de sua mãe, e Nadine, a boneca de pano.

Quando chegasse o momento de subir a passarela, Ally seria consumida pelas emoções e correria do carro em direção à filha, com a certeza de que jamais poderia abandoná-la. Lilith voltaria a se sentir feliz, grata. Elas rasgariam o passaporte que a identificava como Herzog, atirando-o ao mar. Sim, elas se despediriam de Beatrice com um abraço e um beijo. Albert já estaria no convés. Beatrice hesitaria por um instante. Deveria partir, ou permanecer ali, com os restos mortais de seu filho?

Ally e Lilith voltariam juntas para o carro. Elas se sentariam no banco de trás, ao lado de *Herr* Professor. Voltariam a ser uma família, escapariam do horror. Pegariam um trem, atravessariam rios e montanhas, para longe do país do qual haviam feito parte. Se pudessem, cruzariam o Canal da Mancha, deixariam o mar libertá-las.

No entanto, a garotinha dessa história não tem o rosto de Lilith. E o velho não é *Herr* Professor. Não há trens. Ally é apenas mais uma em uma multidão de estranhos.

"Sonha-se com a liberdade como se sonha com Deus", disse a si mesma. "Sonhar com Deus nos leva a acreditar que podemos suportar o insuportável."

Mas os sonhos, e Deus, haviam perdido o sentido para ela. Sua filha estava indo embora. A embarcação navegaria para longe do porto. Ela voltaria para Berlim no carro com *Herr* Professor. Não haveria abraços nem beijos. Ninguém derramaria uma lágrima.

# 10

## Dois meses depois
## Hamburgo, maio de 1939

Noite. Refletores sobre os três funcionários sentados atrás de uma mesa, ao lado da passarela. Albert Herzog entregou os documentos, um a um: passaporte, passe de desembarque cubano, recibo de bagagem, passagens, as três notas de dez marcos do Reich. Sob a luz dos refletores, as sobrancelhas de Albert pareciam espessas, seus olhos, quase perdidos. Era impossível dizer se estavam úmidos de lágrimas. Lilith estava com a corrente e sua boneca de pano. Ninguém perguntou sobre o poema que ela escondia no bolso direito do sobretudo de lã. Ela não precisaria do casaco em Cuba, disso, tinha certeza. Para Lilith, o poema tinha vida, batidas de coração. Sentiu-o através do tecido.

Ninguém deu atenção à cor de sua pele. "À noite, somos todos da mesma cor", disse para si mesma, tentando manter a calma. Sabia que seu medo poderia denunciá-la. Aquele instante poderia se dissolver por causa de um erro. E, então, ela estaria condenada. Com os cabelos presos para trás e cobertos com um gorro de lã preto, nenhum dos funcionários suspeitou dela. Lilith sempre tentou ficar nas sombras. Ela era uma Herzog, o carimbo vermelho na primeira página de seu passaporte comprovava: o "J".

Lilith cantava, ou melhor, murmurava uma melodia que os outros não conseguiam entender e segurava a mão fria de Beatrice. Parecia quebrada, como se todos os ossos de seu corpo estivessem estilhaçados. Ela ergueu os olhos e viu manchas vermelhas começando a se espalhar pelo pescoço da senhora Herzog. "Ela vai desmoronar", ela pensou. "Ela vai chorar. Ela vai desmaiar."

– Mamãe. – Era a primeira vez que a chamava assim. – Quando seremos conduzidos à nossa cabine?

Lilith queria parecer uma boa garotinha com boas maneiras. Uma doce menininha que acabara de aprender a ler. Ela carregava sua boneca de pano – branca, loura, vestida de azul – debaixo do braço. O nome Nadine estava bordado em vermelho no avental branco. A senhora Herzog não a ouviu. Estava presa em seu próprio terror.

– É o maior navio que já vi na vida – continuou a garotinha.

O oficial de olhos transparentes devolveu os passaportes a Albert sem olhar para a mulher nem para a menina. Elas eram como uma sombra. Às vezes, o medo torna a gente invisível. É uma forma de se esconder. Mas um deslize ou um descuido, e eles poderiam ser parados.

Precisavam seguir em frente, fugir dos olhares inquisitivos dos outros. Lilith contou os passos, um por um. Ainda não a tinham notado. Ela estava seguindo Beatrice. O oficial ouviu sua voz, seu sotaque alemão, suas frases iluminadas. Um erro, ela deveria cometer um erro gramatical, falar como uma menininha boba para não levantar suspeitas. Sim, os olhos de todos estavam sobre ela.

– Um degrau, dois degrau, até a passarela! – Lilith cantarolou.

"Quais versos *Herr* Professor recitaria em um momento como este?", ela pensou.

Estava prestes a cruzar a linha divisória, eterna e imutável, quando, de repente, teve a sensação de que estavam sendo seguidos. Não conseguia ver quem estava atrás dela. Mas, sem dúvida, poderiam identificar uma bastarda da Renânia, uma *mischling* imunda, talvez pela maneira como andava ou por seus modos. Os funcionários a reconheceram; a impostora, a negra. A luz ainda era escassa. Lilith protegeu-se na escuridão. Invisível, alcançou o topo.

Seu coração martelava em uma velocidade absurda. Todos ao seu redor podiam perceber seu medo e, enfim, ver a verdadeira cor de sua pele, seus cabelos amaldiçoados ocultos sob um gorro de lã tão escuro que fazia seu rosto aparentar ser mais pálido do que realmente era. Tudo havia sido planejado, nos mínimos detalhes, por seus salvadores, aqueles que decidiram mandá-la para o abismo. No fim, as máscaras não foram suficientes. Qualquer um que pensasse nisso, parasse por um momento para olhar para ela, saberia de imediato que ela não era uma Herzog. Os olhos angustiados de Beatrice, a relutância de Albert e a distância entre Lilith e seus pais fictícios seriam toda a prova de que os oficiais precisavam.

Se a ilha era banhada por um sol sem fim, ela encontraria sua verdadeira sombra ali. Encontraria uma grande árvore e faria dela seu lar para sempre.

Quando alcançou o topo e pôs os pés no convés, Lilith virou-se e esbarrou no capitão. Aquele homem elegante, vestindo branco e preto, tirou o chapéu e fez-lhe uma reverência. Ele não era como o capitão da história de ninar que sua mãe e Opa haviam lhe contado. Aquele capitão não raptava crianças perdidas, nem amarrava princesas a rochas em lagoas, nem atirava ninguém ao mar.

— Bem-vinda ao *Saint Louis* — disse o Capitão não Gancho.

Lilith suspirou e identificou o inimigo. Os funcionários ainda estavam no posto de controle, carimbando o "J" vermelho nos passaportes como se fosse uma cicatriz indelével. Outras famílias subiam a bordo.

— Mamãe? – ela quis gritar quando olhou para o porto.

Os outros estavam lá embaixo, perdidos num eterno abandono. Ela observou as pessoas que se despediam no cais, acenando com as mãos de um modo cauteloso, convencidos de que ninguém poderia vê-los, convencidos de que já haviam sido apagados da memória daqueles que estavam salvando, fugindo para a ilha prometida no transatlântico.

Na noite anterior, ela se sentara no sofá entre a mãe e Opa, os três olhando para as cinzas do fogo.

— Nós vamos voltar a nos ver – assegurou Opa, com a voz embargada. — Em algum lugar do mundo.

Lilith teve a sensação de que não, ela não voltaria a vê-lo, que aquela era sua última noite com eles. Ela o abraçou com força para tranquilizá-lo.

— Pequenina – Opa prosseguiu, enquanto Ally começava a chorar.

— Mamãe...

Lilith ficou em silêncio. Ela não tinha mais energia para confortá-los. Seus lábios começaram a tremer. Ela estava com frio; estava assustada.

Ela não dormiu naquela última noite. Não dormiria de novo até que o navio estivesse em alto-mar.

Abriu os olhos e viu que estava na amurada do navio. Abaixo, homens e mulheres se perdiam em gestos. "Eles estão se despedindo de mim", ela pensou. Lilith fez um último aceno com a mão direita, mas, agora, era ela quem não podia ser vista. Estava perdida na massa de pessoas que enchiam o convés. Acenou com a mão de um modo frenético, esperando em vão que sua mãe a visse.

Estava sozinha. Os Herzog tinham virado as costas. Era hora de levar a cabo seu plano. Ninguém notaria uma garotinha. Todos estavam ocupados se despedindo daqueles que haviam perdido. Dirigiu-se para estibordo, onde havia menos passageiros. Lá, ela encontraria um lugar, longe dos botes salva-vidas. De braços erguidos, contaria até dez, no ritmo das batidas do coração, e se atiraria no vazio. A força da queda a enviaria para o fundo do rio, para onde as águas eram mais escuras. Começaria a liberar todo o ar que havia armazenado em seus pulmões e, ao ritmo das bolhas, subiria à superfície. Nadaria até o cais, evitando o posto de controle, onde alguns passageiros ainda aguardavam para ser registrados. Recuperaria o fôlego e esperaria o tiro de pistola sinalizando o início da corrida mais importante de sua vida. Como Jesse, ela se colocaria em sua marca, pronta para largar, primeiro, a testa, depois, os ombros e o peito, e, com o vento atrás dela, correria, sem olhar para trás, para não se transformar em uma estátua de sal. O único problema era que ela não sabia nadar. Teria de se deixar afundar até o infinito, lá onde nem o luar chega, de costas para a superfície.

Sua mãe, agora, era um ponto distante, tão distante quanto sua vida em Berlim. Para Ally, o transatlântico preto, branco e vermelho era uma enorme necrópole. Havia um antes e um depois. Lápides eram gravadas com duas datas, as fronteiras que definem o tamanho da sepultura: o dia em que você nasceu e o dia em que morreu. Tudo acontecia nesse período limitado de tempo. A necessidade de suportar a dor de outra pessoa para afastar a sua era muito real. "Sempre há alguém em pior situação do que você", disse a si mesma. "A distância faz a afeição aumentar." Clichês eram tudo o que lhe restava.

Lilith não conseguia se lembrar da despedida, se é que houve uma. Para ela, a última vez em que viu a mãe foi na cama, lendo juntas histórias para dormir. Por que iria querer se lembrar de seu rosto no porto ou de seu choro no sofá? Ally e Opa já estavam desaparecendo em sua memória.

Em vez de se jogar ao mar, Lilith dirigiu-se para outro abismo: o das cabines. Passou por pessoas cujos olhos ainda estavam grudados no porto. Viu que o céu estava completamente vazio: as nuvens, as estrelas, até a lua a haviam abandonado.

– Agora, somos apenas eu e a noite.

Suas palavras começaram a se afogar no rio.

Em sua cabine, os Herzog ouviram o longo toque do apito do navio que sinalizava sua partida em direção à maior ilha do Caribe. Eles se sentaram sobre a cama de mãos dadas. Quando Lilith foi espiar pela vigia, sentiu o cheiro de jasmim. Ficou tonta. A embarcação começou a se afastar devagar do cais. Logo, o porto diminuiu à distância. Ela sabia que, primeiro, navegariam por um rio e, depois, desembocariam no mar e, por fim, rumo ao oceano.

– Do rio Elba ao Mar do Norte – disse ela em voz alta, imaginando seu Opa quando criança, de férias entre as dunas à beira de um oceano sem fim.

No Mar do Norte, as ondas que açoitavam o casco de metal salpicavam o convés com água salgada. Ela olhou para o céu e pôde distinguir uma estrela solitária. Fechou bem os olhos, como no fim de uma peça quando a cortina cai com seu próprio peso sobre o palco. Ela estava salva.

Ela era noite.

#  ATO DOIS

# 11

## Três anos depois
## Havana, novembro de 1942

—Eles estão aqui, eles estão por toda parte – Lilith ouviu Beatrice dizer enquanto descia as escadas. – Onde vamos nos esconder?

– Já atiraram nele. Nada vai acontecer com a gente. – A voz de Albert era inflexível.

Quando Lilith entrou na cozinha, ambos sorriram e desligaram o rádio.

– Eles atiraram no espião nazista – disse Lilith, para mostrar que sabia do que estavam falando. – Ouvi no noticiário. O presidente se recusou a perdoá-lo.

– Estamos cercados por submarinos alemães... – Beatrice estava tremendo. – Quantos espiões devem estar escondidos por aí?

– Vão encontrar todos eles – insistiu Albert.

– Por que ele se incomodou conosco? – disse Beatrice. – Enrique...

– O nome dele é August – Lilith a corrigiu. – Eu achava estranho que, toda vez que falávamos em alemão, ele se virava e olhava para nós. Um espião nazista...

August Luning costumava visitar a loja dos Herzog para comprar rolos de tecido e, de vez em quando, ficava para tomar café e conversar com o casal, num inglês perfeito. O espanhol dos Herzog era muito limitado. Luning lhes disse que era de Honduras e que havia deixado a Espanha para abrir um negócio familiar em Cuba, que prosperava a cada dia. Contou também que morara na Alemanha e na Inglaterra. De fato, alguns meses depois de sua chegada, ele abriu uma alfaiataria, La Estampa, na Calle Industria. Com modos brandos e hesitante quando falava, Luning era alto, tinha um rosto arredondado, cabelos escuros e a pele bronzeada. Os Herzog nunca teriam acreditado que o empresário desorganizado e sempre atrasado, que parecia não ter controle sobre suas vendas e compras e não conseguia negociar um bom preço, fosse, na verdade, um alemão.

Fazia um ano que Cuba havia declarado guerra, primeiro, ao Japão e, depois, à Alemanha, enviando navios para ajudar os Aliados. Dois desses navios foram afundados por submarinos alemães na costa leste de Cuba, segundo os jornais da ilha, que Albert tentou manter fora da vista de sua esposa. Apesar da guerra, seu negócio de tecidos na Calle Muralla prosperou e os Herzog abasteciam as lojas de departamentos da cidade.

Alguns meses antes, houve um blecaute obrigatório em Havana. Naquele dia, Beatrice e Lilith haviam se trancado no escritório de Albert e ficaram encolhidas em um canto, cobertas por travesseiros. Assim dormiram naquela noite, quando até o farol do Castillo del Morro, na entrada da baía, foi apagado pela primeira vez. Segundo a Rádio Berlim, a Alemanha havia ameaçado bombardear a capital cubana. O estado de alerta se propagou por toda a cidade e as autoridades ordenaram que houvesse apagões em todo o litoral de Havana.

Para Beatrice, os dias de terror tinham voltado.

– Eles vão aparecer até mesmo aqui – disse ela, tremendo. – Nós nunca nos livraremos deles...

Desde então, Lilith teve de se trancar com Beatrice no escritório e não podia nem sair para o pátio, até que foram informados de que o espião nazista, que ousara entrar em contato com eles, havia sido preso.

Uma vez, Albert visitara Luning em sua casa, no segundo andar de uma hospedaria na Calle Teniente Rey. Vivia rodeado de pássaros de diferentes cores em gaiolas estrategicamente colocadas em cada uma das janelas dos dois cômodos que ocupava. Assim que entrou, Albert teve a impressão de estar em uma pequena selva – em parte, por causa do calor e da umidade que as paredes sem pintura irradiavam. Havia teias de aranha por todo o teto, que era bem alto, e poeira por toda parte, o que dava a impressão de ser um quarto desabitado que Luning havia ocupado no último minuto, pouco antes de receber o convidado. Enquanto finalizavam vários pedidos de tecido e Luning entregava-lhe um depósito, Albert teve pena do homem sem família, um refugiado como ele, que fazia de tudo para manter seu negócio funcionando. Chegou a considerar convidá-lo para jantar quando se mudaram para a casa em Vedado, mas nunca o fez.

Graças a um dos funcionários de Luning, Beatrice recebeu uma correspondência de Berlim. Era um documento, que demorou mais de três meses para chegar a Havana. Antes da guerra, esse funcionário fizera negócios com uma empresa têxtil alemã, e ele ainda tinha bons amigos por lá, então, Beatrice lhe pediu ajuda depois de ouvir pelo rádio que os alemães estavam avançando pelos países da Europa. Beatrice lhe disse que queria saber o destino de seus irmãos, bem como o da mãe de Lilith e do professor Bormann, que ela considerava da família. Ela havia perdido contato com seus familiares. Sabia que eles tinham sido deportados, mas não sabia para onde tinham sido enviados. Quanto a Ally, Beatrice não conseguia entender por que não respondia às suas cartas, por que havia parado de se comunicar com eles, e abandonado a filha, embora, às vezes, dissesse a si mesma que tentar esquecer também era uma forma de sobreviver.

Desde sua chegada a Havana, Beatrice escrevia para Ally todos os meses, contando sobre o progresso da menina. Que o espanhol fora fácil para ela; que se tornara especialista em tafetá, flanela, tule, brocado, gabardine e, claro, em todos os tipos de linho tão populares na ilha; que ela fizera um amigo, Martín, na nova escola americana, onde subira de série, e ele a apresentara a seu melhor amigo, Oscar; que eles haviam se mudado para uma nova casa, a pouca distância da loja, em um bairro onde Lilith poderia crescer com segurança. A menina havia se adaptado ao sol e ao calor, ela lhe contou, mas eles, os adultos, achavam tudo mais cansativo. Sentiam-se mais velhos a cada dia, os dias pareciam meses, e os meses pareciam anos. Lilith, por outro lado, tinha um futuro na ilha, e, um dia, quando a guerra acabasse, Ally poderia ir para lá e voltar a ficar com ela. Beatrice disse-lhe que Lilith havia herdado seus maneirismos e suas expressões. Ela a viu crescer, tornar-se uma mulher, cada dia mais parecida com a mãe. Foi quando estava escrevendo essa carta nos fundos da loja que o funcionário de Luning apareceu com o documento, com uma expressão sombria.

– Sinto muito – disse ele, a primeira vez que falou com ela em alemão.

Beatrice pegou o documento e o abriu na frente de Albert, que pôde ler a notícia em seu rosto. Ela entregou a folha de papel ao marido e voltou para os fundos da loja. Remexeu uns papéis buscando a carta que vinha escrevendo havia dias e rasgou-a como se, assim, pudesse destruir a notícia que recebera, eliminar seu efeito.

O documento afirmava que Ally Keller e Bruno Bormann tinham sido enviados para Sachsenhausen em 17 de junho de 1939. *Herr* Bormann sofrera um ataque cardíaco logo depois de sua chegada e não sobreviveu. Sete meses depois, Ally sangrou até a morte.

– Acho que não devemos contar nada disso a Lilith – sugeriu Albert.

– O que conseguiremos mentindo para ela?

– Ela está feliz aqui, esqueceu-se do que aconteceu em Berlim.

– Um dia, ela vai descobrir tudo – disse Beatrice, enfática, com os lábios trêmulos. – Se não contarmos a ela agora, ela nunca vai nos perdoar.

– Vamos esperar o momento certo, pelo menos.

Então, a notícia do espião se espalhou por toda a ilha, e eles sabiam que era apenas uma questão de tempo até que perguntas fossem feitas sobre as relações de Beatrice com o funcionário do espião. Quando Luning foi capturado, os Herzog sentaram-se com Lilith e, após um longo silêncio, Beatrice decidiu contar a ela, indo direto ao ponto. Albert olhou para sua esposa, incapaz de entender como ela estava contando a uma garotinha que ela havia perdido a única família que já teve. Ele queria praguejar, bater com os punhos na mesa, gritar de raiva. Sentiu que ia explodir, e seus olhos se encheram de lágrimas.

– Pouco tempo depois de deixarmos a Alemanha, sua mãe e o professor foram enviados para o mesmo campo de trabalhos forçados em que mataram meu filho. Os dois faleceram. Eu sinto muito.

Lilith não fez nenhuma pergunta, nem quis saber como eles haviam morrido, ou como os Herzog tinham obtido tal informação. Ela só chorou, inerte. Os Herzog se aproximaram dela. Pela primeira vez, Beatrice a abraçou e a beijou. Ela não costumava demonstrar afeto físico. Albert saiu da sala de cabeça baixa.

– Vamos sobreviver, minha querida, mas esta dor sempre estará presente – disse Beatrice a Lilith. – Sua mãe nunca a esqueceu. Você estava no coração dela até o momento em que ela deu seu último suspiro, acredite. Nós, mães, somos assim.

Lilith sentou-se em silêncio na sala de jantar. Ela cerrou as mãos como se quisesse sentir aquela dor. Seu peito estava apertado, e ela percebeu que Beatrice a observava. Ela queria ficar sozinha, mas não podia.

Continuou a chorar e sentiu seu corpo tremer de um modo incontrolável. Já havia perdido a mãe anos antes, quando embarcou no navio em Hamburgo, mas agora estava com o coração partido porque percebeu que havia começado a esquecer-se de como era seu rosto.

Durante o julgamento do espião, no qual ele teria confessado seus crimes, um detetive da polícia apareceu na loja e pediu para ver o livro-razão de vendas e compras. O espião estava listado lá como Enrique Augusto Luní. O detetive transpirava muito, e gotas de suor pingavam no balcão. Enquanto ele tomava notas, Beatrice entregou-lhe o documento que recebera da Alemanha.

– Um dos funcionários do *señor* Luning trouxe isso para nós algum tempo atrás – disse ela. Ao perceber que o detetive não entendia alemão, ela acrescentou: – É a confirmação de que nossos parentes morreram em um campo de concentração.

Beatrice queria deixar claro que não tinham nenhuma ligação com Luning, não tinham motivos para querer ajudar a Alemanha. Tinham sido vítimas também.

Revistas e jornais dedicaram páginas e mais páginas a descrever o trabalho do espião na ilha. Sua execução por um pelotão de fuzilamento nas valas do Castillo del Príncipe apareceu na primeira página de uma das publicações mais populares de Cuba. Não havia fotógrafos presentes, mas um artista recriou a cena. Em uma imagem, o espião estava de frente para o pelotão de fuzilamento; outra imagem mostrava o corpo sem vida do nazista.

Beatrice parou de trabalhar na loja deles. Tornou-se reclusa, passando o tempo ouvindo rádio, decifrando o espanhol, que, aos poucos, compreendia cada vez mais, mas nunca conseguia aprender o suficiente para manter uma conversa. À tarde, ouvia no rádio novelas, romances e histórias de aventuras e, à noite, uma estação de música clássica.

Uma onda de fúria contra os alemães foi desencadeada em Cuba e, para evitar que sua família fosse apanhada, Albert retirou seu nome dos negócios. Ouvira pelo rádio que a cidade de Palma, um povoado ao norte de Camagüey que nem aparecia nos mapas, tinha uma próspera comunidade alemã, e que todos os alemães tinham sido levados para Havana e presos em Castillo del Morro.

– A nova loja agora se chama Mueblería Luz – disse Albert dando um sorriso. – Acrescentamos Luz para você, Lilith, nossa querida Luzinha.

. ◆ .

No dia em que a Mueblería Luz abriu na Calle Galiano, os dois melhores amigos de Lilith, Martín e Oscar, e seus pais a acompanharam até a loja.

Os três jovens correram pela loja, atirando-se sobre móveis que ainda cheiravam a verniz fresco e escondendo-se em guarda-roupas de mogno, enquanto os pais erguiam taças de champanhe para comemorar a inauguração do negócio de móveis e estofados. Os móveis eram de madeira escura e pesada, alguns tinham frisos dourados, espelhos bisotados, incrustações de madrepérola, marchetaria, motivos de ramos e guirlandas, tampos de mármore e couro com detalhes em bronze cinzelado.

– Só de olhar para esta mobília, me sinto sufocada – disse Lilith. – Vocês sabiam que o espião nazista, uma vez, veio à loja?

– Então, vocês conheciam o espião? – Oscar a interrompeu.

– Ele era um homem estranho; não parecia alemão.

– Você também não parece alemã, mas isso não faz de você uma espiã.

– Sempre tive a sensação de que ele nos entendia quando falava com meus pais em alemão – explicou Lilith. – A expressão dele era estranha.

– Devemos começar a caçar espiões – disse Martín. – A cidade deve estar infestada de nazistas. Você sabe alemão, então, pode ajudar a desmascará-los.

– Vamos pegar espiões! – Oscar gritou e saiu correndo.

Lilith e Martín deram os braços e seguiram atrás dele, explodindo em gargalhadas.

A fita de inauguração estava pronta. Lilith foi até onde seus pais estavam e segurou a tesoura com a mão esquerda. Quando se virou, viu Martín junto aos outros. O *flash* do fotógrafo a cegou enquanto ela cortava a fita.

Esse foi um dia feliz.

# 12

## Um ano e meio depois
## Havana, abril de 1944

No dia em que Lilith completou 13 anos, Martín Bernal entrou na casa em silêncio e esgueirou-se atrás dela na cozinha. Cobrindo seus olhos com as mãos, disse para ela fazer um pedido.

– Não me diga, diga a si mesma, para que se torne realidade.

Lilith se virou. Martín estava tão perto. Um movimento, e eles estariam nos braços um do outro. Ele se inclinou para a frente, meio nervoso, e pressionou seus lábios contra a bochecha de Lilith. Moveu-se com cautela, até que ela ergueu o rosto e o beijou.

Desde que haviam se tornado vizinhos, Lilith e Martín passaram a desconsiderar o limite entre suas casas. Pulavam a cerca de metal que separava seus quintais até que, enfim, cortaram a corrente e o cadeado entre as duas moradias. Um muro de pedra dividia os becos que desciam pelas laterais das residências. Ali do alto, Martín podia se comunicar com Lilith pela janela de seu quarto. Sempre que queria ver a amiga, saltava da parte mais alta do muro e aterrissava com a graciosidade de um lince. Um dia, sem que o pai de Martín soubesse, eles derrubaram em silêncio o portão de madeira e seus quintais se uniram para sempre.

Ele não castigou o filho; sabia que, se Martín não o tivesse feito, um dia, acabaria por se chocar contra a cerca ao pular dali de cima.

– Esses garotos, um dia, vão se casar – dizia Helena, a senhora que ajudava os Herzog nas tarefas domésticas, enquanto os observava, conspirando, no quintal.

Lilith e Martín construíram para si um universo nas mangueiras e nas árvores-do-fogo vermelho-alaranjadas, nas mamonas com suas folhas amarelas, na cerca viva de flores-do-natal vermelhas e brancas que floresciam fora da estação.

– Nós as confundimos – disse Martín, um dia. – É Natal o ano todo para nós.

Cinco anos antes, quando desembarcaram em Havana, Lilith e os Herzog ficaram um tempo no Hotel Nacional. Lilith lembrou-se de que seu quarto tinha vista para o mar e que, quando ela abria as janelas, de manhã, sentia-se enjoada. Sentia como se o seu estômago estivesse prestes a explodir, e a única maneira de aliviar isso era imaginar que um dia sua mãe, Franz e seu Opa chegariam para surpreendê-los em uma das embarcações que atracavam no porto. O quarto do hotel a fazia se sentir como na cabine em alto-mar.

Durante a travessia no *St. Louis*, atordoada por causa dos comprimidos amargos para enjoo, com o estômago contraído pelos vômitos constantes, Lilith imaginou-se chegando a uma ilha de plantas carnívoras, as quais estudaria, e de animais selvagens, os quais deveria evitar. Acreditava que, com muita paciência, amenizaria o apetite das plantas, e que adotaria algum tipo de mamífero daqueles que devoram tudo ao seu redor enquanto crescem, mas que, graças à sua dedicação e a um incansável processo de domesticação, ela acabaria humanizando. Estava ansiosa para provar isso, para varrer a crueldade da face da Terra. No entanto, quando chegou, encontrou uma bela cidade construída junto a um mar plácido; uma cidade limpa, repleta de pessoas muito bem-vestidas e cobertas da cabeça aos pés para se proteger dos raios solares. Em vez da ilha selvagem de sua imaginação, haviam-na enviado para uma cidade europeia, tão insípida quanto qualquer cidade alemã, mas muito mais ensolarada e habitada por pessoas de todas as cores e raças.

Naquela época, Lilith costumava chamar seus novos pais de "*Herr* e *Frau* Herzog". Mais tarde, tornaram-se Albert e Beatrice. Foi somente quando compraram a loja na Calle Muralla, e a família decidiu se mudar para o apartamento de cima até que o negócio prosperasse, que eles se tornaram mamãe e papai. Quando a loja decolou, os Herzog compraram uma casa em um bairro tranquilo perto do mar. Escolheram-no por sua proximidade com a bilíngue St. George's School, onde os Herzog esperavam que a menina estudasse para dominar o inglês e se encaixar na sociedade de Havana, além de perder o sotaque alemão no espanhol.

Pela primeira vez, ela morou em uma casa cheia de espelhos e, aos poucos, se acostumou com sua imagem refletida neles. O que sua mãe tentara evitar em sua casa em Berlim, Lilith descobrir que ela própria parecia diferente, não mais representava um perigo. Ela não se parecia nem um pouco com seus pais, mas, fora da fortaleza onde viviam, protegida do sol e do calor, era igual a todos. Sua pele não se destacava em uma ilha onde todos viviam sob o brilho do sol.

Quando chegou aos trópicos, Lilith não precisou mais provar a ninguém sua inteligência, sua habilidade para línguas, sua paixão pelos números. Não houve comissão para analisar sua capacidade de associação e memória. Por um tempo, ela até tentou se distanciar dos livros, mas, no fim das contas, não conseguia mais ficar sem eles, ainda mais durante a noite, quando as horas se arrastavam. Passava noites intermináveis tentando dormir depois de pesadelos terríveis.

Depois que se mudaram para a casa em Vedado, Helena passou a morar com eles de segunda a sexta. Lilith conversava mais com Helena do que com seus pais adotivos. Helena, com "H", como sempre sentia necessidade de esclarecer quando era apresentada a alguém, "uma extravagância da minha mãe, obcecada por romances do século passado", era uma mulher que se tornara forte premida pelas circunstâncias. Sua mãe a enviara a Havana para livrá-la da miséria em sua aldeia. Ela havia deixado seu bairro, na bela e pacata Cienfuegos, à qual nunca mais retornou, para viver em uma cidade que estava em constante agitação. Casou-se com um galego que, um dia, alguns anos depois, zarpou em um barco em busca de fortuna nos Estados Unidos, e foi a última vez em que ouviu falar dele. O destino a levou a cuidar das famílias de outras pessoas, que, muitas vezes, ela passou a sentir como se fossem suas próprias famílias.

– É terrível ser filha única, minha querida, porque você fica sozinha depois que seus pais se vão – dizia ela a Lilith. – Olhe para mim, sem marido e sem filhos, nesta cidade que nunca foi e nunca será a minha.

Helena parecia em estado perpétuo de sufocamento, como se suas narinas estivessem bloqueadas e ela não conseguisse oxigênio suficiente a cada respiração. Tinha uma expressão triste e parecia estar sempre à beira das lágrimas. Detestava multidões, reclamava que a sufocavam, que as pessoas roubavam todo o oxigênio ao seu redor, deixando-a em uma atmosfera mais árida que um deserto.

Com sua tosse característica, como se estivesse sempre limpando a garganta, Helena vagava pela casa inquieta, parando de vez em quando para recuperar o fôlego.

– Na minha família, todos nasceram com pulmões inúteis – ela dizia. – Minha mãe e meu avô também, ambos morreram de enfisema, que os devorava havia anos. Esse também será o meu destino, e não há nada que eu possa fazer a respeito – contou ela a Beatrice. – Parece que vou herdar os pulmões fracos de minha mãe e a artrite de meu pai. Meus dedos estão tortos há tanto tempo que nem sei.

A princípio, os acessos de tosse eram tão intensos que uma Beatrice apavorada descia as escadas pensando que Helena estava engasgando-se, apenas para encontrá-la em baforadas de fumaça, um cigarro em uma mão e uma xícara de café preto na outra. Andavam pela casa aprendendo uma com a outra, compartilhando aflições e resmungando, uma vez que as palavras não passavam de sons. Nenhuma das duas compreendia o que a outra estava dizendo, mas reagiam uma à outra como se o fizessem. Eram como irmãs vivendo seus últimos anos juntas.

Helena ensinou Lilith a se proteger do sol com sombrinhas e chapéus e também com vestidos, que ela usava com relutância. Nos fins de semana, Helena massageava seus cabelos com azeite de oliva e óleo de coco e os penteava com pentes de metal aquecidos na chapa quente. Depois, aplicavam um condicionador caseiro preparado com abacate, gema de ovo e mel.

— Esses cachos precisam ser cuidados e controlados — ela costumava dizer.

O pior era quando havia um baile na escola. Para alisar os cabelos de Lilith, Helena fazia questão de usar o ferro de passar, que ela aquecia com brasas no quintal. Os cabelos de Lilith exalavam uma fumaça acre que a deixava enjoada a semana toda.

— Você me transformou em uma chaminé! — Lilith costumava dizer a Helena, rindo, enquanto Beatrice observava perplexa.

· ✦ ·

Com o tempo, Lilith esqueceu-se do calor do piso de carvalho de Berlim e começou a apreciar o frio do piso de cerâmica. Nas tardes tranquilas da ilha, ela mergulhava em uma pilha de livros sobre cavalaria medieval que haviam herdado com a casa ou acompanhava a mãe ao cemitério de Guanabacoa para colocar pedras nos túmulos não visitados e manter conservada a área reservada para Beatrice e seu marido. Lilith não terminaria lá. Ambas sabiam que seu túmulo estaria no cemitério de

Colón, ao lado de restos mortais que, em vez de pedras, eram homenageados com cruzes e flores.

Quando matricularam Lilith na escola em que ela estudaria inglês e espanhol, ela passou por uma série de avaliações para que determinassem em qual série entraria. Nunca havia frequentado uma instituição de ensino na Alemanha. Quando voltaram na semana seguinte, a diretora e a americana de rosto comprido e sorriso perpétuo as receberam.

— Ela irá direto para a série intermediária — disse a diretora, em inglês, dirigindo-se a Beatrice, embora Lilith estivesse ali. — Não podemos colocá-la acima disso.

Tudo o que Beatrice queria para Lilith era acesso a uma educação de qualidade, então, ela apenas assentiu. O inglês seria mais útil para Lilith do que o espanhol, ela pensou, e já era hora de a menina começar a interagir e conhecer outras famílias, para que um dia pudesse criar a sua.

— Ela está pronta para entrar em uma universidade — prosseguiu a diretora, ainda ignorando Lilith, como se estivessem falando de outra pessoa. — Mas essa não é uma decisão que caiba a mim. Ela é alta, então, ninguém vai notar a diferença na sala de aula. Ela parece muito mais velha.

Muito antes do início do semestre, Lilith decidiu não se destacar na escola, não aprender mais do que lhe ensinavam. A obsessão de sua mãe e de Opa por ela ser a garota mais brilhante ficara para trás. Ela sentia que já havia aprendido tudo o que precisaria na vida.

Numa tarde, Beatrice aproximou-se de Lilith quando percebeu que ela estava muito triste depois de terminar sua lição de casa. Ela se sentou ao seu lado, segurou sua mão e disse que a ensinaria a tricotar.

— A dor nunca vai embora, sempre vai me acompanhar, mas o tricô me faz muito bem — disse-lhe Beatrice.

Helena, seguindo as instruções de Beatrice, começou a encher a casa com novelos de lã de várias cores e espessuras e agulhas de metal longas e curtas que comprava nas lojas da Calle Muralla. Depois do jantar, Beatrice e Lilith começaram a tricotar cachecóis que se recusavam a terminar, misturando diferentes cores e texturas.

Beatrice contou-lhe histórias de parentes que viveram muito tempo antes de Lilith nascer e dos pães que sua mãe fazia para o Shabat. Era como se sua vida pertencesse ao passado, como se, para ela, nem o presente nem o futuro importassem. E, no entanto, ela nunca mencionava o filho.

Quando Lilith se despedia e ia para a cama, Helena corria e lhe trazia um copo de leite morno.

– Beatrice a ama, mesmo que não demonstre como eu – dizia Helena enquanto a cobria de abraços e beijos.

. ✦ .

No primeiro dia de aula, Martín fora direto até ela.

– Então, você é a garota polonesa – disse a ela, em inglês.

– Não sou polonesa, sou alemã.

– Você é bem escura para uma alemã.

Martín cruzou os braços e, com um olhar de aprovação, disse-lhe que gostava dela. Porque ela era diferente. A partir daquele dia, eles se tornaram inseparáveis. Depois das aulas, tomavam o caminho mais longo para casa, pelas arborizadas avenidas de Vedado, tentando atrasar o momento da chegada, quando teriam de seguir caminhos separados. Falavam em inglês, e ela o corrigia e lhe ensinava novas palavras. Em pouco tempo, Lilith conseguia pronunciar algumas frases em espanhol com sotaque cubano.

– Você fala como uma americana – ele lhe dizia, rindo.

Ela praticou seu sotaque espanhol com ele todos os dias depois de sua observação gozadora e, após alguns meses, Lilith já falava com um sotaque de Havana.

– Para dizer a verdade, agora, você parece mais cubana do que eu!

No dia em que Martín disse isso, Lilith explodiu de orgulho.

– É você que parece que não é daqui – respondeu ela, cruzando os braços, como ele sempre fazia.

– E de onde parece que eu sou?

– Você parece alemão. Sim, com certeza, eu diria que você veio de longe, do norte.

Martín balançou a cabeça, sorrindo.

– Não, mocinha... O que você não sabe é que os cubanos são todos de cores diferentes. Tem louros, pessoas com a pele azeitonada, negros, mulatos, chineses, chineses-mulatos, então... E nosso presidente tem a mesma cor de pele que você.

Martín era mais alto que ela, tinha um pescoço comprido e, quando lhe falava, olhava-a bem nos olhos, e cada milímetro de seu rosto parecia participar da conversa de forma que o efeito era hipnotizante, e ela não conseguia evitar prestar atenção. Lilith sentia-se segura com sua presença confiante. Sentia como se tivesse encontrado em Martín um aliado, alguém que a compreendia, sem julgá-la ou perguntar sobre seu passado. Martín era a única pessoa na ilha que se esforçava para pronunciar seu nome do modo correto. Desde o momento em que pôs os pés em Havana, todos a chamavam de Lili. Exceto ele.

Como ela, Martín era um sonhador. Quando se conheceram, ele falou a Lilith sobre seu amor por aviões. Era um especialista em voo de pássaros e falava a respeito do desenho de suas asas como se pombos e pardais fossem espécies criadas em laboratório.

– Um dia, vou lhe mostrar a ilha lá de cima. Em poucas horas, podemos observá-la de cabo a rabo. Você vai ver como é linda...

Lilith nunca lhe contou que tinha medo de altura. Que, quando estava no convés do *St. Louis*, as pessoas que se despediam no cais pareciam formigas, e isso a abalou. O menor movimento, ou mesmo apenas ver algo de cima, a deixava enjoada.

· ✦ ·

Naquela primavera, Martín se tornou seu melhor amigo. Na escola, diziam que Martín morava apenas com o pai, que era ministro do gabinete e amigo do presidente Fulgencio Batista, porque a mãe do menino havia fugido para a Suíça com um aristocrata europeu. Outros falavam que ela morrera durante o parto. Na realidade, Lilith sabia, Martín havia perdido a mãe quando era jovem.

— Foi uma doença que a levou — dissera ele, sem dar mais detalhes, e Lilith ficou satisfeita com sua explicação, que o deixou calado pelo resto do dia.

Lilith sabia que uma fração da dor nunca vai embora.

Ela se atreveu a dizer a ele, a título de consolo, que seu pai também havia desaparecido antes de ela nascer, mas Lilith não estava pronta para conversar sobre sua verdadeira mãe e Opa. A perda os aproximou, como se ambos tivessem aprendido a navegar pelo mesmo caminho sinuoso da dor.

Exploravam a cidade juntos. Ele a levou para conhecer o rio Almendares, as praias rochosas e a academia de aviação na qual um dia esperava ingressar. Nos fins de semana, iam juntos ao cinema assistir aos filmes de ficção científica, caubóis e indígenas, nos quais viam senhores de *smoking* e mulheres com vestidos de fina seda e batalhas com finais felizes, e, durante a semana, desmontavam os rádios da família para entender como funcionavam, e depois voltavam a montá-los com a precisão dos relojoeiros.

Ninguém mais participava de suas conversas, de suas caminhadas. Comiam juntos o lanche da manhã no recreio da escola, longe dos colegas barulhentos, até o dia em que Oscar Ponce de León, um menino vivaz que Martín conhecia desde pequeno, ousou sentar-se entre eles, segurar-lhes as mãos como um irmão mais velho e levá-los para fora da escola, a fim de caminhar pela Avenida Línea, que estava repleta de cartazes políticos porque era época de eleição.

Oscar frequentava uma escola católica para meninos perto do colégio de Martín, da qual, às vezes, fugia durante o dia para ficar com o amigo. Se não conseguia convencer Martín a acompanhá-lo em suas aventuras, voltava para a aula suando, com a desculpa recorrente de que estava com dor de estômago. Os professores o consideravam uma causa perdida. Ele havia morado em Paris por um tempo com os pais, que foram diplomatas do governo anterior e estavam exilados em Nova York por alguns meses depois da eleição que deixara a ilha sem ninguém no comando até que a paz e a ordem fossem restauradas. Martín disse a Lilith que, quando Oscar voltou do exílio, seu sotaque era ainda mais forte do que o dela. Oscar falava francês com entonação britânica, inglês como um inglês nativo e espanhol como um maluco.

"Vocês dois são como noite e dia", Oscar sempre lhes dizia. Não por diferenças de temperamento, mas porque Lilith tinha cabelos escuros e pele morena, e Martín era pálido e tinha cachos que ficavam dourados ao sol.

Para Lilith, eram Martín e Oscar os opostos. Martín sempre sonhava acordado, enquanto Oscar fazia discursos e tinha opiniões mais embasadas. Ela os ouvia com atenção no início, mas desistia no meio da conversa, pois, segundo Oscar, o mundo estava acabando, e ela não tinha paciência nem forças para recomeçar essa história.

— As ilhas são como um esgoto — Oscar disse, certa vez, a Lilith. — Só coisas inúteis acabam vindo parar aqui. Estamos cheios de espanhóis mal-educados, africanos analfabetos, chineses famintos e judeus despatriados.

– Não dê atenção a ele, Lilith – Martín o interrompeu. – Ele é apenas amargo.

– E você pode incluir nessa lista comunistas ociosos, fugitivos da justiça, fraudadores e assassinos – acrescentou Oscar. – Junte tudo, mexa em uma grande caçarola e assim se faz um cubano. Os cubanos se erguem da miséria todos os dias, como a fênix, e, quase por inércia, voltam a cair, mas se erguem vez após outra, num ciclo vicioso do qual não há saída. A melhor coisa a se fazer nas ilhas é fugir.

Oscar falava de política como um rei sem trono. Era um anarquista, e acreditava que as democracias não podiam ser reproduzidas. Costumava dizer que ninguém poderia ser algo que não é.

– Minha avó sempre dizia que um macaco vestido de seda ainda é um macaco.

Oscar citava esta e outras frases com extrema pomposidade.

Ele sabia que Martín e seu pai eram grandes admiradores de Fulgencio Batista, o presidente à época, a quem todos chamavam de El Hombre. Oscar via El Hombre como um camponês autodidata que havia entrado para o exército apenas para evitar a fome e que se voltou para a política porque era um caminho para um poder ainda maior. A política era uma forma de fazer lavagem cerebral nas massas que nem mesmo a Igreja poderia impedir, desde que a Revolução Francesa declarara todos como livres e iguais perante a lei.

Para Oscar, a única coisa boa que Fulgencio Batista fizera foi dar espaço para outros: os comunistas, os sindicalistas. Não porque El Hombre, como era mais conhecido, pensasse que eles tinham algum direito de governar, mas, sim, para dar a impressão de que Cuba era uma democracia. Martín o interrompeu neste ponto para listar as conquistas de El Hombre. Graças ao presidente, o salário mínimo era o mais alto desde a independência da ilha, e a moeda cubana seria, de um modo invejável, mais forte quando seu pai, seguindo as instruções do presidente, adquirisse vários milhões de dólares em barras de ouro como garantia. Oscar deu de ombros.

– Não conte com os ovos dentro das galinhas – ele disse a Martín. – Os bons tempos estão chegando ao fim. Apenas observe: este homem empacotará as malas e o dinheiro e fugirá. As pessoas não vão tolerar isso.

Quando Lilith conheceu Oscar, pensou que ele fosse muito mais jovem que Martín. Em virtude de seu tamanho, supôs que tivesse 10 ou 11 anos, mas, ao ouvi-lo falar e ao observar seu modo maduro, percebeu que ele deveria ser um ou dois anos mais velho que Martín. Oscar era o garoto mais articulado que ela havia conhecido. Num verão, quando foi mandado para a escola na Suíça por três meses, Oscar teve um surto de crescimento e voltou para casa mais alto do que ela e Martín, embora continuasse magro e cético como sempre.

Depois daquela viagem à Suíça, Oscar decidiu que queria estudar na Sorbonne quando a guerra terminasse, para fugir do calor tropical e dos políticos interesseiros.

– Vocês também vão acabar fugindo, esperem pra ver – Oscar lhes disse.

Os três amigos faziam competições de leitura: Lilith em inglês, Martín em espanhol e Oscar em francês. Começavam com histórias de cavaleiros nômades. Depois, emendavam com biografias de líderes militares e acabavam lendo romances clássicos, os quais Oscar sempre ridicularizava.

– Quem em sã consciência beberia vinagre para parecer magro? Apenas uma burguesa francesa, entediada e infiel.

Na casa de Martín, Lilith experimentou todo tipo de comida cubana, inclusive sobremesas como arroz-doce, creme de baunilha e *torrejas*, receitas que tinham cruzado o Atlântico mais de cem anos antes. Em sua casa, Helena havia se adaptado aos hábitos alimentares dos Herzog e passou a evitar as tradicionais refeições cubanas que Lilith tanto desejava provar. Às vezes, Helena fazia experiências, mas, para grande consternação de Beatrice, sufocando as batatas cozidas com alho, cebola e cominho, fritando a carne e ensopando o frango em molhos picantes com urucum e louro.

Lilith não tinha muito apetite, e Helena costumava se queixar disso, mas do que ela gostava de verdade, assim como Martín, era o café depois do jantar. Ficava encantada com a pequena xícara, com seu conteúdo negro como breu, denso e aromático, ao mesmo tempo doce e amargo, com o intenso sabor de queimado. Ela adorava beber café com Martín em qualquer um dos quintais. Na ilha, até os bebês tomavam café com leite antes de dormir. "É por isso que os cubanos vivem em estado de alerta constante", ela pensou.

Martín idealizava uma Cuba que, segundo Oscar, não passava de uma nebulosa miragem. Oscar acreditava que a democracia jamais se firmaria nas ilhas, que seria como pedir neve aos trópicos. A política era um vício para os dois amigos, mas Oscar sentia que Martín vivia com a cabeça nas nuvens, movido pela paixão do pai e pelo desejo de que Cuba fosse um país desenvolvido e democrático.

Desde que Lilith entrou em sua vida, o mundo de Martín passou a se reduzir. Ele parou de visitar os filhos dos amigos de seu pai: a família Mena, os Menocal e os Zayas-Bazán. Isso preocupou um pouco o *señor* Bernal, embora ele soubesse que o filho não estava sozinho. Tinha dois amigos íntimos, dedicava-se aos estudos e sonhava em ser piloto.

Às vezes, Martín aceitava convites para ir à casa dos Lobo, família que controlava a indústria açucareira, principal motor econômico do país. Vez ou outra, levava Lilith, a quem uma vez apresentou como sua namorada, assim, de repente, do nada. No entanto, Martín logo acabaria entediado com essas reuniões formais. Oscar, por outro lado, era capaz de tirar de letra esses eventos sociais. Lilith não compreendia como um menino tão inquieto, rebelde e inteligente podia suportar conversas que consistiam em passar ou não o Natal em Nova York ou quais usinas de processamento de açúcar fazia sentido comprar e desenvolver.

– Ele tem sangue de diplomata nas veias – disse Martín, certa vez. – Só é ele mesmo quando está conosco.

Lilith evitava as filhas do senhor Lobo, que viviam competindo pelo amor e pela aprovação do pai, que era conhecido como o Rei do Açúcar de Havana. No entanto, sempre a fascinou ouvir as histórias do magnata cada vez que ele adquiria uma nova peça para sua coleção de artefatos que haviam pertencido ao "maior líder militar da história", Napoleão Bonaparte. Lilith ficou maravilhada com o fato de que ali, numa ilha insignificante no meio do Caribe, alguém pudesse possuir milhares de objetos pessoais, móveis, armas e até a máscara mortuária do imperador francês.

– Um dia, você me ajudará a conseguir o telescópio do Grande Corso – disse certa vez o *señor* Lobo ao *señor* Bernal. – Não deveria estar nas mãos de El Hombre.

O *señor* Bernal deu um leve sorriso, pediu licença e deixou o filho, Lilith e Oscar para continuar a conversa com o *señor* Lobo. O pai de Martín já havia explicado a Lilith que Batista era rejeitado por muitas das famílias mais importantes de Cuba, que não aceitavam que o homem mais poderoso do país fosse filho de fazendeiros do leste da ilha e o fato de que tivesse apenas chegado ao posto de sargento e, pior ainda, fosse mulato.

A primeira vez que Lilith viu o presidente foi na casa da família Bernal. Martín e Lilith estavam entrando em casa, vindos do jardim, quando um guarda-costas os deteve no corredor.

– Não se preocupe – Martín sussurrou no ouvido de Lilith. – Significa que El Hombre deve estar aqui.

Quando o guarda-costas reconheceu Martín, deixou-os passar.

*Señor* Bernal e El Hombre estavam na biblioteca com Martha, que, apesar de ser esposa de Batista, ainda não era considerada primeira-dama, porque ele havia se casado com ela logo depois de ter se divorciado de sua primeira esposa. Lilith não sabia como deveria agir diante de um presidente. Não fazia ideia do protocolo a seguir, não sabia se deveria se curvar ou fazer uma reverência.

– Então, esta é a sua namorada – disse El Hombre.

Martín correu até ele e o abraçou.

– É terrível o que está acontecendo com os judeus – prosseguiu Batista. – As portas estão abertas para eles aqui. Não há ninguém como eles nos negócios. É exatamente disso que precisamos em Cuba.

Lilith queria dizer ao presidente que não era judia, mas não ousou fazer isso. Não sabia se deveria agradecê-lo por aceitar mais refugiados em Cuba ou explicar que havia chegado no MS *St. Louis*, um navio no qual mais de novecentos judeus haviam sido enviados de volta à Europa, rejeitados por seu antecessor. Ela e os Herzog estavam entre os poucos sortudos que conseguiram desembarcar em Havana.

Lilith fixou o olhar no livro que Batista segurava.

– Emil Ludwig. O melhor biógrafo do mundo – disse o presidente. – E ele é alemão como você. Talvez você possa me ajudar quando ele vier a Havana. Vamos precisar de um tradutor.

– Li essa biografia de Napoleão quando era pequena – comentou Lilith, surpresa com a familiaridade com que o presidente, a quem tantos temiam, se dirigia a ela.

– Seu espanhol é muito bom.

– O inglês dela é ainda melhor – observou Martín.

A segunda vez que Lilith se encontrou com o presidente foi em sua residência, nos arredores de Havana, uma casa modernista cercada por palmeiras. Martha, agora reconhecida como primeira-dama, os recebeu com um bebê no colo, adormecido em seus braços.

– Você sempre será bem-vinda nesta família – disse Martha a Lilith.

Lilith viu ali muitos homens com camisas brancas e suspensórios pretos e militares que não pareciam estar armados. À distância, podia avistar vacas em um pasto com uma grama verde exuberante. Pareciam animais de estimação, quase decorativos em sua plenitude.

Uma fileira de palmeiras margeava o caminho para a residência principal, mas oferecia pouca sombra. Não havia onde se esconder do sol ao ar livre. Lilith sempre se surpreendeu com os modos como os cubanos ficavam tão à vontade ao sol. Por sua vez, ela sempre procurava uma sombra, a qualquer hora do dia. No Caribe, a luz do Sol penetra por todas as frestas, permeia as cortinas mais grossas, infiltra-se em todos os espaços, aquece todos os cômodos. O Sol sempre abre um caminho para entrar. De repente, Lilith sentiu sede.

Martín e Lilith foram direto para a biblioteca. O presidente estava lá sozinho com um guarda-costas. Lilith viu um telescópio em um canto. "Deve ser nesse telescópio que o *señor* Lobo quer pôr as mãos", ela pensou. Sobre a escrivaninha havia um projeto de construção, um telefone dourado e, em cada canto, bustos de bronze de homens que ela não conhecia. Em uma parede retangular, havia um mapa de Cuba com as serras em relevo.

O ar estava fresco, mas a sala permanecia imersa nas sombras. "O sol não é permitido aqui", Lilith pensou, e esse pensamento a fez se sentir segura. Alguém abriu as portas de uma sala contígua e o som de uma música religiosa adentrou o ambiente. Seria um órgão? Disseram-lhe que havia uma capela na propriedade. Um homem de uniforme estava sentado em um canto, imóvel, parecia vigilante. Duas mulheres de avental branco entraram com copos de limonada cheios de gelo em uma bandeja de prata. Ofereceram-nos aos mais novos e saíram da sala sem erguer a cabeça, tentando permanecer invisíveis. Havia malas e caixas vazias por toda parte. Faltavam livros nas prateleiras, como se alguém esvaziasse a biblioteca aos poucos. Lilith quis ver de perto os livros que ainda estavam lá, que talvez não fossem lidos havia anos.

Ela estava absorta nos livros quando o presidente se aproximou dela.

– Se você estiver interessada em algum dos livros, é só me dizer.

Lilith viu que seus olhos estavam cansados. Seu mandato estava chegando ao fim. Martín havia lhe dito que a família Batista iria se mudar para a Flórida, nos Estados Unidos.

Martín costumava dizer que El Hombre tinha o dom da palavra, e ela percebeu que isso era verdade. Entre goles de limonada, ele falou sobre batalhas perdidas, estratégias de antigos exércitos, sobre a queda de grandes líderes. Ele falou também que uma cidade deve renascer das cinzas. Foi do passado ao futuro como se o presente não existisse. "O tempo é o inimigo", disse ele. Batista mostrou a Lilith, no projeto, os prédios que ficariam inacabados por toda a ilha e falou de seu medo de que, quando outro político assumisse o poder, seu próprio legado voasse pela janela. Ele queria fazer de Havana a cidade mais civilizada do hemisfério.

"Uma utopia", pensou Lilith, surpresa com a erudição daquele homem que não tivera educação formal. A partir daquele momento, passou a sentir uma afinidade com ele. "O sol destrói tudo nesta ilha", queria dizer ao presidente.

Na terceira vez que Lilith se encontrou com o presidente, ela atuou como sua tradutora. Alguns dias antes, ela, Martín e Oscar haviam assistido a uma palestra de Emil Ludwig na Faculdade de Filosofia e Artes da Universidade de Havana. As observações de Ludwig foram traduzidas por Gonzalo de Quesada, um distinto professor do Seminário Martiano. O presidente queria que Lilith assistisse à conferência de seu biógrafo alemão favorito para que ela pudesse ser sua intérprete em uma recepção na residência do presidente do Departamento de Literatura do Ateneu de Havana. Em sua palestra, Ludwig conquistou os cubanos ao falar de seus heróis nacionais com devota admiração. Falou de Martí, o Apóstolo, dizendo que, embora a Alemanha fosse conhecida em todo o mundo por sua disciplina, faltava-lhe um espírito heroico; ele chegou a prever que, dali a alguns anos, aquele país desapareceria.

Naquela noite, Lilith e o autor alemão ouviram a soprano Esther Borja cantar, acompanhada ao piano. A diva cubana tinha baixa estatura e, enquanto cantava, fechava os olhos, sorrindo de leve e inclinando a cabeça, erguendo os braços na altura do peito, como as virgens de mármore branco da casa da família Lobo. A princípio, sua voz era suave, porém grave, antes de subir para se tornar aguda, penetrante, enchendo a sala e cativando o público.

No fim do curto recital, Emil Ludwig abordou a cantora.

– Décadas atrás, plantei um pé de louro no jardim da minha casa, na Suíça – disse ele em alemão, sendo traduzido por Lilith. – Sempre carrego comigo algumas das folhas, que, vez ou outra, dou de presente a artistas ou estadistas. São uma espécie de amuleto de boa sorte para mim. Se você acredita em amuletos, gostaria de lhe oferecer uma folha deste pé de louro. Você é uma artista esplêndida.

Lilith ficou muito comovida com esse gesto, assim como a cantora. O presidente os observava de longe, encantado.

Lilith fechou os olhos e se lembrou de um momento que se passara quando era criança... estava nos braços de sua mãe, com *Herr* Professor, enquanto eles se revezavam lendo para ela um dos livros de Ludwig. Foi um instante de paz. Gostaria de ter ouvido de novo suas vozes, mas não podia. Depois do concerto daquela noite de abril, enquanto eram levados para casa pelo motorista do presidente, Martín viu os olhos de Lilith se encherem de lágrimas. Ele segurou as mãos de Lilith e as beijou, sem saber o que mais poderia fazer para confortá-la.

# 13

## Quatro anos depois
## Varadero, dezembro de 1948

As mãos de Lilith estavam sempre frias. Martín costumava dizer que ela havia trazido o inverno consigo para Havana. Às vezes, eles colocavam cachecóis e batiam os dentes, fingindo que a temperatura estava caindo a cada segundo. Lilith sonhava em fugir com ele numa noite de inverno.

– Não dá para raciocinar nos trópicos – costumava dizer Martín. – No calor, só sentimos vontade de nos deitar sobre a areia, à beira do mar, sob o sol. Nada de bom vem do calor. Nunca vamos chegar a nada aqui.

– E, no frio, acabaríamos nos matando – rebatia Lilith.

– E aqui não?

Desde que El Hombre deixara o país, Martín tornara-se tão pessimista quanto Oscar.

Já nem iam mais ao cinema, porque Martín dizia que era muito perigoso. Os ataques a policiais aumentavam, e os tiroteios eram comuns em Havana, onde atos aleatórios de violência estavam se tornando a ordem do dia.

Martín e Oscar haviam deixado a universidade em meio às cenas caóticas de estudantes lutando para derrubar um presidente eleito de modo democrático. Martín tinha aulas noturnas de cálculo e geografia e estudava mecânica de aviação na Escola Interamericana de Aviação, perto de sua casa. Começou a acumular horas de voo, com a esperança de ser aceito por uma instituição nos Estados Unidos e fugir do país que, a seu ver, havia desmoronado sem a liderança de El Hombre. Oscar havia desistido de estudar Direito; optara por se concentrar em ler muito e viajar com o pai, certo de que, um dia, ele concordaria em mandá-lo estudar em uma universidade europeia. Entretanto, os estragos da guerra mal haviam começado a cicatrizar no velho continente, e a mãe de Oscar temia que ainda houvesse nazistas à solta. Lilith, por outro lado, tentara continuar suas aulas de literatura e filosofia, mas, muitas vezes, as manifestações políticas a impediam de subir os degraus da universidade. Os alunos atiravam pedras, e os policiais davam tiros para o alto, gerando o risco de matar alguém, o que, de fato, aconteceu em uma ocasião. Depois disso, Lilith optou por ficar em casa lendo enquanto Martín aprendia a voar em biplanos caindo aos pedaços.

– Um dia, esse menino vai desaparecer, como Matías Pérez em seu balão de ar quente – dizia Helena.

Nas manhãs claras, Martín dirigia até o aeroporto de Chico, nos arredores de Havana, para acumular horas de voo. Quando voltava, conversava com Lilith e Oscar sobre o modo como havia desafiado a gravidade no Piper de dois lugares no qual ele mal cabia, mas que era capaz de cruzar o Golfo a oitenta milhas por hora e pousar em Florida Keys.

O pai de Martín insistia em afirmar que a única maneira de restaurar a estabilidade do país era Batista deixar o conforto de sua casa, em Daytona Beach, na Flórida, e focar uma cadeira no Senado cubano. Dizia-se que Batista se mantinha a par das agruras do seu país, dos novos partidos políticos e das últimas eleições, embora não tivesse a menor vontade de interferir.

Aqueles foram tempos terríveis não apenas por causa dos assassinatos típicos de gangues, mas também por causa de um furacão que atingiu Havana do sul ao norte, deixando dezenas de mortos em sua passagem.

Nas eleições de 1948, com um resultado que surpreendeu a muitos, El Hombre foi eleito senador *in absentia* pela região de Las Villas, representando um partido do qual Lilith nunca tinha ouvido falar. Batista voltou a Cuba sem fazer alarde, e Lilith esperava ter, mais uma vez, acesso à bela biblioteca da propriedade do recém-eleito senador, que estava trancada desde sua partida, anos antes. O pai de Martín, *señor* Bernal, parecia exausto, pois havia passado dias sem dormir, indo e voltando da Flórida. Ele tinha a mesma idade de El Hombre, mas Batista poderia se passar por seu filho. Martín esperava que o retorno de El Hombre a Cuba pudesse trazer algum descanso a seu pai.

Martín e Lilith perceberam que estavam passando menos tempo juntos, então, fizeram um pacto para aproveitar ao máximo todas as chances que tinham de se ver. Às vezes, quando estava com Martín, Lilith sentia-se tão feliz que isso acabava lhe deixando triste, pois ela não queria perder a única pessoa no mundo em quem podia confiar. No entanto, a vida lhe ensinara a não acreditar na permanência. Ela também amava Oscar, mas sabia que ele pertencia a uma dimensão diferente. Oscar partiria sozinho. Ele precisava de independência. Martín, por sua vez, precisava dela. Eles precisavam um do outro.

Mais do que tudo, Martín adorava a audácia de Lilith. Podia discutir com ela sobre política e grandes figuras históricas ou fazer cálculos de voo; falavam de números e mecânica, do impacto da guerra, de nacionalismo e comunismo. As meninas da escola, filhas dos amigos de seu pai, só pensavam em se casar e ter filhos, vestir-se na última moda, ser convidadas para as melhores festas. Quando estavam com ele, riam e encaravam-no com olhos de corça. Mas, com Lilith, o que começou como uma amizade mudou aos poucos, ao longo dos anos. Ela significava tudo para ele. Martín percebeu isso numa tarde quando a viu de braço dado com Oscar, a quem considerava um irmão. Daquele dia em diante, ele não conseguia se livrar da ideia de Oscar e Lilith juntos. Decidiu que Lilith tinha que ser dele e só dele. Então, certa manhã, seu estômago explodiu de dor, Martín sentiu calafrios, suas pernas ficaram bambas e ele teve que voltar para a cama. Surpreso, o pai entrou em seu quarto, sentou-se ao seu lado e sentiu um calor em sua testa.

– Você está com febre – disse ele. – Nem pense em voar hoje.

Ele queria pedir Lilith em namoro, mas temia que ela o interpretasse mal e zombasse de sua proposta infantil, ou que respondesse de algum modo como "Por que você quer que eu seja sua namorada se você já fica comigo o dia todo?" ou "Você é como um irmão para mim!". Em vez de enfrentar a possibilidade de ser rejeitado, ele decidiu não dizer nada.

No entanto, Lilith percebeu que Martín estava se apaixonando por ela.

Segundo Helena, aquele inverno tinha sido um dos mais frios da década. Ela foi pega pela gripe que estava lotando as enfermarias dos hospitais da capital e ameaçando seus frágeis pulmões. Helena costumava dizer que, desde a escarlatina que a deixara acamada por meses, quando criança, o tifo, que a fez ficar quase careca, e o sarampo, que lhe marcou a pele, ela se tornara vulnerável a todas as doenças que chegavam à ilha. Mas também disse que, lutando contra essas moléstias, seu corpo aprendeu a resistir a elas.

– Sou um osso duro de roer – disse Helena a Lilith antes de ligar para o doutor Silva, para que ele fosse vê-la. – Se não fosse pelos meus pulmões e este cigarro colado aos meus lábios, garanto a você que a Helena aqui ficaria nesta terra por muito mais tempo.

Lilith não entendia por que todas as pessoas da ilha se fechavam ao primeiro sinal de brisa, a começar por Helena. Pareciam temer o frio antes mesmo de ele chegar. Ela nunca deixou de se surpreender com a apreensão que as pessoas nos trópicos sentiam em relação ao vento, à névoa, à garoa e até ao orvalho. Ficar com os pés descalços sobre a grama coberta de orvalho podia causar um resfriado. O peito tinha de ser coberto mesmo se houvesse uma leve brisa; você não deveria sair com o cabelo úmido, as janelas tinham de ser fechadas depois de um banho quente. Os cubanos pareciam adorar o Sol com a mesma intensidade com que temiam a Lua e as nevascas. Lilith, por outro lado, ainda vivia em harmonia com a noite. Quando Oscar soube que Martín estava melhor e que sua febre havia passado, pediu ao amigo que o acompanhasse a Varadero por alguns dias. Ele havia prometido ao pai que prepararia Villa Ponce, sua casa de verão, para o inverno.

– Eu irei com vocês também – Lilith disse.

Depois que Lilith anunciou, em casa, seu plano de viajar com os garotos, Helena deu um grito e foi procurar Beatrice para que esta lhe desse apoio.

– Lilita, quem em sã consciência iria para Varadero em dezembro? – ela questionou. – E com dois rapazes e sem nenhum adulto para supervisionar? Você está maluca. *Señora* Beatrice, vai mesmo deixá-la ir?

Beatrice não respondeu. Nem tirou os olhos do livro que estava lendo. Ela sabia que Lilith era madura e confiava nela.

Helena olhava horrorizada sempre que Lilith se fechava em seu quarto com Martín e Oscar, dizendo coisas uns para os outros em línguas que Helena não entendia e que lhe davam dor de cabeça quando tentava decifrá-las. Nessas ocasiões, Helena abria a janela para evitar qualquer mal-entendido, e o quarto era inundado pelo cheiro do jasmim noturno, perfume que Martín associaria para sempre à amiga. A cada meia hora, Helena os interrompia para oferecer copos de limonada, frutas, torradas com manteiga ou por qualquer outro pretexto, apenas para adverti-los de que ela poderia entrar no momento menos esperado, para que se sentissem obrigados a se comportar. Quando Lilith ia à casa ao lado para visitar Martín, Helena começava a rezar o terço.

– Isso pode ser normal e aceitável na Alemanha – dizia Helena, franzindo os lábios –, mas aqui, em Cuba, não é o comportamento de *señoritas* decentes.

Ao ver Lilith arrumando sua mala azul para ir a Varadero, Helena levou as mãos à cabeça.

– Vai ficar tudo bem. Eles são meus amigos.

– Com os homens, se tudo é fácil para eles, eles se acostumam e não se incomodam em pedir que você se case com eles. Qual é o objetivo? Você precisa pensar no que está fazendo se quiser que Martín lhe dê um anel. Essa é a única maneira de eu conseguir relaxar. Você é sozinha, minha querida. Você precisa se casar e ter filhos.

Lilith lhe deu um beijo de despedida, e Helena partiu para sua folga de fim de semana. Lilith sabia que sair com um rapaz no meio da noite poderia aterrorizar algumas moças, e que ela poderia ser rejeitada em certos círculos sociais aos quais ela não tinha o menor desejo de pertencer. Estava convencida de que não precisava de mais amigos. Martín e Oscar eram suficientes. E, se ela terminasse solteirona, que assim fosse.

· ✦ ·

Antes de partirem para Varadero, Oscar e Martín planejaram ir à Chinatown de Havana, e Lilith ficou aborrecida por terem programado uma aventura sem ela.

– Não se preocupe – disse-lhe Martín. – Nós vamos buscá-la mais tarde.

– De jeito nenhum – Lilith disse. – Eu vou com vocês.

– Nenhuma cubana respeitável vai lá, Lilith – disse Oscar a ela.

– Posso fingir ser uma turista americana, não posso?

— Você parece mais cubana do que nós – respondeu Oscar.

— Posso falar em inglês com eles, ou em alemão.

— Lilith, acho que as mulheres não costumam frequentar esse bairro – insistiu Martín. – Apenas as que trabalham lá, e você pode identificá-las a um quilômetro de distância.

— Posso usar um de seus ternos!

Oscar e Martín se entreolharam boquiabertos. Oscar foi o primeiro a ceder.

— Tudo bem, está certo, vamos fazer isso. Ora, vamos, Martín. Será divertido.

Seria uma aventura para os três. A única coisa que Lilith sabia sobre Chinatown era que havia luzes vermelhas, mulheres nuas e homens bêbados. Segundo Helena, Chinatown, San Isidro e Colón eram versões tropicais de Sodoma e Gomorra. Se dependesse dela, esses lugares teriam sido apagados do mapa da ilha. Lilith imaginou uma sala de teto baixo, com corpos espalhados por toda parte, pessoas fumando cigarros, ópio e qualquer outra coisa em que pudessem colocar as mãos. Uma ode à vida fácil e ao prazer carnal. Rostos maquiados, olhos vermelhos, comportamento decadente. Ela usaria um dos ternos de Oscar; ele era mais magro que Martín, ficaria melhor nela.

Às nove da noite, Oscar e Martín aguardavam por ela no fim da rua, dentro do Buick, a poucos passos da loja da esquina, do galego Ramón, que, segundo Lilith, sempre a olhava com olhos famintos. O carro estava com o motor ligado, com as luzes apagadas e os vidros baixados. Àquela hora, as ruas do bairro ficavam desertas. A única luz provinha da casa do velho Ramón. Ele devia estar contando seu dinheiro e escrevendo uma lista de quem deveria lhe pagar no dia seguinte as mercadorias fornecidas a crédito.

— Você pode ter o que quiser de graça – ele dissera uma vez a Lilith.

Oscar e Martín estavam ansiosos. Lilith nunca se atrasava. Sabiam que ela teria de fugir, como de costume. Era fácil para ela; os pais se deitavam cedo, e Helena saía sempre no fim da tarde de sexta-feira para evitar a umidade do começo da noite. Mas, desta vez, ela estaria disfarçada.

– Você não tem permissão para estacionar aqui.

Ao volante, Martín teve um sobressalto ao ouvir a voz áspera. A risadinha de Oscar entregou a brincadeira. Era Lilith, encostada na janela, vestindo um terno masculino, com os cabelos presos sob um chapéu de abas largas.

– Vocês não vão me deixar entrar? – disse ela, desta vez com sua própria voz.

– Ora, ora, se não é a menininha alemã – disse Oscar, saindo do carro.

Lilith ficou sob os faróis, com uma mão no bolso do paletó. Na outra, carregava sua bolsa de viagem. Abriu os braços, sorrindo, para que eles a olhassem.

– Embora você tenha se afogado em loção pós-barba, ainda sinto o cheiro de jasmim noturno em você – disse Martín, corando.

Lilith entrou no carro e o beijou na bochecha.

– Cuidado, vocês dois – Oscar os interrompeu, entrando no banco da frente ao lado de Lilith. – Lembrem-se de que ela está vestida de homem.

Todos os três estavam nervosos. Se fossem descobertos, seus pais seriam informados. Mas por que alguém deveria se incomodar com o fato de uma garota estar vestida de homem? Talvez isso fosse considerado um ultraje moral, mas Lilith tinha certeza de que muitos dos que iam a Chinatown não eram marinheiros, turistas ou jovens curiosos. Sabia que homens casados também se aventuravam por lá, e que eles se esforçavam muito para não ser descobertos.

Estacionaram o carro na Avenida Zanja e caminharam até a Calle Manrique. Lilith observou os letreiros de néon em chinês do lado de fora das pequenas farmácias e dos restaurantes lotados. Na esquina, uma placa anunciava o Teatro Xangai, que exibia dois filmes e um espetáculo burlesco. Cada um deles comprou um ingresso. Oscar entrou primeiro. Lilith caminhou atrás dele, enquanto Martín fazia o papel de guarda-costas atrás dela. As pernas de Oscar tremiam. Seguiram pelo corredor lateral até as bancas, passando por revistas penduradas em um barbante com mulheres de seios nus em suas capas. Sentaram-se na última fileira. Oscar e Martín tiraram o chapéu. Lilith manteve o dela na cabeça.

O auditório estava quase mergulhado na escuridão. A fumaça dos cigarros subia até o teto. Quando o palco se iluminou, primeiro, ouviram um rufar de tambores, depois, violinos e, na sequência, um piano. Quatro garotas com semblantes sérios e pés descalços, vestindo capas escarlates, desfilaram de um modo dramático. Tinham sobrancelhas finas como traços de lápis, cílios grossos, lábios pintados quase de preto. Todas tinham a mesma expressão e eram da mesma altura, mas a cor da pele era diferente. Uma tinha tez de porcelana; outra, era preta como azeviche; uma terceira tinha um tom rosado intenso. Pareciam bonecas pintadas. Ao som de uma trombeta, deixaram suas capas caírem; os holofotes as faziam parecer quase líquidas. As meninas ficaram com os seios expostos e, na mesma hora, cobriram suas pélvis com leques de penas, que flutuavam, formando uma coreografia desajeitada. Lilith olhou para seus amigos, que pareciam ao mesmo tempo constrangidos e fascinados. Queria fazer um comentário, uma brincadeira, mas os meninos pareciam hipnotizados; não tinha como chamar a atenção deles. Os movimentos de quadril das garotas estavam em descompasso com a bateria, como se lutassem contra uma batida que não reconheciam. O público permanecia sentado com o rosto inexpressivo, enfeitiçado. No momento em que as meninas jogaram os leques para o alto, os holofotes se apagaram. O teatro ficou mais uma vez às escuras. Depois de alguns segundos, a multidão soltou um rugido.

O assobio começou. Um homem sentado ao lado deles gritou obscenidades. Ouviram um grupo falando em inglês. Um apresentador anunciou a próxima atração: *Amores de Varadero*.

— Devemos ir — Lilith sussurrou.

Ela não estava com disposição para fingir voz de homem.

— Sinto muito por termos trazido você aqui — disse Martín, sem conseguir encará-la.

O coração de Martín estava disparado, e ele temia que seus amigos percebessem sua empolgação. Depois de alguns segundos, ele pegou a mão de Lilith; ela cedeu, e ele se aproximou cada vez mais até quase conseguir beijá-la. Olhou em seus olhos e sorriu nervoso.

Oscar os interrompeu, levantando-se e fazendo sinal para que o seguissem.

Eles voltaram para o carro sem dizer uma palavra. Martín sentou-se ao volante, e eles dispararam.

— Houve um tiroteio na semana passada ali mesmo naquela esquina — comentou Oscar.

— Gângsteres — concordou Martín.

Lilith tirou o chapéu e sacudiu os cabelos.

Saíram de Havana carregados de vergonha, pois aquilo era algo a que nenhum deles estava acostumado. Mesmo depois, quando se distanciaram mais do teatro, sentiam-se como se ainda estivessem na plateia. Lilith achava que Martín e Oscar estavam mais constrangidos que ela.

Rumaram para a Carretera Central. As ruas estavam tão silenciosas que era como se a cidade estivesse sob toque de recolher. Chegariam a Villa Ponce antes de amanhecer. Seguiram em silêncio com os vidros baixados, embalados pelas curvas da estrada, pelo cheiro do mar.

Quando chegaram a Varadero, Lilith foi pega de surpresa pela aparência da cidadezinha. Contemplou as casas organizadas, quase sem espaço entre elas, como se precisassem uma da outra para se manter em pé e evitar que fossem levadas pelo vento forte. Parecia uma vila-modelo construída perto de uma praia deserta. Passaram lentamente pela cidade, depois a deixaram para trás. Contornaram a costa pelo lado esquerdo da península, até avistarem um afloramento rochoso. À distância, podiam ver uma mansão bem iluminada no topo de uma colina.

— Tem certeza de que é por aqui? — Lilith perguntou enquanto continuavam por uma estrada não pavimentada, cheia de pedras. — Acho que estamos perdidos.

— Eu me lembro desta trilha — Oscar lhe assegurou; sua voz estava cansada. — Eu sempre me oriento pela mansão Dupont. É pouco antes de chegar nela. Qual é o problema? Nossa garotinha alemã não está com medo, está?

Eles passavam cada vez mais perto da costa. Depois dos manguezais, avistaram palmeiras e uma pequena estrada que descia até o mar. No fim dessa estrada havia uma casa térrea de aparência robusta, escondida em meio à vegetação exuberante, construída para resistir ao clima inclemente do Golfo. À direita, a alta e branca mansão Dupont parecia um gigante adormecido.

Os faróis do carro iluminavam um lado da casa. Lilith saltou e correu para a praia. Oscar a seguiu e a abraçou por trás. Lilith sentiu Martín colocar os braços em volta de ambos, como se os protegesse.

— Quem tem coragem de entrar no mar? — perguntou Lilith.

— Você é maluca — disse Oscar.

— Ninguém entra no mar nesta época do ano — acrescentou Martín.

— Nós não somos ninguém. Vamos, para a água!

— É fácil ver que você não é cubana — disse Martín. — Mesmo que estejamos todos assando no calor, ninguém entra no mar no inverno.

— Inverno? Você acha que é inverno?

Eles voltaram e entraram na casa escura. Oscar acendeu um abajur em forma de buquê de flores e abriu a porta de alumínio no fundo da sala, que dava para o terraço. Dali, o mar parecia uma folha de metal.

– Seus quartos ficam à direita – indicou Oscar. – Se você quiser de verdade, podemos dar um mergulho.

Lilith foi primeiro. Ela deixou os sapatos na sala. No terraço, como se cumprisse um ritual, tirou o paletó, a calça e a camisa, despindo o disfarce. Virou-se para olhá-los e continuou se despindo até ficar nua. Foi banhada pelo luar. Oscar a seguiu e começou a se despir com timidez. Martín seguia atrás, com os olhos fixos no terno que Lilith usava, agora amassado no chão do terraço. Ainda não ousava erguer os olhos. Pela primeira vez, iria vê-la nua.

Martín e Lilith já haviam estado próximos antes, sob as tendas que faziam com brocado para estofamento tirado dos armários dos Herzog, para desgosto de Helena. Eles se abraçavam no quintal, desviando dos raios de sol que se filtravam pelos galhos. Logo depois que ela se mudou para lá, naqueles dias em que não estava lendo e o tempo parecia ter parado, Lilith batizou todas as árvores com nomes alemães: Ekhardt, Georg, Gunther...

– Deveríamos hibernar aqui, mas ao contrário – ela disse uma vez a Martín. – Dormir o terrível verão inteiro até sermos acordados pelas tempestades de outubro.

De sua vida em Berlim, do que Lilith mais sentia falta eram as noites e os invernos, correndo em um parque que se tornara seu jardim particular.

Ela crescera acostumada com pessoas que a condenavam antes mesmo de olhar para ela, com a possibilidade iminente de se separar das pessoas que amava. Quando chegou a Cuba e descobriu que era mais alta do que todas as meninas de sua classe e a maioria dos meninos, e também mais inteligente, começou a sentir que tinha algum controle pela primeira vez. Despir-se na frente de seus amigos era outro passo em direção à autoconfiança.

Na escuridão, Martín e Oscar ficaram olhando a silhueta de Lilith, como se esperassem que alguém lhes dissesse o que deveriam fazer. No entanto, Lilith não olhou para trás. Ela caminhou devagar em direção à margem e entrou na água calma, densa na escuridão. Era uma sombra prateada dissolvendo-se enquanto se movia no mar de estanho.

– O que vocês estão esperando? – ela gritou por cima do ombro.

Oscar ficou ali parado nu, como se estivesse hipnotizado, olhando para o mar sem interesse em entrar. Esperava que Lilith não se virasse. Queria se cobrir até o pescoço, mas quando, por fim, se aventurou na água, só chegou até os joelhos. Alguns minutos depois, Martín entrou no mar, mas deteve-se. Ondas tímidas espumavam ao seu redor; sentiu como se a água salgada estivesse penetrando em seus poros. O nervosismo os fez esquecer o frio. Lilith os viu tremendo.

– Quanto mais você se afasta da costa, mais quente a água parece.

– Está congelante! – Oscar exclamou.

Martín observou Oscar se aproximar de Lilith, e sua dor no estômago voltou com tudo. A última coisa de que ele precisava era contrair outra febre e passar aqueles dias na casa de praia adoentado, enquanto Lilith e Oscar se divertiam. Juntou-se a Oscar e foi se aproximando de Lilith, que flutuava de costas. Raios prateados do luar brilhavam sobre seus seios.

À distância, eles podiam ver casas dispersas com as luzes acesas.

Oscar roçou Martín com o braço, mas o amigo não reagiu, seus olhos estavam fixos nos seios de Lilith. Nervoso, Martín virou-se para Oscar e sorriu constrangido. Oscar fez um movimento rápido e seus lábios quase roçaram os lábios de Martín.

– Acho que devemos sair, a menos que queiramos passar o dia todo amanhã na cama, doentes – Oscar murmurou antes de começar a nadar de volta para a praia.

Martín continuou olhando para Lilith, foi chegando cada vez mais perto. Ela ergueu a cabeça, tentando se manter à tona.

– Eu não consigo tocar o fundo aqui.

– Você pode se segurar em mim – sugeriu Martín.

– Vamos nadar até a praia, isso vai nos aquecer.

Lilith viu que Martín ainda podia tocar o fundo do mar, enquanto as ondas iam e vinham ao seu redor. Ela se apoiou em seus ombros, ergueu-se abraçada ao seu pescoço, fechou os olhos e, pela primeira vez, o beijou na boca. Não durou mais que um segundo, mas, para Martín, pareceu durar uma vida inteira. Lilith afastou-se dele e nadou de volta para a costa. Ele ficou parado no lugar, perdido em pensamentos.

No terraço, Oscar, já vestido, a aguardava com uma enorme toalha. Quando Lilith se aproximou, ele fechou os olhos. Depois, acenou para Martín, para ele voltar para a casa.

Martín voltou caminhando devagar, de cabeça baixa. Como se estivesse envergonhado, parou na entrada da casa. Oscar também o cobriu com uma toalha.

– Você vai pegar um resfriado – disse ele.

Ele começou a secar com delicadeza as costas de Martín, mas Martín agarrou a toalha para fazer isso sozinho. Oscar ficou sem graça, e eles entraram na casa.

Estava amanhecendo.

Despediram-se sem olhar nos olhos uns dos outros e foram para seus quartos. Oscar adormeceu de imediato. Lilith desejou que Martín viesse procurá-la, para que pudessem ficar acordados juntos, em silêncio, como no tempo em que eram mais jovens e desapareciam sob as tendas. Com essa esperança, ela fechou os olhos e sonhou que moravam juntos, que tinham formado uma família e que exploravam as ilhas em um barco. Martín estava bem acordado e, mais de uma vez, se levantou da cama com a intenção de ir ao quarto de Lilith. Mas, a cada tentativa, ele desistia de bater na porta dela e, em silêncio, voltava para o seu quarto.

. ♦ .

De manhã, Lilith foi a última a acordar. Tomou banho, vestiu-se e, com os cabelos ainda molhados, foi ao encontro dos amigos. Estavam tomando café na cozinha, grudados no rádio.

– Já vai começar – disse Oscar.

Lilith compreendeu de cara o que era. A ilha inteira estava paralisada por uma novela de rádio que estava no ar havia oito meses. Era sobre uma jovem que desistira de seu filho e sobre a busca de seu pai pelo neto, depois que descobriu o que ela fizera. A estrela do programa era uma mulher negra muito popular chamada Mamá Dolores. No episódio transmitido naquele dia, ela, enfim, conheceria o filho.

Já tinham sido transmitidos uns dez minutos do episódio. Eles estavam fascinados pelo choro histriônico de Mamá Dolores quando o telefone tocou e interrompeu aquele momento. Oscar correu pelo corredor para atender. Alguns segundos depois, ele reapareceu na porta da cozinha. Ao fundo, tocava a música *El derecho de nacer*.

– Martín, temos que ir para casa – anunciou Oscar. – Seu pai teve um ataque cardíaco.

# 14

## Dois anos e meio depois
## Havana, junho de 1951

Sete anos haviam se passado desde que El Hombre terminara seu mandato como presidente eleito de Cuba. Agora, tendo voltado ao país como senador, refugiara-se em sua propriedade, ao que parecia, desinteressado em exercer o Poder Executivo. Ainda assim, seu retorno havia alterado os ritmos da família Bernal. O pai de Martín, preso a uma cadeira de rodas desde o ataque cardíaco, ficava mais tempo em casa do que no palácio presidencial. Passava o tempo organizando o que Oscar chamou de campanhas políticas triviais, enquanto tentava convencer o senador Batista a concorrer à presidência.

Embora a guerra mundial tivesse acabado seis anos antes, em Havana, as explosões, os ataques e tiroteios entre gangues rivais eram intermináveis.

— Uma guerra leva à outra. Não sabemos viver em paz — dizia Lilith a Oscar, balançando a cabeça.

Para ela, o fim da guerra não significou coisa alguma; já havia perdido aqueles que mais amava. Ela ainda falava com Beatrice e Albert em alemão e evitava as histórias de extermínio em massa, campos de concentração, pilhas de cadáveres e crânios que enchiam todas as revistas de Havana. Houve comemorações por toda parte, mas ela não tinha nada para celebrar. A guerra havia aniquilado sua família e lhe dado outro nome, outro país, outra língua, outra mãe. Ela não tinha para onde ir, apesar das intermináveis cartas de Beatrice para grupos europeus de ajuda a refugiados e para a Cruz Vermelha. Beatrice queria que o mundo soubesse que ela, seu marido e Lilith ainda estavam presos em uma ilha que, para eles, sempre seria um lugar de exílio. Lilith achava que suas cartas eram sinais de fumaça, que se perdiam no ar. Quantas cartas haviam cruzado o oceano, todas desejando um reencontro impossível? Para ela, saber que agora não seria alvo de cusparadas em seu país natal, onde antes tinha de se esconder, era um mísero consolo.

Quando a guerra acabou, uma menina da escola perguntou a Lilith se ela deixaria Cuba.

— Para onde você acha que eu devo ir? — ela respondeu.

— Lilith não vai a lugar nenhum — disse Martín. — Ela é tão cubana quanto você e eu.

Nessa época, cinco anos depois do fim da guerra, a economia da ilha estava em crescimento. Bondes precários davam lugar a ônibus novinhos em folha, e havia uma sensação de modernidade no ar. Os nativos estavam orgulhosos porque Cuba era um dos países que pagava sua dívida externa em dia. O Banco Nacional fora criado, trazendo uma onda de prosperidade para o país. No entanto, o que mais transformou a vida da família Bernal foi a chegada do ar-condicionado. Martín e seu pai vedaram as janelas da casa e instalaram uma caixa de metal em todos os cômodos, exceto nos banheiros e na cozinha. Os motores faziam vibrar toda a casa, e o ruído dava ao lar dos Bernal a sensação de ser uma fábrica em constante pulsação. Do lado de fora, parecia que a residência estava chorando. Os aparelhos de ar-condicionado gotejando nas janelas formavam um rio de lágrimas que corria até o quintal dos Herzog. Helena blasfemava contra aquelas caixas elétricas, dizendo que, se todas as famílias ricas decidissem instalá-las, Vedado viraria um pântano.

A família Herzog também mudara seus hábitos depois que a guerra acabou. Albert passava o tempo todo em seu escritório, lendo velhos jornais do exterior, que era como se referia a qualquer coisa relacionada à Alemanha, trazidos a ele por um cliente da loja de móveis. Ele também começou a diminuir o ritmo de seus negócios.

— A guerra acabou. De que adianta continuar se o único lugar para onde vamos, quando sairmos daqui, é o cemitério? Temos mais do que o suficiente para nossa sobrevivência.

Albert ainda se referia a Lilith como "a garotinha", o que sempre trazia de volta uma lembrança dela a bordo do *St. Louis*. Alguns dias depois da viagem, ele sussurrou em seu ouvido:

— Você é uma garotinha esperta. Encontrará uma forma de seguir em frente. Não apenas por você, mas por sua mãe.

Então, ele a beijou na testa. Albert sempre a apoiou; inclusive, ficava do lado dela nas discussões contra Helena, que achava Lilith muito independente e teimosa. "Deixe a menina em paz! Ela sabe o que está fazendo", costumava dizer.

Com o marido enclausurado no escritório, Beatrice começou a ir à Havana Velha à tarde, para tomar chá no Hotel Raquel. Inúmeros refugiados da Europa desembarcavam todos os dias. Alguns apresentavam sinais de terrível desnutrição e, em geral, se recusavam a falar sobre o que havia acontecido. Já as famílias que chegavam ao hotel da Calle Amargura, esquina com a San Ignacio, eram pessoas que haviam conseguido guardar algum dinheiro e tinham bens. Beatrice ainda nutria a esperança de encontrar um vizinho, ou alguém da aldeia onde sua família morava. Dia após dia, voltava para casa ao entardecer de mãos abanando, e se fechava em silêncio.

O calor naquela época era sufocante, então, eles passavam a maior parte do dia na cozinha, onde podiam abrir todas as janelas para o quintal, protegidos pelas sombras das árvores que tinham nomes alemães. A sala era um forno à tarde, com o sol mergulhando de cabeça em seu interior, devorando a cor dos tapetes e dos quadros nas paredes. Lilith começou a reclamar do calor, com a esperança de convencer, primeiro, Helena, depois, sua mãe, de que o ar-condicionado tornaria a vida delas muito mais agradável.

. ✦ .

Oscar partiu para uma viagem à Europa com seus pais e, quando voltou, alguns meses depois, surpreendeu Martín e Lilith apresentando-os a uma amiga que conhecera no transatlântico quando voltava de Barcelona. Ofelia Loynaz tinha 18 anos e fazia parte de uma das famílias mais antigas e distintas da ilha. Entre seus ancestrais havia heróis da Guerra da Independência e também presidentes da república, um legado do qual o pai de Oscar gostava de se gabar. Aos poucos, Ofelia foi se envolvendo nas aventuras dos três amigos.

Um dia, Martín levou Oscar para praticar voo livre com ele e sugeriu que as duas jovens passassem o dia juntas. Oscar queria que Lilith e Ofelia se conhecessem melhor e esperava que Lilith fosse calorosa com a garota. Lilith nunca ia voar com Martín; tinha medo de altura, e movimentos bruscos podiam revirar seu estômago. Para Lilith, o simples pensamento de entrar em um daqueles aviões barulhentos trazia de volta as lembranças de tonturas e vômitos que a haviam atormentado durante a interminável travessia oceânica entre Hamburgo e Havana. Nem perguntaram a Ofelia se ela gostaria de ir, pois ela era tão pequena e frágil que pensaram que poderia desmaiar no momento em que o avião decolasse.

A princípio, Lilith não conseguia entender como Oscar havia criado uma ligação com uma mulher tão reservada e delicada como ela. A voz de Ofelia era tão suave que, muitas vezes, Lilith se esforçava para ouvi-la. Isso se agravava com a cadência lenta de seu espanhol e a maneira como separava as palavras enquanto falava, acrescentando pausas e engolindo seus "s". Oscar nem mesmo pronunciava seu nome; referia-se a Ofelia apenas como "ela" sempre que a mencionava. Na verdade, Lilith havia muito tempo suspeitava que Oscar estava apaixonado por Martín. Oscar sempre ficava cativado pelas histórias de Martín sobre seus voos temerários, e, algumas vezes, ela presenciara o olhar de Oscar pousado nas mãos fortes e vigorosas de Martín. Ela pensou em algo que Helena lhe dissera um dia: ninguém sabe aonde nosso coração vai nos levar.

Enquanto Oscar e Martín voavam, Lilith e Ofelia tomaram café, e, depois de mais de uma hora bebericando de sua xícara, Ofelia lhe revelou que planejava nunca se casar porque não tinha apetite para festas nem necessidade de um marido. Ela dissera que o propósito de sua vida era adorar a Jesus. Ofelia falava de Jesus com tanta familiaridade – ele era o único em quem confiava, ela era muito devotada a ele – que Lilith tinha certeza de que aquela jovem indefesa jamais se envolveria num romance com Oscar, que sempre afirmava que seu futuro o levaria para fora da ilha.

Depois do café, Lilith acompanhou Ofelia à igreja, onde ela iria fazer uma doação de caridade. Ela e Ofelia caminharam pelo passeio de pedestres no meio da Avenida Paseo, sob a sombra das árvores, até chegarem a um enorme edifício neogótico com duas torres que ocupava um quarteirão inteiro. Em um dos lados, a construção se tornava mais clássica, como se o arquiteto tivesse ficado entediado enquanto construía a igreja. Ofelia lhe disse que aquele era o convento de Santa Catalina de Siena. Subiram as modestas escadas e, ao entrarem no edifício, Ofelia mergulhou os dedos numa fonte e benzeu-se fazendo uma leve reverência.

Ofelia contou a Lilith que desejava ser freira desde criança. "Não uma freira qualquer", ressaltou esbaforida enquanto caminhavam, parando para enxugar o suor da testa com um lenço de renda rosa. Desde que nascera, fora destinada à contemplação e à oração, disse ela, e uma noite, antes de dormir, fizera em silêncio um voto de reclusão perpétua que era tão válido quanto o voto feito diante do Senhor na clausura. Seus pais pensaram que era apenas um capricho infantil, até perceberem que ela havia se tornado muito próxima de Irmã Irene, uma das freiras do convento, que cuidava de leprosos e arranjava lares para crianças abandonadas. Ofelia via as famílias abastadas que visitavam a casa de seus pais como egoístas e frívolas quando estas não faziam doações para as causas da Igreja. Quando o pai a observou importunar com insistência as esposas de seus amigos, entendeu que, apesar de sua aparência submissa, Ofelia era uma espécie de rebelde. "Ela havia começado uma batalha em todas as frentes em nome de um ser onipresente", diria ele a respeito de sua filha para o restante da família.

– Um dia, você vai voltar para casa com lepra e infectar seus irmãos mais novos e sua mãe – ele berrou para ela, numa ocasião.

– Pai, perdoe-o – respondeu Ofelia, erguendo os olhos para o céu e murmurando uma oração.

Enquanto aguardavam Irmã Irene, Lilith ficou hipnotizada com os rostos que distinguia na escuridão por trás da treliça de uma janela próxima ao altar, ao lado dos vitrais. "Devem ser as freiras enclausuradas", pensou ela.

Irmã Irene era uma mulher alta e corpulenta. Lilith imaginava todas as freiras devotas como sua nova amiga: pequenas, frágeis e dóceis, mas se deparou com uma mulher forte, afável e afetuosa, que apertou com suas mãos as mãos de Ofelia por alguns minutos enquanto conversavam. Ofelia entregou-lhe um envelope que continha uma doação em dinheiro, e a freira fez o sinal da cruz no ar.

Olhando para as pesadas vestes pretas e brancas que a freira usava, Lilith não conseguia entender como alguém suportava vestir aquela armadura no calor tropical. Imaginava-a sempre nas sombras, iluminada apenas por vitrais, dormindo em uma cela vazia com apenas uma cama dura de madeira e uma cruz. Era uma imagem extraída dos romances que havia lido, em que as mulheres se fechavam para pagar por sua culpa depois de serem rejeitadas por um amante, abandonando todos os seus bens terrenos.

Ofelia e Irmã Irene falaram sobre um bebê recém-nascido que não tinha casa. A mãe havia morrido durante o parto, e Ofelia prometeu fazer tudo o que estivesse ao seu alcance para encontrar uma boa família que acolhesse o bebê. Irmã Irene tinha uma relação quase maternal com Ofelia, e, assim, Lilith começou a vislumbrar o mundo em que sua nova amiga ficara tentada a se enclausurar. Passar o dia lendo, rezando e meditando não parecia estranho a Lilith. Ela achava que deveria ser um desafio memorizar a Bíblia palavra por palavra, aprender latim e navegar pelas voltas e reviravoltas de uma religião que lhe parecia um tanto alheia, embora soubesse, de alguma forma, que era a dela. Pelo menos por parte de sua mãe.

Desde o dia em que conheceram a freira, Lilith decidiu se aproximar de Ofelia. Ela a deixava falar sem tentar compreender cada palavra. O essencial era capturar uma ideia, não entender cada frase murmurada pela menina que engolia as consoantes como se pensasse que, ao soltá-las, levariam consigo toda a sua energia.

Nos dias de semana, iam à Calle Obispo e passavam horas folheando os livros de La Moderna Poesía, onde acabavam comprando as últimas edições de autores cubanos. Faziam longas caminhadas sem um destino em particular e todos os meses iam juntas ver Irmã Irene para lhe entregar a doação de Ofelia. Lilith também começou a fazer doações – ela colocava um envelope lacrado nas mãos da freira sem nunca saber se era uma quantia adequada ou equivalente à oferta de Ofelia. Lilith nunca conhecera uma garota tão jovem e tão devota, uma vocação que ela própria nunca experimentara. Ela pensava que, se Deus de fato existisse, com certeza, havia se esquecido dela e de sua família.

Com o passar dos meses, Ofelia se tornou cada vez mais parte do grupo. Lilith começou a se sentir próxima dela. Os pais de Ofelia permitiam-lhe uma liberdade com a qual outras garotas da sociedade só poderiam sonhar. Não exigiam que fosse acompanhada em seus encontros com Oscar e até a deixavam passar a noite em Varadero com ele, Lilith e Martín. Sabiam que, para a filha, Deus estava sempre presente, portanto, sua virgindade não estava em risco: sua devoção ao Senhor agia como um cinto de castidade efetivo. Também achavam que as viagens a Varadero poderiam ajudá-la a esquecer a ideia de se enclausurar, o que para eles significaria perder a única filha. Os filhos homens, quando se casam, saem da casa dos pais e nunca mais voltam. Se Ofelia se tornasse uma freira enclausurada, quem cuidaria deles quando envelhecessem?

Oscar e Martín ficaram felizes em ver Lilith, que não fazia amizades com facilidade, formar um vínculo com Ofelia. E Martín ficou feliz em ver Oscar com uma namorada. Não precisava mais se sentir desconfortável durante os abraços prolongados que seu amigo lhe dava. Eram como irmãos, ele pensou, e seriam inseparáveis por toda a vida. Se Oscar nutria por ele sentimentos não correspondidos, Martín sabia que o amigo entendia que ele era devotado a Lilith, com quem tinha certeza de que iria se casar e ter filhos.

Numa tarde, Lilith estava na cozinha com seus três amigos quando Oscar anunciou que estava indo para os Estados Unidos com seus pais e que seria uma longa viagem. Ofelia empalideceu; era evidente que estava ouvindo aquela notícia pela primeira vez. Lilith segurou sua mão. Sem sequer olhar para Ofelia, Oscar disse que iriam, primeiro, para São Francisco e, depois, para Nova York, onde Cuba, como país membro-fundador das Nações Unidas, havia aberto um consulado. Oscar já havia acompanhado o pai em algumas viagens a Manhattan, a qual ele chamava de ilha "de verdade", e voltara obcecado por uma nova dança, criada por um cubano, que começava a se espalhar pelo mundo. Helena preparava uma limonada quando o noticiário da rádio terminou e começou a tocar uma música.

– Mambo! – Oscar gritou e começou a dançar de um modo frenético.

Ele pegou Helena pelas mãos e ensinou-lhe alguns passos, que ela acompanhou muito bem. Deram dois passos, levantando os dedos dos pés e esticando um braço para a frente e depois para trás, junto a um movimento sincopado do quadril. Lilith aventurou-se, o que fez Martín rir. Todos – até mesmo Ofelia – conseguiram acompanhar o ritmo. Exceto Lilith. Ela não conseguia seguir os movimentos.

– Não consigo respirar! – Helena disse com um enorme sorriso no rosto, e voltou a preparar a limonada.

Oscar escolheu Ofelia como sua parceira seguinte. Ele conduziu a coreografia com os quatro formando uma corrente, e Lilith se deixou levar. Ela de fato acreditava que, para as pessoas nascidas na ilha, a dança fazia parte de sua cultura. Os gestos, o jeito de andar, de se sentar, de encolher os ombros... havia uma musicalidade nisso tudo. Martín segurou as mãos de Lilith e tentou ensinar o ritmo para ela. Nesse exato momento, ouviram uma batida na porta da frente.

Helena pediu licença e foi ver quem estava batendo. Logo depois, ela chamou Beatrice. O eco de uma conversa chegou à cozinha. Era a voz de um homem falando em alemão. Lilith foi até a sala de estar, onde viu Beatrice conversando com um senhor idoso que trazia uma expressão apreensiva no rosto, vestido com o que, sem dúvida, eram o terno e os sapatos de outra pessoa. Carregava um estojo estreito de couro preto com bordas de bronze.

– Você deve ser Lilith – ele disse, com a voz rouca. – Fui aluno do professor Bruno Bormann.

Lilith percebeu que o homem não era muito velho. Helena voltou da cozinha com um copo de água e uma xícara de café, os quais o visitante não havia solicitado. Ele bebeu a água e o café sem parar para respirar. A cor aos poucos retornou ao seu rosto, embora sua voz permanecesse embargada.

– Isto é para você – ele disse, e entregou a Lilith um envelope amarelo lacrado.

Lilith o abriu e em seu interior encontrou um caderninho sujo e surrado, com os cantos gastos, em nítido contraste com a embalagem impecável em que havia sido enviado.

– É seu – prosseguiu o homem, sem tirar os olhos dela.

Beatrice ficou em silêncio, com medo de que o homem contasse a Lilith mais sobre a morte de sua mãe do que ela havia contado.

Martín, Oscar e Ofelia entraram na sala, e o homem se apresentou.

– *Señor* Abramson – ele disse. – Um velho amigo da família de Lilith.

– Está tudo bem? – Martín perguntou a Lilith.

Ela não respondeu. Seus olhos estavam grudados no caderninho.

As pontas de seus dedos tocaram a linha escrita em alemão na capa: *Para Lilith, minha viajante da noite*. Ela abriu o caderninho com cuidado e viu o que parecia ser uma confusão de palavras e ideias, muitas delas riscadas ou gastas, dificultando a leitura.

Lilith ergueu a cabeça e olhou para o homem desejando muito perguntar-lhe sobre sua mãe, sobre Opa, sobre Franz. Então, voltou para as páginas escritas com tinta desbotada tentando decifrá-las. Aproximou o caderninho do rosto para cheirá-lo e ficou constrangida ao perceber que todos a observavam. O caderninho da mãe devia ter atravessado fronteiras, rios e montanhas antes de navegar o Atlântico para chegar até ela. Que traço poderia restar de Ally?

— Minha mãe tinha uma linda caligrafia — disse Lilith, abalada por suas próprias palavras.

Fazia muito tempo que ela não se referia à sua verdadeira mãe com algo diferente de "Ally", ainda mais na frente de Beatrice. Não ousou olhar para ela. Pelo canto do olho, viu o sorriso congelado de sua mãe adotiva. Tentou acompanhar o que o homem estava dizendo, uma história hesitante que não tinha começo nem fim.

— ... então, trazer este caderno para você foi pagar uma dívida que eu tinha de saldar — disse em espanhol, com sotaque castelhano. — Agora, eu posso morrer em paz.

Ela entendeu que *Herr* Professor tinha sido seu mentor. Quando ele foi expulso da universidade, durante a primeira leva de limpeza racial, *Herr* Professor continuou lendo seus poemas e ensaios e, quando soube que sua família havia sido despojada dos negócios, ajudou a custear sua fuga de Berlim — primeiro, ele foi para o sul e, depois, de modo aleatório, para a Espanha. Enquanto seus pais eram levados para um campo de concentração, ele pegava um trem pelos Pireneus. Chegou à Espanha durante os estertores finais da guerra civil e, quando esta terminou, começou a próxima, a guerra que se arrastou pelo restante da Europa, deixando-o preso em um vilarejo sem fronteiras oficiais. Quando, por fim, conseguiu um lugar para morar, começou a escrever para *Herr* Professor. Ele contou que as cartas entre eles sempre chegavam atrasadas e na ordem errada.

Antes de *Herr* Professor ser mandado para Sachsenhausen, ele conseguiu enviar-lhe o caderno. "A única coisa que pude salvar da fogueira", escreveu ele a Abramson, implorando-lhe para que o protegesse com sua vida. "É tudo o que resta de uma escritora que eu admiro muito", ele disse. "Este caderno e um poema que ainda deve estar nas mãos da filha, em Cuba", acrescentou.

Ao ouvir isso, Lilith estremeceu, tomada por um sentimento desconhecido de culpa. Desde que chegara a Cuba com o casal que agora chamava de pais, recusara-se a olhar para trás. O poema com o qual viajara acabou guardado numa gaveta da mesinha de cabeceira, com uma corrente e um crucifixo que nunca ousara usar, em respeito à nova família. Ela nunca mais voltou a ler as palavras da mãe e nem sabia se a escrita havia sumido, como no caderno. Os únicos detalhes que *Herr Professor* informou a Abramson foram os nomes de Ally e Lilith e o nome da família com quem ela viajara para Havana.

Abramson havia encontrado a família Herzog graças a todas as cartas que Beatrice enviara ao redor do mundo, procurando o paradeiro de qualquer membro sobrevivente de sua família.

— Os caminhos por onde o destino nos leva... — ele disse maravilhado.

Ao ouvir as pessoas falando em alemão, Albert desceu de seu escritório e ficou parado na porta ao pé da escada, fora da vista dos outros. Não queria fazer parte de uma história que, ele sabia, acabaria em tragédia. O que mais poderia acontecer com sua família? Ele havia perdido o filho, sua casa e seus negócios, e agora um estranho aparecia para atormentar Lilith, que conseguira escapar do inferno e reconstruir sua vida.

Lilith aguardava ansiosa que o homem mencionasse Franz. Até conhecer Martín, ninguém jamais a fizera se sentir tão segura e protegida quanto Franz. Estar com ele era como ter um exército inteiro atrás dela. A princípio, imaginou Franz rodeado de soldados diabólicos, desviando de balas, sobrevivendo às trincheiras, lutando por uma causa na qual ele nunca acreditou. Em um de seus sonhos, ela o vira dormindo em uma floresta, o que ela interpretou como se ele tivesse morrido de modo pacífico, com o rosto intacto, não desfigurado por uma granada, como ela também havia sonhado. A imagem de Franz entregando-lhe a boneca de pano ficara gravada em sua memória. Para ela, aquele tinha sido o seu adeus.

Um dos tios de Abramson acabara no Panamá, conforme ele explicou. Ele tinha feito negócios com empresas de Cuba e se mudou para Havana depois da guerra, porque, segundo ele, era o país mais próspero das Américas. Esse tio havia aceitado o convite de um velho amigo que se ofereceu para ajudá-lo a montar um canal de transmissão ao vivo por meio de uma tela iluminada em uma caixa de madeira que exibia imagens. Cuba seria o segundo país do mundo a ter televisão.

Sem casa, sem família e sem dinheiro, no meio de um continente em ruínas, o *señor* Abramson decidiu juntar-se ao tio em Havana, cumprindo, assim, a promessa que fizera ao seu mentor. Agora, poderia morrer em paz, conforme ele disse. Abramson seguiu seu caminho parecendo ainda mais magro do que era quando chegara, como se contar sua história tivesse esgotado um pouco de sua força vital.

Lilith correu para o seu quarto para que ninguém visse as lágrimas em seus olhos. Sentou-se na cama com o caderno ainda nas mãos, sem ousar abrir a gaveta para ver se o poema com o qual deixara a Alemanha havia mais de uma década tinha desaparecido.

Ela leu algumas das passagens do caderno tentando juntar as palavras aleatórias para que fizessem sentido. Mudou a ordem, começou pelo final, voltou ao início e quando, por fim, desistiu, abriu a gaveta. A primeira coisa que viu foi a caixinha. Pegou-a. Embaixo, estava a folha de papel com o poema, dobrada ao meio dentro de seu envelope rosa. Ela abriu a caixa, e a visão do crucifixo trouxe à sua mente frases fragmentadas e o som de vidro quebrado sob seus pés. Leu a inscrição na pequena cruz: *Lilith Keller*. Abaixo dela, um número: 7. Ela desdobrou com cuidado o pedaço de papel e leu um verso: *Na noite em que você nasceu, Berlim estava no seu momento mais sombrio...* Quando terminou de ler o poema, voltou ao início, demorando-se em cada linha. Memorizou cada palavra, cada lacuna, cada espaço, o traçado das letras, a cor da tinta. Não queria que nada fosse esquecido: o passado havia voltado para ela.

Com o poema, a cruz, a boneca de pano e o caderninho no peito, ela se deitou e acabou adormecendo.

# 15

## Nove meses depois
## Havana, março de 1952

Madrugada.
— Fique em casa, não saia — Lilith ouviu Martín dizer. — Não posso dizer mais nada.

O toque do telefone a despertara. Assustada, mas ainda meio adormecida, ela ergueu o fone sem dizer uma palavra. Gostaria de perguntar se eles se veriam mais tarde, se Martín viria buscá-la, mas ele já havia desligado. Sentou-se na beirada da cama dominada pelo medo.

Uma das coisas que Lilith mais amava em Martín era sua firmeza. Por que ligaria para ela com aquele tom frenético na voz? Nos momentos difíceis, sempre a olhava nos olhos, segurava suas mãos e, com a convicção de um velho sábio, dizia: "Sempre daremos um jeito!". Mas, naquele décimo dia de março de 1952, Martín a deixara assustada e confusa.

A última vez em que a surpreendera foi num momento muito mais feliz. Dois meses antes, ele a pedira em casamento. As comemorações de Natal e Ano-Novo estavam chegando ao fim, e Lilith estava no pátio que unia as duas casas quando Martín se esgueirou atrás dela. Cobriu seus olhos com as mãos. Ela podia sentir a respiração dele agitada, como quando eram crianças e perseguiam um ao outro entre as árvores com nomes.

– Já é hora de todos saberem que eu te amo. – Ele suspirou.

Ela se virou e o beijou. Ficaram abraçados durante alguns minutos. Beatrice e Helena os observavam da janela da cozinha. Ele segurou a mão de Lilith e colocou um anel em seu dedo.

Em poucas horas, as duas famílias estavam comemorando na sala de estar dos Herzog. Albert abriu uma garrafa de champanhe e eles brindaram ao feliz casal. Oscar estava silencioso e sombrio.

Lilith via seu casamento como um evento muito distante. Ainda não haviam marcado uma data, e Martín insistira para que fosse depois de sua formatura. Tinham conversado sobre isso na noite anterior, quando saíram para jantar em Río Mar, só os dois. Eles conversaram sobre a próxima viagem de Martín aos Estados Unidos, sobre o tempo que passariam separados e os dias em que ela o visitaria. Seu treinamento em Tulsa, em Oklahoma, levaria dois ou três meses.

No jantar, Lilith pediu duas taças de champanhe. Martín permaneceu taciturno e silencioso a maior parte da noite, mas ela não havia pensado em nada. Era compreensível que se sentisse nervoso com a conquista de uma vaga na Spartan School of Aeronautics.

Ela se acostumara com as viagens regulares de Martín a Daytona Beach, na Flórida. Sabia que ele precisava aumentar suas horas de voo para se profissionalizar como piloto. Embora o pai preferisse que ele continuasse sua formação jurídica e conseguisse um emprego na área de finanças, como ele, Martín sabia o que queria desde pequeno. "Meu mundo está entre as nuvens", ele costumava dizer, e o pai revirava os olhos. No fim das contas, porém, o *señor* Bernal ficou orgulhoso do filho; ele se destacara em matemática e falava inglês com fluência, enquanto ele próprio, apesar de ter se formado em uma universidade americana, ainda achava quase impossível pronunciar as consoantes finais das palavras.

Enfim, ele sabia que o fato de o filho se tornar piloto não era motivo algum de vergonha.

Fazia três anos que o *señor* Bernal sofrera o ataque cardíaco que o deixara confinado a uma cadeira de rodas e, por causa disso, muitas vezes, ele tinha falta de ar. Ainda frequentava jantares com senadores e empresários, sempre acompanhado do filho. Do tempo que passou ao lado do pai, Martín aprendeu que o silêncio pode ser uma arma poderosa, como disse a Lilith em mais de uma ocasião.

Com o coração acelerado, Lilith tentou ligar de volta para Martín, discando o número do escritório de seu pai, mas ninguém atendeu. Então, ela ligou para Ofelia, que também não atendeu. Ofelia devia estar no convento, supôs Lilith. Ela tomou um banho, vestiu-se e desceu correndo para a cozinha. Era segunda-feira, e seus pais ainda estavam dormindo. Abriu as cortinas da sala e viu que as ruas estavam desertas, como se a cidade estivesse em alerta de furacão, daqueles que todos os anos arrancavam telhados de casas com a precisão de uma metralhadora.

Antes de fazer o café, Lilith subiu a escada e foi até o quarto dos pais. Pousando a mão no corrimão de mármore, estremeceu. Sentiu que estava vivendo em outra dimensão, de volta ao seu pesadelo recorrente de estar presa em um navio naufragando.

Demorou-se nos degraus, analisando as fotografias penduradas na parede em suas molduras de mogno, algumas com bordas douradas. Viu-se como uma criança no Porto de Hamburgo segurando as mãos de Albert e Beatrice, enquanto subiam a passarela no dia em que fugiram da Alemanha no transatlântico. A fotografia que estava emoldurada na parede agora era um recorte de um jornal de Nova York. Um dia, um vendedor de tecidos apareceu com esse jornal na loja dos Herzog na Calle Muralla e, antes de lhes mostrar os rolos de tafetá e seda, colocou-o sobre o balcão.

— Não são vocês dois? – disse ele, apontando para o rosto do homem de chapéu e óculos e da mulher. Então, ele se virou para a adolescente atrás do caixa e disse: — E você ainda tem os mesmos olhos assustados que tinha quando menina.

Ela não se reconhecia naquela garotinha, nem se lembrava de muita coisa das duas semanas que passaram no mar, só subindo ao convés à noite.

Albert mandou emoldurar o recorte, que, depois de ser pendurado no escritório da loja de móveis, acabou na parede da escada depois que Albert se aposentou e vendeu todos os seus negócios em Havana.

Enquanto Lilith subia a escada, deteve-se diante da fotografia do casamento de Albert e Beatrice. Parecia-lhe que os dois jovens da foto haviam morrido anos antes e que o velho casal com quem morava eram seus parentes distantes.

— Éramos jovens e felizes – disse Beatrice, certa vez, a Lilith, ao vê-la hipnotizada pela fotografia.

Outra fotografia mostrava toda a família Herzog reunida em torno de uma mesa com toalha de renda: avós, pais, irmãos, filhos, todos com sorrisos fixos para a câmera. Não passavam de estranhos para Lilith. Depois de todos aqueles anos que Beatrice passara escrevendo para organizações que reuniam famílias na esperança de encontrar algum deles, ela, enfim, aceitou que ninguém havia sobrevivido à guerra, e ela teria de suportar sua sentença de prisão perpétua de lembranças e culpa sozinha.

Uma das fotos favoritas de Lilith era da abertura da loja de móveis Mueblería Luz. Ela estava lá, cortando a fita, com Martín ao seu lado, encarando-a deslumbrado.

— Daquele dia em diante, eu soube que ele estava apaixonado por você – Beatrice confidenciou a Lilith no dia em que ela e Martín ficaram noivos.

Embora tivessem desistido de suas tradições desde que chegaram a Havana, Beatrice acendia duas velas todas as sextas-feiras e, quando a guerra acabou, às vezes, se encontrava com amigos, clientes da loja de móveis, em um centro comunitário hebraico em Vedado. Sempre esperava encontrar um refugiado do que antes era sua aldeia natal, varrida da face da Terra no fim da guerra. Ela foi para a cama todas as noites durante anos com a crença de que um dia, em um futuro não muito distante, saberia o que havia acontecido com seus irmãos e irmãs, sobrinhos e sobrinhas.

Também havia uma foto de Paul, filho único de Beatrice, mas, um dia, ela a tirou da parede e Lilith nunca mais a viu. Beatrice disse que não suportava a dor de não saber como seria o rosto do filho envelhecido. Beatrice lhe dissera que a foto costumava ficar pendurada na parede da loja de iluminação dos Herzog em Berlim. "Iluminamos a cidade inteira", dizia Albert, "mas, no fim, eles escolheram a escuridão." Agora, havia uma mancha sombria na parede da escada onde a fotografia de Paul estivera pendurada.

— Vamos pendurar a foto do seu casamento ali — dissera Beatrice, com a mão na cintura de Lilith, logo depois que anunciaram o noivado.

Por fim, havia uma fotografia de Lilith e Martín, ambos vestidos com uniforme branco da St. George's School e gravata-borboleta preta, no pátio interno da escola, na tarde da formatura do ensino médio.

No topo da escada, Lilith voltou os olhos para o corredor que levava ao quarto e ao escritório de seu pai, um espaço em forma de caverna com paredes forradas por estantes de madeira escura e cortinas nas janelas que não deixavam entrar um único raio de luz.

Hesitou à porta do escritório, tomada por um terrível pressentimento. Entrou e viu que a poltrona de couro em que seu pai podia passar horas à luz esverdeada da lamparina de bronze estava vazia. Baixou a cabeça, suspirou com pesar e se dirigiu ao quarto de seus pais. "Não podem estar dormindo até agora", ela pensou. "Talvez tenham saído cedo. Talvez..."

Lilith desistiu de especular e bateu duas vezes na porta. Não houve resposta, então, ela decidiu entrar. Sentiu uma lufada de ar frio e um forte cheiro de naftalina. Sua mãe era obcecada em preservar as roupas de lã que tinham trazido no navio. Havia também um toque de camomila no ar. Seu pai sempre bebia um chá feito com as flores secas, com a esperança de ter um sono tranquilo, embora nunca o tivesse, pois reclamava todas as manhãs. As conversas matinais de seus pais sempre giravam em torno do fato de que, embora seguissem o antigo costume de fechar os olhos para dormir, estavam convencidos de que haviam perdido a capacidade de sonhar na noite em que fugiram da Alemanha. Qual é o sentido de dormir se você não é capaz de sonhar?

Se os seus pais estivessem no quarto, teriam falado quando ela bateu ou reagido quando abriu a porta. Mas o aposento estava tão silencioso que fez seu sangue gelar.

A luz do corredor emprestava um brilho sutil à cabeceira de mogno da cama de quatro colunas, com seus pilares envoltos em seda cinza e o dossel com cortinas transparentes puxadas para trás. Albert e Beatrice estavam deitados na cama à meia-luz. Lilith deu um passo para a esquerda e a luz se projetou sobre eles. Estavam de mãos dadas, lado a lado, com o rosto virado para cima. Lilith reconheceu o vestido azul-escuro e o largo cinto de couro preto que Beatrice usava no dia em que embarcaram no *St. Louis*. Albert estava com seu terno de flanela cinza de três peças, e a gravata amarrada no pescoço parecia estrangulá-lo. Seus ombros estavam erguidos quase até as orelhas. Lilith não conseguia discernir seus semblantes; não sabia se os olhos estavam abertos ou fechados. Talvez tivessem adormecido, vestidos da cabeça aos pés, prestes a sair, ela pensou. Então, percebeu que ambos estavam usando seus sapatos de couro gastos. Ela já tinha visto essa imagem antes, na cabine do *St.*

*Louis*, naquela noite de maio em que embarcaram no navio, quase doze anos antes. Naquele dia, o tempo havia parado para eles.

Lilith quis ir até onde estavam, acariciar sua testa, abraçá-los uma última vez, mas não ousou. Caiu de joelhos nos ladrilhos frios.

· ✦ ·

Quando, enfim, conseguiu se erguer, Lilith saiu do quarto tomando cuidado para não fazer o menor barulho, como se tentasse evitar despertar seus pais do sono profundo pelo qual tanto haviam ansiado durante todos aqueles anos. Deixou a porta aberta para que o ar pudesse circular. Não sabia para quem ligar primeiro: o doutor Silva, o médico da família ou a polícia, para relatar suas mortes. *Como tinham morrido?* Era só agora que se fazia essa pergunta. Não devia ter sido uma morte natural. Seus pais tinham decidido tirar a própria vida naquela manhã ou na noite anterior, quando ela não estava em casa. O doutor Silva conseguiria determinar quanto tempo fazia que estavam deitados na cama. "Uma autópsia, eles farão uma autópsia nos dois", ela pensou.

— Eu não posso deixar isso acontecer — disse em voz alta.

Beatrice uma vez lhe dissera que nunca deveriam fazer uma autópsia, que isso ia contra suas crenças. Lilith nunca perguntou por quê.

Quando, por fim, ela conseguiu falar com o doutor Silva, ele não pareceu nem um pouco surpreso, como se estivesse esperando essa ligação várias semanas antes.

— Vou levar pelo menos duas horas para chegar aí. A cidade está paralisada — disse.

— Eu vou aguardar.

O doutor Silva havia emigrado de Portugal para Cuba e nunca se acostumara com os males do Caribe, conforme ele dizia. Além de sua língua nativa, o desengonçado médico também falava, com fluência, espanhol, inglês, alemão e francês, o que significava que seu consultório estava sempre lotado de almas perdidas.

Lilith saiu de casa atordoada, sem saber realmente para onde ir, mas sabendo que precisava sair. Ficou do lado de fora, na calçada, sentindo-se sufocada. A casa parecia distante agora, como se ela nunca tivesse morado ali. Pertencia aos Herzog, não a ela, uma estranha que eles haviam acolhido.

O doutor Silva chegaria em duas horas, mas e depois? Levariam os cadáveres e os enterrariam no cemitério de Guanabacoa, algo que haviam planejado desde que chegaram a Cuba, e ela deixaria uma pedra em cada túmulo, os visitaria em cada aniversário. Pelo menos, teria um lugar em que poderia se lembrar deles e colocar pedras para eles. Tudo o que ela tinha de sua mãe, Franz e de seu Opa eram vagas lembranças, um poema, um caderno, uma boneca de pano e um pequeno crucifixo dentro de uma caixa azul que foi ficando cinza com o passar do tempo.

O que ela devia guardar dos Herzog? "Apenas as fotos de família", ela decidiu. Esvaziaria os guarda-roupas, daria a Helena os rolos de tecido que Beatrice guardava quando venderam a loja.

"Helena! Onde está Helena?", ela pensou. "Ela sempre chega cedo nas segundas-feiras para fazer o café da manhã..." Sabia que deveria telefonar para ela, mas, primeiro, queria encontrar Martín. Por que ele não atendera suas ligações?

Em geral, quando ia ver Martín, entrava pela porta dos fundos, mas, nesse dia, ela entrou pela frente, como se fosse uma estranha. Bateu na porta. Ninguém respondeu.

Quando Lilith voltou para casa, encontrou Helena na porta carregando duas sacolas de compras.

– *¡Ay Dios mío!* Achei que nunca fosse chegar aqui – disse Helena, enxugando o suor da testa com a mão que segurava um cigarro. – Está tudo fechado hoje, está uma loucura...

— Eles se foram, Helena... — Lilith olhou para o chão quando disse isso.

Helena não compreendeu. Ela percebeu o olhar desesperado de Lilith, sua expressão congelada.

— Quem se foi? Do que você está falando, Lilita?

— Helena, meus pais estão mortos.

Arregalando os olhos, Helena largou as sacolas, abriu a porta e entrou correndo. Olhou, primeiro, para a sala de estar; depois, virou-se para a escada. Deixou o cigarro aceso no cinzeiro e correu para cima. Alguns momentos depois, Lilith ouviu um grito. Não ousou segui-la. Iria esperar que ela descesse, explicar-lhe que já tinha falado com o doutor Silva e que agora só podiam esperar.

Com o olhar sobre a rua ainda deserta, Lilith sentiu Helena vir atrás dela.

Helena, branca como um fantasma e silenciosa, foi abraçar Lilith com força.

— Pobre Beatrice... — disse por fim, balançando-a para a frente e para trás. — Não há dor maior do que perder um filho. Ninguém nunca supera isso. Por mais que você tente reconstruir sua vida; a dor está sempre presente. Pelo menos, os dois podem descansar agora.

Lilith permitiu ser embalada, olhando fixo para a frente através dos olhos embaçados pelas lágrimas.

— Eles falaram alguma coisa para você? É como se tivessem planejado isso...

— Eles esperaram que você se tornasse uma mulher, que você ficasse noiva... Qual sentido eles tinham para continuar vivendo? Todos esses anos aqui, e eles mal conseguiam falar espanhol. Eles suportaram o suficiente com o coração partido. Mas, *mi Dios*, que dia eles escolheram...

— O que você quer dizer? O que aconteceu? — Lilith perguntou, lembrando-se, de repente, do telefonema de Martín, de manhã cedo.

– Você não ficou sabendo das notícias? Eles... Oh, olhe, lá vem o médico.

O doutor Silva desceu do carro e pegou sua maleta no banco de trás. Seus cabelos estavam desgrenhados, e ele estava sem fôlego, como se estivesse correndo em vez de estar sentado ao volante de seu carro verde e branco.

– Sinto muito – disse o médico, tirando os óculos para limpá-los com um lenço. – Estão lá em cima?

Ele entrou sem esperar a resposta. Helena seguiu logo atrás. Lilith ficou paralisada na calçada, aguardando notícias de Martín.

Pela primeira vez desde que chegara à ilha, Lilith se sentiu indefesa. Como poderia atravessar isso sem Martín? Alguém teria que ajudá-la a passar pelas formalidades necessárias, garantir que não fizessem autópsias, preencher os relatórios policiais necessários, providenciar o funeral. Seus pais resolveram morrer apenas depois de cumprirem os desejos de Ally Keller, uma vez que tinham certeza de que a vida de sua filha adotiva estava garantida. Só então morreram, esperando se reunir com o filho que os nazistas haviam arrancado deles.

Ela ouviu passos descendo as escadas e voltou para dentro a fim de ouvir o que o médico tinha a dizer.

– Cianeto – disse o doutor Silva enquanto preenchia alguns formulários em cima de sua maleta de couro.

Os olhos de Lilith se arregalaram de surpresa. Ela se virou para o médico e para Helena, procurando uma explicação, mas o médico parecia estar com pressa.

– Onde eles conseguiram cianeto? – perguntou Helena, espantada.

– Você consegue encontrar de tudo nesta ilha – disse o médico, estendendo a mão para Lilith, a fim de se despedir. Ele entregou os documentos assinados a Helena. – Já avisei o necrotério, mas hoje será um dia difícil para fazer os preparativos. Teremos de esperar para ver o que poderemos fazer – ele disse e partiu.

Helena pegou Lilith pela mão e a conduziu até a cozinha.

– Que tal uma xícara de chá de ervas? Fará bem a nós duas.

Lilith sentou-se onde lhe foi indicado, segurou uma caneca de água fumegante com flores de limão flutuando na superfície e tentou tomar um gole. Impossível. Ela começou a chorar. Seu corpo tremia de um modo descontrolado. Porém, ao ver Helena também sufocada pelas lágrimas, ela se acalmou e tentou demonstrar força perante a mulher que, de repente, se tornara sua única família.

Uma hora depois, Lilith ouviu a campainha e achou que fosse Martín, mas eram os homens do necrotério. Helena conduziu-os para o andar de cima.

Pouco depois, desceram com macas, os corpos estavam cobertos com lençóis brancos. Não fizeram contato visual com Lilith, e ela não teve coragem de perguntar para onde estavam levando seus pais. Helena segurou sua mão enquanto saíam da casa.

– É como se ainda estivessem dormindo – disse Helena. – Eu vi seus rostos. Não houve um pingo de dor, Lilith. Eles partiram em paz.

Enquanto o carro se afastava com os corpos de seus pais, Lilith viu o Buick preto de Martín estacionando em frente à casa.

Ela correu para ele e enterrou o rosto em seu peito. Não conseguiu conter as lágrimas.

– Eles os levaram – disse ela, recompondo-se. – Acordei quando você me ligou, de manhã, e encontrei meus pais...

Ela hesitou. Helena foi até Martín e sussurrou em seu ouvido.

Entraram na casa. Martín não encontrava forças para falar com Lilith, mas tentou confortá-la segurando-a em seus braços. Seus olhos estavam vermelhos, sua expressão era de cansaço. Lilith permanecia apoiada nele.

– Todos nós precisamos manter a calma – disse ele. – Batista assumiu o controle do exército. El Hombre já está em Camp Columbia. Meu pai está com ele. Nenhum tiro foi disparado.

Lilith olhou para Martín surpresa. Não compreendeu o que ele quis dizer. Ele falava de ações militares num momento em que ela acabara de perder os pais. "Albert e Beatrice morreram", ela queria lhe dizer de novo. "Meus pais morreram."

– Nenhum tiro foi disparado – repetiu Martín. – Ninguém foi morto e não houve derramamento de sangue.

– O que vai acontecer conosco? – Lilith perguntou, angustiada e oprimida pelas emoções.

– Vai ficar tudo bem, meu amor. Temos um novo presidente. El Hombre voltou para consertar as coisas.

· ✦ ·

Na tarde em que os Herzog foram enterrados, Helena arrumou suas coisas e mudou-se para a casa de Vedado, onde passou a ocupar um quarto no andar térreo, em frente ao quarto de Lilith.

– Todas as minhas posses terrenas cabem nesta caixa de madeira – disse ela. – Não devemos acumular coisas materiais nesta vida. Elas pesam e nos fazem tropeçar ao caminhar.

Sem os Herzog, Helena trouxe Deus, a Virgem e todos os santos sob o sol para a cozinha.

– Antes, por respeito a eles, eu mantinha todos os meus santos trancados. Agora, eles podem respirar em paz e nos proteger, minha querida, porque eu sei que você não é judia – disse Helena a Lilith. – Você acha que nasci ontem? Alguém sem fé não manteria um crucifixo com seu nome "real" gravado nele.

Lilith quis repreendê-la por ter mexido em suas gavetas, mas percebeu que ela não tinha mais nada a esconder. Sentiu-se libertada. O luto de Helena logo deu lugar a uma energia explosiva e ao desejo de limpar a casa de qualquer vestígio de tragédia. Cerrando a mandíbula, tratou de cuidar das tarefas domésticas. Esvaziou gavetas, removeu cortinas, sacudiu tapetes e mudou a mobília para outro quarto, tentando remover a presença de Albert e Beatrice de cada pedaço de madeira, cerâmica e parede de gesso. Depois de efetuada a limpeza, acendeu velas para que qualquer traço de suas almas ou de seus espíritos desaparecesse de sua vida para sempre. Os mortos tinham seu lugar, mas esse lugar não deveria ser aquela casa, que era para ser habitada apenas pelos vivos.

– *Ave Maria santísima...* – entoou Helena, apelando à Virgem.

Lilith sentiu-se em paz observando os resolutos pais-nossos de Helena, suas orações a São Dimas, o santo das causas perdidas, e à *Virgen de la Caridad*, padroeira de Cuba, a cujos pés três pescadores exaustos imploram para que os salve das ondas.

# 16

## Quatro anos depois
## Arroyo Naranjo, dezembro de 1956

Depois da morte de seus pais, Lilith suspendeu indefinidamente qualquer conversa a respeito de casamento. Estava sobrecarregada com suas perdas. Desde sua infância, todas as pessoas que lhe eram próximas haviam desaparecido. Em Berlim, perdeu a mãe, *Herr* Professor, Franz. Em Havana, Albert e Beatrice. Mas, com o tempo, enquanto Martín aguardava com paciência a sua cura, ela percebeu que ele não a abandonaria e que seu futuro estava nele. Ainda assim, para o casamento, ela descartou qualquer tipo de grande comemoração; em vez disso, concordaram em fazer uma cerimônia discreta que seria realizada na casa de veraneio de El Hombre.

Alguns meses antes do casamento, Oscar sugeriu que Lilith, Martín e Ofelia fossem à casa de sua família em Varadero para que passassem um fim de semana descontraído, como sempre faziam quando eram adolescentes inseparáveis. Lilith apreciou seu gesto de amizade e desejou que esta fosse uma oportunidade para Martín e Oscar se reconectarem.

Na noite anterior à ida a Varadero, Martín e Lilith caminharam com Ofelia até a catedral, mas se viram fugindo das adivinhas, como Oscar chamava a multidão de bruxas velhas que espreitavam o local. Essas mulheres vestiam-se de branco, usavam colares de contas coloridas, um ramo de manjericão enfiado atrás das orelhas e traziam um charuto aceso à boca. Sempre que as encontrava, Lilith tentava ser amigável e sorrir, mas elas a deixavam inquieta e, algumas vezes, ela se via desesperada para fugir. Naquela noite, uma das velhas pegou sua mão e começou a tremer de imediato. Ofelia ficou apavorada e fez o sinal da cruz.

– Oh, garotinha – disse a adivinha a Lilith. – O que você está fazendo nesta ilha? Você nunca deveria ter saído do barco.

– Não dê ouvidos a ela – disse Martín, tentando separá-las.

– Pense apenas nisso. Por que você, e não os outros? – a mulher disse com solenidade. Seus olhos estavam cheios de lágrimas. – Você sabe o que eu quero dizer.

Lilith tentara esquecer-se de sua chegada a Havana, o forte sol do meio-dia castigando aqueles que procuravam desesperados seus parentes a bordo do navio. Apenas 28 passageiros tinham recebido permissão para desembarcar. Eles estavam entre os afortunados. O restante foi devolvido à Europa, onde a guerra logo estourou.

Lilith empalideceu. Queria se esquecer de tudo. Sim, era verdade que, à noite, ela via corpos sem rostos, o navio afundando no meio do oceano, ninguém gritava nem reagia. Ela nunca contara a ninguém sobre esses pesadelos recorrentes.

– Vá embora daqui – gritou Martín.

A velha senhora tirou um raminho de manjericão do bolso de seu avental e o sacudiu sobre a cabeça de Lilith antes de se afastar. Lilith escondeu o rosto com as mãos. Martín a abraçou.

– Não se preocupe com isso. Você não vai dar ouvidos a uma velha maluca, vai?

Ofelia a fitou de um modo compassivo. Agora, era a sua vez de proteger Lilith, e isso as aproximou ainda mais.

No dia seguinte, foram de carro para a casa em Varadero. Como a casa tinha apenas três quartos, Oscar sugeriu que as meninas dividissem o aposento principal, pensando que ele e Martín poderiam ficar com os outros dois quartos, em partes separadas da casa. Mas Lilith surpreendeu a todos ao dizer que Ofelia poderia ficar com o quarto para que ela ficasse mais confortável. Ela imaginou Ofelia ajoelhada ao pé da cama rezando por horas antes de se deitar para dormir. Após hesitar por um instante, ela puxou Martín pelo braço. Havia se decidido. Naquela noite, pela primeira vez, dormiriam juntos.

Na privacidade do quarto, Lilith despiu-se e sentiu-se segura diante de Martín, pronta e disposta a receber o amado amigo em seus braços e, enfim, experimentar algo que já havia ensaiado em seus sonhos.

Na manhã seguinte, para surpresa deles, viram Ofelia sair do quarto de Oscar.

· ✦ ·

Ofelia e Lilith nunca falaram daquela noite que passaram em Varadero. Ofelia parecia resignada com o destino que seus pais almejavam para ela e, estimulada por seus novos amigos, deixou-se levar. Os pais queriam vê-la casada, longe do convento. Para eles, Oscar era o candidato perfeito para a filha.

Ofelia ficava mais pálida a cada dia, chamando atenção sempre que saíam juntas não só pela alvura de sua tez como também por causa da sombrinha florida que carregava, mesmo à noite, como se também precisasse de proteção contra o luar. Numa noite, quando saíam de um teatro no Paseo del Prado, viram rabiscadas em letras enormes na fachada as palavras *Abajo Batista*. A tinta vermelha ainda estava úmida, e eles sentiram um cheiro de óleo queimado. Martín sugeriu que voltassem rápido para o carro, a fim de fugir antes que a polícia chegasse. Todos que deixavam o *hall* afastavam-se apressados, assustados ao ver aquelas palavras de ordem em vermelho.

Pouco tempo antes, um grupo de terroristas, como Helena os chamava, havia atacado um quartel militar em Santiago de Cuba, no leste do país, uma investida que deixou vários mortos em ambos os lados. Os agressores sobreviventes foram presos na Isla de Pinos, ao sul de Havana, mas, no fim, El Hombre reduziu suas sentenças. No julgamento, o líder fez um discurso que se tornaria o manifesto do novo movimento político, cujo objetivo era derrubar El Hombre. Embora pudesse ter tomado o poder por meio de um golpe, como explicou-lhes o *señor* Bernal, depois disso, houve eleições, e Batista foi, como se esperava, reeleito presidente. Oscar, assim como muitos outros, insistiu em afirmar que a votação tinha sido fraudulenta.

Oscar deu a Lilith a transcrição do discurso do líder da oposição, "A história me absolverá". Depois de ler aquelas páginas escritas na prisão por um jovem fanático, os pesadelos que ela tinha quando menina em Berlim voltaram. Relembrou-se de sua mãe e Opa discutindo sobre *Mein Kampf*, também redigido na prisão por um homem que viria a ter uma nação inteira sob seu domínio.

Nessa época, Ofelia dedicava-se a ir à missa no convento e a ajudar Irmã Irene a cuidar dos leprosos no Sanatório de El Rincón, na periferia da cidade, para onde era transportada pelo motorista da família. Oscar passou um dia inteiro com Lilith e Martín, e só à noite anunciou que iria morar em Nova York por um período prolongado, para terminar os estudos jurídicos e cuidar dos investimentos do pai. Era uma despedida, e Martín não fez perguntas. Sabia que Oscar estava fugindo não só da tempestade que assolava o país como também de Ofelia, que atrapalhava seus planos. Oscar não queria ficar amarrado pelo resto da vida a uma garota que seus pais haviam escolhido para um casamento arranjado.

Quando Oscar partiu para Nova York, Lilith sentiu pena de Ofelia e foi vê-la no convento, onde a amiga passava cada vez mais tempo. Irmã Irene recebeu Lilith no portão e a levou até ela, que estava sentada envolta em uma nuvem de incenso, absorta em suas orações. Fazia apenas algumas semanas desde que se viram pela última vez, mas Ofelia parecia ainda mais magra, com os olhos fundos em órbitas escuras. Sua pele estava tão translúcida que o caminho que as veias traçavam do pescoço à testa era visível. Ao ver Lilith, Ofelia correu até ela e a abraçou, mas logo perdeu toda a sua energia. Elas caminharam pelo pátio interno do convento, e Lilith percebeu que Ofelia andava no ritmo das freiras enclausuradas, com os olhos voltados para o chão. Ao se despedir, Ofelia sorriu e confessou o motivo de sua ausência.

— Estou grávida — disse ela, baixando a cabeça.

Naquele instante, Lilith pensou na própria mãe, grávida dela em Berlim, tantos anos antes.

— Ofelia, me escute. Vai ficar tudo bem. Você pode vir morar comigo; você não precisa se isolar ou ficar com seus pais.

— Eu preciso ficar aqui, no convento. Meu lugar é aqui.

— Eu posso escrever para Oscar. Tenho certeza de que, quando ele descobrir...

— Não é culpa dele, não é culpa de ninguém... — Ofelia a interrompeu, e nesse momento Lilith vislumbrou uma paz imensa na expressão da amiga.

Elas deram os braços e caminharam até um banco sob uma árvore-de-fogo. Permaneceram sentadas em silêncio até que Ofelia, com a respiração ofegante, apoiou-se no ombro de sua única amiga. Explicou com tranquilidade a Lilith que, à medida que se aproximava o momento de ser ordenada, ela quis experimentar o sexo antes de deixar esse lado de sua vida terrena para sempre. Dessa forma, seu sacrifício por Deus seria feito com pleno conhecimento do que estava abrindo mão.

— Será um bebê lindo e saudável, você vai ver. Mas quero que me prometa uma coisa: esse deve ser um segredo só nosso. Não quero que Martín nem Oscar e, com certeza, nem meus pais saibam. Você é a única que me entende de verdade.

O som de um canto religioso as despertou, arrancando-as de seus pensamentos. Um grupo de freiras seguia em procissão por um corredor no andar acima delas. Um cachorro começou a latir. O animal magro e sarnento corria em círculos procurando a fonte daquele som, como se estivesse atormentado pelo canto.

— Vamos encontrar um lar para o bebê. — Ofelia se engasgou. — Não será a primeira nem a última criança que ajudaremos.

Lilith percebeu que Ofelia falava do bebê como se não lhe pertencesse, como se a criança que crescia dentro dela fosse um dos recém-nascidos que as mães deixavam em cestos na porta dos conventos, ou nos hospitais onde nasciam, sem ao menos inscrevê-las no Registro Civil. Quando chegou em casa, Lilith escreveu para Oscar, que estava em Nova York, mas a carta logo voltou para ela, assim como todas as outras cartas subsequentes, seladas e com o carimbo "Devolver ao remetente". Toda sexta-feira à tarde ela ia visitar Ofelia no convento.

Lilith sentia-se atraída por aqueles que, como sua amiga, tinham tanta fé, porque ela própria não tinha. Ficava intrigada com as pessoas que cresceram temendo a Deus enquanto ela havia crescido com medo de um homem de verdade: o Führer. Mas o que mais a atraía na vida religiosa era a quietude do misticismo: viver a a vida ajoelhada em oração diante de um altar vazio, longe de qualquer ruído.

Ofelia permaneceu no convento e, certo dia, três meses depois, Lilith encontrou por acaso os pais de Ofelia num momento em que eles estavam saindo, transtornados de tristeza. Quando ela entrou e viu Ofelia, percebeu que a gravidez não podia mais ser escondida. Seus pais deixaram o convento convencidos de que a culpa era deles, de que haviam empurrado a filha para o pecado. Sabiam que não havia outro jeito senão colocar o bebê para adoção e aceitar que a filha usasse o hábito, destino que parecia pertencer a Ofelia desde o dia em que nasceu.

No entanto, Ofelia não conseguiu resistir ao destino de sua homônima. Um dia, ela sorriu para Irmã Irene e saiu do convento para passear. Depois de caminhar durante horas, sempre imersa num interminável solilóquio com Deus, o único que ela achava que a ouvia, atirou-se ao rio Almendares envolta numa longa guirlanda de flores que ela mesma havia trançado.

*Tem o alecrim, que é para a lembrança. Não te esqueças de mim, meu amor. E tem amores-perfeitos, para os pensamentos,*[4] leu Lilith, recordando-se de seu Opa, quando viu o obituário no *Diario de la Marina*. A notícia não informava que Ofelia havia afogado seu bebê com ela nas águas barrentas do rio.

Lilith chorou naquela noite mais do que jamais havia chorado por qualquer um de seus mortos. Mais uma vez, foi a natureza firme e a devoção infalível de Martín que a fizeram atravessar a escuridão.

Uma semana antes de seu casamento, Lilith voltou ao convento para fazer uma doação em nome de Ofelia. Irmã Irene não foi vê-la; em vez disso, ela foi recebida por uma senhora idosa que trajava um terno cinza todo abotoado, em vez de um hábito. A mulher pegou o envelope, abriu-o e contou o dinheiro na frente de Lilith. Presumiu que Irmã Irene havia se fechado, mergulhada em profunda depressão por causa da morte de Ofelia, e que havia rezado sem parar, dia e noite, para aliviar sua dor. Lilith não se consolava com orações, mas, em memória de sua amiga, usaria uma guirlanda de flores nos cabelos em seu casamento.

· ✦ ·

---

[4] William Shakespeare, *Hamlet*, ato IV, cena V. (N. da T.)

Helena estava esfuziante de felicidade por saber que sua garotinha iria se casar em uma capela, como ordenava Deus. Martha, esposa de El Hombre, assumiu o planejamento como se uma de suas próprias filhas fosse se casar. O pai de Martín sempre fora um amigo leal de seu marido, e Lilith era vítima de uma guerra em consequência da qual perdera seus pais, sua casa, sua própria identidade. Além disso, Lilith e El Hombre compartilhavam a paixão pelas biografias de Emil Ludwig. No entanto, a cerimônia do casamento em si seria simples, uma mera formalidade. Não haveria sacerdotes nem serviço religioso. Mas pelo menos Helena podia se contentar com o fato de que aconteceria na pequena capela que ficava nos fundos da casa de El Hombre.

Lilith escolheu seu vestido em um catálogo antigo que encontrou na casa de Martín. Era azul-claro, apertado na cintura, com decote reto, ombro a ombro e manga três quartos. A costureira copiou o desenho à perfeição. Lilith dissera a Helena que não queria usar véu. Usou na cabeça um arranjo branco em forma de lua com três pérolas e uma delicada coroa de flores. Helena só pediu que a deixasse alisar seus cabelos.

Depois de vestida, Lilith sentiu que estava disfarçada. A palidez do vestido tornava sua pele bronzeada luminosa. No momento em que Martín a viu sair do carro, ele correu para beijá-la.

– Você está mais linda do que nunca – ele sussurrou em seu ouvido, fazendo-a corar. – Hoje, você me fará o homem mais feliz do mundo. O que seria de mim sem você?

Todo o evento não durou mais do que trinta minutos. Ficaram em frente à capela e apenas assinaram a certidão de casamento na presença do secretário de El Hombre, que atuava como tabelião. Então, todos se ajoelharam e rezaram para o crucifixo nu enquanto Helena se benzia.

– Agora, você está casada aos olhos de Deus – disse ela em voz alta.

Ao fim da cerimônia, eles trocaram alianças de ouro e platina e, ao saírem da capela, os filhos de Batista jogaram arroz e soltaram duas pombas brancas. Helena enxugava o tempo todo os olhos e, ao ver as pombas, ergueu os braços e implorou aos céus que protegessem sua garotinha até o dia de sua morte.

A cerimônia foi seguida de uma pequena recepção, que aconteceu na biblioteca de Batista, o lugar preferido de Lilith.

Lilith estava saboreando um daiquiri e conversando com Martha quando foi convocada pelo pai de Martín por um aceno e correu até ele.

— Minha querida, minha filha. Você deve me surpreender com um neto o mais rápido possível. Acho que não permanecerei muito tempo mais neste mundo.

Ao ouvi-lo, El Hombre, que estava ao lado de Martha, os interrompeu.

— Bernal, não diga bobagens. Você ainda vai ficar por aqui por um bom tempo.

Lilith foi procurar Helena e a encontrou rezando na capela. Ajoelhara-se do lado direito, desta vez, diante da Virgen de la Caridad del Cobre, concentrando-se em sua súplica.

— Preciso de um cigarro, isso me deixa mais calma — disse Helena, com a respiração entrecortada. — Você sabe como sua mãe ficaria feliz em vê-la assim.

Lilith franziu os lábios. Naquele momento, não estava pensando em Beatrice, a quem Helena se referia, mas em sua verdadeira mãe. Logo, ela também se tornaria mãe. Sabia agora, sem sombra de dúvida, que fora para isso, para ela experimentar a maternidade, que Ally precisou abandoná-la.

Lilith viu Martín sair da biblioteca com o cenho franzido. Ela sabia o que pesava sobre ele: a ausência de Oscar, seu melhor amigo, que não estava presente no evento mais importante de sua vida. Fazia anos que mantinham contato por meio de cartas, mas, depois de semanas sem mencionar seu nome, Martín lhe disse na véspera do casamento que uma amizade iniciada na infância tinha sido apagada em um piscar de olhos.

· ✦ ·

Na noite do casamento, quando partiram de Kuquine no Buick, deixando para trás a pequena mas festiva celebração que El Hombre e Martha haviam organizado, Martín e Lilith foram dominados por uma sensação de que algo havia mudado entre eles.

— Nada pode nos separar — disse Martín após um longo silêncio. — Eu sempre estarei ao seu lado.

Lilith abriu a janela do carro, e a brisa lhe trouxe uma sensação de calma. Viveriam juntos até o fim de suas vidas. Teriam filhos, e suas aventuras com Oscar e Ofelia ficariam para trás, em um passado distante, com sua juventude perdida. De repente, haviam se tornado adultos.

Chegaram ao Hotel Capri ao entardecer, e Lilith avistou ali perto o Hotel Nacional, onde passara seus primeiros meses em Havana, depois de chegar no *St. Louis*, quando uma de suas muitas vidas estava apenas começando.

À meia-noite, perceberam que haviam passado uma hora eterna explorando o corpo um do outro. Beijaram-se como se iniciassem um diálogo sem palavras. Martín sentia-se tão seguro nos braços de Lilith como quando voava oculto nas nuvens. Queriam congelar o tempo e, por um momento, o fizeram.

Na manhã seguinte, quando os raios do sol os despertaram, Lilith virou-se para Martín na cama e sussurrou-lhe:

— Nosso primeiro filho será uma menina, espere e verá.

Ela havia sonhado isso pouco antes de acordar, vendo o rosto gentil de sua mãe alemã e seu querido Opa se despedindo dela.

— E ela vai ser parecida com você – disse ele, puxando-a para mais perto.

Deitado na cama da suíte nupcial do hotel, com o corpo preso ao chão, como Martín costumava descrever seu tempo sem voar, Lilith achou que o marido parecia ansioso.

— Você acha que crescemos rápido demais? – ele lhe perguntou.

— Não, Martín, muito tempo se passou desde que nós nos conhecemos, quando éramos crianças.

— Oscar foi embora porque...

— Você sabia que a vida de Oscar estava se encaminhando para outro lugar. Agora, é a hora de vivermos a nossa. Ele vai aparecer de novo. Um dia, vamos vê-lo voltar para casa.

Eles dormiram nus nos braços um do outro.

. ✦ .

Ao entardecer do *réveillon*, um carro deveria levá-los ao salão de festa do clube Tropicana, onde dariam as boas-vindas ao ano de 1957. Fazia parte da lua de mel que Martha e El Hombre lhes haviam oferecido como presente de casamento. Martín esperava que o ano que iniciava restaurasse a tranquilidade na ilha. Desceram para o saguão do hotel e, enquanto aguardavam o motorista, viram um Cadillac Eldorado conversível novinho em folha estacionar na garagem. Dentro dele, Martín reconheceu o *señor* e a *señora* Fox, donos do Tropicana. Enquanto eles subiam os degraus do hotel, Martín aproximou-se da *señora* Fox e lhe desejou um feliz Ano-Novo.

— Vocês estão aqui, e nós vamos ao Tropicana – disse-lhe Martín.

Martín e Lilith conheceram os donos do Tropicana quando acompanharam o presidente e sua esposa a um jantar beneficente realizado no clube.

— Bem, Martín – disse o *señor* Fox –, viemos ao Capri para ver o novo espetáculo que acaba de estrear...

— Ele pode estar aqui, mas não para de pensar no que está acontecendo lá atrás – interrompeu-o a *señora* Fox.

— Nada jamais superará nosso cabaré sob as estrelas – prosseguiu o marido com sua voz áspera. – Isso está causando um furor agora, mas sabe como é, Martín, as modas vêm, causam um pouco de ruído, depois, desaparecem e são esquecidas.

Lilith e Martín chegaram ao Tropicana por volta das oito da noite e encontraram seus lugares à mesa que lhes havia sido reservada, próximo ao bar. Deveriam jantar antes de o *show* começar. Num canto do palco, alguém preparava os fogos de artifício para que fossem acesos à meia-noite. Martín ficou surpreso ao ver que várias mesas ao redor deles ainda estavam vazias. Lilith sentiu-se cativada pela vegetação exuberante. Um espetáculo de cabaré à sombra das árvores! Um homem no bar os observava aparentando ansiedade.

No momento em que Martín estava prestes a sinalizar para um garçom anotar o pedido deles, foi cegado por uma explosão a alguns metros de distância. A mesa e o chão tremeram. A princípio, ele pensou que fosse um acidente, que um dos fogos de artifício tivesse explodido por engano, mas, então, alguém gritou: "Fora, Batista!". Ele puxou Lilith para debaixo da mesa.

— Fique quieta – disse ele em seu ouvido, sua voz saiu engasgada.

Podiam ouvir uma garota choramingando. Aconchegada nos braços de Martín, Lilith abriu os olhos e viu uma jovem desmaiada, em frente ao bar; seu braço estava despedaçado. Dois garçons a ergueram do chão.

— Deixe-nos passar! – alguém gritou.

Bem ali ao lado, outro casal também havia se atirado ao chão frio de ladrilhos. Martín perguntou se estavam bem, e o homem assentiu. A mulher tremia.

Lilith tossiu por causa da poeira e da fumaça. Em meio aos gritos e soluços, uma voz berrava: "Fora, Batista! Viva o 26 de julho!".

No meio da aglomeração de pessoas na saída, Martín avistou seu motorista tentando encontrá-los, atônito. Ele acenou com os braços, e o homem correu em direção a eles.

Lilith permaneceu calma no chão até que Martín a ajudou a se levantar. Seu vestido de tafetá rosa estava amassado e manchado, e Lilith começou a ajeitá-lo nervosa. Não queria que Martín a visse abalada, mas ela estava.

– É melhor irmos embora – disse o motorista, ofegante. – O carro está bem ali na frente. Um garçom me disse que percebeu que a moça ia lançar a bomba no bar, mas explodiu nas mãos dela. As pessoas estão perdendo a cabeça.

Enquanto avançavam em meio ao caos, Martín olhou Lilith nos olhos e falou com a convicção de um homem derrotado.

– Este país está indo por água abaixo.

# 17

## Um ano e meio depois
## Havana, junho de 1958

—A *señora* Helena faleceu – disse uma voz ao telefone.

Lilith não conseguiu dizer nada. Sentia tristeza e culpa em igual medida. Deveria fazer ligações agora, compartilhar as notícias, a dor. Mas Helena não tinha família. Lilith só sabia de um ex-marido, que um dia entrara em um barco, em busca de fortuna, e acabara em outro país; talvez tivesse até uma nova esposa, também. Não havia para quem contar. A notícia acabaria nela e em Martín. Ela deveria ir ao sanatório? Não podia viajar em sua condição atual, com náuseas, vômitos e suores que a impediam de pôr os pés fora de casa. Uma viagem que levaria a noite inteira poderia colocá-la em risco.

– Sinto muito, *señora* Bernal – disse uma enfermeira amável chamada Rosa, que cuidava de Helena havia quatro meses. – Não existe sofrimento no reino de Deus.

Em vez de consolá-la, aquela frase banal deixou Lilith confusa. Helena nunca mais voltaria. Uma vez, Helena dissera a Lilith que, desde o nascimento, sua mãe a ensinara a cuidar dos outros. Em primeiro lugar, dos idosos em casa; depois, de seu pai doente. Nunca precisara cuidar da mãe porque esta fora atingida por um raio enquanto tirava de um varal de metal a roupa pendurada durante uma tempestade, e, assim, ela morrera. Mais tarde, Helena cuidou do marido e, quando ele foi embora, começou a cuidar de estranhos. Mas Helena não existia mais, isso era um fato.

Enquanto a enfermeira Rosa continuava falando, Lilith não derramou uma única lágrima. Imaginou Helena sorridente e, enfim, em paz, depois de uma vida inteira cuidando dos outros, livre da tosse que a devorava aos poucos, que a deixava curvada, roubando-lhe a voz.

A enfermeira Rosa se recompôs.

– A *señora* Helena deixou tudo em ordem.

Lilith ouviu com paciência. Helena não queria rito fúnebre algum. Já havia se despedido de Lilith, e não havia mais ninguém. Deveriam lavá-la com sabão de Castela, envolvê-la em um lençol branco, borrifá-la com água de violetas e colocá-la no que seria seu lugar de repouso final, o pequeno jazigo da família no cemitério de Cienfuegos. Esse era seu desejo, e suas economias seriam destinadas a um modesto enterro. Helena não queria que Lilith sofresse com sua morte.

Lilith tentou se lembrar de todos os sinais da saúde precária de Helena que obrigaram a velhinha a ir para o sanatório. Uma noite, Helena acordou sobressaltada. Abriu a porta do quarto de Lilith, sem se incomodar em bater, e parou na porta como um fantasma, voltando devagar a si.

– Aconteceu alguma coisa? Está se sentindo mal? – Lilith perguntou, indo até a senhora idosa.

– Não me resta muito tempo.

– Não seja boba. O que você precisa fazer é parar de fumar.

Fazia tanto tempo que Helena suportava aquela tosse que já não a temia mais.

– Que seja feita a vontade de Deus – dizia ela quase sempre, já acostumada com a dor.

Quando a tosse se tornou tão frequente que quase passou a ser sua forma de respirar, Helena começou a descuidar da casa. Andava em círculos no quintal, evitava subir, deixava panelas com água fervendo no fogão, esquecia-se do que estava cozinhando. A água fervia até evaporar, e ela voltava a encher os recipientes, o vapor cobria as paredes como se fossem lágrimas.

Certa manhã, quando Lilith desceu para tomar uma xícara de café, encontrou Helena na cozinha com uma mulher gorducha de olhos assustados e cabelos ruivos emaranhados. Helena gritava e gesticulava de um modo descontrolado.

Quando viu Lilith perplexa na porta, Helena sentiu-se desconfortável. Queria treinar a nova empregada antes que Lilith descesse para o café da manhã.

– Não se preocupe, ela não é surda nem muda, mas não fala espanhol. Alguém a recomendou porque é polonesa, como você.

– Helena, você sabe que não sou polonesa.

Lilith foi até a mulher, estendeu a mão para cumprimentá-la e dirigiu-se a ela em alemão. Helena supôs que estavam se apresentando. A mulher ainda estava com a bolsa debaixo do braço.

– Ouçam, enquanto eu estiver aqui, vocês só podem falar em espanhol – disse Helena às duas. – Eu sei como fazer a gente se entender. No dia em que eu morrer, você poderá conversar com ela no idioma que quiser.

Depois de fazer uma pausa, Helena sussurrou no ouvido de Lilith:

– Ela diz que não fala espanhol, mas, nesta vida, eu não confio em ninguém mais. A confiança tem de ser conquistada. Veja como ela está segurando a bolsa; não a larga, como se quiséssemos roubá-la.

A mulher não era polonesa nem alemã, mas vinha de uma pequena aldeia numa fronteira que tinha casas feitas de tijolos de barro de várias cores. Essa aldeia já fizera parte da Hungria e, depois, da Alemanha, e então desaparecera por completo do mapa, depois da guerra. A mulher preferia não falar sobre o que havia acontecido durante o conflito, o pouco do que ela não se esquecera ou que enterrara em sua cabeça como se fosse um pesadelo terrível, como ela contou a Lilith em um alemão rudimentar misturado com iídiche e húngaro. Graças às bombas que não a mataram e à Cruz Vermelha sueca, ela acabou em um navio rumo a lugar nenhum em particular, como ela também contou. Não tinha mais ninguém no mundo, nenhum lugar para onde voltar, e, embora seus documentos a identificassem como alemã, na verdade, ela não era. A embarcação que a tirou da Europa era um navio pesqueiro, e ela ia de porto em porto, cozinhando e limpando o porão. Depois de muitos meses, cansou-se do enjoo constante e desembarcou no porto da escala seguinte – não por um interesse particular no país, mas porque ficara fascinada com os antigos penhascos corroídos que protegiam o porto, que lhe davam a sensação de que estava entrando na Velha Constantinopla. Assim que pôs os pés em Havana, as pessoas foram gentis com ela, mas nunca imaginou que seria o alemão, língua que detestava, que acabaria lhe abrindo as portas.

Uma mulher da nova Comunidade Hebraica da Calle Línea, que havia oferecido abrigo à refugiada, abordara Helena, na loja do velho Ramón, perguntando se era verdade que ela trabalhava para uma alemã. Disse-lhe que tinha uma boa cozinheira, de braços fortes, para qualquer trabalho doméstico que fosse necessário, mas que a mulher tinha um pequeno problema: só falava alemão. Na verdade, sabia algumas poucas palavras em espanhol, assim como em húngaro, tcheco e iídiche, mas isso não a levaria a lugar algum.

O nome da mulher era Hilde.

– Se o nome dela começa com H, é um bom sinal – disse Helena, pegando a desconhecida pelo braço.

Helena a conduziu para a casa sem fazer uma única pergunta, e a mulher da Comunidade Hebraica soltou um suspiro de alívio ao vê-las partir.

Depois daquela manhã, Hilde passou a dedicar-se à casa com uma fúria que desconcertou Helena. Uma tarefa que ela própria poderia levar um dia inteiro para realizar, Hilde concluía em menos de uma hora. De onde aquela mulher, que nunca descansava, tirava tanta energia? Helena não sabia dizer. Ouvira no Ramón's que Hilde havia sobrevivido à tortura, ao trabalho forçado e à fome infernal nos campos de concentração. A única coisa que Helena não gostava no que se referia a Hilde era do fato de ter de dividir o quarto com ela, mas Helena acabou se acostumando. A mulher desabava exausta à noite e levantava-se antes mesmo de Helena abrir os olhos. Lilith havia oferecido a Helena seu antigo quarto, mas ela recusara, dizendo que aquele deveria ser o quarto do bebê dali a pouco tempo.

Helena não se atrevia a provar nem uma colherada dos pratos que Hilde preparava, mas, vendo que Martín e Lilith não reclamavam, deixou Hilde cozinhar para eles, presumindo que o modo como os temperava estava mais alinhado ao paladar europeu. Para Helena, Martín – embora fosse cubano de nascimento – também era de outro país, pois, vira e mexe, estava voando para algum lugar. Hilde sempre temperava a carne e a cortava em grandes pedaços que eram cozidos ou assados até parecerem pedaços de carvão. Helena não conseguia entender como todos em volta da mesa comiam sem pestanejar tudo o que Hilde servia.

– Precisamos ficar de olho na nova garota – ela dizia a Lilith nos primeiros dias. – Dá para acreditar que ela não solta a bolsa nem na hora de dormir? E você sabe por que ela sempre usa mangas compridas? É para esconder alguns números que ela tatuou no braço. Eu vi quando ela saiu do banheiro.

Depois da chegada da nova moradora, a televisão passou a ficar sempre ligada. Eles a haviam comprado quando *El derecho de nacer* se popularizou, e Helena ouvia o programa sem nunca olhar as imagens, pois dizia que a luz do tubo de imagem verde podia cegar. Helena não se importava que Hilde ouvisse novelas enquanto trabalhava, porque achava que, assim, "a polonesa", como ainda a chamava, aprenderia espanhol.

Quando Hilde assumiu o controle da casa, Helena passou a ser o seu fantasma, vigiando-a, até que perdeu as forças e se deixou despencar sobre a cadeira de balanço de vime do terraço. E foi assim que Helena foi definhando aos poucos, até ficar só pele e osso. Seu rosto manteve a expressão serena, dando a sensação de que o tronco, os braços e as pernas eram um fardo externo, que, de fato, não lhe pertenciam. Ela ainda conservava um olhar penetrante, apesar de suas órbitas terem se tornado amareladas. Seus lábios adquiriram um tom roxo-escuro.

No dia do casamento de Lilith e Martín, o próprio El Hombre notou a tosse persistente de Helena e recomendou-lhe o sanatório. Ele instruiu sua secretária a dar os telefonemas necessários para garantir um leito com a melhor vista para "a boa Helena", como a chamava, talvez pelo fato de ela ser de origem camponesa como ele.

Ao chegar ao Sanatório Topes de Collantes, Helena ficou muito confortável, como se tivesse voltado para sua casa. O hospital era o orgulho da região, e Helena sentiu-se muito grata pelo que El Hombre havia feito não só por ela como também por todos os cubanos com pulmões atrofiados.

Helena apoiava El Hombre desde a Revolta dos Sargentos, quando Batista havia triunfado em uma batalha contra um grupo de oficiais do exército que instalara seu quartel-general no Hotel Nacional na década de 1930. Foi então que Batista, que viria a se tornar o homem mais poderoso do país, começou a criar sua lenda, conquistando tanto adeptos quanto adversários. Para Helena, ele sempre seria o "mulato bonito", por mais velho que fosse. Sua devoção e sua lealdade intrigavam Lilith; para ela, Batista era um político astuto e culto, além de ser como um segundo pai para Martín.

— Se o mulato bonito nos disser que estamos no caminho certo, temos de acreditar nele — disse-lhe Helena, um dia. — Os podres de rico, todos o invejam, porque ele veio do povo, subiu de soldado a sargento, e de lá, a coronel. Dizem que tudo aconteceu rápido, mas foram anos de muito trabalho e dedicação. Nós, camponeses, o apoiamos e amamos porque ele veio da aldeia. Ele é como nós. E fez isso sozinho, sem conexões e sem dinheiro da família.

"Não mexa com meu presidente", dizia ela sempre que alguém ousava argumentar que ele havia enriquecido, abusado do poder, que era um ditador sanguinário, que seus policiais torturavam membros do Diretório Estudantil Revolucionário, que era sua culpa que os refugiados judeus não houvessem conseguido desembarcar do *St. Louis*.

— Acredite em mim, minha garota, o fato de aquelas pessoas que vieram para cá naquele maldito navio com você terem sido mandadas de volta para casa não tem nada a ver com ele — Helena declarou com veemência. — Não, não vou deixar isso ser dito. O único culpado dessa desgraça, com a qual agora teremos de conviver por séculos, é, foi e sempre será o cretino sem-vergonha do Laredo Brú e os americanos. Você acha que Roosevelt queria mais judeus em Cuba e nos Estados Unidos? De jeito nenhum! Ele lavou as mãos em relação a eles como Pôncio Pilatos, e nós ficamos com o peso da culpa. Veja quantos judeus foram recebidos aqui. Se você parar para pensar, Batista foi quem se encarregou das coisas e foi atrás daquele maldito espião nazista que andava por aí em Havana traindo seu próprio povo. E ele o mandou para a morte, como merecia.

Nos domingos ociosos, com Martín no céu sobrevoando a ilha de leste a oeste em missões presidenciais que incomodavam Lilith, ela tinha mais tempo para ficar com Helena. A velha governanta a brindava com histórias do passado de Cuba, e para Lilith, os ataques, contra-ataques, mártires e santos que as preenchiam pareciam lendas. Ao pôr do sol, caíam exaustas em suas camas. Ao amanhecer, levantavam-se de novo e, com suas xícaras de café nas mãos, contavam as horas até que Martín retornasse são e salvo. Helena se benzia diante das virgens e dos santos da cozinha.

Foi fácil convencer Helena a ir para o sanatório. Ela tinha guardado um cartão-postal de quando foi inaugurado, como se soubesse que terminaria seus dias ali. Era a obra-prima, como ela dissera, do homem que mais admirava no universo, e, se fosse para morrer, nada melhor do que fazê-lo perto do local onde nasceu e onde seus pais foram enterrados.

Quando Helena, por fim, acondicionou seus escassos pertences em uma mala de couro, Lilith viu, pela primeira vez, uma fotografia dos pais e do marido de Helena, a quem ela sempre fora fiel.

– O casamento é para a vida toda, não importa o que aconteça ao longo do caminho – Helena disse a Lilith quando estava saindo de casa, olhando para dentro como uma espécie de despedida. – Cuide do bebê que está a caminho.

Um arrepio desceu pela espinha de Lilith, e ela levou as mãos à barriga. Sabia que poderia estar grávida, mas não quis contar a ninguém, nem mesmo a Martín, até que o doutor Silva confirmasse a notícia.

– Será uma menina grande e linda – disse Helena, caminhando com Lilith até o Buick, onde o motorista aguardava com a porta aberta.

Elas se abraçaram. Helena desabou no banco de trás do carro. Enquanto o veículo se afastava, Lilith observou a velha desaparecer na distância sem olhar para trás nem mesmo uma vez.

· ✦ ·

Sem Helena, a casa de Vedado parecia ficar maior a cada dia, seus cantos amontoavam-se de fantasmas que Lilith fazia de tudo para ignorar. Chovia muito, e Hilde mantinha a casa fechada, como Helena havia instruído. De repente, Lilith sentiu-se desorientada. Ao ouvir Hilde falar em alemão na penumbra da casa, não sabia se ainda estava em Havana ou em Berlim. Com o passar dos dias, as náuseas diminuíram, como o doutor Silva lhe garantira ao confirmar a gravidez. Ele também previu que o bebê nasceria no fim do ano.

— Esse malandrinho atrevido escolheu uma data e tanto — disse o médico, sorrindo. — Vai adorar festas.

Foi nessa época que Lilith e Martín receberam uma carta de Oscar, como se ele nunca tivesse desaparecido. Ele a enviou de Nova York, dizendo que havia se tornado advogado. Seus pais tinham deixado Havana cansados das explosões e dos ataques e com medo do banho de sangue que estava a caminho, escreveu ele, como se os seus velhos amigos também tivessem fugido e estivessem seguros.

Oscar previu que era tarde demais para as eleições anunciadas por Batista para novembro. "Ninguém deve brincar com a democracia", disse ele, alegando que a "revolta militar" não duraria mais um ano. Os americanos não queriam mais nada com ele. Havia um novo El Hombre agora: Fidel Castro. Em cartas posteriores, Oscar explicou a ela, pois sabia que Martín era muito teimoso para enxergar isso, que o futuro estava agora nas mãos do Movimento 26 de Julho. Batista estava com os dias contados; e os pais de Oscar, como muitas outras famílias cubanas que viviam em Nova York, colaboravam com os guerrilheiros de Sierra Maestra de Castro. "E não apenas os cubanos", acrescentou, "muitos americanos também abriram seus talões de cheques para os rebeldes."

Lilith não ousava contar essas coisas a Martín, mas sugeriu que pensassem em se mudar para Nova York, perguntando se ele não estava cansado de viver em um verão perpétuo.

— Nada melhor do que a mudança das estações...

Martín encarou-a exasperado.

– Como posso deixar minha família e nosso presidente? Eles precisam de nós aqui. No entanto, acho que você deveria ficar com isso, só por precaução.

Ele lhe deu um pequeno revólver com coronha de madeira e cano de prata. Ela estendeu a mão para pegá-lo, mas não sabia como segurá-lo. Martín explicou como funcionava a trava de segurança e como carregar as balas, alertando-a de que deveria ser mantido sempre descarregado. Depois, subiram para o quarto e Martín guardou o revólver na primeira gaveta da mesa de cabeceira, ao lado da caixa cinza onde estavam a corrente e o crucifixo.

Naquele momento, Lilith soube que Oscar estava certo. A vida nunca mais voltaria a ser como era antes. Um dia, talvez num futuro não muito distante, ela acordaria em uma ilha que, mais uma vez, não lhe seria familiar. A última carta de Oscar, no início do verão, a assustou. "Estou pensando em voltar para Havana. Quero fazer parte da revolução", ele escreveu.

Isso era outra coisa que Lilith escondia de Martín, que, desde o casamento, passava mais tempo nas nuvens do que no chão. Ele não precisava saber que ele e seu ex-melhor amigo haviam escolhido lados opostos na iminente batalha pelo futuro de Cuba. Mas, enfim, ela lhe contou, sem preâmbulos, que estava grávida.

– O bebê vai nascer no início do próximo ano.

Eles se agarraram um ao outro com os olhos bem fechados, enquanto cada um deles tentava imaginar como seria o futuro.

# 18

## Sete meses depois
## Havana, janeiro de 1959

Como havia previsto o doutor Silva, Nadine decidiu chegar no último dia do ano. Em 31 de dezembro de 1958, Lilith acordou sobre os lençóis molhados. Sua bolsa tinha rompido, e ela ficou chocada por não ter sentido dor alguma. Chamou o médico, que a orientou a tomar um banho quente, depois caminhar, ficar em pé e evitar alimentos sólidos. Disse-lhe que estaria lá à noite. Lilith não sabia como manter a calma enquanto Martín estava uma pilha de nervos, murmurando frases que ela não conseguia entender e fazendo cálculos matemáticos como se o parto fosse acontecer em meio às nuvens. Mas Hilde pediu a Martín que as deixasse em paz e se encarregou de acompanhar Lilith subindo e descendo as escadas, devagar, cuidando de cada passo.

— Isso ajudará você a dilatar — disse ela.

Lilith não ousou perguntar à mulher se ela também era mãe. Se fosse, devia ter perdido os filhos, e ela não queria reabrir aquela ferida. De todo modo, Hilde se comportou como uma especialista, como se tivesse dado à luz não uma, mas várias vezes.

O médico chegou por volta das sete da noite, examinou Lilith e anunciou que ainda teriam várias horas de espera.

– Pelo que vejo, esta criança não quer nascer este ano – disse, dirigindo-se à cozinha para jantar com Martín.

Martín estava de cabeça baixa, como se guardasse um segredo.

– Como está El Hombre? – quis saber o médico, mas não obteve resposta.

Alguns minutos depois, Martín levantou-se e perguntou:

– O que sua família planeja fazer?

O médico percebeu que Martín havia levantado aquela questão porque ainda não tinha decidido o que faria com sua própria família.

– Olhe só, Martín, precisamos sair daqui. Nesta passagem de ano, não há nada para comemorarmos. Você, pelo menos, vai ser pai. Minha esposa e eu já decidimos que vamos para o norte.

Quando os ponteiros do relógio na parede se aproximavam da meia-noite, Lilith experimentou suas contrações finais, empurrando com seus últimos vestígios de força, com os olhos arregalados e mordendo os lábios para impedir a si mesma de gritar. De repente, sentiram o telhado estremecer. Um avião voou tão baixo que Martín temeu que fosse cair na vizinhança segundos antes de sua filha nascer.

Martín estava tomado por maus pressentimentos. Todos estavam concentrados no parto, porque Lilith estava perdendo muito sangue. Hilde trocou os lençóis ao seu redor para que, quando o bebê nascesse, não se assustasse com tanto vermelho. Da janela do quarto, Martín olhou para o céu.

– Uma noite clara – disse baixinho, sentindo uma vontade incontrolável de chorar.

Martín correu para o escritório quando ouviu o telefone tocar. As ligações que se seguiram o deixaram ainda mais inquieto, lutando com suas próprias dúvidas. Soube, então, que deveriam ter pegado um avião muito antes, viajado para o norte e deixado sua filha nascer em um hospital em Daytona Beach. Até mesmo nascer em pleno voo teria sido melhor do que o bebê abrir os olhos em uma ilha sem futuro. Dessa maneira, sua filha teria pertencido às nuvens, como ele. Mas ele não podia trair El Hombre, a quem devia toda a sua carreira. Não podia abandoná-lo, como um covarde. El Hombre ordenou que dois aviões fossem preparados em Camp Columbia, presumindo que Martín pilotaria um deles. No entanto, Martín teve que dizer não. Houve uma pausa, e a El Hombre só restou concordar, do outro lado da linha. Martín chorou. Temia que fosse tarde demais. Ficaria sozinho na ilha, cercado por selvagens.

Seu pai estava com Batista em Ciudad Militar. Estava pronto para partir e deixar o caos para trás. Disse ao filho que o esperaria na Flórida. Entretanto, quando falou com o pai ao telefone, Martín sentiu um tom de incerteza.

O choro da bebê o trouxe de volta à terra, e ele correu para o quarto. Sabia que, ao abrir a porta, estaria em outra dimensão, numa outra atmosfera, como quando um avião sobe por entre as nuvens e ganha altitude, nivelando e estabilizando para que nenhum vento o derrube. Só então seria capaz de respirar em paz. Tremendo, parou diante da porta, ficou segurando a maçaneta, ajustando sua expressão para sorrir na primeira vez em que sua filha visse seu rosto. Hesitou um pouco antes de entrar. Não queria que a criança sentisse o seu medo. Na frente da porta que o separava da filha havia um homem aterrorizado.

— Feliz Ano-Novo, papai — disse o médico, abrindo a porta com a maleta na mão, pronto para sair.

O doutor deu tapinhas nas costas de Martín.

— Não perca tempo, saia daqui — sussurrou-lhe.

A cama estava arrumada com lençóis limpos. O brilho suave da luminária de chão em um canto do aposento iluminava o rosto de Lilith.

Ela estava sorrindo, com os cabelos penteados e um batom nos lábios. A bebê fora envolta em um macio cobertor de tricô amarelo.

– Você não vai dar um beijo na Nadine? – Lilith disse, com sua voz firme e pausada.

Como ela e Helena haviam previsto, era uma garotinha. Hilde parecia ainda mais exausta que Lilith. Estava parada ao pé da cama, esperando a reação de Martín. Com calma, juntou os lençóis ensanguentados jogados em um canto e saiu do quarto.

Martín sentou-se num lado da cama e, por um instante fugaz, sentiu-se feliz. Ao seu lado, estava tudo o que ele mais amava. Encantado, acariciou o rosto da bebê, beijou Lilith e deitou-se com elas. Olhando para o teto escuro, o quarto parecia enorme. Era como se pudesse vê-los de cima, como se fossem um retábulo.

– Nós três sempre ficaremos juntos – disse Martín com os olhos agora na menina. – Nada nem ninguém pode nos separar.

Não se ouvia o som das tradicionais festas de fim de ano no bairro. Em vez disso, reinava uma perturbadora calma. Um novo ano estava chegando em um país que afundava, no qual, provavelmente, estavam condenados a se afogar.

Lilith agarrou-se à bebê como se forças superiores estivessem tentando arrebatá-la. Ela a protegia não só com os braços e o corpo, mas também com o olhar. Quando a amamentou, sentiu como se a dor nunca tivesse sido tão prazerosa. Seu corpo estava mutilado, ela pensou, mas ao mesmo tempo a sensação de abrigo lhe dava paz. Perguntou-se quem estava protegendo quem, pensando que aquele minúsculo amontoado de carne rosado, sem pelos e com olhos brilhantes como luzes, viera salvá-la. Ela tinha dado à luz uma filha. Não fora por esse exato motivo que sua verdadeira mãe, Ally, a salvara?

Sentiu as pálpebras ficando pesadas. Tinha Martín ao seu lado, e entre eles dormia a bebê que os unia. Com a sensação de que agora eram inseparáveis, deixou-se dominar pelo sono como se caísse em um abismo escuro, livre de sonhos e pesadelos. Mais tarde, ouviu a voz de Martín. Ele estava sentado na poltrona com Nadine. Estava extasiado; ela apertava um dos dedos do pai como se não quisesse soltá-lo.

– Um dia, vamos voar juntos, só você e eu, porque sua mãe tem medo de altura. Mas você não vai ter medo, porque vou lhe mostrar as nuvens desde cedo. Lá em cima, tudo pertence a nós, tudo é pequenininho. E viajaremos para lugares distantes, longe do barulho e da sujeira. Só você e eu.

Martín viu que Lilith estava acordada e sorriu para ela.

– Ela é linda – disse ele.

Lilith rezou para que o tempo parasse, para que as janelas e as portas permanecessem fechadas. Não queria saber nada sobre o mundo lá fora, ou sobre o novo ano que acabava de começar. Teve a estranha sensação de estar, por um momento, feliz.

Após o parto, viveram dias que pareceram semanas, enquanto velavam pelo sono da bebê. Nadine agarrava-se ao peito de Lilith sempre que ela estava por perto, e tinham que aguardar até que ela dormisse para separá-las. Martín contou os dedos da pequena várias vezes, debruçou-se sobre cada centímetro de seu corpo, guardando tudo na memória: suas pregas, suas dobras, cada tom de rosa, suas sombras, seus movimentos.

Em sua casa em Vedado, com as janelas fechadas e as cortinas cerradas, eles viviam na escuridão. Lá fora, o sol era agressivo e, mesmo à noite, o ar era denso e abafado. Mas dentro de casa tudo estava tranquilo, era um refúgio do caos externo.

– As revoluções são como os tornados, só trazem devastação – dizia Hilde em alemão, espiando pelas frestas das cortinas. – Sobram apenas as ervas daninhas.

Martín e Lilith ouviam Hilde como um murmúrio distante. Queriam aproveitar cada segundo com Nadine. Lá fora, havia um mar de confusão.

Hilde lhes disse que as ruas estavam cheias de crateras causadas pelos tanques que os guerrilheiros haviam levado para Havana. Eles destruíram semáforos e parquímetros, ocuparam hotéis; seus vizinhos haviam partido do país em um dos poucos voos restantes que saíram dos aeroportos. Alguns fugiram em seus iates, deixando para trás os animais de estimação, porém o mais assustador é que as casas que abandonaram, para serem cuidadas por suas empregadas domésticas, estavam sendo saqueadas por bandidos que arrombavam portas e janelas. Se continuasse assim, não restaria nada quando voltassem, depois de dias ou semanas, quando a ordem fosse restabelecida.

– Acho que devemos dar algum sinal de vida, para que não pensem que a casa foi abandonada – sugeriu Hilde, com a memória invadida de repente pelo cheiro de pólvora e borracha queimada. Seu sangue gelou ao ver os vidros quebrados das janelas do vizinho.

Quando Hilde abriu a porta da frente para ir à loja de Ramón, Lilith pôde ouvir gritos de vitória e os cânticos das pessoas que comemoravam. Imaginou a cidade como uma enorme fogueira em que se queimavam livros e jovens marchando com bandeiras vermelhas e pretas, com o número 26 no meio, como se fosse a suástica dos nazistas, gritando palavras de ordem sobre um novo mundo em que só o povo detinha todo o poder. A turba governava mais uma vez, acompanhando o ritmo dos soldados que marchavam ao som de um novo hino.

Concentrada em amamentar a filha, Lilith tentou ignorar as premonições de Hilde, embora ouvi-las a enchesse de pavor. Não confessou isso a Martín, que havia encontrado refúgio na pequenina, e o deixou se manter assim até o dia em que ouviram uma batida na porta da frente. Um barulho alto.

Martín abriu a porta. Um homem estava ali com a cadeira de rodas do *señor* Bernal. Martín olhou para a cadeira de rodas e, então, olhou para o homem e o Buick preto estacionado em frente à sua casa e, depois, para a cadeira de rodas de novo.

– Achei que deveria devolver a cadeira de rodas – disse ele em voz baixa.

Lilith desceu para o *hall* com a bebê em seus braços. A silhueta de Martín impedia que ela visse o homem. A cadeira de rodas estava quebrada – tinha uma roda torcida, faltavam-lhe os freios e o encosto estava rasgado. Ela acendeu a luz e se manteve atrás de Martín, como se quisesse protegê-lo do horror.

"Chegou a hora." Os pensamentos de Lilith estavam a mil em sua cabeça, e ela não encontrava respostas. Ela ergueu os olhos e reconheceu o mensageiro. Já o tinha visto antes na chácara dos Kuquine: era um dos guarda-costas de Batista, disso ela tinha certeza. Não tinha vindo para levar seu marido embora. Talvez El Hombre, o verdadeiro, o poderoso, o houvesse enviado para salvá-los. Ela sorriu, para tentar dar esperanças a Martín, mas ele tinha captado a mensagem. Seu pai estava com problemas. Não havia partido no avião com Batista.

– Ele mudou de ideia no último minuto. Ninguém foi capaz de convencê-lo a ir.

Martín e Lilith ficaram em silêncio. Nadine começou a se contorcer, como se sentisse a tensão dos pais.

– Eu também não pude ir – prosseguiu o mensageiro. – Como poderia abandonar minha família? Somos muitos, e todos dependem de mim. O *señor* Bernal teve tempo de me pedir para vir aqui avisá-lo, mas tive medo de que viessem me buscar também. Esperei que as coisas se acalmassem um pouco e só agora ousei trazer a cadeira de rodas para você. Isso vai acabar muito mal. Eles começaram a executar pessoas.

O homem se virou e foi embora sem se despedir. Martín não teve tempo de perguntar nada, nem mesmo de agradecer.

Na manhã seguinte, levaram Martín.

Lilith e Martín ficaram acordados a noite toda. Deixaram a cadeira de rodas no *hall*, debaixo da janela que dava para a rua, como lembrança. Martín passou horas pensando em possíveis saídas; aquelas que poderia ter pegado, aquelas que ignorou, as que deveria estar tentando encontrar agora. Não havia se despedido do pai. Eles não tinham nenhum plano para sobreviver à possível queda do governo de Batista. Colapso e fuga eram possibilidades que eles nunca haviam considerado. Batista não era apenas o homem mais forte do país; era também amigo de seu pai desde que Martín conseguia se lembrar. Como alguém com todo o poder do mundo pode ficar indefeso da noite para o dia? Eles sabiam que as forças rebeldes estavam avançando, mas o exército tinha a maior parte da ilha sob controle. Batista dissera, durante uma viagem que fizeram a Daytona, que os americanos apoiavam os guerrilheiros enviando-lhes dinheiro e armas como resgate em troca da libertação de cidadãos americanos aprisionados pelos rebeldes. Mas fugir? Essa opção nem havia passado pela cabeça de Martín.

Quando o mensageiro partiu, Martín foi dominado pela sensação de que nunca mais veria seu pai e por um sentimento de remorso, pelo fato de não ter lhe dado um último abraço. Com a filha nos braços, perambulou pela casa. Subia e descia as escadas, entrava no escritório, ia até a cozinha, esperava um tempo até ela ser alimentada. Então, ele a deitava sobre o peito de Lilith e se esticava ao lado delas, com os olhos abertos, tentando compreender aquela perda. Quando a bebê dormia, ele voltava a segurá-la nos braços e patrulhava sua fortaleza. Esse ciclo foi repetido inúmeras vezes. Sempre que devolvia a pequenina à mãe, despedia-se com um beijo. Até que bateram de novo na porta. Desta vez, Martín sabia que isso aconteceria.

Hilde abriu a porta e viu quatro homens barbudos de cabelos compridos, vestidos de verde-oliva, cada um usando uma braçadeira vermelha e preta do Movimento 26 de Julho no braço direito. Começaram a falar, e Hilde sorriu, como se pudesse entendê-los. A única coisa que ela conseguiu entender foi "Bernal". Seu coração acelerou tão rápido que a deixou sem fôlego, mas ela manteve o sorriso congelado fixo em seu rosto, escondendo o medo. Ela fora treinada para isso.

Martín desceu, barbeado. Vestia uma camisa xadrez azul, calças largas e escuras e sapatos pretos engraxados. Ele deu uns tapinhas nas costas de Hilde, tentando tranquilizá-la.

— Pensamos que você fugiria como um covarde, assim como seu chefe — disse um dos soldados, que parecia ser o comandante.

Martín sentiu a presença de Lilith com a bebê atrás dele. Ele se virou e as abraçou.

— Você tem que partir. Vá com Hilde para qualquer lugar — ele lhe sussurrou.

Lilith olhou para os quatro soldados com uma postura inquisitiva, como se aguardasse uma explicação.

— O julgamento será em Santiago de Cuba, *señora* — prosseguiu o líder dos soldados. — Os pilotos devem pagar pelas bombas que jogaram sobre nós em Sierra.

Quando os soldados foram embora, levando seu marido com eles, Lilith fechou a porta. Nadine estava dormindo em seus braços. Hilde começou a chorar.

Lilith tentou não perder o foco. Então, ela se virou para Hilde e disse:

— Eu preciso que você cuide da bebê de agora em diante. Em algum momento, terei de ir para Santiago, e não sei quantos dias ficarei fora.

Depois de ter sido isolada do caos revolucionário por alguns dias, Lilith voltou a assistir ao noticiário. A tevê mostrava o povo apaixonado, cantando e entoando palavras de ordem, e o novo líder, barbudo e vestido com o mesmo uniforme verde-oliva que usava quando chegou à capital vindo de Sierra Maestra à frente de uma coluna de tanques. Parecia estar sempre discursando para as massas, semeando hostilidade entre diferentes grupos. De repente, ela voltou a ser os "outros". Quem não estava com ele nas praças, quem não pertencia à nova classe, a classe única, eram todos inimigos. Durante um desses intermináveis discursos para uma multidão suada e servil, uma pomba branca pousou no ombro do novo El Hombre, aquele que muitos começaram a adorar com uma devoção quase religiosa. As igrejas estavam se tornando suspeitas. Sacerdotes e freiras foram expulsos, acusados de serem inimigos da pátria. As sinagogas também foram tomadas. A religião foi declarada o ópio do povo, como o líder repetia o tempo todo em seus discursos diários. Apenas um deus governava a ilha, e esse deus usava uniforme verde-oliva.

No dia seguinte à captura de Martín, Lilith recebeu a notícia da morte do *señor* Bernal. Ela teve que adiar sua viagem a Santiago para organizar o funeral. Foi então que recebeu um telefonema de Oscar. Ele prometeu que iria com ela para Santiago de Cuba.

· ✦ ·

Oscar chegara com os pais a Havana no dia 2 de janeiro. Seu pai havia conseguido um cargo diplomático nos Estados Unidos e se preparava para voltar para lá junto ao Fidel, conforme Oscar lhe dissera por telefone, alguns dias depois do nascimento de Nadine. Ele não tinha interesse em falar com Martín.

— Achei que vocês todos tinham ido para Santo Domingo com Batista – disse Oscar num tom de frieza, à época.

— Não podíamos ir embora, eu estava em trabalho de parto – Lilith gaguejou.

— E o bebê?

— Está aqui, comigo. O nome dela é Nadine.

A conversa era superficial, como se fossem estranhos. A distância era real.

Ela não teve mais notícias de Oscar até o dia seguinte à prisão de Martín.

— Martín foi preso, e o pai dele está morto — disse Lilith, tentando não chorar. Oscar podia ouvir o choro da bebê. — Eles o mataram.

Agora, juntos, no cemitério de Colón, pararam em frente à cripta da família Bernal. Uma Lilith devastada, com Nadine em seus braços, encostou-se no ombro de Oscar.

O sol brilhava sobre o mármore da abóbada, deixando-a deslumbrante. Lilith colocou um buquê de rosas amarelas meio murchas sobre o mausoléu da família. Eram as únicas flores disponíveis para compra na entrada, rosas que ninguém mais queria. Quando os guerrilheiros de Castro chegaram a Havana, até os vendedores ambulantes desapareceram e, com eles, as flores.

Execuções por pelotões de fuzilamento tornaram-se comuns. Acreditava-se que centenas de civis tivessem sido crivados de balas em La Cabaña. O novo governo, que havia tomado o poder pela força, com apoio popular, optou por transmitir pela televisão julgamentos sumários e até execuções.

O pai de Martín foi executado a tiros depois de um julgamento sumário. Ele foi detido na noite do *réveillon*, em Ciudad Militar. Podia ter partido no mesmo avião que Batista, confiando que o filho e a neta que estava para nascer o seguiriam em outro avião. Mas o *señor* Bernal mudou de ideia ao pé da escada. Assim que os aviões decolaram, ele perguntou quem o levaria para casa. Era o dia 1º de janeiro de um ano que nunca começou de fato para ele.

— Onde está seu filho? — ele foi questionado por um coronel que tinha estado na prisão de Isla de Pinos cumprindo pena por colaborar com os soldados rebeldes.

O *señor* Bernal não respondeu. O homem pensou que Martín, o piloto de confiança de El Hombre, estava pilotando um dos aviões em que o presidente e seus aliados mais próximos haviam escapado.

O velho ouviu-o dar telefonemas, falar com os seus superiores. Sabia que haviam aberto as prisões e que os presos tinham deixado suas celas, enchendo as ruas de condenados. O acampamento de Columbia, na Ciudad Militar, agora era controlado pelos guerrilheiros vestidos de verde-oliva e alguns que ainda usavam o uniforme do antigo poder, para o qual haviam dado as costas.

— Então, seu filho o abandonou — disse um dos novos soldados.

Retiraram o *señor* Bernal de sua cadeira de rodas, erguendo-o, e o jogaram na parte de trás de um jipe do exército. Ele não reclamou; agarrou o crucifixo de ouro pendurado em seu pescoço e começou a rezar em voz alta.

— Para quem você está rezando? O deus dos ricos? — gritou um rebelde; o cheiro de ranço da vida em Sierra Maestra ainda estava impregnado nele.

O *señor* Bernal foi transferido para uma fortaleza nos arredores de Havana. Lá, colocaram-no em uma cela sem janelas com uma cama de pedra. "Uma triste jornada rumo ao amargo fim", ele pensou.

Oscar havia providenciado a coleta do corpo do *señor* Bernal e organizado o enterro. Ele e Lilith eram os únicos enlutados. O caixão estava fechado, então, ela não poderia se despedir nem vê-lo pela última vez. "Outra pessoa de quem nunca pude me despedir", pensou ela, "outra pessoa que eu amo e que morreu sozinha."

Oscar sacudiu Lilith de um modo gentil para tentar despertá-la de seu torpor.

— Posso ajudá-la a sair do país.

— Não vou embora sem Martín. Sou tudo o que lhe restou.

— Vou ver o que posso fazer.

No caminho para casa, Oscar não conseguia nem olhar para Nadine, a quem Lilith amamentava a cada meia hora, para mantê-la calma. Com apenas 6 semanas de idade, Nadine era uma bebê forte, rechonchuda, careca, com grandes olhos azul-claros que brilhavam na luz.

– A cada dia ela se parece mais com a avó – Lilith lhe disse. – Com ela, recuperei a imagem do rosto da minha mãe.

Oscar apenas sorriu.

– Talvez ela cresça e se torne uma poetisa, como a avó.

Quando ela voltou do enterro para casa, uma carta de Martín a aguardava.

*Santiago de Cuba*
*15 de fevereiro de 1959*

*Minha querida Lilith,*

*Não recebi nenhuma notícia de papai, mas não estou muito esperançoso, embora quisesse estar. Todos os que estiveram do lado de Batista, de uma forma ou de outra, serão condenados. A quantos anos? Não sei. Não quero preocupá-la, nem quero que minha filha cresça cercada de medo, envergonhada pelo fato de seu pai ter sido preso como traidor. Tudo o que sempre quis foi voar. Agora, devo pagar por isso.*

*Antes de dormir, vejo Nadine crescendo a cada minuto. Ontem à noite, eu a vi andar, dizer suas primeiras palavras. Talvez hoje, quando eu for dormir, ela seja uma adolescente. Em breve, eu a verei na universidade, casada, com filhos, feliz. Está vendo? É fácil ser feliz. Nós já fomos.*

*Desde que você chegou à ilha, minha vida começou a ter sentido. O que seria de mim sem você, minha Lilith? Ajude-me agora a garantir que Nadine cresça e seja uma garotinha feliz. Não posso realizar esse sonho. Você pode.*

*Prometa-me que nossa filha crescerá longe deste inferno que se aproxima. Prometa-me que ela logo estará segura. É a única maneira de suportar os anos da minha sentença.*

*Todo o meu amor para você. Todas as noites, adormeço com vocês duas em meus braços.*

*Martín*

A caligrafia estava trêmula. O papel estava amassado. Havia manchas escuras. Lilith leu a carta de Martín tantas vezes que a decorou. Ela ia escrever de volta para ele com a notícia da morte de seu pai, mas achou melhor fechar os olhos e aguardar até que o juiz proferisse a sentença. Eles podiam ter a sorte de pegar um promotor compassivo, que compreendesse que não passavam de aviadores, que Martín não era um piloto de caça ou um soldado.

No dia em que voou para Santiago, Lilith não se despediu da filha. Ela a deixou no berço. Quando Nadine acordasse, seriam os braços de Hilde que a levantariam. Quando o avião decolou, ela começou a suar. Fechou os olhos e viu como o mundo estava, uma vez mais, desmoronando sob seus pés. Estava viajando ao entardecer agora, ela, que sempre fora uma viajante da noite. "À noite, somos todos da mesma cor", disse a si mesma.

# 19

## Dois meses depois
## Santiago de Cuba, março de 1959

Quando Lilith abriu as persianas da sacada do Hotel Casa Granda, os gritos da rua se espalharam pela sala: "Lacaios!", "Assassinos!", "Atirem em todos eles!". Um grupo de jovens havia se reunido no parque em frente à catedral de Santiago e entoava palavras de ordem revolucionárias que Lilith mal conseguia distinguir. Sentiu como se, de repente, tivesse esquecido seu espanhol. Baixou a cabeça, de olhos fechados, e a escuridão a fez ter ânsia de vômito. O ar ao seu redor parecia pesado e denso. Ao abrir os olhos, a calçada parecia distante, infinita, e lhe ocorreu a ideia de se jogar no abismo. Não teria retorno, ela mergulharia na eternidade.

Desde o momento em que levaram Martín, os dias se tornaram mais curtos para Lilith. Ela sentia as horas se esvaindo enquanto amamentava a filha, fazia-a arrotar e a limpava. Logo depois que chegou ao hotel, ela trocou de roupa e desceu as escadas em direção ao tribunal. No saguão, conteve todos os seus gestos para que seus maneirismos não fossem mais como os das pessoas da ilha. Um dos funcionários do hotel dirigiu-se a ela em inglês.

— Posso ajudá-la, *señorita*?

— Vou ao tribunal — respondeu Lilith, em inglês.

Da noite para o dia, havia se transformado de novo em uma estrangeira. O homem começou a lhe dar instruções, mas, naquele momento, ela avistou um grupo de mulheres vestidas de preto. "Mães e esposas dos pilotos", pensou. Lilith usava um casaco de gabardine rosa. Afastou-se do homem e se juntou ao grupo de mulheres. Juntas, elas caminharam em meio a uma multidão de pessoas que carregavam bandeiras vermelhas e pretas. À medida que as mulheres se aproximaram, a praça foi ficando em silêncio, e os manifestantes se afastaram para deixá-las passar. Uma rajada de vento revelou o vestido azul-celeste que Lilith usava sob o casaco de gabardine, produzindo um forte contraste com os trajes todos pretos das outras mulheres.

De forma solene, subiram os degraus do prédio cinzento que ostentava o brasão cubano na entrada. Lilith deixou-se levar pela dor das mulheres. Algumas choravam, como se já soubessem a sentença que os pilotos receberiam. Uma senhora idosa pegou o braço de Lilith, fazendo-a diminuir o passo.

— Na minha idade, não consigo lidar com toda essa convulsão — disse a mulher, olhando para a frente. — Acabei de fazer 75 anos, e esses revolucionários acreditam que agora podem me dizer como pensar, como viver. E quem você tem aqui? Seu marido?

— Sou a *señora* Bernal.

— Ah, bem, seu marido com certeza está passando por maus bocados.

Lilith enrijeceu, ofendida, e a senhora percebeu.

— Quero dizer, todos eles estão, não apenas seu marido. O problema é que Martín Bernal também era amigo de El Hombre. Você não é daqui, né? Você é americana? A melhor coisa que poderia fazer seria retornar ao seu país.

— Não vou a lugar algum sem Martín.

— Eu compreendo, sinto o mesmo. Minhas três filhas partiram com seus maridos, levando todos os meus netos com elas. Estou aqui com meu único filho, aguardando para ouvir sua sentença. Meu marido e meus pais estão enterrados no cemitério de Colón, então, não posso partir. Se tem alguém que deve partir, é ele e seus comparsas.

Ela cuspiu o "ele" com desprezo e um traço de repulsa. A velha senhora tomava muito cuidado com cada passo, como se tivesse medo de cair e rolar escada abaixo.

Dentro do tribunal, uma sala improvisada com todas as janelas fechadas, os juízes já estavam sentados em volta de uma mesa retangular em que havia um único microfone prateado à frente. As primeiras cinco fileiras de bancos de madeira foram reservadas para os acusados. Um funcionário informou às mulheres que elas deveriam se sentar na lateral, em frente à imprensa. O público em geral ficaria atrás dos acusados, explicou o oficial, com um sotaque que Lilith não reconheceu.

— Você acha que eles vão nos deixar vê-los? *Ay, Dios mío*. Por que aquele menino teve que se tornar piloto? Já imaginou se ele fosse médico, como o pai? Estaríamos em Miami agora, longe desses selvagens.

Quando se sentaram, a velha baixou a rede do chapeuzinho, que usava de lado e afixado com presilhas, cobrindo de forma parcial seu rosto, e falou mais uma vez com Lilith.

— Você fez bem em usar um pouco de cor. Não é uma viúva. Seu marido irá reconhecê-la a distância. O restante de nós parece um urubu, todas estão de preto, mas eu sou viúva, então, não posso me vestir de outra maneira. Pode me chamar de Carmen; hoje em dia, ser *señor* ou *señora* pode levar você para a cadeia. Da noite para o dia, todos nos tornamos camaradas.

A velha resmungou e fez o sinal da cruz.

— Meu nome é Lilith — disse ela, tentando fazer a mulher se sentir melhor, embora suas mãos estivessem tremendo.

A sala ia se enchendo devagar. Apenas os bancos da frente permaneceram vazios. Então, todos se levantaram, tentando ver o que estava acontecendo na entrada.

— Estão trazendo os presos! — alguém gritou.

Em meio ao rugido ensurdecedor, ela ouviu outro grito.

— Assassinos!

Às quatro horas da tarde, vinte pilotos, quinze artilheiros e oito mecânicos foram levados ao tribunal. Sentaram-se em meio aos gritos do público pedindo que fossem fuzilados. Tentando se manter calma e concentrada, Lilith deixou de ouvir Carmen, que resmungava sem parar. Ela fechou os ouvidos para os rompantes políticos e o choro das mulheres. Quando Martín entrou e se sentou na primeira fileira, ainda com a camisa xadrez que usava no dia em que o prenderam, Lilith se levantou e abriu seu gabardine. Martín reconheceu o azul do céu.

Enfim, o promotor abriu o Caso 127 de 1959. Depois de alguma retórica legal introdutória, o oficial de justiça leu os nomes dos acusados, um por um. Em pé, Martín encarou o promotor, e Lilith sentou-se. Ao ouvir a acusação de genocídio, na qual o nome de Martín Bernal era mencionado repetidas vezes, Lilith sentiu suas mãos tremerem. Não havia nada que pudesse fazer. Eles já estavam condenados, mesmo antes da audiência, assim como Carmen dissera. A velha tirou um par de longas agulhas douradas de sua bolsa e começou a tricotar — um fio de lã vermelha emergia aos poucos de sua bolsa preta de couro envernizado.

Lilith estava com medo. Sorriu para Martín, que retribuiu o sorriso. Ele baixou os olhos para os braços de Lilith, como se perguntasse por Nadine. Ambos fecharam os olhos. Por um momento, sentiram que estavam sozinhos, como se tivessem escapado. Ela se deixou embarcar na ilusão.

– Vire-se, meu amor – ouviu o marido dizer.

– Martín – ela disse e sorriu.

Não precisava virar a cabeça para saber que ele estava ao seu lado, como antes. O barulho do motor e das hélices sacudiu todo o seu corpo. Nunca a ideia de estar em um avião lhe proporcionara tanto prazer. Estavam no meio das nuvens. Como diabos Martín a convencera a subir naquele pássaro de metal?

– Está vendo? Não foi tão ruim, foi? Nada está se movendo aqui. Estamos seguros. Você e eu poderíamos morar aqui em cima... – Martín deixou a frase suspensa, enquanto o avião descia.

Lilith não conseguia mais ouvir Martín. O rugido ensurdecedor mais uma vez se interpôs entre eles. As hélices pararam e o avião baixou em direção às águas calmas de um oceano. A noite caía do lado de fora das janelas, e ela sentiu Martín abraçá-la. Com ele ao seu lado, poderia deixar que as águas escuras a engolissem. Não havia lua nem estrelas. Nuvens dispersas passavam lentamente. Nada de horizonte. O céu e o mar eram uma coisa só. Ela foi tomada por uma sensação de paz que não experimentava desde o nascimento de Nadine.

O nome de Martín Bernal voltou a ser gritado pelo público. Lilith não queria acordar, queria ficar ao lado dele. Se abrisse os olhos, estaria de volta àquele inferno.

Foi despertada por uma testemunha soluçando. A jovem estava mostrando ao tribunal as queimaduras em seus braços, contando sua história como se tivesse sido decorada. Lilith fechou os olhos para encontrar Martín. Queria voltar a sonhar, mas não conseguia calar a voz angustiada da testemunha.

Os pilotos de Batista foram acusados de bombardear de modo indiscriminado as montanhas em que os guerrilheiros operavam, dizimando aldeias inteiras na parte oriental da ilha. O advogado pediu aos pilotos que confessassem, mas eles nunca o fizeram. Às duas horas da manhã, a primeira sessão foi encerrada. Os acusados foram os primeiros a sair. Depois, os jornalistas. Quando as mulheres de preto começaram a deixar o tribunal, o público as vaiou e as insultou.

.  ✦  .

De volta ao quarto do hotel, Lilith despiu-se e deitou-se em posição fetal sobre a cama, como sua mãe alemã fazia. Ficou acordada a noite toda, ou talvez tenha dormido com os olhos abertos, ainda consciente de cada minuto que passava. No dia seguinte, tomou um banho frio e pôs o mesmo vestido azul-celeste e o casaco de gabardine rosa. Oscar a aguardava no andar de baixo.

– Só consegui pegar um voo hoje – disse ele, nervoso.

Sua maleta estava aberta, cheia de papéis. Caminharam juntos até o tribunal. Ele explicou que conseguira compilar os registros de voo de Martín nos últimos meses, mas ela não estava ouvindo.

No julgamento, Oscar juntou-se à equipe de advogados de defesa. Quando Martín o viu, olhou para Lilith. Seria outro longo dia. Lilith observou Martín e Oscar se abraçarem. Ela estava longe, tão distante que não conseguia sentir a presença dele. Viu Martín sorrindo para o amigo, como quando eram crianças.

Os advogados de defesa eram os únicos que usavam camisa branca, terno e gravata. O juiz que presidia a audiência era um comandante rebelde, protegido por seu uniforme verde-oliva. A certa altura, o promotor fez uma pausa e, para espanto de todos, começou a ler as encíclicas de Pio XII, nas quais o papa fazia referência à consciência, à culpa e à punição. Em seguida, invocando as encíclicas, o promotor pediu que os pilotos fossem condenados à morte por um pelotão de fuzilamento.

Uma das mulheres de preto começou a gritar.

– Para o inferno com todos eles – vociferou. – Para o inferno com os promotores e os advogados. Para o inferno com todos os membros deste tribunal e para o inferno com Fidel Castro!

A família da mulher a agarrou e a arrastou para fora. Um homem berrou:

– Sim para Cuba, não para os ianques!

Ao longe, os soluços desesperados da mulher ainda podiam ser ouvidos.

– Vocês não podem matar meu marido! Vão deixar meus filhos órfãos! Filhos da puta!

No domingo, o tribunal estava em recesso. O mesmo ocorreu na segunda-feira. Outro julgamento, em Havana, contra um dos "seguidores" de Batista, mergulhou o país inteiro em expectativa. Oscar passou aqueles dois dias trabalhando com os advogados de defesa em uma estratégia que Lilith suspeitava que não os levaria a lugar algum.

Lilith se refugiou na catedral de Santiago, rezando a um deus que não era dela. Ouvia orações e missas que não entendia e perambulava pela cidade castigada por um sol do qual se protegia com seu gabardine rosa. Dentro de suas dobras, o ar estava gelado.

Ela se perdeu nas ruas barulhentas de Santiago e, sentindo cansaço, entrou em um prédio de seis andares. O portão gradeado estava aberto, e ela passou por ele hesitante. Chegou a um pátio coberto com bandeiras vermelhas e pretas, com o número 26 no meio. Ergueu o rosto para sentir o sol, fechou os olhos e respirou fundo. De repente, retomou a calma. Escapara do barulho, das multidões. Um grupo de soldados passou marchando, evitando-a. Sentia-se invisível. Permaneceu ali por vários minutos, atordoada com a marcha daqueles homens. Estava molhada de suor. Perdeu toda a noção do tempo. Havia se tornado a ilha. Ao abrir os olhos, percebeu que estava em um quartel militar ocupado pelo novo exército.

Houve um sopro de esperança na audiência do dia seguinte. Os advogados de defesa tinham persuadido uma das testemunhas de acusação, um piloto que havia desertado para o lado vencedor, a prestar depoimento em favor dos acusados.

– Se alguém é culpado, são os 29 pilotos que fugiram com Batista – declarou a testemunha, de cabeça baixa. – É por isso que eles fugiram. Eles são os culpados.

Todas as manhãs, antes de ir para o tribunal, Lilith telefonava para Havana. Hilde esperava ao lado do telefone às nove horas em ponto. Antes que o primeiro toque soasse, Lilith ouvia a voz de Hilde começando a recitar seu relato diário, repleto de fatos e números infinitos. Quantas vezes a menina havia mamado ao longo do dia, quantas trocas de fraldas, quantas vezes ela a sentou sob o sol, quantos banhos mornos lhe dera com folhas de camomila para reduzir o calor, quantas gotas de anis estrelado para aliviar suas cólicas, quantas sonecas havia tirado. Não perguntou nenhuma vez sobre Martín ou quando ela retornaria, e isso preocupou Lilith.

Todas as noites, ao telefone, Lilith cantava canções de ninar alemãs para Nadine, para que ela própria pudesse dormir. Às vezes, pensava que iria adormecer ao sentir a pele macia da filha contra a sua e a pressão em seus seios, ainda cheios de leite. Quando Lilith retornasse para casa, sabia que não seria mais capaz de amamentá-la. Estaria vazia, seca. Temia que Hilde pudesse fugir com a garota em um barco, de volta para sua casa no meio do oceano.

No nono dia do julgamento, o promotor público discursou durante cinco horas. A cada dia, traziam mais e mais testemunhas de acusação: um padeiro, um fazendeiro, uma mãe, uma jovem aleijada, um homem que havia perdido o braço direito, um mineiro, um comerciante, um soldado, um sargento, um frade capuchinho, um engenheiro civil, o homem que compôs o hino do Movimento 26 de Julho. Todos concordavam que os aviões de Batista haviam bombardeado populações civis sem a presença de rebeldes. As acusações contra os réus aumentavam, todos eram culpados na mesma instância, a responsabilidade individual foi substituída pela culpa coletiva.

A certa altura, Oscar assumiu a tribuna e se dirigiu ao tribunal. Havia paz em sua voz. Seu discurso parecia uma prece.

– Quem pode provar que esses pilotos eram os agressores, e não os 29 que fugiram com Batista? – questionou ele. – Se eles tivessem cometido um crime, se tivessem a consciência pesada, todos diante de nós teriam a chance de fugir. Nenhum deles o fez. Não há provas contra eles. Cada um dos acusados deve ser declarado inocente.

Houve aplausos e gritos contrários a ele. Quando o silêncio foi restaurado, alguém gritou "Pelotão de fuzilamento neles!".

– É difícil perder um marido, o pai de sua filha – disse Carmen a Lilith, com lágrimas nos olhos. – Você fica viúva, e sua filha, órfã... mas eu vou perder meu filho.

Ainda assim, Lilith não chorou.

Fazia apenas alguns meses que Martín se tornara pai e, apenas dois anos antes, seu marido. Mas ele sempre fora um amigo, seu melhor amigo. Perder o amigo era mais doloroso do que perder o marido – Lilith queria dizer isso a Carmen.

Era a sessão de encerramento da audiência, e Lilith não queria perder nenhum detalhe. Queria se concentrar em cada movimento feito pelos promotores, enquanto se preparavam para proferir a sentença. Mas Carmen a distraía, e as frases legais estavam repletas de retórica que era difícil para ela entender. Poderia ter compreendido melhor se tivessem falado em alemão ou inglês. Isso mais uma vez lhe comprovava que ela era apenas uma visitante naquela ilha, embora fosse uma terra que considerava sua.

• ✦ •

Depois de duas semanas de procedimentos judiciais, o Tribunal Revolucionário deu o veredicto: inocentes. Os vinte pilotos, quinze artilheiros e oito mecânicos, todos foram declarados inocentes.

O veredicto foi proferido com tal verbosidade legal que Lilith levou alguns minutos para assimilá-lo. Oscar aproximou-se dela, nervoso. Parecia não acreditar que o novo governo aceitara o veredicto. Ele guardou seus papéis em sua maleta de couro e colocou a mão sobre o ombro de Lilith. Oscar queria toda a sua atenção.

– Vou pegar o próximo avião de volta para Havana – ele disse.

– Eles vão soltar Martín agora?

– Não, eles estão sendo levados de volta.

Lilith sentiu-se à beira de um desmaio.

– Para onde?

– Uma prisão de segurança máxima.

– Não posso ficar em Santiago. Minha filha...

Enquanto ela conversava com Oscar, os acusados, agora absolvidos, eram empurrados e arrastados para fora do tribunal.

– Aguarde minha ligação em Havana. – Oscar interrompeu o que ela estava dizendo e saiu da sala com o grupo de advogados de defesa.

Ondas de protesto varreram as ruas de Santiago. Lilith, mais uma vez de braço dado com Carmen, mal conseguiu atravessar o Parque Céspedes para voltar ao hotel. Ela andava no ritmo da velha senhora, que praguejava o tempo todo. Ao passar por um grupo de jovens que pedia a pena de morte aos pilotos, Carmen cuspiu no chão.

Um garoto sem camisa segurando a bandeira vermelha e preta colocou-se entre Lilith e Carmen.

– Cadela burguesa de merda – gritou para a velha, quase em seu ouvido, enfatizando cada sílaba. Ela começou a tremer.

No dia seguinte, Lilith deixou seu quarto à tarde. Pela primeira vez desde que chegara a Santiago, não estava usando o vestido azul-celeste; ela o guardara na mala. Não precisaria dele de novo. Agora, era a vez do preto. Seu luto havia começado.

A espera se arrastou por dias. Os jornais mobilizaram o povo para se opor à libertação dos aviadores. Fidel Castro anunciou em rede nacional que os pilotos eram criminosos a serviço de Batista e chamou de traidores os primeiros juízes. O comandante rebelde que presidiu o julgamento passou de herói a pária. Ele voou para Havana e, mais tarde, foi encontrado em Camp Columbia com uma bala na cabeça. As mulheres de preto tinham certeza de que ele havia sido assassinado.

– Eles vão devorar uns aos outros, como animais – disse uma delas.

Apenas três dias depois do veredicto de inocência, elas receberam uma notificação repentina de que o julgamento seria retomado na noite de quinta-feira. As manchetes na imprensa naquele dia tinham sido assustadoras. Lilith ouviu os gritos das mulheres nos quartos contíguos. Sua dor atravessou as paredes do Hotel Casa Granda, percorreu os frios corredores de azulejos, sussurrou pelas janelas e chegou até o Parque Céspedes. Lá, continuavam entoando "Os pilotos da tirania de Batista não serão libertados!". O povo detinha o poder, não o tribunal. O tribunal era o povo. O povo era Fidel.

Os pilotos se recusaram a participar do novo e falso julgamento. Lilith escolheu ficar no parque. Poderia ir à catedral e ajoelhar-se mais uma vez para orar por Martín, por sua filha, por si mesma, por todos eles. Seu marido não estava no julgamento, seu vestido azul-celeste estava guardado na mala, sua presença não era necessária. Foi um julgamento sem defesa. O que mais ela teria para ouvir? Não havia necessidade de comparecer a um julgamento sumário em que, contrariando a lei, o juiz e o promotor eram a mesma pessoa. Todos seriam condenados por genocídio. Seriam declarados criminosos de guerra, e sua punição seria a execução por pelotão de fuzilamento ou prisão perpétua e trabalhos forçados em uma pequena ilha ao sul do continente. Iriam para uma prisão feita de prédios circulares, e em cada um reinaria uma hierarquia do mal, como os círculos do inferno, longe da luz e da razão. Deveriam condenar os dois, ela e Martín. Rezou para que ambos caíssem no último círculo, o da noite. De olhos fechados, rogou aos ouvidos surdos da Virgem dentro daquelas paredes impenetráveis, distante dos tormentos do lado de fora, onde as famílias dos pecadores se reuniam para implorar em vão por sua salvação.

Durante o julgamento, ao ouvirem a sentença, muitas das mulheres de preto desmaiaram. Lilith ergueu os olhos para a Virgem milagrosa sentindo um ódio descomunal. Seu corpo estremecia; suas mãos estavam úmidas. A catedral era a sala de espera do inferno; o tribunal, a beira do penhasco. Conhecera o inferno quando criança, e sua mãe, sua verdadeira mãe, a salvara enviando-a a uma jornada pela noite. Havia descido os círculos até cair no nono e último. E, naquele momento, sentiu-se culpada por ter aproximado o inferno de Martín.

Queria desaparecer em seus sonhos, então, direcionou uma última súplica a cada um dos santos e das virgens sem vida da catedral. Ninguém mais podia controlar seus sonhos, e Lilith rezou para que ela e Martín pudessem voltar a ser aquelas eternas crianças que se conheceram dentro dos muros da St. George's School. Juntos, haviam perambulado pelas ruas de Vedado, que se tornou sua Terra do Nunca, pois "... *a Terra do Nunca é sempre mais ou menos uma ilha. Todas as crianças crescem, exceto uma. Por que você não pode ficar assim para sempre?*". Ela ouviu a voz de seu Opa e começou a chorar, do jeito que se chora pelos mortos.

Ao entardecer, Lilith voltou a Havana de trem, protegida por seu casaco de gabardine rosa, certa de sua sentença, pronta para descer à quarta e última volta do nono círculo do inferno. Sentiu que havia perdido o controle. Chegaria depois da meia-noite do dia seguinte. Oscar já teria desembarcado em Havana. Martín estaria a caminho de Castillo del Príncipe, amontoado na traseira de um caminhão com os outros presos. De lá, ele seria levado de balsa até a pequena ilha de prédios circulares, onde as pessoas são esquecidas.

# 20

## Três anos depois
## Havana, março de 1962

Numa ilha em que o único verde permitido era o dos uniformes, até a antiga árvore-de-fogo do pátio interno do convento havia secado. Naquela tarde, o silêncio era profundo. Antes, pelo menos, ouvia-se uma ou outra oração, ou o murmúrio dos galhos. O calor persistia, pairando sobre a cidade, salgado e viscoso. Lilith desafiou o ar sufocante vestindo seu casaco de gabardine. Nadine suava, suas bochechas estavam coradas.

Uma porta bateu e Nadine correu em direção a sua mãe, que estava parada à sombra de uma das galerias laterais. A menina olhou em volta, certificando-se de que ainda estavam sozinhas; depois, continuou pulando e dando cambalhotas no pátio, que parecia abandonado, como se todos, mesmo as freiras enclausuradas, tivessem fugido.

— Todo mundo está indo embora... — Hilde parecia nunca se cansar de repetir isso.

Ficava cada dia mais difícil obter o visto. Os voos haviam sido suspensos. Segundo Hilde, a única rota de fuga que restava na ilha se daria por meio da Igreja Católica, mas o novo governo pairava sobre ela como a espada de Dâmocles. Hilde chegara à conclusão de que seu destino podia ser encontrado em outro lugar e lembrava a Lilith todos os dias que seu tempo estava acabando.

"*Você tem que salvar nossa filha...*", Lilith ouviu a voz de Martín dizer, como se ela já não soubesse.

"Se, ao menos, eu pudesse contar com Oscar...", Lilith dizia a si mesma à noite, desejando que seu amigo – não o advogado que defendera Martín em Santiago, mas o menino com quem brincaram de ser adultos na casa de Varadero – retornasse e lhe estendesse uma mão amiga. Mas Oscar conseguira o que Martín nunca conseguiu: perdera-se entre as nuvens.

O pequeno avião que decolou de Santiago de Cuba rumo a Havana, com os três advogados que haviam defendido os pilotos de Batista a bordo, nunca chegou ao seu destino. Dizia-se que havia sido abatido pelos rebeldes que tinham tomado o poder, sedentos de vingança, ao cruzar a ilha em direção ao norte. Por medo de serem eles próprios condenados, desistiram do caso 127 de 1959, deixando os pilotos no limbo, conforme declarara em rede nacional a mãe de um dos acusados. Outros comemoraram a morte dos advogados, chamando-os de traidores e contrarrevolucionários. Os mais cautelosos consideraram como acidente. "O tempo estava ruim", disse um apresentador, nervoso. Alguns meses depois, outro pequeno avião, desta vez transportando Camilo Cienfuegos, um líder de verde-oliva a quem o povo exaltava, também se perdeu no meio do mar. Hilde havia sussurrado, temendo que até as paredes ouvissem, que na loja do velho Ramón todos diziam que ele, o novo El Hombre, mandara matá-lo, movido por rancor. Nenhum vestígio dos dois aviões foi encontrado. Os passageiros de um foram chamados de traidores; o passageiro do outro, de herói. O governo determinou que as crianças da ilha atirassem flores brancas ao mar todo mês de outubro, para que esse evento fosse lembrado. Talvez pensassem que as flores, com o tempo, pudessem encobrir sua culpa.

Lilith estava com Nadine em seus braços quando recebeu a notícia de que Martín fora executado. Fazia seis meses que ele tinha sido transferido de Havana para Pinar del Río, dali para a Ilha de Pinos e, de lá, para o inferno: os cinco blocos circulares de cimento do Presídio Modelo. Hilde leu a notícia nos olhos de Lilith. Não precisava ser informada em alemão para saber o que havia acontecido. Depois disso, Hilde começou a fazer as malas e a procurar um barco que pudesse resgatá-la e livrá-la de mais tormentos.

Tiraram Martín, nu e descalço, de sua cela solitária e o conduziram ao pelotão de fuzilamento: um paredão descascado com manchas escuras e úmidas, grosso o suficiente para absorver balas. Ele ficou parado diante de seus carrascos e examinou os rostos de todos aqueles que estavam prestes a tirar sua vida. Então, seus olhos foram cobertos com uma venda imunda, ainda molhada das lágrimas do homem anterior que fora morto. Podia sentir a grama fria sob seus pés. Uma nuvem bloqueou o sol distante. "Se ao menos chovesse...", pensou. Queria dedicar um sorriso a Lilith, a Nadine, a seu pai. Esqueceu-se dos fuzis apontados para ele e dos soldados ansiosos, cujo trabalho era distribuir a morte, que apontavam sem saber ao certo por que cada prisioneiro alinhado à sua frente merecia uma bala no peito. A ordem era que todos os que haviam sido próximos de El Hombre, que o ajudaram a fugir com malas repletas de dinheiro do povo e barras de ouro dos cofres do país, pagassem com a vida. Não havia necessidade de julgamentos ou tribunais para sentenciá-los. O povo tinha a palavra final. O povo era o carrasco agora.

Começou a chover, e Martín ergueu o rosto. Com os olhos fechados, pôde flutuar uma última vez nas nuvens, onde se viu sozinho, protegido do rugido dos motores de seu avião. Nunca se sentiu tão seguro. Conforme ganhava altitude, a tempestade se intensificava. O desafio era manter-se estável até chegar ao infinito. Mais alto, um pouco mais alto, e ele estaria além da atmosfera, em um lugar onde nem o vento soprava. Ouviu os disparos. Bastou uma bala para derrubá-lo. Sentiu o peito queimar com intensidade e suas pernas cederam. Não conseguia se segurar em pé. Ergueu os braços, encheu os pulmões de ar frio e deixou-se cair.

· ✦ ·

Depois da morte de Martín, Lilith começou a esvaziar a casa. Cuba nunca fora o seu destino; era apenas uma ilha de transição, mais uma morte.

Certa manhã, Hilde bateu na porta do quarto de Lilith. Ela segurava uma sacola com o pouco que conseguira comprar na loja de Ramón.

— Está na hora, Lilith. Nós duas sabemos que só há um caminho.

O alemão de Hilde agora soava imperativo: o novo governo doutrinaria as crianças, os homens de verde-oliva eliminariam os direitos dos pais, todos os nascidos na ilha pertenceriam ao governo do povo.

— E qualquer criança que não obedecer será transformada em carne russa e colocada em latas — disse Hilde, tirando uma lata da sacola com caracteres cirílicos no rótulo e a imagem de uma cabeça de vaca preta. Lilith não entendeu. Pensou que Hilde, com seu espanhol precário, tivesse compreendido mal algo que ouvira na loja de Ramón.

Segundo Hilde, todas as saídas do país tinham sido fechadas. A única esperança vinha da Igreja Católica. Os poucos padres e freiras que permaneceram na ilha podiam preparar documentos para as famílias desesperadas e para os que corriam o risco de ser perseguidos.

— Seu marido foi executado. Eles ajudarão você — disse Hilde parecendo confiante.

Lilith ainda não compreendia o que ela estava sugerindo. Deixou a menina na cama e abriu a janela do quarto. Estava nublado. As sombras lhe traziam uma sensação de paz. De repente, sentiu algo como se já tivesse passado por aquilo antes, a cólica abdominal, a ansiedade, a sensação de náusea, o desolamento. O quarto se tornou a cabine de um transatlântico à deriva em alto-mar, e Lilith disse a si mesma que nunca havia saído do St. Louis, que não havia sido um dos 28 passageiros autorizados a desembarcar em Havana. Que diferença havia entre os que foram mandados de volta e os que a ilha aceitou? Desde que partiram de Hamburgo, os 937 passageiros deixaram de ter futuro.

— Sua amiga freira é a única que pode nos ajudar. — Hilde levantou a voz, tentando convencer Lilith. — Você precisa provar para Irmã Irene que Nadine é católica, como o pai, como os avós... Como você.

Hilde começou a lhe contar sobre as centenas de crianças que escapavam de Havana em aviões holandeses sem seus pais, recebidas por padres em Miami e, com sorte, acolhidas por famílias caridosas. Mais uma vez, Lilith viu a si mesma em Ally, sua mãe. Era hora de ela fazer o que a mãe havia feito: escolher o impossível. Seu destino estava traçado.

— Não temos muito tempo. Esses monstros só estão permitindo que as crianças partam porque isso faz com que as mães pareçam desnaturadas, mas, um dia desses, eles vão pôr um fim nisso e expulsar todos os padres e as freiras do país. A história se repete. Você não consegue enxergar isso, Lilith?

Lilith assentiu. Aceitaria a proposta de Hilde. Sua filha era apenas mais um peão no jogo do exército verde-oliva. Martín havia perecido; agora, era a vez dela.

Na noite em que Hilde se despediu, partindo com a mesma mala surrada com que entrara em sua vida, Lilith e Nadine ficaram na porta, com a vaga esperança de que Hilde mudasse de ideia e ficasse com elas na casa em ruínas de Vedado.

Quando Lilith a abraçou, Hilde sussurrou em seu ouvido, tentando convencê-la a agir depressa e tirar sua filha do país.

— Olhe para mim agora, sozinha, sem família, tentando me esquecer de tudo. Não ousei desistir dos meus filhos, mandá-los para longe, sozinhos. E eu poderia ter feito isso, como muitas pessoas da minha vizinhança e da minha família fizeram. Pensei: se vamos sofrer, é melhor sofrermos juntos. Aonde isso me levou? Eu os perdi para sempre. Hoje, quem sabe se estariam comigo aqui ou em outro lugar? Mas não. Cruzamos vários países de trem e, quando chegamos, ao desembarcarmos, eles nos separaram e os mataram. Você quer que isso aconteça com Nadine?

A primeira carta de Hilde chegou três meses depois de sua partida, depois de Lilith ter procurado a freira. Hilde passava os dias fazendo ensopados gordurosos, conforme ela contava na carta de várias páginas que terminava com o desenho de um barquinho sob um sol e nuvens passageiras. Contou que havia passado pelo Canal do Panamá, onde havia postado a carta, e que logo veria o Oceano Pacífico. "Quem diria isso, uma mulher nascida tão longe do mar?", ela escreveu. Lilith começou a escrever de volta para Hilde e passou a noite toda acordada.

O crucifixo de ouro com seu nome era a única prova de que precisava para convencer Irmã Irene de que a menina era católica. O problema agora era encontrar uma família que a acolhesse. A maioria das crianças que partiam já era adolescente, ou pelo menos tinha idade para frequentar a escola. Sabiam falar e se defender. Nadine poderia andar e disparar palavras, mas seria a criança mais nova a ser retirada de Cuba por meio do programa da Igreja. Um dia, Irmã Irene telefonou para Lilith e pediu-lhe que viesse vê-la com urgência: haviam encontrado uma família no Queens, em Nova York, graças à arquidiocese. Irma Taylor, uma dona de casa nascida na Alemanha, e seu marido, Jordan, um eletricista de Nova York, estavam preparados para receber a menina. Ambos eram católicos, estavam casados havia muitos anos, mas não podiam ter filhos. Como Nadine era filha e neta de católicos alemães, os Taylor decidiram pagar a viagem da criança de Miami para Nova York.

Na carta para Hilde, Lilith escreveu que havia começado a falar com Nadine em alemão e a cantar suas canções de ninar também em alemão. Todas as noites, antes de dormir, lia para ela o poema que sua mãe lhe havia escrito em seu sétimo aniversário. Desde que Hilde partiu, Lilith encontrou consolo na poesia de sua falecida mãe. Depois de muitos anos sem abrir o envelope com o poema e a caixa com o crucifixo pendurado em uma corrente, agora, repetia cada verso em alemão e ouvia neles a voz de sua mãe.

— À noite, somos todos da mesma cor — disse em voz alta enquanto escrevia.

A garotinha começou a brincar com as palavras, combinando alemão e espanhol para criar um dialeto que fascinava Lilith. Quando terminou de escrever a carta para Hilde, dobrou-a e guardou-a numa gaveta do armário da cozinha, ao lado dos guardanapos de linho. Não tinha um endereço para o qual enviá-la.

· ✦ ·

A casa em Vedado, primeiro, sem os Herzog e sem Helena, depois, sem Martín e, agora, sem Hilde, tornara-se grande demais para Lilith, que sentiu que ela e sua filhinha eram como formigas, correndo para cima e para baixo, sem encontrar um lugar confortável para se acomodar. Lilith começou a ir todos os dias ao Ramón's, que ainda se chamava assim, embora o galego que abrira o empório com as economias que trouxera para Cuba no início do século tivesse partido para Miami com a família. Um estranho agora vendia o pão, o arroz, o feijão e a carne, que só chegava uma vez por semana. Os ovos desapareceram, e Lilith foi aos poucos usando tudo o que Hilde conseguira estocar no armário da cozinha. "É o suficiente", disse a si mesma em voz alta, porque sabia que a filha partiria em breve e traçaria o próprio destino.

À noite, quando o sol estava se pondo, Nadine saía para o quintal e Lilith a seguia. Podia ouvir os sons da família que havia se mudado para a casa onde Martín tinha nascido e morava quando criança. Não ousava olhar através da cerca. O portão de madeira que dividia os dois quintais estava mais uma vez fechado, trancado com corrente e cadeado. Os pés de mamona tinham crescido para formar uma barreira impenetrável.

Todos os vizinhos do quarteirão eram estranhos para ela agora. As pessoas que via na loja tinham um sotaque diferente, costumes diferentes e até se vestiam de forma diferente. Chamavam uns aos outros de camarada. Ela ouvira dizer que o título de *señor* ou *señora* era apenas uma coisa burguesa ultrapassada que deveria ser apagada do vocabulário do povo. Todos pareciam ter sido batizados num rio milagroso, entrado *señor* ou *señora* e saído camaradas, graças à revolução, como lhe dissera um velho apoiado numa bengala de castão de prata. Ele sempre tivera barba, mas, então, havia optado por fazê-la. A barba havia se tornado um símbolo de vergonha para ele, conforme concluíra com a voz entrecortada, gesticulando de leve.

Com o passar dos dias, Lilith reduziu sua casa à cozinha. Ela e Nadine deixaram de dormir no quarto que Lilith dividia com Martín e se alojaram no quartinho do andar de baixo, que um dia pertencera a Helena. Ela começou a cobrir os espelhos com lenços de seda e os móveis da sala com lençóis brancos. Como ninguém estava espanando, os cantos do teto e as lâmpadas em formato de lágrima ficaram cobertos por teias de aranha.

Todas as noites, após o pôr do sol, Lilith e Nadine visitavam Irmã Irene no convento. Lilith viu que havia uma nova rachadura nas paredes antes sólidas do prédio. Com a morte de Martín e a partida de Hilde, Lilith sentiu sua vida cada vez mais parecida com a das freiras enclausuradas. Seus pensamentos, muitas vezes, se voltavam para Ofelia. O pátio interno do convento tornou-se o parquinho de Nadine, que coletava pedras brilhantes brancas, cinza e pretas, limpando-as em seu vestido. A cada visita, Irmã Irene parecia mais abatida, como se os hábitos que usava estivessem ficando cada vez mais pesados.

– Todo mundo foi embora, mas eu ainda estou aqui – ela disse a Lilith, um dia. – Agora, mesmo que eu quisesse ir, seria impossível. Não há voos para me tirar daqui. Ninguém nos quer, e pouco a pouco nos esquecerão.

As duas mulheres ficaram lado a lado, com os rostos voltados para o céu, como se estivessem aguardando um sinal, uma nuvem que se arrastasse, uma tempestade.

Na noite de quarta-feira, um dia antes da partida de Nadine, a freira pediu a Lilith que fosse à missa. A nave da igreja estava quase vazia. Uma senhora rezava de joelhos para uma virgem, com o rosto molhado de lágrimas e a cabeça baixa, como se quisesse evitar que sua oração fosse ouvida. Um homem de muletas com uma perna só foi mancando até uma lateral do altar em direção à imagem de um santo idoso em uma túnica roxa cercado por cachorros. Quando o padre começou a cerimônia, Irmã Irene aproximou-se de Lilith, que estava com Nadine adormecida em seus braços.

– Venha, vamos para a frente. Isso nos fará bem. Posso segurá-la?

Lilith entregou Nadine aos braçoss da freira como se ela não lhe pertencesse mais.

No fim da missa, foram até o altar. A pequenina pesava nos braços da freira, deixando-a sem fôlego.

– Nadine parte amanhã – disse Irmã Irene ao padre.

– Tão jovem assim? – O padre parecia comovido.

– Ela tem 3 anos – disse Lilith, ansiosa, como se a pergunta do padre pudesse invalidar a possibilidade de sua filha partir.

O homem fez a cruz de cinzas na testa de cada uma delas.

– Às vezes, chorar faz bem – disse a freira, devolvendo a menina.

No entanto, os olhos de Lilith estavam secos.

No dia seguinte, Lilith colocou em Nadine um vestido branco com detalhes bordados, prendeu a corrente com o crucifixo em seu pescoço e enfiou dois envelopes brancos em sua maleta, sem destinatário ou remetente. Em um deles, havia uma folha com as iniciais de Martín Bernal em relevo no alto. Nela, de modo meticuloso e com sua caligrafia mais caprichada, escrevera os nomes de sua mãe, a poetisa Ally Keller, de seu Opa, Bruno Bormann, professor universitário emérito, e de seu anjo, Franz Bouhler, que ela achava que poderia ter sobrevivido à guerra. Incluiu também a data de nascimento de Nadine e o endereço do apartamento em Berlim onde morava.

– Só um verdadeiro anjo poderia escapar voando do inferno sem nenhum arranhão – disse em voz alta.

Ela abraçou a menina e começou a falar baixinho com ela.

– Sua avó era uma grande escritora. Ela fez de tudo para me salvar. Às vezes, a gente tem de renunciar ao que mais ama. Consegue imaginar? Minha mãe era uma mulher muito corajosa. Estou viva graças a ela, minha querida Nadine. E se você tivesse conhecido *Herr* Professor... Que homem sábio! Ele me ensinou tudo o que sei. Franz... chamávamos nosso anjo de Franz e, graças a ele, pude deixar Berlim. Eles eram minha verdadeira família, Nadine, sua família.

No outro envelope, dobrado em quatro, guardou o poema escrito por sua mãe na folha de papel amarelada que a acompanhara a Cuba. Agora, era a vez de sua filha viajar com ele.

Ela levou a menina para o convento e, quando chegaram ao pátio central, ao pé da árvore-de-fogo ressecada, ergueu-a no colo.

– Um dia, você vai entender por que está indo embora – disse-lhe Lilith, em alemão. – Um dia, voltaremos a nos encontrar.

Lilith tremia. A garotinha sorriu. Contorceu-se para indicar à mãe que queria descer e correu para Irmã Irene ao vê-la sair do corredor que conduzia à capela da clausura. Irmã Irene abraçou a menina e, quando levantou a cabeça para olhar, Lilith tinha partido.

De volta à velha casa em Vedado, Lilith fechou os olhos e respirou fundo. Fizera a coisa que mais a assombrava, o que lhe restava a temer? Adormeceu na cama onde passara a última noite com a filha. Então, seu pesadelo começou. Viu dezenas de milhares de crianças fugindo em desespero, em aviões, a bordo de navios; famílias inteiras jogando-se em destroços de jangadas para escapar do inferno. Sabia que ela própria já estava condenada, não havia nada que pudesse fazer. Viu o rosto de sua mãe, de sua verdadeira mãe, aquela que a havia mandado embora para salvá-la, e invocou seu espírito – ela, que não acreditava em deuses, virgens, santos ou orações – para que lhe desse força e não tivesse nunca mais que acordar. Ela havia abandonado a filha para salvá-la. Desistimos do que amamos. Esquecemo-nos como único meio de salvação. Era a vez de sua filha ser a viajante da noite, como ela antes o fora.

Ao amanhecer, com as sombras pairando ao seu redor, Lilith entrou no que antes era o quarto dela e de Martín, caminhou até a cabeceira da cama e se permitiu se render. Fechou os olhos e voltou-se para dentro de si. Suas pálpebras eram agora as paredes. O quarto fora reduzido a um labirinto de veias e artérias. Ela abriu a gaveta do criado-mudo e tirou dali o revólver de Martín. Quando ainda eram uma família, aquele era um meio de defesa. Suas mãos estavam geladas. Segurou o pequeno revólver pela coronha. O cheiro de metal, graxa e pólvora invadiu suas narinas. Seguindo as instruções de Martín, carregou a câmara com as balas frias.

– Adeus, Lilith.

Despediu-se de si mesma com a serenidade de quem já havia morrido. Ela escondeu o revólver carregado, sem a trava de segurança, debaixo do travesseiro.

Estava pronta para viajar à noite mais uma vez.

# ATO TRÊS

# 21

## Treze anos depois
## Nova York, maio de 1975

Quando criança, Nadine brincava de ser mãe – tratava suas bonecas com um carinho que ela mesma nunca conhecera. A casa de Irma e Jordan Taylor funcionava com disciplina, respeito e ordem. Nada lhe faltara. Seus pais a haviam matriculado na melhor escola do bairro, em Nova York. No Natal, ela ganhava os brinquedos que pedia. Ganhou até um par de patins e uma bicicleta! Deixavam-na assistir ao seu programa de televisão favorito e a levavam ao cinema aos domingos. No entanto, sempre se sentiu como uma convidada, alguém de passagem, beneficiária do ato de caridade de seus pais. Se acordasse à noite chorando depois de ter um pesadelo, Irma se levantava, acendia a luz e a acalmava a uma certa distância. Se estava com febre, Irma pegava o termômetro e aplicava compressas frias em sua testa e nas axilas. Ela não tinha do que reclamar. Tivera uma infância feliz. Nunca tinha sido maltratada, era uma boa aluna, fazia os deveres de casa, e suas únicas obrigações eram arrumar o quarto e tirar o lixo. Irma nunca dedicou tempo para ensiná-la a cozinhar, bordar ou tricotar, pois estava convencida de que Nadine seria médica, em vez de ser esposa ou mãe. Talvez quisesse que Nadine tivesse o que ela nunca teve, pois Irma também fora vítima da guerra. Se não houvesse o nazismo, ela teria ido trabalhar em um hospital, ajudando os necessitados.

– Sua mãe tem um coração muito bom – Jordan lhe dissera uma vez, depois de Irma ter berrado uma ordem para Nadine em alemão. – Ela só quer que você dê o melhor de si.

Gostava de ambos, embora, desde pequena, sempre temesse cometer um erro e ser enviada de volta para o convento em Havana, como castigo.

Nadine não queria saber nada sobre o passado. Quando dormia, muitas vezes, era atormentada pelo pesadelo recorrente de estar abandonada entre as nuvens ou no meio do mar. Desde pequena, ouvia de Irma trechos da história de sua avó alemã, poetisa e rebelde em um país onde ser diferente podia custar a vida; da família judia que resgatara sua mãe, levando-a de Berlim para Havana; de sua própria partida repentina de Cuba, deixando para trás a mãe que a havia mandado embora para salvá-la. Não queria saber mais do que isso. Se Nadine não conhecesse seu passado, ele nunca teria acontecido.

Era órfã, ela sabia disso. Nascera em Cuba por acidente. Seus pais cubanos estavam mortos, e a única pessoa de sua infância que conhecia, que ainda poderia estar viva, era a freira que organizara sua partida de Cuba. Se ela se aprofundasse no passado de sua mãe biológica, o fio logo se perderia em meio a uma guerra inimaginável. O nazismo destruíra sua família; depois, o comunismo lhe havia roubado a única coisa que poderia chamar de sua. No fim, os Taylor eram as únicas pessoas com quem ela podia contar.

Um dia, sozinha, quando seus pais tinham ido para Manhattan, ela encontrou uma caixa de sapatos no armário de sua mãe que continha cartas organizadas em ordem cronológica, amarradas com uma fita amarela; seus envelopes estavam marcados com os anos. Nadine teria gostado de lê-las, sentindo que lhe pertenciam, embora ela não fosse o remetente nem o destinatário, mas demorou muito para que ousasse analisá-las mais de perto.

Na cozinha, enquanto Irma preparava o jantar, Nadine perguntou o que havia acontecido com sua mãe. Irma tentou evitar a pergunta. Jordan observava nervoso à distância.

Sem dar o braço a torcer, Nadine disse:

– Gostaria de conhecer o lugar onde nasci...

– Não há para onde ir – respondeu Irma, interrompendo-a. – Você não pode viajar para Cuba, eles ainda estão no meio de uma revolução. Você precisa deixar tudo isso para trás. Sua mãe está morta. Você é uma boa garota americana agora.

Naquela noite, Nadine sentiu que seus pais estavam apreensivos. Pensou que fosse porque havia dito que pretendia conhecer Cuba, mas o que de fato os deixou abalados foi o telefonema de um estranho. A pessoa que ligou apareceu do nada em sua casa pouco antes de se sentarem para jantar na noite seguinte. Ele disse que era um jornalista que investigava crimes de guerra.

– Você é Irma Brauns? – perguntou o homem, que carregava uma pesada maleta de couro.

Sem ser convidado, o jornalista entrou e sentou-se na sala. Irma e Jordan se entreolharam e permaneceram em pé, de frente para o homem.

Nadine começou a tremer, sem entender o motivo. A mãe suspirou resignada e sentou-se em uma das poltronas. Parecia que havia aguardado por esse momento a vida toda.

– É melhor você subir para o seu quarto – Jordan disse a Nadine.

Um dia depois da visita do jornalista, os pais de Nadine começaram a ir todos os dias de metrô para Manhattan, a fim de consultar advogados e enviar documentos que provavam que eram cidadãos americanos e que nunca haviam cometido crime algum. Numa tarde em que os Taylor estavam fora de casa, Nadine e sua melhor amiga, Miranda, pegaram a caixa de sapatos que continha as cartas que Irma havia escondido em seu armário.

Eram cartas entre sua mãe adotiva e a freira do convento, que conseguira tirar Nadine de Havana, com mais de dez mil outras crianças, para salvá-las da doutrinação comunista, por meio de um programa que algum burocrata mais tarde apelidou, de um modo sarcástico, de "Operação Pedro Pan" ou "Operação Peter Pan".

Nadine não deixou Miranda virar a caixa sobre a mesa da sala de jantar.

– Temos que deixar tudo como estava – ela a alertou, memorizando a maneira como as cartas estavam amarradas e dispostas.

Miranda lia em voz alta parágrafos estranhos em inglês que não faziam sentido para nenhuma das duas, enquanto Nadine vasculhava envelopes e documentos os quais não conseguia compreender. Referiam-se ao sangue alemão de Nadine, à proximidade de seus pais com o governo cubano derrotado. Falavam de medo e perseguição.

A princípio, Miranda supôs que aquilo se referia aos nazistas. Para ela e sua família, qualquer menção à perseguição sempre teve a ver com os nazistas. No entanto, Nadine explicou que a freira, Irmã Irene, falava sobre acontecimentos recentes em Cuba, onde ela havia nascido.

Em uma cópia de uma carta que Irma enviara a Irmã Irene defendendo a adequabilidade dos Taylor como pais adotivos, ela fez referência à sua fé católica, à sua própria infância em Viena, a seu sonho de ser enfermeira, às mudanças provocadas pela guerra. Mencionou os anos que vivera em Berlim, onde conheceu o marido, um eletricista de Cleveland, Ohio, que lutou pelos Aliados. Irma trabalhava em um hospital em Berlim, conforme escrevera, quando conheceu o americano. Pouco depois, eles se casaram, e ela o acompanhou, indo para Nova York. Viviam desde então, dizia, em uma casa confortável com um quarto vago para a menina. Junto à carta havia um documento da arquidiocese de

Nova York aprovando a família Taylor e falando de sua devoção religiosa e boa índole.

Nadine esperava descobrir algum segredo, mas a carta continha apenas detalhes de uma história que ela já conhecia em linhas gerais. Em outra, a freira dizia que havia perdido contato com Lilith Bernal, mãe biológica de Nadine, e que o que aconteceu com ela "só Deus poderia saber". "Lilith estava esgotada por tantas perdas...", contava a freira. "Por mais que você ore, a dor ainda pesa sobre você."

Enquanto vasculhava as cartas, Nadine encontrou uma separada das outras, sem envelope, dobrada ao meio. A caligrafia da freira havia passado para o outro lado do papel, e Nadine a abriu com o maior cuidado. O papel tinha envelhecido mais do que o restante. Estava amarelado, gasto e desbotado, como se tivesse sobrevivido a um naufrágio. Em seu interior havia uma fotografia em sépia, colada em um pedacinho de cartolina, com bordas serrilhadas. Era uma mulher com um bebê nos braços. Nadine mostrou-a a Miranda, cujos olhos se arregalaram enquanto ela levava a mão à boca. Elas se sentaram e analisaram a imagem.

– Você é igualzinha à sua mãe – Miranda declarou espantada.

O nome de Nadine estava escrito no verso da fotografia com uma caligrafia diferente das demais.

– Essa é a caligrafia da minha verdadeira mãe.

Verdadeira mãe. Ela nunca havia pronunciado essas palavras antes. Para Nadine, os únicos pais que existiam em sua vida eram os Taylor. Irma era sua única mãe.

Nadine sentiu que tinha descoberto um tesouro que estava escondido havia anos. Sua verdadeira mãe, Lilith, tinha amarrado os cabelos para trás, deixando a testa exposta. A bebê estava envolta em um cobertor de tricô enfeitado com renda. Ambas olhavam para a câmera, como se buscassem aprovação.

Ardendo de curiosidade, Miranda arrancou a carta das mãos de Nadine e começou a lê-la em voz alta com uma voz suave, quase inaudível. Nadine seguiu a escrita enquanto ela lia, examinando cada palavra, cada frase que a freira havia escrito em seu inglês rudimentar. Era uma espécie de resumo que a freira obteve de sua mãe assim que a família Taylor concordara em adotar a menina.

Leu seu nome verdadeiro: Nadine Bernal Keller. Sua mãe biológica se chamava Lilith Keller de Bernal, embora estivesse registrada como Herzog em um antigo passaporte alemão. A *señora* Keller de Bernal chegara a Cuba graças à documentação preparada por Franz Bouhler, a quem chamava de anjo da guarda, e pelo professor Bruno Bormann, e a uma família de origem judaica que a adotara como filha. Lilith era filha da escritora alemã Ally Keller, assassinada pelos nazistas no campo de concentração de Sachsenhausen, nos arredores de Berlim, por volta de 1940. Segundo a freira, embora a bebê tivesse pele clara, sua mãe, Lilith Keller, era mestiça e, por isso, sua mãe biológica (avó de Nadine) precisou tirá-la de Berlim para poupá-la do sofrimento que lhe seria causado em consequência das leis de higiene racial nazistas. Lilith era filha de uma mulher católica alemã e de um alemão negro, que, por sua vez, era filho de uma alemã e de um africano.

Quando terminaram de ler as cartas, ficaram em silêncio.

— E o que aconteceu com sua mãe no fim das contas?

— Minha mãe... Lilith, ela está morta.

— Deve ser doloroso ter de abrir mão de sua filha. Minha avó diz que tem gente que morre de dor.

Nadine baixou a cabeça.

— Então, você é negra? — Miranda não conseguia tirar isso da cabeça.

Enquanto Miranda lia uma última frase, Nadine se levantou. Ouviu um carro parando do lado de fora da casa e percebeu que seus pais haviam chegado.

– Precisamos colocar tudo de volta como estava – disse Nadine, afobada.

Durante meses, seu pai adotivo continuou a esconder a verdade sobre o que havia acontecido quando o repórter os visitou. Um dia, quando Nadine voltou da escola, Irma não estava mais lá. Jordan sentou-se na sala mal iluminada de sua casa no Queens e, depois de um longo silêncio, com os ombros caídos e o semblante abatido, disse-lhe algo que ela não desejava ouvir.

– Sua mãe foi levada para uma prisão alemã. Dizem que ela era nazista durante a guerra e que fez coisas muito ruins. Vamos para a Alemanha, para apoiá-la durante o julgamento.

Ela podia sentir que o simples fato de dizer isso lhe era penoso.

– Sua mãe é inocente – declarou ele com absoluta certeza.

No dia seguinte, Jordan buscou Nadine na escola para dizer que era melhor ela não ir às aulas ou ver sua amiga Miranda por um tempo, até que as coisas voltassem ao normal. Nadine não estava disposta a desistir de sua melhor amiga.

No fim, nada voltou ao normal. Seu pai parou de dormir e começou a ficar o dia todo trancado no quarto, fazendo ligações e vendendo os bens que possuíam, inclusive sua parte no pequeno negócio de eletrônica, que foi comprada por um de seus sócios por uma ninharia. O rosto de Jordan Taylor ficou todo enrugado, seus cabelos começaram a ficar ralos.

– Estou perdendo minhas folhas – disse ele uma noite, tentando aliviar o clima durante um de seus jantares lentos e silenciosos.

Agora que estavam sozinhos, era Jordan quem entrava no quarto de Nadine na hora de dormir e lhe perguntava como estava, se queria um copo de leite morno. Vez ou outra, passava a mão na cabeça da garota de forma distraída, era sua maneira de demonstrar carinho.

Deixariam o país, ela sabia, e a casa com as cortinas de renda feitas por Irma, o único lar de que se lembrava, seria de outra família. Jordan explicou que Nadine iria acompanhá-lo a Düsseldorf para ajudar sua mãe, que foi trancada em uma cela porque, um dia, um estranho havia batido à porta e pedido para falar com ela.

Jordan sabia que nunca conseguiria convencer Nadine a voar. Ela havia sido despachada, sozinha, em um avião quando tinha apenas 3 anos de idade, primeiro, para Miami e, depois, para Nova York, uma cidade tão distante que a obrigou a desistir de toda a esperança de voltar ao lugar de onde veio. Ao longo dos anos, dissera muitas vezes aos pais que nunca mais entraria em um avião. Em sua mente, toda a ansiedade e a tristeza que vivenciou quando criança se associaram a voar de avião, e sua fobia de voar só se intensificou com o passar do tempo.

Uma noite, seu pai lhe disse que iriam cruzar o Atlântico em um barco e que, de lá, pegariam um trem para chegar à prisão onde Irma estava detida, na Alemanha. Com um tom de nostalgia na voz, disse que ainda se lembrava da cerveja que bebia em Berlim depois da guerra. Nunca havia provado nada parecido desde então, embora a maioria dos bares em seu bairro, no Queens, supostamente vendesse a mesma marca.

– Será uma aventura, Nadine. Enfim, descobriremos o que aconteceu com sua avó alemã, a escritora – disse ele. – Pode até ajudar sua mãe. Ela precisa de nós, de nós dois, agora mais do que nunca.

O que causava mais tristeza em Nadine por ter de deixar Nova York era o fato de perder sua melhor amiga. Ela e Miranda eram inseparáveis desde o jardim de infância. Jordan nunca disse que era uma viagem só de ida, mas todos os sinais eram evidentes. Eles haviam colocado a casa à venda e oferecido todas as joias de Irma para a loja de penhores na Lee Street. Em um fim de semana, não muito antes de partirem, Nadine notou que o armário de sua mãe estava vazio, exceto por cabides nus e uma caixa enfiada em uma prateleira alta. Ao ver que a caixa de sapatos com as cartas de Cuba ainda estava no mesmo lugar que sua mãe a escondera, Nadine decidiu pegar as cartas e enfiá-las na mala.

Miranda ficou tão surpresa com a partida repentina de sua amiga quanto Nadine. Ainda assim, durante as últimas semanas de Nadine em Nova York, elas só se viram durante as aulas. Miranda estava ocupada descobrindo seu corpo com o auxílio de um garoto italiano que ela descreveu como uma espécie de polvo.

Os dois costumavam passear pelo bairro depois da escola e, muitas vezes, acabavam indo para a casa de Miranda. Nadine não gostava de nenhum dos meninos da escola. Disse a Miranda que não teria namorado até chegar à faculdade.

— Um dia, serei médica e vou me casar com um médico também — Nadine lhe dizia.

— São muitos anos de estudo para mim — respondeu Miranda. — Vou ser professora, como minha mãe.

O que ela nunca contou a Miranda é que tinha planos de estudar na Alemanha.

— Vamos para a mesma universidade juntas, pode ter certeza disso — disse Miranda.

— E, um dia, vamos morar juntas em Manhattan.

Nadine lembrou-se de que, em um dos últimos jantares de família para os quais foi convidada na casa de Miranda, a amiga afirmara que todo alemão que não fosse judeu e tivesse sobrevivido à guerra deveria ser nazista. Isso era algo que Miranda ouvia seus avós dizerem desde que se entendia por gente. "Não há alemães inocentes", ela havia dito. Pessoas que não se pareciam com eles eram jogadas nos fornos, e os que se opunham a eles levavam uma bala na cabeça. Nadine disse à amiga que acreditava que sua mãe, Irma, tinha nascido em Viena e só havia obtido a cidadania alemã depois da guerra para evitar a fome.

— Bem, sempre há uma exceção à regra e, enfim, você é adotada — respondeu Miranda, dando de ombros. — Uma coisa é certa, você e eu não teríamos sobrevivido na Alemanha. Teríamos sido asfixiadas por gás, e daí para os fornos. Você, por ter um avô negro, eu, por ser judia.

As duas amigas brincavam com maquiagem e, muitas vezes, se comparavam diante do espelho, tentando identificar as características físicas que mais as definiam. Traçavam seu perfil, depois suas orelhas e a testa, quase não encontrando diferenças que as distinguissem. Eram da mesma altura, ambas tinham pescoços longos, pele pálida, olhos azuis que ficavam verdes com a luz do Sol e cabelos castanhos ondulados. Passar tanto tempo na frente do espelho as tornara especialistas em aplicar delineador e batom e imprimir marcas de beleza em suas bochechas.

Embora a mãe de Miranda não seguisse muitas tradições judaicas, a única coisa de que se recusava a abrir mão era a refeição sabática. De vez em quando, convidavam Nadine, que se juntava às outras mulheres da casa, acendendo velas enquanto o sol começava a se pôr. Nadine ficou fascinada com aquela família que tinha tantos tios e tias, primos e avós, todos falando uns com os outros, gritando e praguejando, a geração mais velha falando com os mais jovens como se os estivesse repreendendo, depois os sufocando em meio a abraços e beijos.

Se o telefone tocasse durante o jantar de uma sexta-feira e Miranda corresse para atender, sabendo que era seu namorado, sua mãe tiraria o sapato e ameaçaria arremessá-lo nela e cortar sua mão caso ela tocasse no aparelho.

— Você mesma me disse para esquecer que sou judia, mas não me deixa atender o telefone na sexta-feira — Miranda dizia à mãe, que ficava sentada ali, com o sapato ainda na mão, pronta para arremessá-lo.

Quando, por fim, tiveram que se despedir, com Jordan já aguardando no carro que os levaria ao navio, as duas choraram.

– Você irá para a faculdade em alguns anos, e eu também. Bom, a não ser que eu me case e comece a produzir polvos italianos – disse Miranda, rindo, decidida a aliviar a tristeza que pairava sobre elas.

As duas garotas riram dessa ideia e se abraçaram. Separaram-se sabendo, embora não quisessem reconhecer, que nunca mais se veriam.

# 22

## Seis meses depois
## Düsseldorf, novembro de 1975

Nadine permaneceu a travessia toda na cabine, passando mal, enquanto o pai ocupava o tempo no bar e voltava tarde da noite. Todos os dias, ele se levantava, tomava banho, vestia roupas limpas e desaparecia. Quase duas semanas se passaram assim, até chegarem a Hamburgo, onde pegaram um trem para Düsseldorf. Com apenas 16 anos, sua casa em Nova York já era uma lembrança distante. Jordan lhe dissera que os dois seriam necessários em Düsseldorf se quisessem salvar Irma. Quando desembarcaram do trem, foram recebidos por *Frau* Adam, uma alemã atarracada que os levou para sua hospedaria e os conduziu a dois quartos contíguos no segundo andar, cada um com seu próprio banheiro. Em seu pequeno quarto, Nadine podia ouvir cada suspiro e cada soluço de seu pai através do papel de parede floral desbotado.

Nadine vagou pelas ruas ao redor do rio Düssel, sentindo-se assustada e envergonhada. Os prédios, o cheiro das árvores, os bondes e os restaurantes pareciam familiares. Porém as ruas não eram nada parecidas com as de Maspeth, no Queens, onde havia crescido. A atmosfera ali era sempre a mesma, qualquer que fosse o clima: temperos misturados, mesclados com o barulho incessante da cidade, e as vozes e os gestos das pessoas correndo para chegar aonde quer que estivessem indo.

Era calmo em Düsseldorf, no entanto, tratava-se de uma calma que não tinha nada a ver com sossego. O espaço parecia comprimido, intensificado. Em um estado de estupor, ela atravessou uma pequena ponte e se aproximou do prédio de colunas de blocos de pedra onde Jordan estivera o dia todo, na verdade, a semana toda, deixando-a trancada na decrépita hospedaria de *Frau* Adam.

Ela havia lido todos os livros que encontrara em uma prateleira no armário sob a escada da hospedaria e estava ficando cansada dos textos de Caesarius de Heisterbach no *Dialogus Miraculorum* (*Diálogo sobre Milagres*) e da história do poder germânico *versus* o decadente Império Romano conforme contada na *Gesta Romanorum* (*Feitos dos Romanos*). Quando era pequena, no Queens, Nadine falava e lia alemão com Irma, embora soubesse, apesar de nunca ter sido informada disso, que o espanhol havia sido sua primeira língua, que ela, um dia, esperava voltar a usar. Afinal, havia nascido em Havana e, embora fosse muito jovem quando partiu para Nova York, tinha certeza de que devia ter aprendido algumas palavras.

Entretanto, a Alemanha era um lugar sobre o qual seus pais sempre falavam. Irma dizia para Nadine, desde que ela era uma garotinha, que, um dia, iriam juntas para a Áustria ver onde Irma havia nascido. Falaram até sobre Nadine se candidatar a uma universidade em Berlim assim que terminasse o ensino médio.

Esta não era a viagem que tinham planejado. Isso parecia mais um acidente. Um erro terrível.

Fazia um ano que sua mãe adotiva havia sido levada sob custódia, mas ninguém havia explicado a Nadine os verdadeiros motivos da prisão de Irma. Tudo o que sabia era que Jordan a havia separado de tudo o que conhecia e a levara com ele para encontrar Irma naquela cidade que parecia tão estranhamente pacífica. Jordan começara a envelhecer de forma drástica, esquecia-se das palavras, iniciava uma conversa e parava no meio da frase. Ela desejou que nunca tivessem saído de Nova York.

Durante meses, Nadine foi atormentada por pesadelos. Seu pai adotivo, por outro lado, lutava contra a insônia. Os dois se transformaram em fantasmas errantes. Jordan agarrado à esperança de que um dia recuperaria Irma. Nadine acabou entendendo que Irma era o único amor verdadeiro de seu pai.

Estavam em Düsseldorf havia quinze dias, e Nadine passava seu tempo livre perambulando pela cidade sem um mapa, memorizando os nomes das ruas para ter certeza de que encontraria o caminho de volta. Numa manhã, depois do café, seu pai pediu que ela fosse ao tribunal naquela tarde. Explicou que poderiam precisar dela, que era a mesma coisa que ele havia dito na semana anterior. Ela aguardou no tribunal por horas sem ser convocada e, por fim, mandaram-na de volta para a hospedaria.

Jordan insistira para que ela ficasse longe de bancas de jornais e revistas e não ouvisse rádio. A partir de então, toda vez que se aproximavam de uma banca ou viam alguém lendo um jornal, ela baixava o olhar. *Frau* Adam também devia ter sido advertida, pois nunca mencionou o julgamento da mãe de Nadine na sua frente. As conversas durante o café da manhã ou à noite se restringiam a discutir receitas ou falar sobre como a vida na Alemanha havia se tornado tão cara. No entanto, com o tempo, *Frau* Adam, cuja idade era difícil de adivinhar, começou a se sentir mais à vontade com a adolescente.

– Você deve sentir muito a falta da sua mãe – disse-lhe um dia, observando Nadine sentada sozinha no escuro na sala de estar.

A verdade é que ela não sentia a falta de Irma. A mulher que a criara desaparecera um dia sem se despedir. Isso foi tudo.

· ✦ ·

Até então, a estada de Nadine em Düsseldorf consistira sobretudo em ir e voltar de seu alojamento para o tribunal e vice-versa. Estava cansada de aguardar na sala 4C e nunca ser convocada. Então, um dia, isso mudou.

Uma policial e um funcionário do tribunal a abordaram, indicando que deveria segui-los. Sem dizer uma palavra, conduziram-na por um imponente conjunto de portas duplas, e o som de muitas vozes murmurando, de repente, agrediu seus ouvidos. Quando Nadine viu o tribunal em toda a sua imponência, seu coração começou a bater tão rápido que ela pensou que fosse desmaiar. Aguardou na entrada da sala de audiências, fechou os olhos, encheu os pulmões de ar e endireitou a coluna.

Quando abriu os olhos, viu o pai sentado a uma mesa comprida, atrás de uma montanha de papéis, arquivos e pastas. Ao vê-la, ele sinalizou para que ela se aproximasse. Nadine apressou o passo, sentindo-se como se fosse ela que estivesse sendo julgada, e se juntou a ele. De onde estava, olhou ao redor, para os semblantes dos que estavam sentados às mesas da frente e para os homens de terno escuro e gravata branca instalados diante deles. Pôde ouvir o burburinho elevando-se na sala; então, a maioria das pessoas se levantou. Na entrada do tribunal, ela viu uma mulher um tanto familiar com um sobretudo marrom e um chapéu branco do qual escapavam mechas de cachos louro-acinzentados. Estava acompanhada por dois advogados. Era Irma.

Irma, agora chamada de *Frau* Brauns, foi seguida por outras duas rés enquanto as câmeras fotográficas dos jornalistas disparavam. Nadine notou que, ao contrário de sua mãe, as outras duas mulheres escondiam o rosto atrás de jornais. Irma era a única que mostrava os olhos assustados e os lábios franzidos, numa expressão estranhamente digna. Quando os olhos de Irma e Nadine se encontraram, nenhuma delas demonstrou o menor sinal de reconhecimento. Ambas voltaram sua atenção para o promotor, que havia começado um discurso inflamado. O homem pronunciava as palavras com muita veemência, e suas frases eram penetrantes como lanças. Enquanto ele continuava seu massacre de palavras destinadas a comover e despertar piedade, seu rosto ficou vermelho e sua testa foi coberta por uma profusão de gotículas de suor.

Sem compreender toda a terminologia legal que ele usava, Nadine entendeu o que estava acontecendo. Ouviu o promotor arrasar sua mãe no aspecto moral sem sequer mencionar seu nome, pedindo ao juiz que lhe impusesse a pena máxima. Queria perguntar ao pai, ao advogado ou ao funcionário do tribunal que a escoltara até a sala e ainda estava em pé atrás dela qual era a sentença, mas nenhum deles lhe deu atenção. Nadine se perguntou o que uma menina de 16 anos, nascida em Cuba e adotada por uma família em Nova York, estava fazendo no julgamento de uma austríaca que se tornara cidadã alemã e, depois, americana. Ela só captava palavras ou frases esparsas: menções de crime, abuso, negligência, fuga, refugiados, campos com nomes difíceis de se lembrar e, em seguida, de novo, a palavra "chutar": crianças teriam sido arremessadas de trens lotados por Irma. Os chutes foram mencionados várias vezes, como se o crime tivesse sido cometido apenas pela ponta de um sapato. O advogado parou e olhou para Irma, para Jordan e, por fim, para Nadine, como se os três fossem culpados.

O advogado de defesa, enfim, se levantou para falar: Irma Taylor havia adotado a filha de uma judia alemã que fugira para Cuba e que ficara órfã por causa do comunismo. Quando disse "filha", o advogado de defesa apontou para Nadine. Todo o tribunal se virou para ela. Nadine fechou os olhos. Ele disse que a mulher sentada no banco dos réus não teria coragem de matar uma mosca. Alegou que a mulher corajosa o suficiente para mostrar seu rosto no tribunal sem sentir vergonha era inocente. Irma Taylor, ele insistiu, era, na verdade, mais uma vítima de uma guerra que exaurira a todos. Depois da guerra, uma minoria de pessoas, sedenta de vingança e desejando fazer fortuna, perseguiu aqueles que apenas cumpriram ordens, como faria qualquer cidadão alemão decente.

Quantas gerações teriam de arcar com a culpa? Quantas vezes uma mulher poderia ser arrastada perante o tribunal apenas por fazer seu trabalho e seguir as ordens de seus superiores? O advogado de defesa parecia tomado de emoção com suas próprias palavras.

A defesa enfatizou, apesar das interrupções regulares do promotor, que pedia que se mantivesse o foco apenas em eventos ocorridos em dois campos de concentração, que Irma Taylor – ele se recusava a usar Brauns, seu nome de solteira – não poderia ser julgada duas vezes pelo mesmo crime. Ao que parecia, depois da guerra, a senhora Taylor havia conseguido escapar do campo de concentração de Majdanek antes da chegada do Exército Vermelho e voltar a Viena, sua cidade natal. Lá, a polícia austríaca a prendeu e a entregou ao exército britânico, que a manteve presa por quase um ano antes de levá-la à justiça. Ela foi considerada culpada de tortura e maus-tratos a prisioneiros e de crimes contra a humanidade. A senhora Taylor cumpriu três anos de prisão, depois dos quais se casou com um soldado americano e reconstruiu sua vida nos Estados Unidos, onde mudou de nome e formou uma família respeitável.

Nadine deixou o tribunal desorientada. De repente, não sabia em que cidade estava, que ano era ou de onde tinha vindo. Mais tarde, naquele dia, de volta à hospedaria, em seu quarto, que ela sentiu que se tornaria uma cela nos próximos meses, Nadine parou em frente ao espelho de moldura dourada pendurado ao lado da janela. A luz cinzenta apagou cada linha de seu rosto, e ela olhou para seu reflexo, como havia feito no passado com Miranda. Desejou que pudessem ficar juntas, que seu pai a tivesse deixado para trás, que a mãe de Miranda a tivesse levado para sua casa. Mais ainda: desejou que sua verdadeira mãe nunca tivesse desistido dela, que tivesse permitido que crescesse com ela em Cuba. A imagem refletida no espelho não era de fato a dela, como dissera a si mesma. Ela sorriu, imaginando-se de volta a Nova York.

Nadine tentou compreender por que queriam condenar sua mãe por um crime, um assassinato, apesar de seu pai insistir em afirmar, muitas vezes, que sem um corpo não havia crime. Perguntou-se se sua mãe poderia ser vista com compaixão e ser perdoada, e quebrou a cabeça para saber qual caminho levaria à verdade. "Mas quem sabe a verdade?", ela se perguntou. Tinha ouvido dizer que a história era escrita pelos vencedores. Então, o que aconteceu com aqueles que foram derrotados?

Mais tarde, naquela noite, ela ouviu barulhos vindos do andar de baixo e saiu de seu quarto esperando encontrar o pai. Podia não ser capaz de confortá-lo, mas, pelo menos, poderia oferecer-lhe um pouco de sua companhia. Em vez disso, encontrou *Frau* Adam esvaziando uma prateleira repleta de porcelanas. Foi juntar-se a ela e ajudou-a a embrulhar cada item em pedaços de tecido e jornais velhos, antes de colocá-los com cuidado em uma mala.

— É o aparelho de jantar da minha mãe, e suponho que tenha sido da minha avó, antes dela, mas de que serve isso para mim agora? – disse *Frau* Adam num tom de voz calmo. – Neste momento, só preciso descobrir como entregá-lo à minha irmã com meio quilo de café escondido dentro do bule.

Sua irmã era uma mulher idosa que morava sozinha em Berlim Oriental. *Frau* Adam explicou que a cidade havia sido separada por um muro que os soviéticos construíram durante a noite para dividir a Alemanha. Era o preço que o país teria de pagar por defender uma ideia, conforme ela disse.

— Não resta mais nada de nós, alemães – ela prosseguiu. – Não somos mais uma nação. Ninguém nos respeita, e ainda somos responsabilizados pelos atos dos outros. Acredita que minha irmã não consegue mais tomar café? O que aconteceu conosco? Pelo menos deste lado...

*Frau* Adam contou-lhe que o prédio da hospedaria pertencera à família de seu marido por várias gerações. Durante a libertação, o bairro havia sido destruído por bombas, mas o casarão permaneceu em pé em meio às ruínas. Confessou a Nadine que, sem dinheiro e com o marido na prisão, ela não teve escolha a não ser transformá-lo em uma hospedaria. Dada a proximidade do tribunal, ela tinha réus, testemunhas, advogados, culpados e inocentes sob seu teto, sempre cuidando para que não topassem uns com os outros.

– Somos todos culpados, e sabe por quê? Porque sobrevivemos. Eles prefeririam que tivéssemos morrido.

Seu marido era um cirurgião, condenado por sua filiação ao partido governante na época, disse a Nadine. Surpreendeu-a que *Frau* Adam nunca tivesse pronunciado a palavra nazista.

– Um médico, apenas um médico, e agora está apodrecendo na cadeia até que alguém se lembre dele e decida que já passou bastante tempo, que não precisamos continuar carregando o peso da culpa. Veja sua mãe... Vinte anos depois. Isso lhe parece justo? Ela nunca tentou se esconder. Já foi julgada uma vez e cumpriu a pena. Por que eles têm que desenterrar o passado?

Vendo a expressão assustada de Nadine, *Frau* Adam se desculpou.

– Você não tem nada do que se envergonhar – disse ela. Então, levantou-se e pegou sua mão. – Venha comigo, tenho uma surpresa para você.

Elas caminharam por quartos escuros até o outro lado da casa, onde *Frau* Adam conduziu Nadine por um corredor até uma pequena biblioteca, que outrora fora o escritório de seu marido. Mantivera o aposento exatamente como estava, como se alimentasse a esperança de uma anistia que permitiria que *Herr* Adam retornasse para casa como se nada tivesse acontecido. Mas ele jamais voltaria à clínica ou usaria o jaleco branco que estava pendurado dentro de uma capa protetora transparente em um dos armários do quarto, disso ela tinha certeza.

*Frau* Adam parecia mais uma governanta do que a dona da casa. Ela se recusava a contratar alguém para ajudá-la a limpar ou servir, e ela mesma preparava o café da manhã e o jantar todos os dias para os hóspedes que os solicitavam. A única coisa que não fazia era lavar a louça. Ela era auxiliada por uma jovem polonesa que esfregava com força as panelas e polia com delicadeza os talheres de prata, como se temesse que facas e garfos se desgastassem com muito atrito.

*Frau* Adam sofria com a maldição do sobrevivente, como ela chamava a falta de pertencimento. O que lhes dava o direito de continuar vivendo apesar da morte de tantos outros?

Na biblioteca, *Frau* Adam tirou um pesado álbum de fotos de uma das prateleiras. Tinha uma capa alaranjada com bordas douradas, e na lombada havia uma suástica estampada, esmaecida, que mostrava sinais de vigorosas tentativas de ser apagada. As duas se sentaram no sofá, deixando-se afundar nas almofadas de seda. Então, *Frau* Adam abriu o álbum. Seus olhos fundos se iluminaram, recuperando algo de seu antigo azul.

Nadine viu a fotografia de uma jovem alta e magra com quadris estreitos. A mulher mais velha ao seu lado tinha braços fortes, seios fartos e pernas grossas, e sua cabeça parecia ter sido enterrada dentro do corpo. Seu pescoço havia desaparecido.

– É difícil acreditar que trinta anos se passaram. Eu nem me reconheço. Esta é uma fotografia minha com minha mãe.

A maioria das fotos era de *Frau* Adam com o marido, quase sempre em seu uniforme militar. Não havia nenhuma dele usando o jaleco branco. O rosto de *Herr* Adam transpirava controle e, em cada instantâneo, ele olhava de um jeito desafiador para a lente. Algumas fotografias mostravam *Frau* Adam com um bebê nos braços, sentada ao lado do marido à margem de um lago. Em outras, ela estava com um menino que trajava o uniforme da Juventude Hitlerista, e depois o mesmo jovem, então mais velho, vestido de soldado.

— Eu sempre quis ter uma filha, mas não era a vontade de Deus. Os homens são enviados para o campo de batalha, e pouquíssimos retornam da guerra.

No fim do álbum, havia muitos espaços vazios onde as fotos tinham, ao que parecia, sido removidas. Uma das fotos restantes era de uma viagem ao lago Wannsee: uma bela vila, *Herr* Adam sentado a uma mesinha no pátio, segurando uma xícara de café.

— Aquele café da manhã foi a razão pela qual o condenaram. Eles o acusaram de centenas de milhares de mortes. Por causa de um mero café da manhã. Ele fora convidado para ir a Wannsee como um especialista, só isso. Levaram todas as fotos dele com outras pessoas naquele dia e me fizeram identificar cada uma delas, como se eu tivesse estado lá. Eles me trataram como lixo. Você acha que teríamos ficado na Alemanha se meu pobre marido fosse realmente culpado? Teríamos fugido, como tantos outros fizeram. Mas meu marido não tinha nada do que se envergonhar ou que o fizesse se sentir culpado. Disseram que ele decidiu o destino de milhões de pessoas, ali, naquele café da manhã, só com médicos, advogados e jornalistas. Eles não eram carrascos. Mas ninguém acredita nisso.

*Frau* Adam se levantou furiosa e devolveu o álbum de fotos à estante. Seus olhos começaram a embaçar.

— Sabe... Se você quiser um livro, não precisa pedir. Venha e leia o que quiser, embora eu não tenha muitos romances aqui. Meu marido adorava ciência e história.

O tempo parecia ter parado na sala, suas paredes forradas com prateleiras de madeira escura, duas poltronas de couro rachado sobre um grosso tapete marrom-avermelhado e, na parede, uma pintura a óleo de um jardim abandonado. "Quando foi a última vez que *Herr* Adam sentou-se em uma poltrona atrás da mesa de vidro chanfrado?", Nadine se perguntou, prendendo a respiração e lançando olhares para todos os cantos da sala, procurando sinais de sua presença. Havia um espaço vazio, onde um objeto que antes ocupava um lugar de destaque havia sido retirado, banido para o sótão, por vergonha, desde a derrota. Uma águia? Uma suástica? A imagem de Hitler na parede para que todos pudessem admirar? *Frau* Adam não tinha fotos do marido ou do filho penduradas nas paredes, na mesa ou nas prateleiras. O uniforme denunciava. As fotos tinham de ser escondidas.

Lembrou-se da voz de Miranda, ou melhor, da voz da avó de Miranda, que fugira da Europa com a filhinha nos braços: "Em cada família alemã que sobreviveu à guerra há pelo menos um nazista!".

Nadine se viu na biblioteca de um homem preso por crimes contra a humanidade. A própria *Frau* Adam afirmara que seu marido nunca havia atirado em alguém ou torturado alguma pessoa. Nadine agora queria saber a natureza exata do crime que sua mãe teria cometido. Talvez, como *Herr* Adam, ela estivesse do lado errado, do lado perdedor. Uma vez, seu pai adotivo lhe dissera que, em uma guerra, todo mundo perde. Ela se solidarizava com *Frau* Adam, e isso a preocupava. Uma pessoa pode se acostumar com o horror.

Nadine escolheu um livro ao acaso. Diante de *Frau* Adam, tentou se ver em cada gesto, em cada ruga da mulher que vivia à sombra da culpa do marido. "Assim como *Frau* Adam, meu rosto ficará inexpressivo, meus olhos ficarão encovados, eu vou engordar tanto que meu pescoço vai desaparecer", pensou Nadine. Com um livro debaixo do braço, ela desejou boa-noite a *Frau* Adam, que permanecia em pé na sala mal iluminada.

Nadine vagou pelo corredor do andar de cima. Foi ao banheiro, lavou o rosto com água gelada, escovou os cabelos e foi para a cama. Decidiu ler para deter os pensamentos que povoavam sua mente, convencida de que acabaria como *Frau* Adam, passando anos aguardando uma anistia que libertaria Irma. Ninguém, por mais perverso que tenha sido, deveria pagar o preço de uma guerra pela qual apenas uma pessoa foi responsável. "Um homem levou a nação alemã à ruína", seu pai havia dito aos advogados de defesa.

· ✦ ·

Depois de seis meses na Alemanha, e com o julgamento se arrastando, Nova York era uma lembrança distante para Nadine, e sua velha amiga Miranda, uma estranha. Sua própria voz lhe parecia alheia. Sentiu como se tivesse chegado uma garotinha e se tornado uma mulher da noite para o dia. Até o nome dela não lhe pertencia mais. Ela era uma Taylor, mas também podia ser uma Keller, como sua mãe verdadeira, ou uma Bernal, como seu pai biológico, ou, pior ainda, uma Brauns, como sua mãe adotiva. Começara a construir uma vida na Alemanha, mas ainda não conseguia imaginar um futuro para si mesma.

Certa manhã, acordou sem fôlego, sufocando. Correu para abrir as janelas e estremeceu com a rajada de ar frio. Estava morando na casa de um assassino. "Nem todos os assassinos têm manchas de sangue nas mãos", ela pensou. Ela era cúmplice, assim como seus pais adotivos e *Frau* Adam. Logo, começaria a estudar na Alemanha, e não tinha ideia do que esperar, não sabia como deveria se comportar.

O juiz decretou um recesso de uma semana, e seu pai passou todo esse período no quarto. *Frau* Adam levava-lhe o desjejum em uma bandeja, que ele mal tocava, e a criada polonesa a recolhia ao meio-dia.

No dia em que o julgamento recomeçou, a promotoria disse que pretendia convocar várias testemunhas, todas de diferentes países. Essa notícia foi um golpe terrível para Jordan: não havia fim à vista. Sua raiva consumia tudo, e Nadine sentiu que ele a havia esquecido por completo. No jantar, era como se ela não estivesse ali, ele não registrava sua presença. A única coisa que importava para ele era salvar a esposa. A cada dia, ficava mais magro, e suas mãos adquiriram manchas da idade. Enlouquecido pelo latejar nas têmporas, tinha o hábito de apertar os olhos como se estivesse tentando olhar dentro de sua própria cabeça, levando o dedo até a testa e pressionando com tanta força que deixava um círculo vermelho.

Nadine olhava para ele e não sentia nada. Com o prato de comida intocado diante de si, Jordan parecia estar se deixando morrer. Naquela noite, pela primeira vez na vida, Nadine sentiu-se sozinha no mundo. Passara a vida toda vivendo com dois estranhos. Quem eram de fato seus pais? A única pessoa com quem conversava era *Frau* Adam, uma nazista, como Nadine no fim acabou descobrindo. E quanto a seus pais verdadeiros? Que crimes haviam cometido?

Saindo do tribunal no dia seguinte, Jordan e Nadine aceleraram o passo.

Havia repórteres com câmeras do lado de fora e o clamor de uma multidão ansiando por um espetáculo.

– Vamos nos apressar – murmurou Jordan. – Quem sabe quando esse circo vai acabar? Só espero que nos deixem visitar sua mãe.

Virando a esquina, apressaram-se por uma rua movimentada e chegaram a uma ilha de tráfego. Os carros passavam zunindo de ambos os lados. Nadine percebeu que um fotógrafo ainda os estava seguindo. Ele abrira caminho por entre a multidão para tirar uma foto. O *flash* assustou Nadine, e ela quase perdeu o equilíbrio. A turba atrás do fotógrafo se aproximou. Os veículos passavam rápido ao seu redor. De repente, Nadine viu-se separada do pai. Por um segundo, ele desapareceu de sua vista, e ela levou a mão ao peito, tentando sentir as próprias batidas do coração. Nadine imaginou Jordan pronto para se lançar à frente dos carros velozes, como se tirar a própria vida fosse acabar com sua tortura. Em sua mente, Nadine não conseguia parar de ver o corpo do pai no asfalto, com seu semblante calmo, sereno. Parecia-lhe que Jordan estava morto desde que deixaram a corte. Ele vinha ensaiando a dor constante de viver sem a esposa desde que deixara Nova York. A dor nunca teria fim.

O grito de uma mulher fez Nadine se virar por um instante. A mulher apontou-lhe o dedo, como se a acusasse. Ela cuspiu uma frase em alemão, com um sotaque que Nadine não conseguiu identificar, uma expressão de repulsa no rosto. Suas palavras pulsavam como um eco. Nadine sentiu seu corpo queimar. Outra frase, agora mais clara. Já de volta ao lado do pai, para evitar cair, apoiou-se em seu ombro. Ele também estava balançando, e ela queria abraçá-lo para mantê-lo estável, mas não conseguia. Estavam na fronteira entre os vivos e os mortos. Ao redor deles, carros transitavam em ambas as direções. Atrás deles, a turba. Nadine rezou para conseguir encontrar uma porta imaginária, como havia sonhado uma vez em Maspeth, quando desejava se livrar dos pesadelos. Uma porta, ela precisava abrir uma porta. Se encontrasse uma, ela a atravessaria sozinha?

Outro grito se seguiu, cada vez mais próximo. Jordan estava tremendo, suas mãos suavam. Mais uma vez, Nadine sentiu que não conseguia respirar, que seu coração havia parado de bater. Estava se afogando.

– Aquela é a filha do monstro! – ouviu a mulher gritar.

Nadine sentiu a verdade disso. Era filha de um monstro, indigna de amor ou compaixão.

# 23

## Seis anos depois
## Düsseldorf, agosto de 1981

Nadine achava a escola em Düsseldorf entediante. As únicas aulas que a interessavam eram biologia, ministrada por um senhor idoso, e espanhol, dada por uma alemã que morara em Sevilha quando criança. A professora de espanhol lhe dissera que ela tinha uma habilidade natural para idiomas e sotaques, assim como muitos judeus. Nadine a interrompeu para esclarecer que era católica e que tinha nascido em Cuba, que era filha de pai cubano e mãe alemã. A professora a encarou admirada e, a partir daí, ela ficou conhecida como "a garota cubana".

O julgamento de sua mãe se arrastara em um circo interminável de apelações, novas acusações, réplicas e manobras legais por quase seis anos. Aos poucos, os noticiários da televisão e os jornais pararam de cobrir a história, mas um jornalista relatou que esse julgamento havia se tornado o mais longo e caro da história do país. Jordan havia se isolado em um silêncio profundo, e Nadine só o via durante o café da manhã nos fins de semana. Sua vida consistia em ir da escola para a hospedaria e da hospedaria para a biblioteca. Com o dinheiro que Jordan enfiava debaixo da porta do seu quarto em um envelope todas as semanas, ela ia ao cinema assistir a filmes mal dublados de Hollywood. Graças ao seu professor de biologia e a suas excelentes notas acadêmicas, ela foi aceita na Freie Universität em Berlim, que os alunos chamavam de FU, o que lhe permitiu, enfim, uma ruptura com seus pais. Sentiu-se livre no momento em que recebeu a carta de admissão. Preencheu os documentos de matrícula usando seu nome verdadeiro: Nadine Bernal.

Pouco antes do início das aulas na universidade, Nadine precisou voltar a Düsseldorf. O julgamento contra Irma estava chegando ao fim e, como último gesto de esperança, o advogado de defesa solicitou a presença de Nadine. Uma testemunha crucial, enfim, iria depor no julgamento, e o advogado achou que a presença de Nadine poderia despertar um pouco de compaixão por Irma. Ela se ressentiu do fato de ter de estar lá bem no momento em que sentia que estava iniciando um novo capítulo em sua vida.

A sala do tribunal estava gelada e, naquele lugar, Nadine voltou a se sentir como uma garotinha vulnerável. Teve o impulso de se esconder atrás do pai, protegendo-se das vociferações do promotor e da mulher de cabelos desgrenhados no banco das testemunhas, que reconheceu Irma de imediato. Por mais que tentasse, Nadine não conseguia deixar de sentir compaixão por Irma, que parecia muito frágil, com seus gestos contidos e o rosto bastante enrugado.

— É ela — disse a mulher no banco das testemunhas, apontando para Irma.

Pediram-lhe que pronunciasse o nome da ré.

— Todos no campo a conheciam como a "Égua Pisoteadora" — declarou ela.

Um murmúrio incômodo percorreu o tribunal.

— Você a viu matar alguém? — perguntou o advogado de defesa.

— Não.

— Você a viu levar alguém para a câmara de gás?

– Não.

– Para o crematório?

– Não.

– Você a viu armada com uma pistola em algum momento, ou apontando uma pistola para alguém?

– Não.

Outro silêncio desconfortável.

– Ela... – prosseguiu a mulher. – Ela maltratava as crianças que chegavam ao campo, as que desciam do trem, que eram separadas de suas famílias.

– Você a viu matar uma criança?

Outra pausa.

– Ela era muito cruel com as crianças, apenas com as crianças. – A voz da mulher mal podia ser ouvida, como se cada palavra a ferisse.

A testemunha estava diminuindo a cada segundo diante dos olhos de Nadine.

– As crianças... – a mulher repetiu.

– Vamos lá, o que acontecia com as crianças – o advogado de defesa a incitou.

– Ela...

– Você pode terminar a frase de uma vez por todas? – O advogado a pressionou, levantando a voz.

– Leve o tempo que precisar – disse o juiz, com toda a calma.

– Ela estava encarregada de...

– Do quê? – questionou o advogado.

– Das crianças... Quando elas...

– Ela as separava? – o advogado a induziu, perdendo a paciência.

– Sim.

– Pelo menos, isso está claro, então – disse o juiz.

– Quem ordenava que as crianças fossem tiradas de suas mães? – perguntou o advogado.

– O capitão. – A voz da mulher estava mais forte agora.

– Então, ela estava seguindo ordens? – perguntou o advogado de defesa, voltando-se para o público e, em seguida, olhando para o juiz e, por fim, para uma das outras testemunhas, que encarava de forma acusadora a mulher que dava seu depoimento, como se quisesse proteger a ré.

– Mas ela as separava – repetiu a mulher.

– À força, sim. Esse era o trabalho dela, você não concorda?

– Ela as chutava.

O advogado de defesa começou a dizer algo, mas a mulher agora derramava uma torrente de palavras.

– Quando as crianças corriam para os braços das mães, ela se lançava sobre elas, chutando-as. Era como se não quisesse sujar as mãos. Chutava-as uma, duas, três, quatro vezes. Ela as chutava até que caíssem no chão, e as crianças lutavam para se levantar de novo, esperneando, gritando. Se caíssem, recebiam outro chute. É por isso que a chamávamos de Égua. Nunca soube seu nome, mas me lembro de seu rosto, de seus olhos, de seu perfil.

– Por que você prestou tanta atenção nela?

Silêncio, outra vez. A mulher parecia perdida.

– Você precisa de uma pausa? – perguntou o juiz, preparando-se para pedir um intervalo nos trabalhos.

– Uma pausa? Por quê?

– Se não precisa, prossiga – disse o juiz.

– Você reconhece as outras duas rés? – o advogado de defesa continuou.

– Não me lembro delas. Não consigo me lembrar de todas as guardas que estavam lá. Só me lembro do rosto do capitão e da Égua.

– Quantas guardas vigiavam o campo?

— Um monte.

— Então, pode ser que você a esteja confundindo com outra pessoa? Como sabe que era ela?

— Era ela.

— Como você pode ter tanta certeza?

A mulher parecia cansada, exausta de tantas perguntas.

— Ela pisoteava as crianças.

— Havia outras mulheres que chutavam as pessoas também, não é?

— Sim.

— Você se lembra dos rostos das outras mulheres?

— Eu já lhe disse, não me lembro.

— Então, você pode ter confundido o rosto da ré. Já faz muito tempo. Trinta anos!

— Não! – ela gritou.

— Você parece ter muita certeza disso. Será que você não está em busca de vingança e, por isso, identificou nela uma oportunidade?

— Sim, de fato, eu desejava me vingar...

— Por tudo que você passou, nós entendemos isso, mas...

— Eu sobrevivi para chegar a este dia.

O murmúrio no tribunal aumentou, mas a voz da mulher se elevou acima de todos os ruídos.

— A Égua Pisoteadora...

— Este não é o momento para insultos.

— É assim que todos os prisioneiros a chamavam.

— Mas você está nos pedindo para confiar em sua memória três décadas depois. Vou repetir, para deixar bem claro: trinta anos! Isso não tem consistência. Aposto que você não se lembra da cor do papel de parede do seu quarto de hotel, mas, ainda assim, insiste em apontar o dedo para esta mulher cujo nome verdadeiro você nem sabe. Por quê?

— Porque ela me separou da minha filha.

Um silêncio desabou sobre o tribunal. O advogado baixou a cabeça. Nadine ouviu uma tosse seca, um sussurro baixo, as pás do ventilador.

– Ela golpeou minha filha. Eu me joguei no chão, por cima dela, para protegê-la, mas a Égua Pisoteadora nos separou. Ela pisou em meus dedos, com uma bota, calcando seu pé sobre minha mão com todo o seu peso. Com o outro pé, deu um chute na cara da minha filha. Em seguida, outro chute, e vi que ela estava com a boca sangrando. Minha filha não conseguia andar, estava tonta. Eu queria gritar, mas não conseguia, estava sufocando. Passamos dias sem água. Vi minha menininha cambaleando. A Égua, ela se virou para mim, sabia que eu estava olhando bem para ela. Eu estava gravando o seu rosto, guardando-o na memória.

– E o que aconteceu com sua filha? – o advogado de defesa insistiu.

A mulher soltou um profundo suspiro e fixou os olhos na acusada.

– Eu nunca mais a vi. Essa foi a última vez em que a tive perto de mim.

O murmúrio crescente no tribunal fez Nadine tapar os ouvidos.

– Mas sabe o que dói mais? – prosseguiu a mulher, com a voz firme. – O esforço de não me esquecer de um único detalhe do rosto da Égua, de memorizá-lo e recriá-lo todas as noites, me fez esquecer do rosto da minha própria filha. Tudo de que me lembro é que ela tinha tranças compridas e olhos azuis, como o vestido que usava, e estava com um avental branco sujo. Mas não consigo me lembrar do rosto dela.

A voz da mulher falhou. Ela engoliu em seco e começou a chorar.

– Como pode uma mãe esquecer-se do rosto da própria filha? – ela se perguntou, com os olhos marejados.

O barulho no tribunal era ensurdecedor, mas, de repente, diminuiu, ou talvez Nadine tenha parado de ouvir. Ela queria ir para casa; no entanto, não sabia onde ficava essa casa. Sentiu a escuridão engoli-la. Quando voltou a si, percebeu que estava chorando. Olhou ao seu redor sentindo-se confusa. O chão vibrava. Ela não estava mais no tribunal, mas em um vagão de trem, voltando para Berlim. A caminho de terminar seus estudos. Em sua jornada para construir uma vida longe dos Taylor, onde ninguém jamais lhe pediria que se lembrasse de todas as perdas de sua juventude, ou sentisse compaixão por uma assassina, ou amasse aqueles que a abandonaram. O passado estava encerrado. Agora, ela só se importaria com o futuro.

# 24

## Sete anos depois
## Berlim, agosto de 1988

A primeira vez em que Nadine viu Anton Paulus, ele estava usando um chapéu puxado para baixo sobre a testa. Ela o chamou de "o menino do chapéu" desde o momento em que foram apresentados. Quando se conheceram na universidade, ela lhe disse que estava terminando um doutorado sobre "a recuperação do que está perdido", sem entrar em mais detalhes; ela estava trabalhando como estagiária em um laboratório, comprometida em enterrar o que antes estava vivo. Eles se divertiam com jogos de palavras e histórias bobas, terminavam as frases um do outro e, aos poucos, foram se entrosando. Embora ele não estivesse procurando uma namorada, muito menos uma esposa, quando Nadine entrou em sua vida, Anton sabia que havia perdido o controle do volante – seu destino não estava mais em suas mãos. Agora, eram um casal, e se deixavam levar, não se preocupando com o rumo que seguiriam, desde que estivessem juntos durante o percurso.

Sempre sentiram uma afinidade: ambos eram solitários, ambos estavam acostumados ao abandono. Embora Anton tivesse pais, não moravam com ele em Berlim. Mantinham contato por meio de cartas ou telefonemas ocasionais e, às vezes, ele os visitava no Natal em seu apartamento em Lucerna, na Suíça, onde haviam se refugiado antes do início da guerra. Graças a um primo por parte de mãe que se casara com uma escocesa-suíça, Joachim e Ernestine Paulus puderam se estabelecer na cidade medieval intocada, onde o passado não era definido pelas recentes guerras mundiais, mas por séculos. Anton tinha nascido em Berlim por mero acaso, enquanto seus pais estavam lá em uma viagem de trabalho.

Ele cresceu em Lucerna, com uma tia, que só lia clássicos em francês, e seus pais, que passaram a vida tentando aliviar a culpa por serem alemães fazendo seu povo devolver, pagar ou restaurar as coisas que haviam destruído. Os Paulus haviam colocado todas as suas economias em uma fundação dedicada a recuperar os bens roubados pelos alemães durante a guerra, em particular, as obras de Max Liebermann, um pintor que fora amigo da família e que, já velho, decidira engolir uma pílula de cianeto em vez de embarcar em um trem sem destino. Eles lutaram por décadas para recuperar a casa de Liebermann no lago Wannsee, que havia caído nas mãos do governo, e, cada vez que uma de suas pinturas ia a leilão, investigavam sua proveniência para ver se havia sido roubada pelos nazistas durante a guerra. Se fosse esse o caso, iniciavam uma vigorosa batalha legal para garantir que a pintura fosse devolvida ao seu dono original.

Agora, Anton dirigia a Fundação Paulus, e um dia Nadine o acompanhou até o depósito frio e escuro onde guardavam as pinturas, protegidas entre divisórias de madeira que permitiam que ficassem visíveis. Qualquer obra com um passado questionável, que tivesse pertencido a famílias roubadas pelos nazistas, não poderia ser leiloada ou exibida até que os descendentes dos proprietários de antes da guerra fossem localizados. Nadine achou uma pena que tais obras-primas estivessem condenadas a nunca mais serem vistas.

Logo depois que Nadine assumiu sua colocação universitária em um laboratório em Berlim, Anton a convenceu a mudar de direção e abandonar a carreira na medicina que sua mãe havia escolhido para ela. Nadine gostava de biologia, mas não se sentia capaz de lidar com um fluxo interminável de pacientes todos os dias. Não tinha o dom de oferecer conforto, como costumava dizer. Sonhava em estudar neurocirurgia, um dia, para poder sondar os labirintos do cérebro e encontrar razões físicas para explicar o comportamento humano. Passou a preferir a pesquisa, analisando cada partícula daquilo que nos controla no âmbito biológico. Mas trabalhar num centro de pesquisa do cérebro levantou uma série de questões éticas e morais para ela.

— Todos os cérebros, as amostras e lâminas armazenados neste laboratório, por menores que sejam, pertenceram a vítimas dos nazistas — disse Nadine a seu professor durante uma aula lotada de alunos desesperados para que o debate terminasse, para que pudessem ir assistir a um jogo de futebol. — Eles são testemunhas de uma atrocidade. Estamos todos nos beneficiando de um crime.

— Você prefere que joguemos fora décadas de estudo, com as quais aprendemos tanto e conseguimos decifrar a mente humana, ajudando as gerações futuras? — O professor questionou.

— Não, jogá-las fora, não — respondeu Nadine, elevando a voz para todos no auditório ouvirem. — Enterrá-los. Acho que a melhor coisa que podemos fazer é deixá-los descansar.

O debate foi interrompido pela comoção dos alunos se levantando para sair, alguns gesticulando com raiva para Nadine.

— Quanto tempo mais isso tem que continuar? — Um jovem lhe disse, empurrando-a para passar. — Se a incomoda tanto, mude de classe ou volte para seu maldito país.

Além de biologia, ela se matriculou em espanhol e inglês, pois era uma exigência acadêmica estudar dois idiomas. Suas aulas de espanhol eram ministradas por Gaspar Leiva, um chileno que buscara refúgio na RDA, a outra Alemanha, depois de passar, primeiro, por Cuba e, em seguida, fugir para Berlim Ocidental. Quando lhe contou que era cubana de nascimento, Gaspar sentiu um lampejo de conexão com ela. Ele havia sido vítima de um golpe da direita no Chile, conforme ele mesmo contara, e, depois, do pior dos "ismos": o comunismo, assim como a família dela.

Na aula de espanhol de Gaspar, Nadine conheceu sua professora assistente, Mares, também cubana. O nome da garota chamara a atenção de Nadine. Mares, plural de mar. Por fim, descobriu que era um nome que havia sido adotado quando Mares chegou a Moscou. Seu nome verdadeiro era María Ares, mas em seus documentos soviéticos aparecia como M. Ares, então ela os juntou.

Mares escrevia poesia em espanhol misturado com alemão, russo e até inglês. Tudo se resumia às suas experiências, conforme ela dissera. Em Cuba, era obcecada pela cultura e pela música americana, apesar de não saber nada de inglês. Mais tarde, desesperada para deixar o país que a enjaulara, acabou aceitando uma vaga para estudar cinema em Moscou, onde se apaixonou por um curdo com passaporte alemão, que, quando ela se formou, engravidou-a e lhe presenteou com um olho roxo.

Mares tinha duas opções: deixar o curdo e retornar para casa a fim de ter seu filho em Cuba, onde seria trancafiada, ou casar-se com o curdo, ir para a Alemanha Ocidental e ter um filho cubano-curdo-alemão. Nenhuma das opções a atraía, mas ela optou pela segunda, pois sabia que isso daria a seu filho a liberdade que ela nunca tivera e percebeu que sempre poderia sobreviver à surra ocasional do curdo.

Mares havia chegado a Berlim Ocidental apenas alguns meses antes do nascimento do bebê, e ela e o marido se mudaram para um apartamento com apenas uma janela em uma área onde quase ninguém falava alemão. Sem um único marco na bolsa, Mares passava os dias sozinha, com a geladeira e a despensa vazias. Um dia, acordou e se viu em uma clínica, com vários pontos na cabeça, uma costela fraturada que perfurara um pulmão e a barriga não mais redonda. Apesar de ter ficado inconsciente por vários dias, os médicos garantiram que ela se recuperaria por completo, sem danos permanentes. Seu filho não tivera tanta sorte. Nasceu morto.

Depois do espancamento, o curdo fugiu e, segundo as autoridades, acabou no Irã. Nas primeiras semanas, Mares tinha pesadelos recorrentes. Sonhava que seu filho sobrevivera e que seu marido o havia levado. Na verdade, dera à luz uma criança que nunca batizou e nunca enterrou.

Uma assistente social do hospital a ajudou a encontrar um apartamento no bairro de Kreuzberg e providenciou para que Mares estudasse alemão, idioma que já conhecia desde a época em que estivera em Moscou. Mas ela morava em um conjunto habitacional, cercada por famílias turcas, e achava difícil aperfeiçoar um idioma que não tivera oportunidade de praticar. Depois de um ano, foi aceita na universidade, onde conseguiu emprego como assistente de Gaspar. À noite, ensinava teatro e interpretação, encenando peças com dependentes químicos que eram obrigados a fazer aulas em troca de assistência social do governo.

Nadine foi ver uma das montagens de Mares, na qual ela interpretava uma Medeia moderna, numa nova versão escrita por Gaspar. Na peça, Medeia acabou matando seus filhos por terem sangue terrorista nas veias. "O mal deve ser extirpado!", dizia ela no fim, puxando um longo lenço de seda vermelha de sua barriga com as mãos ensanguentadas. Assim terminava a peça, e a cortina caía sobre os atores como uma guilhotina.

Mares e Nadine se tornaram amigas. Nadine percebeu o quanto sentia falta de ter uma amiga íntima, como havia sido Miranda, quando ela era pequena. Nadine tinha dificuldade para entender o alemão de Mares, com seu pronunciado sotaque russo, mas passou a falar espanhol com fluência, até mesmo adquirindo o sotaque caribenho de Mares.

Quando ficaram mais próximas, Nadine deixou sua residência estudantil e foi morar com a amiga. Mares confidenciou-lhe que já namorava Gaspar havia algum tempo, que o relacionamento ia bem e que ela passava mais tempo no apartamento dele do que no dela. No entanto, não estava preparada para perder sua independência e queria manter o novo relacionamento em segredo, por enquanto. Tinha a sensação de que o curdo poderia aparecer em sua casa uma noite e que, desta vez, acabaria com ela.

Às terças ou sextas-feiras, elas saíam para passear pela Bergmannstrasse e pela Maybachufer, deliciando-se em pechinchar com os feirantes antes de encerrar o dia comprando abacates e mangas por uma ninharia. Nadine não se lembrava de ter provado frutas tropicais, e elas faziam Mares se lembrar de Cuba, apesar de terem sido compradas em um mercado turco.

Vagavam despreocupadas pela cidade, até que um dia tudo mudou. Nadine começou a ficar inquieta quando viu uma fotografia de seu rosto na capa e no centro do primeiro de uma série de artigos críticos publicados no jornal da universidade e, depois, reimpressos na imprensa nacional. Com o apoio da fundação onde trabalhava meio período, Nadine havia iniciado uma campanha para enterrar os restos humanos de vítimas do nazismo que haviam sido preservados e guardados por décadas e ainda eram usados em experimentos científicos. Isso lhe atraiu insultos e apoio em igual medida. Alguns achavam que sua campanha ia contra a ciência, tentando apagar o passado; para outros, tratava-se de saldar uma dívida com as vítimas e seus familiares, encerrando um capítulo da história do país.

As duas mulheres protegiam uma à outra, inclusive numa vez em que um grupo de *skinheads* reconheceu Nadine e eles fizeram gestos obscenos em sua direção. Mares os chamou de palhaços neonazistas, dizendo que tudo o que estavam fazendo era inventar uma falsa ideologia apenas para afastar o tédio.

Então, vieram os telefonemas ofensivos, em que lhe diziam para deixar o passado de lado, que nada de bom resultaria dessa atitude de continuar a lembrar as pessoas das coisas que os nazistas haviam feito. Em seguida, cartas anônimas contendo ameaças de morte. Um dia, quando Nadine estava saindo do apartamento, um homem a abordou e a pôs contra a parede. Mantendo-a calada, pressionando sua garganta com uma das mãos, ele abriu os botões de sua calça jeans com a outra e meteu os dedos entre suas pernas.

– Você acha que vai conseguir o que quer? – ele perguntou.

Ela arregalou os olhos e o encarou. Queria que ele soubesse que ela se lembraria de cada detalhe de seu rosto, de modo que, se ele fizesse alguma coisa com ela, e se ela sobrevivesse, poderia denunciá-lo. Mas a única coisa que ela conseguiu registrar foi o cheiro de levedura e alho no hálito de seu agressor, seus olhos verdes injetados, a testa larga, o pescoço tatuado e a cabeça raspada. Viu o início de um desenho em seu braço, uma espécie de dragão, enquanto ele a golpeava. Do nada, sentiu uma onda de empatia por aquela mulher que achara tão repulsiva no julgamento de Irma.

– Volte para o seu país, seu lixo.

Quando o agressor se distraiu e soltou-a por um instante, Nadine gritou. Alto o suficiente para Mares ouvi-la. Ao ver o *skinhead* agredindo a amiga, Mares correu até onde eles estavam, descalça. Assustado, o homem soltou Nadine e desceu correndo as escadas.

Nadine e Mares sentaram-se no corredor. Ninguém mais atendera ao seu pedido de ajuda. As portas dos outros dez apartamentos permaneceram fechadas. A partir desse dia, Nadine passou a dormir na casa de Anton, em Dahlem Dorf, que ficava mais perto da universidade, e Mares decidiu ir morar com Gaspar.

Ambas relataram esse ataque à universidade, fornecendo uma descrição do homem de cabeça raspada. Alguns dias depois, a fundação para a qual Nadine trabalhava anunciou uma cerimônia para homenagear as vítimas dos programas de higiene racial e declarar que todas as amostras humanas obtidas durante o Terceiro Reich seriam enterradas.

· ✦ ·

Quase uma década depois de seu primeiro encontro, Nadine e Anton estavam planejando se casar. Fazia muitos anos que eles moravam juntos, e Nadine estava grávida. Já era hora, ela pensou: tinha 29 anos, e ele, 31. O casamento, uma cerimônia simples, à qual compareceriam apenas alguns amigos, seria realizado em um dia escolhido ao acaso: o oitavo dia do oitavo mês do ano 88.

Ao saber da notícia, Mares disse à amiga que a data escolhida era muito auspiciosa, e significava que ela e Anton estavam fazendo um pacto que duraria a vida inteira.

– Nada é para sempre – respondeu Nadine.

– Não é todo dia que você se casa no oitavo dia do oitavo mês do ano oitenta e oito. É uma fileira de símbolos do infinito – explicou Mares, fazendo Nadine se lembrar da cigana que lera as palmas de suas mãos numa praça, durante uma viagem a Sevilha.

– Vocês duas são irmãs – dissera a mulher. – É mais importante ter a mesma aparência por dentro do que por fora. Vocês estão unidas pela perda.

"Os ciganos são sábios", repetia Mares naquele dia, ao passarem por casas caiadas ao sol. Desde então, souberam que, mesmo que se casassem, tivessem filhos e morassem longe uma da outra, jamais se separariam.

– Oito, oito, oito, oito... – Mares repetiu a data do casamento e, depois de uma longa pausa, continuou: – Você não acha que deveria ligar para o seu pai?

Nadine não teve forças para responder. Sentia-se envergonhada, culpada, mas tentava provar a si mesma que foram seus pais que a haviam abandonado. Esforçara-se durante o julgamento, mas seu pai ficou ao lado da esposa, leal a ela, não à garotinha que haviam resgatado de uma revolução.

– Você vai se casar, vai ter um filho... – Mares prosseguiu.

Desde que se mudara para Berlim, com 18 anos, Nadine havia perdido o contato com o pai. Considerando que ele não havia dito uma palavra desde então, parecia sem sentido escrever-lhe. No começo, ela telefonava para sua ex-senhoria, *Frau* Adam, de vez em quando, a fim de perguntar como estava o julgamento, até que, um dia, uma mulher atendeu o telefone e disse que *Frau* Adam havia falecido.

Nadine balançou a cabeça. Teria sido mais fácil para ela deixar o passado no passado, mas sabia que Mares não se esqueceria do assunto. Como poderia convencê-la de que seria impossível para ela fazer contato com os Taylor, que a haviam esquecido no dia em que o jornalista batera em sua porta e anunciara o verdadeiro nome de sua mãe? Não precisavam mais de uma garotinha resgatada. Desfilar com ela no julgamento não havia causado a menor impressão naqueles que decidiram o veredicto.

Na verdade, Nadine vinha pensando neles nos últimos tempos, mas ela não queria revelar isso a Mares e, com certeza, muito menos a Anton. Ele acreditava que os Taylor eram nazistas – inclusive Jordan, um americano de nascimento – e que deveriam ter sido desmascarados anos antes. Agora que estava grávida, muitas vezes, se pegava pensando também em sua verdadeira mãe, em seu verdadeiro pai e em sua avó alemã, a escritora, que ela jurara que, um dia, iria resgatar do esquecimento.

Mares não desistiu; permaneceu de braços cruzados, aguardando uma resposta.

– Eles não são meus pais verdadeiros. Meus verdadeiros pais morreram em Cuba.

A última vez em que teve notícias de seu pai adotivo foi por meio de um artigo de jornal que Anton lhe mostrou. Jordan Taylor, um eletricista aposentado, veterano do exército americano, mudara-se para a Vestfália a fim de ficar perto de sua esposa, a criminosa de guerra, que estava presa, Irma Brauns.

Nadine ia se casar quase sete anos depois do dia em que a mulher que a criou – a quem um dia chamara de mamãe – foi condenada à prisão perpétua por crimes contra a humanidade.

# 25

## Oito anos depois
## Bochum-Linden, abril de 1996

Nadine estava convencida de que se viaja para o futuro em um avião e para o passado em um trem. As vezes em sua vida em que havia sido forçada a pensar no passado, fora sempre com os olhos fechados, quase contra sua vontade. Agora, ao lado de sua filha de 7 anos, Luna, e sua velha amiga Mares, viajava para o oeste até Bochum-Linden, uma cidade na fronteira com a Holanda, para saldar uma dívida com sua memória.

Desde o nascimento da filha, Nadine havia prometido a si mesma que abriria os olhos e reconstruiria sua história, mesmo que apenas a partir de fragmentos dispersos, porque, no fim das contas, "você é a soma de seus erros". Seu professor de literatura alemã, Theodor Galland, costumava dizer isso, citando Ally Keller, a poetisa assassinada em Sachsenhausen, quando descobriu, para seu espanto, que Nadine era sua neta.

Nadine fizera amizade com o professor Galland não por amor à literatura, mas porque ele estudara os poucos textos escritos por Ally Keller que conseguira encontrar, graças a uma persistência quase arqueológica.

Nadine o autorizara a pegar emprestadas as cartas escritas pela freira que a ajudara a escapar de Cuba, nas quais contava muito da história de Lilith. Também havia lhe emprestado a única fotografia que tinha de sua mãe e uma cópia do poema que Ally Keller escrevera para sua filha em seu sétimo aniversário: O *Viajante da Noite*.

Depois da reunificação da Alemanha, os arquivos da Alemanha Oriental foram abertos e o professor Galland teve acesso a documentos que estavam guardados havia décadas na Universidade Humboldt, onde Ally Keller havia publicado ensaios na revista literária editada por Bruno Bormann. Tinham encontrado cartas e poemas comentados, doados à universidade em memória da Família Holm depois da guerra. Descobriram inclusive fragmentos do diário de Ally Keller. Antes de se aposentar, o professor Galland esperava reunir material suficiente para preparar uma antologia dos escritos de Ally Keller. Ele havia entrado em contato com várias universidades da Alemanha na esperança de rastrear tudo relacionado a ela.

Aos poucos, como peças de um quebra-cabeça, o professor Galland e Nadine recompuseram o passado de sua família.

Depois da morte do cientista encarregado do Aktion T4, o programa de eugenia do Terceiro Reich, sua família doou seus arquivos ao centro de pesquisa em que Nadine agora trabalhava em tempo integral. Ela foi encarregada de analisar os documentos, que trouxeram à luz mais lâminas de amostras cerebrais. Naqueles dias, era mais fácil obter permissão para o enterro dos restos mortais, mas ela ficou surpresa ao encontrar uma pasta que continha fotos de uma menina nua, com anotações das medidas de seu corpo e de sua cabeça, dos detalhes sobre o nariz, os lábios, os olhos e até uma amostra de seu cabelo, sob o nome de Lilith Keller. A menina, filha de uma alemã e de um negro, havia sido classificada como *mischling*, e notava-se que, apesar de seu nível de inteligência ser considerado acima da média e de suas proporções estarem alinhadas com as de um ariano, a cor de sua pele e a textura de seu cabelo confirmavam que havia herdado um defeito genético do lado de seu pai. Foi, portanto, recomendado que a menina fosse esterilizada por radiação, a fim de impedir a propagação da impureza racial entre os alemães.

Olhando fixo para o arquivo de sua mãe, Nadine sentiu-se mais uma vez sufocada, como se sentira durante o julgamento em Düsseldorf. Nesta ocasião, entretanto, ela não queria esquecer. Quando fechara aquela porta antes, foi porque não estava pronta para perdoar. Fotocopiou os documentos e os entregou ao professor Galland para que ele completasse o testemunho de sua avó. Ainda precisava investigar a história de seu avô, mas não havia menção a ele em nenhuma das cartas nem nos documentos do arquivo recuperado. Tudo o que sabia era que seu avô havia morado em Düsseldorf no início da década de 1930 e que tinha feito várias viagens. Nada mais. Durante o advento do Partido Nazista, vários músicos negros, mais tarde considerados membros da resistência, haviam sido assassinados em Düsseldorf, mas nenhum caso ligado a Ally Keller foi encontrado. Nadine presumiu que Franz Bouhler havia morrido durante a guerra, ou de velhice, o que significava que a única maneira de reconstruir seu passado envolvia viajar a Cuba. O problema era que, para isso, ela teria de pegar um avião, algo para o qual não se sentia preparada. Preferia aguardar até que a filha tivesse idade suficiente para acompanhá-la; juntas, elas poderiam começar a resgatar essa parte de seu passado. A única coisa ao seu alcance no momento era se reunir com seus pais adotivos e apresentá-los à neta.

· ✦ ·

Meses antes, Nadine havia recebido uma carta informando que Irma Taylor, tendo uma perna amputada em decorrência de seu diabetes, receberia anistia e seria libertada nos próximos dias. A carta era de uma organização dedicada a ajudar criminosos de guerra que haviam cumprido suas penas. Além de notificar Nadine, pois ela constava como filha de Irma, também repassaram a notícia às testemunhas que depuseram contra ela no julgamento. Jordan, que visitava a esposa na prisão todo fim de semana, morava em uma casa de repouso para idosos em Bochum-Linden, onde esperava que Irma se juntasse a ele quando fosse libertada.

Nadine escreveu a Jordan para dizer que gostaria de visitá-los, para apresentar sua filha, Luna. Nunca recebeu uma resposta. Então, certa vez, enquanto Anton estava em visita a Nova York para mais uma batalha legal com as casas de leilões, Nadine decidiu ir a Bochum-Linden.

– Tem certeza de que está pronta para vê-los? Por que agora? – Mares lhe perguntou.

– Uma pessoa não pode passar a vida inteira esquecendo, Mares – respondeu Nadine. – Que bem isso pode fazer?

– E se eles não estiverem preparados?

– Pelo menos, eu saberei que tentei.

Embora estivesse certa de que deveria fazer essa viagem, Nadine também estava preocupada com a reação de seus pais adotivos quando conhecessem Luna. A menina já se sentia diferente porque a cor de sua pele era mais escura que a de seus pais.

Quando era bem mais nova, um dia, numa floricultura que ficava embaixo de sua casa, ela ouvira dizer que fora adotada, trazida de uma ilha distante do Caribe. A vizinha do primeiro andar disse à florista que Nadine tinha ido a Cuba para adotá-la, que a arrancara dos comunistas. Luna subiu enfezada até seu apartamento, com as mãos nos quadris, a fim de confrontar seus pais.

– Por que vocês não me contaram? – Ela quis saber.

Ao ouvir Luna relatar de um modo dramático a fantástica história da fuga de Nadine da ilha, em um barco no meio do mar com a menina nos braços, Nadine não pôde deixar de rir. Decidiu, naquele momento, que sua filha estava pronta para compreender o passado de um modo que ela própria nunca tinha feito.

— Quem veio de Cuba fui eu. Quem foi adotada fui eu. E, mesmo se eu *tivesse* adotado você, eu não a amaria menos. Você é minha filha e sempre será.

Luna continuou ali parada, ainda insatisfeita.

— Então, eu fui ou não adotada?

Nadine desencavou fotos de sua gravidez, do dia em que Luna nasceu, Anton carregando-a nos ombros no Tiergarten, a primeira viagem de trem, os verões à beira do lago. Quando Luna viu as fotos, sentiu que conseguia se lembrar de cada momento.

— Então, por que eu sou diferente? – ela questionou. – Sou mais escura do que vocês dois.

— Mais escura? Somos todos diferentes, Luna – interrompeu Anton. – Cada um de nós. E ninguém é melhor do que ninguém.

Nadine prosseguiu:

— Meu pai era cubano; minha mãe era filha de uma alemã branca e de um alemão negro. Embora meu avô fosse negro e o chamassem de africano, ele se sentia tão alemão quanto você e eu, mas, naquela época, as pessoas acreditavam que a nacionalidade alemã tinha de ser única e pura – explicou Nadine.

— Naquela época? – Anton disse com sarcasmo.

— Você se parece com sua bisavó Ally, mas combinada com a beleza de sua avó Lilith – Nadine a tranquilizou, e, nesse momento, o semblante de Luna se iluminou.

Depois desse dia, Luna começou a ficar feliz ao se ver no espelho. A garotinha tinha os olhos de Nadine, embora os dela fossem de um tom de cinza que se tornava um verde pálido ao sol. Ela herdara os cabelos claros de sua bisavó Ally e a pele escura de sua avó Lilith.

Desde que Luna deu seus primeiros passos e começou a falar, chamaram-na de "a menina do 'por quê?'". Ela queria saber a razão de tudo. Conforme crescia, suas perguntas também se ampliavam. Começou a perguntar "quando?" e "onde?" para localizar seu raciocínio no tempo e no espaço. Nadine costumava dizer que a menina queria concretizar as ideias, torná-las tangíveis, para se lembrar de tudo.

Por "tudo", Nadine queria dizer cada detalhe. Desde um gesto à disposição dos móveis no escritório, à posição dos livros nas estantes, à ordem em que as louças eram organizadas no bufê de madeira da sala de jantar. Luna percebia até quando a mãe mudava a sequência das almofadas coloridas do sofá. Memorizou todos os nomes e as datas de nascimento de seus colegas de classe, seus endereços... Tinha talento para idiomas. Luna imitava sotaques e conseguia aprender poemas longos e complicados com pouco esforço. A única coisa que lutava para memorizar eram fórmulas matemáticas. Não nascera para números e equações, apenas para palavras.

A viagem de trem para Bochum-Linden foi lenta. O que deixava Nadine mais ansiosa era o fato de que ainda não dissera uma palavra a Anton sobre essa viagem. Ele acreditava que era importante crescer sabendo a verdade e que o passado não deveria ser escondido, mas teria preferido que Luna nunca visitasse os pais de Nadine, nem mesmo no Natal. Uma coisa era a menina saber quem eram seus avós adotivos; outra, era passar um tempo com uma criminosa de guerra.

· ✦ ·

Nadine, Mares e Luna chegaram à cidade no início da noite e foram para um pequeno hotel não muito longe de Bochum Weihnachtsmarkt. Alguns pequenos sinos ainda pendiam das árvores, resquícios do Natal.

— Precisamos trazer Luna de volta no próximo dezembro – disse Mares.

— Podemos nunca mais voltar. Vai saber.

Tomaram o café da manhã no hotel e, então, seguiram para o lar de idosos, uma estrutura construída em frente a um parque com alamedas arborizadas, como se o jardinzinho na entrada do prédio tivesse ganhado uma grande extensão.

Encontraram o nome "Taylor" no interfone e apertaram o botão do apartamento 1C. Ninguém respondeu. Logo depois, ouviram um zumbido e a liberação da porta foi ativada. Abriram-na e passaram por uma área de recepção que tinha uma mesa de vidro no centro, com um enorme arranjo de flores de papel sobre ela. Do outro lado, havia uma sala de estar com poltronas. Pegaram o corredor à esquerda e procuraram o terceiro apartamento no labirinto. Na porta, abaixo do número, estava escrito J. Taylor. Bateram, mas não houve resposta.

— Talvez eles tenham saído – sugeriu Nadine, percebendo que Mares parecia ansiosa. – Eles não sabem que estamos aqui, então, creio que não estejam evitando a nossa entrada.

Ao se virarem para voltar à sala de espera, viram ao longe a silhueta de um homem empurrando uma mulher em uma cadeira de rodas.

— Aquela é a vovó na cadeira de rodas? – a garotinha sussurrou. – Olhem, ela não tem umas das pernas.

— Não aponte.

Nadine segurou a mão da filha, como se os dois estranhos que se aproximavam pudessem arrebatá-la.

— Relaxe – disse Mares. – Vai dar tudo certo.

As três se afastaram para dar passagem ao casal que seguia devagar seu caminho. Podiam ouvir a respiração dificultosa do homem enquanto lutava para empurrar a pesada cadeira de rodas.

— Devíamos ter comprado flores – disse o homem, em inglês.

— Comprar flores para quê? Elas acabam morrendo e indo parar no lixo — resmungou a velha, acariciando nervosa uma boneca de pano. Sua mão direita estava tremendo.

Nadine reconheceu a voz do pai. Era ele. Tinha a mesma cadência, o mesmo tom suave. Não reconheceu em nada a mãe.

O homem se esforçou para abrir a porta do apartamento. Quando se virou para fechar a porta, percebeu a presença das três visitantes.

— O que vocês desejam? — perguntou ele em um alemão impecável.

— Podemos entrar? — Nadine perguntou com firmeza.

Jordan empurrou Irma em sua cadeira de rodas até a mesa da sala de jantar para lhes abrir espaço. Luna largou a mão da mãe e entrou primeiro. As três se sentaram no sofá florido, onde todas afundaram ao mesmo tempo. Luna soltou uma risadinha.

— Os móveis não duram nada hoje em dia — disse o homem. — Posso servir alguma coisa para vocês?

A velha continuava acariciando a boneca de pano. Luna não conseguia tirar os olhos da boneca.

O homem pegou algumas sacolas que estavam penduradas nas alças da cadeira de rodas e as colocou sobre a mesa.

Nadine olhou ao redor da pequena sala, que estava iluminada apenas pela luz de um pátio interno. Não havia quadros nem enfeites. Apenas uma mesa e quatro cadeiras estofadas num tom cinza fumaça, o sofá florido e duas poltronas azul-escuras, com os braços protegidos por capas de crochê branco que estavam amarelando no centro. Havia um par de agulhas de tricô e um saco de lã sobre uma das poltronas. Em frente ao sofá, no meio da sala, tinha um grande baú que era usado como mesa de centro. Havia vários jornais dobrados sobre ele.

O homem se aproximou do baú e recolheu os jornais.

— Não há mais notícias neles, só fofocas — comentou ele, levando os jornais para a cozinha.

Nadine viu, em um canto, uma fotografia em preto e branco dos Taylor que um dia estivera emoldurada numa parede em sua casa em Maspeth. Ele trajava seu uniforme militar; ela, um vestido branco. Ambos pareciam muito jovens.

Quando Jordan voltou, falou no ouvido da velha:

– Você precisa usar o banheiro?

Ele disse isso num tom alto o suficiente para que as três ouvissem.

Ela respondeu que não com um pequeno aceno da mão esquerda, a que não tremia.

Ela observava Nadine olhando para a fotografia.

– Nós também já fomos jovens e felizes – disse Irma. – Nós nos conhecemos logo depois da guerra. Que época, aquela... Quando o vi entrar no hospital onde eu trabalhava, não consegui tirar os olhos dele. Ele era a pessoa mais cavalheiresca que eu já tinha visto na minha vida.

Irma prosseguiu falando com o olhar fixo no chão, ainda segurando a boneca de pano. Jordan beijou sua testa.

– Foi amor à primeira vista – disse Irma –, e logo nos casamos.

Jordan aninhou-se perto dela, como se a protegesse.

– O que podemos fazer por vocês? Precisamos preencher alguns documentos? – Jordan perguntou com humildade.

Nadine e Mares se entreolharam desconcertadas. Luna sorriu. A velha estava fazendo a boneca de pano dançar.

Jordan ainda estava perdido em meio aos próprios pensamentos, incapaz de enxergar o que estava bem à sua frente.

"Mamãe", Nadine queria dizer à mulher, mas, com receio de que sua voz pudesse falhar, não conseguiu dizer coisa alguma.

Estava quente e abafado na sala, então, Nadine sentiu o suor escorrer por suas costas. Não sabia se deveria confrontar seus pais adotivos, censurá-los por tê-la abandonado. No fim, não conseguiu definir quem havia abandonado quem, pois ela havia partido para estudar em Berlim para nunca mais voltar. Era grata a eles por tê-la tirado de Cuba, enviado à escola, por terem lhe ensinado alemão.

– Vocês não me reconhecem? – Nadine disse em inglês.

Nadine fechou os olhos e viu sua mãe em um quarto. Viu as folhas amareladas no papel de parede e a colcha; podia sentir o cheiro de naftalina nos sobretudos de lã. Era o quarto da hospedaria em Düsseldorf ou o da residência em Maspeth? Ouviu a mãe entoando uma canção de ninar em alemão, só agora se dando conta de seu sotaque peculiar. O que ela esperava ou desejava recuperar apenas não existia mais.

– Eu sou Nadine – revelou, por fim.

Ainda assim, o homem não reagiu.

Luna havia iniciado um diálogo sussurrado com a boneca de pano, que parecia prestes a se desfazer nas mãos grosseiras de Irma. Mares ergueu a menina para que se sentasse sobre seus joelhos, em um ato inconsciente de proteção.

– Vocês não se lembram da sua filha? – Mares perguntou, espantada.

Ela segurou a mão da amiga, tentando lhe dar forças.

O velho casal permaneceu ali sentado, com expressões vazias. Não queriam ouvir. Estavam ainda presos à névoa do julgamento, aos anos passados na prisão, sentindo o peso da vergonha.

– Irma, você deveria ir para a cama e descansar um pouco – disse Jordan com a mesma voz calma e amigável de que Nadine se lembrava de sua infância.

Ouvir o nome da mãe trouxe de volta o cheiro da casa em Maspeth. Seus pais adotivos não queriam se lembrar dela. "Por que deveriam?", ela se perguntou. Fizera parte de suas vidas por pouco mais de uma década. Apenas isso. Todo mundo sempre quer voltar para casa, mas talvez o melhor a fazer seja partir, desistir. Não havia mais nada a buscar, concluiu Nadine.

O homem permaneceu impassível. Puxou uma cadeira da sala de jantar e desabou sobre ela como se os seus joelhos se recusassem a sustentá-lo por mais tempo.

– Talvez devêssemos ir embora – disse Nadine, levantando-se.

As três caminhavam em direção à porta quando ouviram a voz da velha atrás deles.

– Esperem! – Irma disse. – Eu tenho algo para a menina. Qual é o seu nome?

Luna pronunciou seu nome olhando para a mãe, para se certificar de que estava fazendo a coisa certa ou confirmar se deveria ficar quieta.

– Luna – repetiu a criança apontando para o céu, caso a mulher não soubesse o que seu nome significava em espanhol.

Com grande esforço, a mulher rolou sua cadeira de rodas em direção ao baú no centro da sala e o abriu. Estava cheio de bonecas de pano, todas do mesmo tamanho, como se fossem da mesma idade, empilhadas como cadáveres idênticos. Ela pegou uma e a ofereceu a Luna.

– Isto é para você. Ela está esperando há muito tempo para que alguém a abrace.

A menina correu até a velha e a abraçou. O pai de Nadine estava sentado de costas para elas. Nadine se perguntou quantas bonecas de pano sua mãe devia ter feito todos os dias na prisão.

– Obrigada – disse a garotinha. – Qual é o nome dela?

– Você pode chamá-la do que quiser – respondeu a velha, afastando-se, manobrando sua cadeira de rodas em direção ao quarto.

O homem não se levantou para se despedir. Seus olhos permaneceram fixados na janela, com as persianas fechadas. No entanto, quando suas visitantes chegaram à porta, ele gritou de repente:

– Nadine!

Ela o viu caminhando devagar em sua direção, com a cabeça baixa, tremendo.

Não conseguia olhar a filha nos olhos. Ela o ouviu murmurar algo. As batidas de seu coração abafaram as palavras de seu pai.

– Sinto muito – repetiu o velho, cansado.

Os olhos de Nadine se encheram de lágrimas. Ela os fechou. Um segundo depois, sentiu braços ao seu redor. Não conseguia abrir os olhos. O corpo do velho estava muito frágil.

Jordan baixou os braços, afastou-se e virou as costas para ela.

Quando voltou a abrir os olhos, Nadine o viu se afastando em direção ao quarto. Ela deixou o apartamento em silêncio.

Mares e Luna aguardavam ansiosas do lado de fora.

Nadine segurou a mão da filha. Com a outra mão, Luna segurava o presente da velha. Luna mostrou a boneca para a mãe.

Nadine pegou a boneca e a observou. O corpo era de seda branca; os olhos eram dois botões azuis; as tranças eram feitas de lã amarela; os lábios, compostos de crina rosa bordada que formava um sorriso; o vestido, de gabardine azul; sobre o vestido havia um avental de linho branco; e, na bainha do avental, o nome da boneca bordado em letra cursiva vermelha: Nadine.

# 26

## Quatro anos depois
## Berlim, janeiro de 2000

Quando se levantou da cama, certa manhã, Luna Paulus declarou que preferia ter nascido no novo milênio.

— Perdi uma década no século passado — declarou a menina, com um livro debaixo do braço.

Ela pegou uma fatia de torrada e começou a mastigá-la, parada atrás de sua mãe.

— Será que poderia se sentar conosco em silêncio? — Nadine disse, tentando se concentrar em seu jornal. — Dez anos não é nada. Você vai viver o século inteiro! — Voltando-se para a filha, perguntou: — De onde saiu essa ideia, afinal? O que a está preocupando?

— Você e o papai ainda me tratam como se eu fosse uma garotinha.

— Você é uma garotinha — insistiu a mãe.

— Mas eu já tenho 10 anos! — Luna bufou.

Luna saiu da mesa e voltou para o seu quarto. Era sábado, e havia começado a nevar, então, passariam o dia em casa.

— Ela começou a escrever um diário, sabia? — Nadine disse a Anton sem tirar os olhos do jornal.

— Ela tem dito que se parece com a bisavó — respondeu Anton. — Ela quer entender de onde ela vem, de onde você vem. E... Nadine!

— Sim?

— Acho que você não deveria ler o diário dela.

— Só dei uma espiada — defendeu-se Nadine.

Anton ergueu os olhos para encará-la.

— Se Luna descobrir...

— Anton, eu sei. — Ela suspirou.

— Tudo isso começou quando você a levou para conhecer a vovó Irma. Ela tem ainda mais perguntas agora... Parece ter ficado confusa.

Luna tinha começado a encher cadernos com histórias que iniciavam pelo fim, para não se perder nelas, como explicou a menina. Às vezes, eram apenas descrições ou conversas que ouvira entre suas amigas na escola. Ela vasculhou revistas recortando palavras e imagens que faziam referência a Cuba ou a termos políticos como comunismo ou nazismo, unindo-as para fazer uma colagem infinita, sobrepondo-as umas às outras.

— Um dia, estes cadernos vão ficar tão pesados que não vamos conseguir levantá-los do chão — disse sua mãe, mas Luna continuou construindo aquele mundo sob seus pés.

Todas as noites, quando Nadine e Anton lhe davam boa-noite, a menina os encarava por alguns segundos, segurando suas mãos para que não saíssem do quarto.

Nadine pensou que Luna tivesse medo de ficar sozinha ou que talvez desejasse que lessem para ela ou cantassem músicas de ninar, até que um dia percebeu que o que ela estava fazendo era tentar gravá-los em sua memória.

— Anton. — Ela suspirou. — Às vezes, acho que Luna apenas tem buscado não ter um destino como o meu.

— Vocês duas são muito parecidas, pode ter certeza, e ela também sabe disso. É assim mesmo, nossos filhos vêm ao mundo para se tornar uma versão melhor de nós. Você não acha?

— Ela percebeu que passei a vida inteira tentando me esquecer do passado, desde que nasci, e agora ela quer se lembrar de tudo.

Luna falava espanhol com Mares; com Nadine e Anton, transitava com habilidade entre o inglês e o alemão, combinando-os e inventando piadas que, às vezes, ela era a única a entender. Aguardava uma reação e ficava frustrada quando se via diante de um silêncio longo e constrangedor. Muitas noites, Nadine e Luna partiam em uma "missão de resgate", como Nadine denominava, uma missão durante a qual, aos poucos, apresentava a Luna os familiares perdidos e as pessoas que as haviam cercado. Depois do empurrão inicial, Nadine começou a deixar entrar pessoas que, às vezes, ela sentia ser meras invenções de sua imaginação. Até ela mesma ficou surpresa por tê-las libertado de onde quer que estivessem escondidas em sua memória, sem nunca ter certeza de que eram reais ou uma fantasia. Mas ainda existiam registros de pessoas como os Herzog. E o primo de Franz, Philipp, e a equipe de médicos que havia testado a inteligência de Lilith. E o pai de Martín, que servira no gabinete de Batista, e o melhor amigo de Martín, Oscar, que morrera em um acidente de avião. Seu apartamento na Katharinenstrasse foi preenchido com rostos que, com o tempo, tornaram-se familiares para ambas. Para Anton, elas eram como um quadro vivo; a infinita recriação o surpreendia e fascinava.

Ally Keller entrava e saía das histórias, ainda mais quando recitavam *O Viajante da Noite*. A menina decorara o poema, e as duas se deliciavam ao recitá-lo, invertendo o sentido dos versos e dando-lhes diferentes inflexões. Às vezes, liam-no com uma cadência musical ou um espírito caloroso e festivo; em outras, tornavam-no invernal, deixando longos silêncios que conferiam ao poema um ar trágico. Quando falavam de *Herr*

Professor, Nadine citava versos famosos de poetas antigos; referindo-se a Franz, ela o chamava de "o anjo".

Uma noite, quando Luna tinha 8 anos, ela acordou antes de amanhecer e foi para o quarto de seus pais. Ficou na frente deles e decidiu esperar que acordassem. Se Anton não tivesse aberto os olhos e a visto imóvel no escuro, Luna teria ficado ali parada por horas.

– Venha para a cama com a gente, Luna.

A menina se aninhou entre os pais e fechou os olhos.

– Você teve um pesadelo?

Luna balançou a cabeça.

– O que foi, então? Fantasmas demais? Teremos que dizer à mamãe para não trazer mais livros e documentos da biblioteca para casa.

Luna abriu os olhos e sentou-se na cama. Nadine acordou sobressaltada. A garotinha pegou as mãos dos pais e pediu com solenidade a atenção deles.

– Decidi que serei uma escritora, como minha bisavó.

– Bem, isso é adorável, mas é hora de dormir agora – disse Nadine, um tanto desdenhosa. – Amanhã é dia de aula.

Anton estava convencido de que a filha já tinha seu destino traçado. Observava-a preenchendo cadernos e folhas de papel que ela mantinha guardados com cuidado na gaveta da cômoda designada às suas roupas íntimas. No que lhe dizia respeito, era o local ideal, o esconderijo perfeito para que suas mensagens fossem guardadas com segurança. No Natal seguinte, seus pais lhe deram um computador, para ajudá-la com seus escritos, mas Luna estava acostumada a escrever à mão e reservava o *laptop* para os trabalhos escolares, que ela sempre concluía, apesar de achá-los maçantes.

Aos poucos, Nadine se convenceu de que a obsessão de Luna por escrever servia a um único propósito: não esquecer. A única pessoa com quem Luna conversava sobre seus escritos era Mares, porque isso a ajudava a decodificar suas ideias quando as revisitava. Ela havia preenchido tantas folhas de papel que, por mais que tentasse, não conseguia memorizar todas as palavras que havia escrito.

Quando o novo milênio chegou, Luna lembrou à mãe e a Mares que elas tinham uma promessa a cumprir: ir a Cuba. Nadine fugiu do assunto, e Mares tentou dissuadir Luna da ideia. A verdade é que nem Mares nem Nadine se sentiam prontas para ir à ilha. Se Mares tivesse concordado, Nadine poderia ter enfrentado seu medo de voar em um avião. No entanto, Mares disse que não seria bem-vinda em Cuba. Desde que decidira não voltar para a ilha, depois de estudar em Moscou, sua mãe devolvera todas as suas cartas e não atendia aos seus telefonemas. No que dizia respeito à família, estava morta. Embora fossem um pouco melhores ao se lembrar dos mortos, ela observou com ironia. A princípio, Mares odiou sua família por lhe dar as costas, embora soubesse que, na visão de sua mãe, fora ela quem os abandonara. "Com o tempo, o ódio se transformou em indiferença", explicou ela a Luna.

Pela primeira vez em sua vida, Luna não conseguia entender Mares. Sentia que sua mãe e Mares haviam conspirado contra ela, inventando o mesmo passado. Ambas haviam sido abandonadas, ambas tinham mães ausentes de quem fugiram.

— Em Cuba, acham que sou uma *gusana*, um verme – disse Mares.

Luna não entendeu. O que significava ser um verme?

— Quando alguém vai morar no exterior, ou quando alguém parte, não deixam a pessoa voltar – explicou Mares, sem dar mais detalhes, como se o assunto a exaurisse. – Para eles, sou uma traidora. Estou farta de Cuba.

Luna adorava sair da cama à noite e se esgueirar pelo corredor para ouvir os adultos conversando. "Os adultos podem fazer o que quiserem: dormir tarde, comer quando têm vontade, se sentar como preferirem", pensava ela. Esperava-se sempre que tivesse boas maneiras à mesa, não tinha permissão para fazer perguntas impertinentes, levantar a voz nem dizer palavrões, ou palavras erradas, como seu pai as chamava. Não, não, não. Luna sonhava em poder participar daquelas conversas no escuro, com uma xícara fumegante de chocolate nas mãos enquanto os outros beberiam grandes quantidades de vinho tinto e café. Seu pai se exaltava, elevando a voz para fazer suas ideias serem ouvidas, enquanto sua mãe sentava-se ao seu lado, como se buscasse sua proteção, embora Luna soubesse que, na verdade, era para tentar acalmá-lo. Encolhidos assim, Nadine e Anton quase pareciam uma só pessoa. Luna sentia ciúmes não de sua mãe ou de seu pai, mas invejava estar ali, entre os dois, os três fundidos em um único corpo. Sua mãe fitava seu pai como se tivesse acabado de conhecê-lo, cativada por suas palavras. Então, ele parava para respirar, pigarreava e acariciava o braço dela. E Luna? Onde ela se encaixava?

Foi nesse momento que a menina percebeu que estava destinada a viver na noite. Ela e sua avó Lilith eram filhas da Lua. O dia era destinado às atividades: ir à escola, à aula de música, comer, tomar banho, vestir-se. À noite, ela podia escrever, ler, assistir aos programas de televisão, escutar os segredos de seus pais e vasculhar armários, gavetas escondidas e caixas de bijuterias. À noite, era ela mesma. De manhã, era outra pessoa, a garotinha que todos queriam que fosse. Sua bisavó Ally sabia disso e escrevera um belo poema a respeito que parecia falar direto com Luna ao longo dos anos.

Um dia, sem dizer uma palavra aos pais, Luna revirou a casa de cima a baixo. Foi assim que Mares, tomada de risos, descreveu quando a viu. A menina havia tirado todos os livros das prateleiras e os devolvido com as lombadas voltadas para dentro. As meias de Luna nunca combinavam, e, quando ela fazia tranças no cabelo, uma sempre ficava mais grossa que a outra. "Herdou essa qualidade da mãe de Anton", pensou Nadine.

Quando o avô de Luna, Joachim Paulus, morreu de ataque cardíaco durante o sono, sua avó Ernestine decidiu vender o apartamento em Lucerna e voltar para Berlim, para ficar perto de Luna. Não foi uma surpresa, porque a avó de Luna passara a vida inteira fazendo o que as pessoas menos esperavam. Usou um terninho florido no funeral do marido, no qual ele foi elogiado como um herói por ter restaurado a dignidade alemã por meio de seu trabalho incansável na restituição de propriedades judaicas. Foi homenageado com uma árvore plantada em sua memória em uma pequena colina em Jerusalém e chamado de "Justo entre as nações". De pé ao lado da avó no funeral, Luna usava uma blusa azul e uma nova saia verde. As duas eram as únicas que não trajavam preto.

Depois do funeral de seu avô, amigos de quem Luna nunca tinha ouvido falar passaram pela casa, homens e mulheres que falavam línguas diferentes e que se lembravam de tudo o que seu avô havia feito por eles. A casa estava cheia de velas e flores, pratos de comida e muito vinho. Houve abraços e beijos, acompanhados de lágrimas e choro. Luna ficou surpresa ao ver fotos de seu avô ao lado de chefes de Estado nas primeiras páginas dos jornais. O velho com quem tomava sorvete em pleno inverno, sem que a avó soubesse, com quem devorava chocolates, que a balançava no colo e lhe contava histórias de montanhas cobertas de neve nunca lhe dissera que era um herói, admirado por tantos. Para Luna, era apenas o vovô Joachim, que ela visitava todo Natal.

Leram no jornal, na mesma época, a notícia de que Irma Brauns havia morrido, e Jordan Taylor também, poucas semanas depois de sua esposa. Ninguém levou flores ou acendeu velas para eles. Havia tristeza na família Paulus, mas era uma tristeza diferente. Pelo menos, na casa dos Paulus, tinham orgulho de seus mortos. A notícia da morte de Irma não apareceu na primeira página, mas o extenso artigo incluía uma fotografia de uma jovem Irma vestida com seu uniforme nazista. Ela sufocara até a morte, Luna ouviu os adultos comentarem. Teve uma obstrução pulmonar. Luna sentiu a dor de sua mãe. "Será que ela teve tempo de fazer um balanço de sua vida?", perguntou-se. No dia da morte de Irma, Jordan Taylor passou o dia inteiro ao seu lado, na cama, como se esperasse que ela pudesse acordar a qualquer momento, até que chegou a mulher que costumava ajudar Irma a se levantar e se lavar.

Essa cuidadora havia encontrado Irma Brauns, a quem os jornais ainda se deleitavam em chamar de "a Égua Pisoteadora", fria e rígida. Talvez tivesse pedido perdão, como quem sabe que vai morrer. Uma absolvição que só faz diferença para si próprio, não para os que ficaram vivos nem para os que já morreram.

Quando Irma Brauns morreu, Jordan Taylor continuou a rotina diária que seguia todas as manhãs, mas sem a mulher a quem havia dedicado sua vida. Depois de tomar o café da manhã, os Taylor atravessavam o parque em frente ao jardim da casa de repouso, margeando o mercado de Natal, e paravam na banca de flores. Então, ele perguntava se ela gostaria de comprar um buquê. Irma balançava a cabeça enquanto acariciava a boneca de pano em seu colo. "Por que se dar ao trabalho?", ela dizia. "As flores apenas murcham e morrem." Então, voltavam para casa. O marido prosseguiu com esse ritual todos os dias, empurrando a cadeira de rodas vazia. Para ele, ela ainda estava lá. A lembrança era um fardo pesado.

Numa tarde, o senhor Taylor saiu sozinho do apartamento 1C, sem a cadeira de rodas, e ainda assim fez o mesmo trajeto. Parado em um semáforo, aguardando o sinal para atravessar a rua e entrar no mercado de Natal, ele caiu na rua, ou talvez tenha se deixado cair. Os carros não tiveram tempo de brecar. Quando Nadine leu sobre isso no jornal, os gritos que a atormentaram anos antes voltaram à tona, e ela viu o corpo de seu pai adotivo, com os olhos ainda abertos, na via pública. Era uma cena que ela já havia vivenciado.

Nadine ficou triste por vários dias. "Muito mais do que quando vovô Joachim morreu", pensou Luna. No entanto, Nadine não estava de luto pela perda de seus pais adotivos; fazia muito tempo que parara de pensar neles. Estava triste porque, numa noite, ela desejou que eles morressem, na biblioteca de *Frau* Adam, enquanto a esposa de outro cúmplice nazista lamentava o fato de a mãe de Nadine ter se tornado o bode expiatório do remorso alemão. Naquele dia, ela desejou a morte, o pior tipo de morte, para sua mãe, para o seu pai e *Herr* e *Frau* Adam.

– Quem era eu para julgar? – disse, chorando, para Anton, que não sabia como consolá-la.

Embora todos na casa estivessem sofrendo, cada um com sua perda, Luna estava feliz, pois a vovó Ernestine iria morar com eles por um tempo, enquanto ela vendia o apartamento em Lucerna e comprava uma casa nos arredores de Berlim, onde sempre parecia inverno. Para Luna, as noites frias eram uma alegria. Ela recebera o nome de um corpo celeste que orbitava a Terra e refletia a luz do Sol, fato que ressaltava sempre que era mandada cedo para a cama.

Ernestine comprou uma casa às margens do lago Wannsee, perto da residência do artista plástico que seu marido resgatara, a qual havia sido transformada em museu.

– Assim, nunca vamos nos esquecer do vovô – ela disse a Luna quando a levou para conhecer a casa.

Naquele verão, Luna passou várias semanas com a avó, decorando aquela clássica casa de veraneio alemã – branca, com um jardim simétrico – que sua avó reconheceu ser grande demais para apenas uma mulher. "Mas as lembranças ocupam muito espaço", ela dizia, e não queria esquecer-se de nada. Luna e Ernestine plantaram bétulas ao longo do caminho que descia para o lago, criando ordem a partir da desordem, como Luna dissera aos pais quando foram buscá-la. As árvores não seguiam uma linha reta; se espalhavam em ambos os lados do pátio, que agora era um jardim. Elas determinaram que a porta dos fundos seria a entrada principal, colocaram um sofá na sala de jantar e transformaram a biblioteca em uma sala de estar.

Ao ver a surpresa no rosto de Anton, Ernestine o abraçou.

– Não há melhor maneira de receber alguém do que com livros.

## 27

### Catorze anos depois
### Berlim, março de 2014

Nadine abriu a porta do escritório de Theodor Galland e viu Luna sentada no sofá, cercada por folhas de papel amareladas. Luna se levantou, foi até a mãe e a ajudou a tirar o casaco. Um estudante, ajoelhado no chão de frente para o sofá, separava envelopes com selos do Führer. Galland, seu antigo professor de literatura, estava escondido atrás de sua mesa, cercado por colunas de livros. Quando Nadine entrou, os três se viraram para olhá-la. Nadine se sentiu intimidada; queria saber por que a haviam convocado para ir à universidade. Ela teve de sair mais cedo do trabalho, atrasando a conclusão de um estudo, que ficara incompleto, porque lhe disseram que aquele assunto não podia esperar. Sobre a escrivaninha havia uma caixa enorme com um casaco de gabardine vermelho por cima. Em seu interior, havia cartas e documentos. Nadine olhou em volta, para seus semblantes ansiosos.

– Você deveria se sentar – sugeriu o professor Galland com uma formalidade incomum. – Estou tentando colocar essas cartas em ordem.

Pensando que seria uma reunião curta, Nadine havia se empoleirado na beirada de uma mesa, como se estivesse pronta para se levantar e sair a qualquer momento. Agora, no entanto, respirando fundo, colocou a bolsa no chão e sentou-se em uma cadeira em frente a Galland. Não havia dúvida de que aquilo levaria mais tempo do que o esperado. Ela não gostava de surpresas, como todos sabiam muito bem.

– Estávamos errados – disse o professor. – Nunca imaginei nada assim.

Luna recolheu os documentos espalhados pelo chão, um a um, e os colocou dentro da caixa. Sua expressão era tensa, e ela estava evitando o olhar de sua mãe.

– Importam-se de me dizer o que está acontecendo?

– Você não vai gostar do que vai ouvir – prosseguiu o professor. – Encontramos uma carta de sua avó.

– Pensei que você já tivesse publicado tudo o que encontrara sobre ela – respondeu Nadine, sentindo-se incomodada e impaciente. – Posso ver que há mais de uma carta ali...

– É a última coisa que Ally Keller escreveu. Sua avó queria queimá-la, mas Franz a resgatou do fogo.

– Querido Franz... – disse Nadine.

O professor Galland e Luna se entreolharam, como se estivessem tentando decidir qual deles daria a notícia.

Nadine recostou-se na cadeira, empurrou os cabelos grisalhos atrás das orelhas e fixou o olhar em um ponto na parede atrás do professor. Viu que havia um relógio ali, logo acima de uma janela que dava para uma parede de tijolos. O ponteiro dos segundos estremeceu pouco antes de marcar o próximo minuto, como se o choque o fizesse quicar, como se chegasse ao futuro por inércia. "Por que alguém colocaria um relógio atrás de si?", ela pensou. Nadine chegou à conclusão de que não era para o professor, mas para seus alunos e os visitantes, como ela, que interrompiam sua rotina. Ela olhou fixo para o ponteiro dos segundos, tentando impedi-lo de se mover. Não conseguiria encarar um retorno ao passado de novo. Quanto tempo isso iria durar?

Eles já haviam resgatado sua avó. O professor havia publicado em uma revista literária o poema que acompanhara sua família até o outro lado do mundo. Salvar aquele poema – com o qual sua mãe viajara para Cuba, e que Nadine depois levou para os Estados Unidos, e de lá de volta para a Alemanha, onde sua filha o estudou com devoção, palavra por palavra, símile por símile, memorizando sua cadência e seu ritmo – foi a maior homenagem que puderam prestar à bisavó Ally Keller. Não foi por acaso que Luna escolhera estudar literatura alemã na universidade. Nadine viu o encontro entre sua filha e o professor Galland como inevitável. Ela colocara em movimento o rumo de Luna no dia em que decidiu, como estudante de graduação, fazer um curso eletivo de literatura sobre poetas alemães esquecidos durante a guerra. Um curso no qual sua avó foi mencionada.

Quando os arquivos da universidade foram reabertos depois da reunificação da Alemanha, o professor Galland decidiu fazer cópias de todo o material disponível para reconstruir a vida da mulher que encarnava aquele poema. Ele havia rastreado até Marcus, o músico negro que desaparecera e, com certeza, tinha sido assassinado antes do início da guerra. Encontrara arquivos pertencentes a Bruno Bormann, que Ally Keller chamava de *Herr* Professor, bem como os escritos de um jovem alemão, Franz Bouhler, que tinha salvado Lilith. Com esse material, o professor publicou um estudo bastante detalhado da vida e dos tempos turbulentos de Ally Keller e reuniu sua poderosa poesia em quatro finos volumes. O primeiro foi dedicado a Marcus e à música; o segundo, a Bruno e à literatura; o terceiro, a Franz e ao amor; e o quarto, a Lilith e à luz. Nadine havia encerrado aquele capítulo doloroso da história de sua família. O que mais precisava ser resgatado?

Nessa época, Luna escrevia durante a noite, enfurnada no apartamento que seus pais haviam comprado em Mitte quando a vovó Ernestine morreu. Nadine estava satisfeita porque, depois de terminar a faculdade, Luna tinha ido morar na mesma rua em que se pensava que Ally Keller tivesse escrito O *Viajante da Noite*. Durante a libertação, muitos edifícios foram danificados ou destruídos. Ela sabia que não era o apartamento exato, mas Luna disse que podia sentir a presença de sua bisavó protegendo-a.

Luna mantinha seu quarto imerso na escuridão. Escrevia na janela que dava para a Anklamer Strasse, como se sua bisavó tivesse reencarnado nela. Já havia publicado sua primeira coletânea de poesias, dedicada a Franz, o anjo, e editada pelo professor Galland. Anton apontou que essa tinha sido uma conquista que Ally Keller nunca realizara em vida.

"Eu deveria ter ouvido Mares", Nadine agora dizia a si mesma. A amiga acreditava que mergulhar no passado poderia ajudar a curar algumas feridas, mas que algumas portas deveriam se manter fechadas. Na época, Nadine não conseguia entendê-la. "Você pode ler o que quiser, interpretando da maneira que quiser", pensou ela. Estava cansada de viver cercada por fantasmas. No entanto, agora, ela sabia que sua amiga estava certa.

Em 1989, no dia em que abriram as fronteiras e começaram a demolir o muro que dividia as duas Berlins, Nadine cruzou para o outro lado com Mares, algo que antes era quase impossível. Para Mares, foi como retornar a Cuba, onde não era bem-vinda, onde sua mãe a considerava uma traidora. "Estavam tão perto e tão longe do outro lado...", pensou. Tudo o que tiveram de fazer foi atravessar a rua. Um fluxo de pessoas ia e vinha de leste a oeste, os únicos pontos cardeais que existiam para os berlinenses. Por outro lado, o tempo tinha parado. Havia medo, dúvida.

Os jovens entoavam canções de vitória, alguns se despiam, como se celebrassem um ato de libertação.

Quando voltaram para o lado oeste, Anton estava esperando por elas na frente de seu bloco de apartamentos.

— Como você teve coragem? — ele perguntou chocado.

— Eu não queria perder este momento — respondeu Nadine.

— Quatro décadas — Mares disse num tom sombrio. — Eles danificaram nosso DNA. O dano é físico. Eles destruíram mais de uma geração.

Uma tarde, depois da queda do muro, Nadine decidiu atravessar para o outro lado sozinha. Caminhou durante horas por ruas e avenidas desconhecidas. A diferença entre as pessoas de cada um dos lados era impressionante. Alguns estavam eufóricos com a vitória. Outros, com medo, inseguros. Carregavam o peso da derrota, mesmo que ela trouxesse liberdade. "É como ser resgatada de uma seita", pensou Nadine. "Você se sente assombrada, humilhada pelo resto da vida."

Ela vagou pelas ruas laterais de Mitte, que antes eram fechadas para ela, por trás do muro, perdendo-se em seus pátios. Viu um cemitério abandonado, um jardim atrás de grades, uma antiga escola. Logo depois, não sabia mais onde estava. Tinha viajado no tempo ao longo de anos, décadas. Desorientada, acabou em um prédio com pintura descascada e uma porta bamba. Aproximou-se e passou o dedo sobre os números de bronze. Queria saber onde estava, em que rua se situava e se ainda tinha o mesmo número de meio século antes. Fechou os olhos e imaginou sua mãe, aos 7 anos, correndo de forma desesperada, fugindo, perseguida pelas sombras.

Agora, no escritório do professor Galland, diante de textos recém-descobertos de sua avó, ela desejou ter Mares ao seu lado. Mas sua amiga não estava mais lá. Mares e Gaspar tinham ido para Valparaíso, no Chile, onde planejavam morar por um ou dois anos enquanto ele lecionava em uma universidade católica da qual havia sido expulso quando estudante. Nadine sabia que ficariam lá para sempre. "É impossível criar raízes depois de sobreviver a uma ditadura", ela costumava dizer. Mares deu as costas ao norte para se estabelecer no sul. Estava cansada das nuances gramaticais de uma língua que nunca dominaria. Se havia se encantado com aquela cidade, que trazia em seu nome o próprio paraíso, é porque ela era cercada pelo mar. Ela nasceu em um lugar com mar ao seu redor e queria permanecer fiel ao seu nome, como dissera, uma vez, em uma carta que escrevera para Nadine. Eles moravam em um pequeno apartamento no bairro de Concepción, repleto de morros e degraus que conduziam até o mar, abaixo. Quando Nadine fosse visitá-los, eles iriam até a casa do poeta Neruda, em Isla Negra, disse ela.

Ela imaginou Mares em uma praia no Pacífico.

Nadine tinha acabado de completar 55 anos e, nessa idade, sentia que não deveria haver mais surpresas a descobrir.

Quando o livro de poesias de sua filha foi publicado e dedicado a Franz, isso havia gerado um debate para o qual nem Nadine nem o mundo acadêmico estavam preparados. Anton passara a vida lutando para garantir que os culpados não escapassem impunes do que haviam feito e devolvessem tudo o que tinham roubado, mas sua filha pintou um quadro da face mais gentil da Alemanha. Em seus poemas, Luna sugeria que nem todos os alemães eram nazistas, que não eram todos iguais e que muitos jovens apenas tinham cumprido algo para o qual foram predestinados: servir ao seu país. Questionar a natureza daquele país podia ser válido agora, mas, naquela época, era uma questão de vida ou morte. Eles não tiveram escolha.

Franz tinha sido um desses jovens. Seu sobrenome estava associado ao horror. Um de seus primos fizera parte do programa de higiene racial destinado a eliminar a imperfeição. A raça alemã foi considerada danosa, e um Bouhler partiu para salvá-la – embora de uma forma muito equivocada. No entanto, Franz havia protegido uma *mischling*: Lilith. Ele a ajudara a encontrar um novo nome, uma nova família e um passe que lhe dava permissão para desembarcar em uma ilha caribenha. Graças a Franz, Ally Keller conseguira salvar a filha. Ela própria não havia sobrevivido, talvez, em parte, por causa da dor de ter deixado sua filha partir.

Não era um discurso novo, mas o livro de Luna Paulus tinha reacendido o debate.

– A filha de Franz doou uma caixa com os documentos do pai – explicou o professor.

"Ele disse 'filha'?", pensou Nadine.

Os olhos de Luna estavam fixos em sua mãe. Nadine se levantou e passou com apreensão os dedos sobre o tecido do casaco vermelho.

– É lã russa – disse ela.

– Parece que pertenceu à sua avó.

Nadine retirou com cuidado o casaco de gabardine vermelho da caixa, como se fosse uma coisa viva.

– Há vários poemas; com toda a certeza, os últimos que registrou, depois que deixou Lilith no porto de Hamburgo – explicou com tranquilidade o professor Galland. – Assim como uma carta que sua avó escreveu para Franz, de Sachsenhausen.

– Então, Franz teve uma filha. – A voz de Nadine era quase inaudível, mas um leve sorriso estampou seu rosto. – Nosso querido Franz...

– O nome dela é Elizabeth Holm – o professor a interrompeu. – Enquanto esvaziava o apartamento do pai, ela encontrou a caixa e, dentro dela, um artigo que escrevi sobre *O Viajante da Noite*. Foi assim que ela me localizou na universidade. A carta...

– Devemos agradecer a filha dele – Nadine disse com firmeza. – Ter guardado todos aqueles papéis velhos e um sobretudo por todos esses anos... Quando Franz morreu?

– Franz sobreviveu – esclareceu o professor. – A filha o internou em uma casa de repouso para idosos nos arredores de Berlim quando ele envelheceu e passou a sofrer de demência senil.

Luna foi até onde a mãe estava sentada e, de um modo gentil, segurou sua mão e disse:

– Franz ainda está vivo.

# 28

## Setenta e cinco anos antes
## Berlim, junho de 1939

Nas últimas semanas em seu apartamento, Ally Keller vivia de olhos fechados. Tropeçava pelos quartos, tentando sobrepujar a escuridão que ela mesma havia criado. À noite, enchia folhas de papel com uma profusão de textos desconexos, a única maneira de vencer o tempo, seu único e verdadeiro inimigo.

Desde o dia em que viram Lilith subir a prancha de embarque para o transatlântico preto, vermelho e branco, *Herr* Professor estava de cama, com gripe, e o som de sua tosse atravessava as paredes. Todas as manhãs e todas as noites, Ally lhe preparava um chá de sementes de cardamomo e flores secas de lavanda com algumas gotas de valeriana. O cheiro da infusão impregnava o edifício. O que de fato acalmou sua tosse, porém, foi uma dose de Jägermeister que Franz levara, certa noite, quando foi ler para eles seus últimos poemas grandiloquentes. Ally pensara que a bebida tinha como objetivo deixá-los sonolentos, para que pudessem suportar ouvi-lo. A garrafa de Jägermeister estava quase vazia e *Herr* Professor ainda estava acamado – não proferia mais seus discursos habituais ou suas citações literárias. Era como se tivesse se despedido do mundo e agora estivesse apenas aguardando o seu fim.

Fazia mais de um mês que não tinham notícias de Franz. Não sabiam onde encontrá-lo nem como falar com ele por telefone, e nem *Herr* Professor nem Ally ousaram perguntar por ele. Sentiam um medo constante de que ele tivesse sido preso por tê-los ajudado a tirar Lilith do país. Graças a ele, a menina ganhara uma nova identidade e puderam mandá-la para Cuba com os Herzog em um navio destinado apenas a judeus. Os pensamentos de Ally atormentavam sua mente; ela sentia, às vezes, que colidiam com os pensamentos de *Herr* Professor, ambos se culpando pelo desaparecimento de Franz. Em uma noite, perderam ele e Lilith.

Ally acostumou-se a ficar acordada dia e noite. Só fechava os olhos para pensar. Tudo o que fazia era escrever, porque, se não o fizesse, esqueceria. Como não dormia, não sonhava, e era apenas em sonhos – ou, melhor, em pesadelos – que conseguia evocar a filha. Sem a lembrança dela, pouco a pouco, o apartamento ficava mais vazio a cada dia. Tudo ao seu redor havia perdido sua verdadeira dimensão.

Na manhã em que *Herr* Professor apareceu em seu apartamento, enfiado em um roupão que agora parecia enorme nele, Ally estava sentada perto da janela, com as cortinas fechadas, descansando os olhos.

Na penumbra, *Herr* Professor viu folhas de papel empilhadas sobre a escrivaninha, as poltronas, em todos os cantos da sala. As folhas eram o caminho que Ally estava traçando para encontrar o trajeto de volta ao ponto de partida, que se perdera em um labirinto.

– Vamos ter que nos livrar de tudo isso. – Apesar de sua aparência enfraquecida, a voz de *Herr* Professor era firme, forte e decidida.

Ele se referia aos manuscritos de Ally e às cópias das revistas que haviam publicado seus poemas. *Herr* Professor estava com um dos cadernos de Ally na mão direita. Planejava aproximar-se da lareira apagada e atirá-lo nela sem que Ally notasse. Deviam acender o fogo antes que começasse a chover. Era muito fácil deixar rastros que levariam à ruína de Ally.

– Não há mais nada que eu tenha medo de perder.

– Estou falando sobre seus escritos. – *Herr* Professor enfiou o caderno no bolso sem que ela visse.

– O que mais pode se abater sobre nós?

– Não estou falando de nós, mas de Lilith, de Franz... É melhor queimarmos tudo, nos livrarmos de tudo que possa comprometê-los.

Ally concordou com um aceno de cabeça. Quando baixou o olhar, notou que *Herr* Professor estava descalço.

– Você não pode andar por aí assim. Está doente, é perigoso...

– Um homem pode morrer apenas uma vez – disse ele ao sair da sala.

Ally se aconchegou em sua poltrona ao lado da lareira. Dali, a sala parecia enorme. Era junho, mas ainda havia um friozinho no ar. Vários cômodos do apartamento estavam proibidos para ela, incluindo o quarto de Lilith, assim como o dela. A vida de Ally agora acontecia na sala de visitas, que também era palco de despedidas. Sabia que também estava prestes a partir, embora não tivesse ideia de seu destino. Postava-se em frente ao único espelho do apartamento, procurando o azul vibrante que outrora morava em seus olhos. Ela o havia perdido. No passado, escrevera sobre a morte das cores, que tendem a desaparecer, perder o brilho. Seus cabelos, sua pele, seus lábios e suas órbitas tinham adquirido uma tonalidade acobreada.

Ally sentia-se mal. Sentia seus membros pesados. Respirar era difícil. Nenhum ar chegava aos seus pulmões.

Ela acendeu o fogo distraída. Ajeitou um toco de lenha, depois colocou outro em cima para formar uma cruz, e o fogo reacendeu. Era sua última remessa de lenha. A última coisa que lhe restava, um fardo que ela poderia transformar em energia. À medida que as chamas aumentavam, o crepitar do fogo que consumia a madeira a fazia estremecer. Ela desabou de volta em sua poltrona, seu canto de leitura sagrado, onde outrora costumava respirar com serenidade, e esqueceu-se do que *Herr* Professor havia dito; ela não conseguia se lembrar do que tinha de fazer. Alguns minutos depois, seu olhar pousou sobre os papéis espalhados e ela se lembrou de que ele dissera que ela deveria jogar todos os papéis no fogo. Sentiu-se aliviada. Estava se aproximando do fim.

Ela pegou uma folha de papel, como se os poemas estivessem vivos, e leu alguns versos que mal reconhecia como seus. Leu-os em voz alta, sem pressa, com a calma de quem não está mais presente. Leu-os como se Lilith pudesse ouvir. Não tentou entrelaçar as palavras, mas, sim, espalhá-las. Quantas vezes teria que dizer adeus? Quantas mortes deveria sofrer? Leu as palavras, ou pensou nelas? Elas estavam escritas ou estavam dentro dela?

Ouviu passos na escada. As fundações tremeram. A hora havia chegado. Sentiu os caçadores, prontos para atirar. Quem eles estavam procurando? Estavam com pressa. Alguns corriam. Poderia haver dois, três, quatro deles. O som dos passos aumentou, batendo no corredor, indo e vindo. Ela os sentiu se aproximando, quase em cima dela. Apenas os vivos podem ser caçados. Ela já havia morrido.

Houve uma batida na porta. Pancadas fortes que reverberaram pelo apartamento e a fizeram reagir. Os poemas, seus escritos, as folhas soltas, ela tinha que queimá-los. Não ouvira *Herr* Professor? Não faria isso por si mesma – para ela, não haveria salvação –, faria isso pelos outros. Hesitante, deixou a primeira folha flutuar em direção ao fogo, observando como era consumida em segundos. Então, outra, e outra e outra. O fogo iluminou a sala de estar. Tinha que continuar. Deveria atirá-las todas de uma vez. Procurou sua gabardine vermelha, pousada em uma poltrona. Dobrando-a sobre as tábuas do assoalho, começou a empilhar as folhas de papel sobre o casaco. Algo que antes parecia fácil era agora um fardo terrível.

De repente, arrombaram a porta. Quando ela foi pegar o casaco vermelho, uma mão se estendeu para detê-la. Ela se virou e viu um soldado, que a encarou com olhos gentis.

— *Fräulein* Keller, deixe-me ajudá-la com isso — disse o homem, dando um leve sorriso, segurando o casaco que abrigava suas palavras.

Havia mais três soldados atrás dele. Ela sentiu que carregavam o peso de todo o exército alemão, que haviam trazido a impaciência de toda a cidade com eles para sua casa. O simpático soldado não tirava os olhos dela, como se ela pudesse fugir ou desaparecer no ar. Ele a observou e depois começou a vasculhar a sala com seu olhar. Seus olhos percorreram todos os cantos, as cortinas fechadas, as lâmpadas apagadas. Ally estava vivendo na escuridão.

— Sinto muito, *Fräulein* Keller, mas você terá que vir conosco. — Sua voz era como uma carícia.

Os outros soldados recolheram os papéis que Ally havia embrulhado no casaco de gabardine e os colocaram, junto às outras folhas que ainda estavam espalhadas pela sala, em uma caixa que um deles estava segurando. O casaco de Ally foi devolvido à poltrona. Tinha sido salvo do fogo. Ela se aproximou e roçou os dedos nele de leve, uma última vez. Poderiam levá-la agora. A gabardine vermelha não era mais dela. Ela desceria as escadas e atravessaria ruas repletas de soldados. Sabia que a estavam perseguindo e também a seus escritos. Repassou em sua mente cada linha dos versos e percebeu que nunca havia mencionado o nome da filha em nenhum deles. Nem os Herzog. Como poderiam saber que Lilith era a luz? Ela mencionava Franz, mas não pelo nome. Falava do anjo, como Lilith o havia chamado. Ela tinha que protegê-lo.

O fogo na lareira se extinguiu e a sala ficou escura. Ela poderia ter escapado e, então, aberto a janela e se lançado ao esquecimento. O vento a carregaria para onde quisesse. Entretanto, o soldado simpático a tinha em suas mãos.

Ela ouviu um estrondo lá fora, seguido por um gemido. Ouviu risadas também. Alguém estava feliz. Em seguida, mais gemidos. Um corpo pesado caiu sobre o chão. Os soldados se entreolharam, como se aguardassem uma ordem. Naquele momento, ela soube que o responsável, aquele que estava por trás daquilo, ainda permanecia do lado de fora. Um dos soldados saiu para ver o que havia acontecido. Segundos depois, ele voltou. Informou aos outros que era hora de ir. Todos, inclusive ela. O peso de suas pernas a arrastavam para baixo. Ela caminhou entre os soldados.

Do lado de fora, no corredor, a lâmpada a ofuscou. Um soldado lutava para erguer um corpo inerte do alto da escada. Ally viu a cabeça pendurada no degrau, como se tivesse separada do corpo. A cabeça atingiu o degrau, primeiro; depois, o corpo tombou e rolou como se fosse uma bola. A imagem parecia distorcida, fragmentada, despedaçada entre as botas polidas dos soldados. Quando a viram, endireitaram-se, e a luz os atravessou. Ally baixou o olhar para algo que não queria ver. O corpo estava coberto por um roupão cor de vinho, com manchas escuras em um dos ombros. O sangue ficara preto na seda vermelha. Ally soltou um grito, e isso a assustou. Ela não tinha mais ouvido a si mesma. Nem sabia que ainda era capaz de emitir um som. Então, ela caiu de joelhos.

– Bruno, você consegue me ouvir? Acorde... – Ally sussurrou em seu ouvido para que ninguém mais ouvisse. – Não importa o que levem. Eles não encontrarão o nome de Lilith em uma única página, ou dos Herzog. Nada.

*Herr* Professor não reagiu. Cada tentativa de levar oxigênio aos pulmões o fazia estremecer de dor.

– Bruno... – sua voz falhou. – Não me deixe sozinha...

Ally sentiu lágrimas escorrendo por seu rosto. Segurou a cabeça do professor e afastou os cabelos grisalhos de sua testa. Limpou com delicadeza uma fina linha de sangue que escapava por entre seus lábios, ameaçando se tornar um rio. *Herr* Professor abriu os olhos, e ela o ajudou a voltar a si.

– Precisamos descer – disse o soldado gentil.

Ally não o viu. Queria esquecer-se de todos os semblantes. Esquecer... Estava preparada para descer, para seguir o caminho do sacrifício.

Ela beijou a testa de *Herr* Professor, e um sorriso fugaz brincou nos lábios dele. Ela olhou para o oficial mais próximo e indignou-se.

– Por que vocês o estão prendendo? Ele é um velho.

– Eles precisam de um motivo? – *Herr* Professor murmurou, tentando se recuperar.

Ally o ajudou a se sentar, e ele agarrou o corrimão de ferro com a mão direita fazendo uma careta de dor. Seu braço esquerdo pendia flácido junto à lateral de seu corpo. Ally segurou *Herr* Professor pela cintura, e eles tentaram ficar unidos, como se fossem um só corpo. Com grande dificuldade, começaram a descer a escada. Ally prestava atenção em cada degrau. Observava cada veio no mármore, tentando guardar, com desespero, tudo na memória. Um soldado abriu a porta que dava para a rua. O sol estava brilhando. Ally pensara que estavam no meio da noite; havia perdido a noção do tempo. Poderia ser meio-dia? Ela sempre viajava à noite com Lilith.

Passou uma brisa entre eles. Havia um carro esperando. Quando cruzaram a porta principal, Ally percebeu que tinha um oficial à sua direita. Cada vez que um soldado passava à sua frente, fazia uma saudação de vitória. Haviam triunfado sobre uma mulher e um velho. É assim que começam as guerras. Primeiro, esmagam o menor, o mais insignificante. O que havia de tão assustador neles? Ideias?

– Estamos com os documentos que você solicitou, senhor – o soldado gentil relatou ao oficial.

Lá estava a resposta. "Meus poemas se tornaram meros documentos", pensou Ally.

O professor subiu primeiro no veículo. Ela entrou em seguida. Ele baixou a cabeça entre os joelhos; Ally não sabia se de dor ou de vergonha. Os soldados continuaram a saudar o oficial com o seu gesto heroico. Tinham resgatado os papéis do fogo, como ele havia ordenado. "Talvez o velho tenha apenas caído e agora esteja se recuperando", pensou Ally. "Eles nos conduzirão à delegacia, agora, para nos interrogar, e de lá nos levarão para Oranienburg", disse a si mesma.

Com os olhos marejados, virou-se para olhar a entrada de seu lar pela última vez. Foi seu gesto de despedida. Viu a enorme aldrava, o número 32 de bronze que adquirira uma coloração azinhavrada com o tempo. Contemplou as tábuas da porta de madeira, agora meio distantes, e os paralelepípedos da calçada. Seus olhos se demoraram nas botas pesadas e lustrosas do oficial, no uniforme impecável, com suas runas germânicas e caveiras prateadas, o revólver no coldre de couro preto, o cinto, os botões brilhantes do paletó, a suástica preta encerrada em um círculo branco desenhado na braçadeira vermelho-sangue. "A beleza do poder", pensou. "Perfeita simetria." Seu olhar chegou à altura do pescoço largo e ereto do oficial. Ele estava vigiando a entrada do prédio. Não ousara entrar em seu apartamento. Ela reconheceu seus lábios franzidos. Viu suas narinas se abrindo e fechando e deteve-se em seus olhos. Aqueles olhos azuis que costumavam deixá-la sonolenta. "Por que eu tive que ver seus olhos?", perguntou-se.

Ally baixou o olhar. Não havia mais nada de que valesse a pena se lembrar. Não seria mais fácil esquecer-se? Estava esgotada, aturdida. Uma dor repentina e aguda na barriga a fez estremecer. Na escuridão, procurou a mão de *Herr* Professor. Reuniu todas as suas forças e, quando o carro se afastou, virou-se mais uma vez para olhar para o oficial. Uma nuvem passou devagar sobre ele. Na sombra, Ally o reconheceu.

Era Franz.

# 29

## Sete meses depois
## Oranienburg, janeiro de 1940

O corpo nu de Ally Keller jazia sobre a mesa de ladrilhos brancos. A mesa era um bloco retangular no meio da sala, quase uma extensão do piso, das paredes e do teto. Todas as superfícies eram ladrilhadas. Havia dois armários de metal com portas de vidro, um de cada lado da porta, pintados num tom de verde-claro. No outro extremo da sala, havia outra porta, também flanqueada por armários semelhantes que continham instrumentos dispostos em ordem de tamanho e potes de vidro com etiquetas que identificavam o que havia em seu interior. Uma mesa longa e estreita percorria uma das paredes laterais, abaixo de três janelas equidistantes. Havia uma terceira mesa na sala, paralela àquela em que o corpo de Ally estava. No meio de cada uma, um dreno circular dourado perfurado por dezenas de pequenos orifícios. A sala era perfeitamente simétrica. Três lustres pendiam de um tubo escuro, um acima de cada mesa. A luz era tão intensa que não havia possibilidade de se formarem sombras. Nada poderia sobreviver ao branco daqueles azulejos.

Um médico e uma enfermeira entraram na sala. Ally sabia quem eles eram, não precisou abrir os olhos para reconhecê-los. Sob o peso de suas pálpebras, na escuridão, sua percepção foi amplificada. O médico, cujo imaculado uniforme militar podia ser vislumbrado sob o jaleco branco, dirigiu-se à mesa onde Ally estava, ignorando o corpo do velho estendido na outra. O corpo de Ally estava tão frio quanto o ar que entrava pelas janelas no meio do inverno, frio como o longo instrumento prateado que ele começou a introduzir entre suas pernas com a precisão de um cirurgião. Quando o instrumento atingiu seu ponto mais profundo dentro dela, Ally abriu os olhos. O azul havia desaparecido de suas íris. O médico olhou em volta à procura da enfermeira, que se colocou à cabeceira da mesa, pronta para conter a paciente caso fosse necessário, mas Ally permaneceu inerte, em torpor. A perfeição era afiada, dilacerante. Nunca antes a brancura fora tão dolorosa.

Removendo o instrumento do corpo de Ally, o médico deixou cair uma massa ensanguentada na mesa, um pedaço de carne ainda preso ao corpo da mulher por um fio. O amontoado escuro se espalhou pelo ladrilho branco. A enfermeira e o médico o observaram, atentos para ver se havia alguma reação, algum pulso. Quanto tempo conseguiria sobreviver agora que não estava mais ali dentro, sendo alimentado? "Estão tentando detectar o menor batimento, o menor movimento, qualquer sinal de vida", pensou Ally, sentindo-se completamente debilitada. Fazia vinte e quatro horas que ela estava sobre aquela mesa. Eles a haviam limpado e esvaziado seu corpo, não poderia haver uma única gota de sangue dentro dela, mas ela ainda estava viva. Por que faziam isso?

Tudo o que ela queria era apagar aquela luz. Não se importava mais que levassem a única coisa que restava dentro dela, mas não suportava mais o brilho. Era como queimar em uma fogueira. Já estivera perto do fim tantas vezes que se sentia exausta demais para repassar mais uma vez sua vida. Tinha ouvido dizer que, quando alguém se aproxima da morte, retorna ao início, para ver o que foi ou poderia ter sido, para saldar as dívidas e começar a se despedir do mundo. Fazia meses que estava se despedindo. No derradeiro adeus, tinha todo o sentido partir sozinha.

No dia em que chegaram à delegacia de Grolmanstrasse, Ally sabia que Franz os havia traído. Ela o viu na porta de seu prédio, mas, por um instante, pensou em protegê-lo. Naquele momento, seu peito apertara, suas mãos ficaram úmidas e ela foi tomada pela dúvida. Queria criar desculpas para o proteger. Ele era um soldado alemão, tinha que defender seu futuro. Estava convencida de que o medo nos torna desprezíveis. O delírio a invadiu, deixando-a sem fôlego.

Quando o interrogatório começou, uma mulher com cabelos penteados para trás e lábios vermelhos tentou ganhar sua confiança no aposento sem janelas e de paredes nuas para onde a levaram. A única mobília que havia ali consistia em uma mesa e duas cadeiras. Por sorte, estava escuro. A mulher queria saber como ela conseguira enviar a menina para Cuba e por que ela foi autorizada a desembarcar lá. Pensava-se que todos os passageiros tinham sido enviados de volta.

Teria sido melhor se estivesse com *Herr* Professor ao seu lado. Ele sempre tinha uma resposta para tudo. Podia acalmar os mais transtornados, até mesmo controlar seus pensamentos. Mas a haviam deixado sozinha, e ela não sabia o que a mulher queria. Estava preparada para lhe informar o que ela quisesse saber. Não tinha mais nada a perder.

Quando a tiraram da delegacia e a fizeram subir na traseira de um caminhão coberto, ela sabia que nunca mais veria Franz. No outro extremo da caminhonete, viu *Herr* Professor, ainda em seu roupão de seda, e abriu caminho entre as pessoas para chegar até ele. Eles separavam as famílias. Por sorte, não conseguiram arrancar sua filha dela. Chegaram tarde. Acabaram saindo da cidade, e alguém disse que estavam sendo levados para Sachsenhausen. Ally soltou um suspiro aliviada. "Ninguém volta de Sachsenhausen", disse a si mesma, lembrando-se de Paul, o filho dos Herzog. Ela havia alcançado o desfecho. Mais um fim.

Quando chegaram ao campo de concentração, separaram os homens e as mulheres. Levaram todas as suas roupas. Deram-lhe uma blusa e uma saia de tecido áspero e desconfortável. Eram feitas para ficar do lado de fora, ao sol. Sua blusa tinha um triângulo vermelho invertido, e eles a separaram das mulheres com triângulos roxos e das que tinham uma estrela amarela na roupa. Ela podia ver os homens do outro lado do campo. *Herr* Professor estava usando um triângulo rosa.

Ela sabia que o grupo no qual fora alocada era o dos privilegiados. Assim, apesar de todos terem o mesmo destino, algumas mortes seriam melhores que outras. Ela estava com alemãs, todos eles "de raça pura", como ouviu alguém dizer. Tinham acesso a papel e lápis e podiam enviar uma carta por mês. Eram bem alimentados em um lugar onde sopa, batata crua, pão bolorento, cebola e café aguado podiam ser considerados um luxo. Uma vez por semana, tinha permissão para se lavar antes de ir para a delegacia, como alguns denominavam o local que outros chamavam de açougue. Na verdade, era a enfermaria. Os alemães que conseguiam provar que não tinham falhas genéticas ou desequilíbrio mental, aqueles que eram de "raça pura", eram obrigados a doar sangue. Os soldados do *front* precisavam desse sangue, dizia a enfermeira às mulheres, e elas concordavam, e por que não concordariam, em troca de um banho frio, lápis e papel?

"Deixe-os drenar todo o meu sangue... estão me fazendo um favor", pensou Ally. Cada vez que saía da enfermaria, pálida e ofegante, olhava para o barracão 38 pensando naqueles que não tiveram a sorte de sangrar até secar em troca de um banho ou de uma batata crua. Nenhuma atenção era dada ao barracão com o triângulo rosa, para os presos afeminados. Seus pertences nunca eram revistados em busca de facas contrabandeadas, enferrujadas e quase sem fio com a qual pudessem cortar as veias. Ordenavam aos outros marcados com o triângulo rosa que limpassem o sangue. A vida continua, mesmo fora do corpo. Cada célula se esforça para resistir, não parando até encontrar um sussurro de respiração. Esse é o ato desesperado de sobrevivência.

Em troca de cebolas e pedaços de pão, Ally tentou descobrir o que estava acontecendo no barracão onde mantinham os homens com os triângulos rosa; queria saber se *Herr* Professor estava bem, se ele ainda estava vivo, se havia se recuperado do golpe na cabeça, mas as respostas que recebeu foram vagas. Dois ou três cadáveres eram levados por dia.

Depois de dois meses, Ally começou a escrever sua despedida. Seria uma longa carta, e seria destinada a Franz. Não sabia se deveria anotar a data ou informar onde estava sendo mantida. "Ele já deve saber disso", disse a si mesma. Queria condená-lo, mas o que ganharia com isso? Não estava tentando ser resgatada. Várias vezes, se questionou se deveria lhe contar, mas, no fim, decidiu que sim. Todos dormiam no barracão. O silêncio era um luxo maravilhoso. Quando as luzes eram apagadas, o choro começava. Sempre havia alguém soluçando, ou gemendo baixinho, e essa litania acompanhava a da fome, a sinfonia da angústia, do estômago vazio. Ally não precisava de luz. Pegou o lápis e delineou o primeiro traçado, depois, o segundo, e prosseguiu escrevendo de forma descontrolada. A primeira coisa que colocou no papel foi o que ela própria nem ousava dizer em voz alta. Ainda havia alguém para salvar, embora ainda faltassem cinco meses, que para ela pareciam uma eternidade: estava grávida.

A primeira carta era a mais curta. O segredo compartilhado tinha gosto de vingança. Havia muitas maneiras de acertar as contas. A dela era fazê-lo sentir-se culpado por tudo o que fizera a *Herr* Professor, aos Herzog e a Lilith, que o considerava um anjo. Ele os denunciou pelo que Ally havia publicado. Enviou-os para Sachsenhausen. Livrou-se da filha dela e dos Herzog por uma Alemanha limpa e pura. Ela desejava a cada minuto, a cada hora, que ele morresse. No entanto, havia uma criança a caminho. Agora, Franz tinha que decidir se salvaria ou não o próprio filho. Era sua última e única esperança.

A segunda carta levaria mais tempo. O ato final de vingança é mais difícil de esboçar. Suas palavras se multiplicaram como as células se dividindo em sua barriga, o segredo que ela sentia como um medo constante. Tinha ouvido falar que mulheres grávidas eram eliminadas. Se descobrissem na enfermaria, iriam se recusar a extrair seu precioso sangue? Todas as mulheres conheciam a auxiliar do médico, a quem chamavam de "açougueira", e a odiavam ainda mais que o próprio médico, pois era ela quem enfiava espátulas geladas entre suas pernas para verificar se estavam grávidas, e era a enfermeira quem perfurava seus braços com uma agulha grossa, procurando, às cegas, uma veia forte.

A açougueira representava a maior ameaça, Ally tinha certeza. Ela dormia no barracão 38 e usava uma estrela amarela, mas era livre para vagar pelo campo e ir aonde ninguém mais podia. Passava o dia na enfermaria, brincando com fetos guardados em um líquido espesso e amarelo dentro de potes de vidro, rotulados com o período de gestação.

Alguns diziam que tinha sido uma parteira sanguinária, outros, que já fora uma médica de prestígio, uma daquelas que dedicavam a vida a trazer crianças ao mundo. Desde que chegou ao campo, a única maneira de se salvar foi participando dos experimentos executados na enfermaria. Ela cuidava das grávidas, que reconhecia de longe. Ia de barracão em barracão, verificando barrigas para detectar alguma que estivesse inchada, apesar da falta de comida. Comentava-se que ela dizia às mulheres que a única maneira de sobreviver era se livrar de seus bebês ainda não nascidos. O comandante do campo não queria crianças, mulheres grávidas, idosos ou doentes. E quem iria querer trazer uma criança para um mundo como aquele? Quem era mais cruel: a açougueira ou a mãe dando à luz uma isca viva para o inimigo?

Sendo assim, a açougueira tirava a grávida do barracão no meio da noite, sentava-a contra uma parede de tijolos, na terra e nas pedras, abria suas pernas e, sem piedade nem hesitação, introduzia a mão e, depois, o braço, e extraía o que havia na barriga da mulher. Se alguma mulher naquele campo de concentração conseguisse ocultar a gravidez, a açougueira estaria presente no parto, faria a mãe se despedir de seu recém-nascido e, depois, o afogaria na frente dela, para dar uma lição a todas as outras mulheres.

— É isso que vocês querem? — ela berrava, para que todas no barracão ouvissem. — Não é melhor me contarem a tempo, para não terem que viver com essa culpa?

Então, sem sequer lavar as mãos, ela subia em seu beliche e adormecia em segundos.

Por sorte, a açougueira não passava pelo barracão de Ally e, com o tempo, com menos sangue no corpo a cada dia e o bebê consumindo suas energias, ela emagreceu; o uniforme largo pendia de seu corpo. Sua barriga cresceu, devorando-a, mas ela perdeu massa muscular; então, podia escondê-la sob a roupa.

Ela esperava, enquanto escrevia sobre sua agonia, que Franz chegasse um dia, em breve, para salvar o bebê.

· ✦ ·

Alguns dias antes do Natal, durante a última coleta de sangue do ano, o médico falou com ela num momento em que estavam sozinhos.

— Eu sei que você está grávida — disse-lhe em voz baixa. — Seu bebê ficará seguro.

Tudo o que Ally conseguiu foi esboçar um sorriso. Seu bebê iria nascer. Outra criança que teria de abandonar. Estava convencida de que Franz havia recebido sua carta, que parecia mais um apelo. Ele não teria que mudar o nome do bebê ou esconder a cor de sua pele ou provar a uma comissão que suas medidas estavam corretas e sua inteligência era superior. O bebê não violaria nenhuma das novas leis; portanto, poderia nascer.

– Quando o bebê vai nascer? – o médico perguntou.

"Franz está determinado a salvar a criança e deve ter entrado em contato com o médico", Ally pensou. Ela tocou a barriga, sentindo o tamanho do bebê, que parecia enorme. Era sua maneira de dizer ao médico que faltavam apenas alguns dias para que viesse ao mundo. O médico entendeu, e ela sabia que ele estava do seu lado. Tinham que manter a açougueira longe dela. Ally lhe avisaria se a bolsa estourasse ou se começasse a ter fortes contrações. Ao sair da enfermaria, exaurida, sentiu o bebê se mexendo. Ele estava vivo.

Quando o novo ano começou, Ally terminou a longa carta que considerava sua despedida. Havia deixado de existir meses antes. Começava uma nova década sem sentido para ela, mas não para o bebê que estava para nascer. Ela permanecia na cama durante o dia porque tinha licença especial do médico e, à noite, contava os batimentos cardíacos do bebê enquanto ele se contorcia o tempo todo. Ficou assim durante dois dias, sem comer, deitada na própria urina e em seus excrementos. Ninguém se importava com ela.

Ally fechou os olhos e deixou o bebê assumir o controle. Naquele último momento, percebeu que precisaria ceder. Nenhuma dor ou coação poderia fazê-la gritar, contrair ou empurrar. O bebê tinha todo o poder do mundo, e ela orou mais do que nunca, implorando a Deus para salvar seu filho, para deixá-lo viver, para que, um dia, quando o mundo mais uma vez se tornasse o mundo, quando ninguém tivesse que viajar à noite ou viver na escuridão, ou provar sua inteligência ou perfeição, Lilith e esse bebê se encontrassem. Isso era pedir demais?

· ✦ ·

Ela despertou. Ainda estava viva na mesa de ladrilhos brancos, e a estavam lavando com água fria. A água escorria pelo ralo sob suas costas. Sua barriga estava inflamada, mas o bebê não se mexia. Não havia nada mais reconfortante do que o peso de algo vivo. Queria gritar para que ele se movesse, cutucá-lo com força para acordá-lo, para mostrar a todos que ainda estava vivo. Ela viu o médico, a enfermeira e um oficial. Uma mulher estava limpando o sangue do chão. De quem era o sangue? Jogaram um corpo na mesa ao seu lado. Sentiu o fluxo de água mais uma vez. Chamaram-no de "o velho", mas ela não conseguia vê-lo. Tivera um ataque cardíaco. Tinha vindo do barracão dos triângulos rosa. Eles o abririam e examinariam suas entranhas, procurando o motivo. Talvez esperassem descobrir que seus órgãos eram tão rosados quanto o triângulo. Ally sabia que poderia ser *Herr* Professor. Nada na vida acontece por acaso, embora talvez ela estivesse apenas alucinando com tudo isso. Mesmo que abrisse os olhos, não seria capaz de vê-lo. Talvez ele tivesse sentido a presença dela antes que o abrissem e tivesse se deixado morrer.

Ela viu um movimento contra a luz. O médico estava de costas para ela. Em um canto, uma mulher que não usava jaleco branco. Era a açougueira. Tinha vindo atrás dela? Era mais difícil sobreviver sem palavras.

– Relaxe, relaxe... – disse o médico, com a voz mais reconfortante que já ouvira em sua vida.

O médico limpou sua testa com uma toalha molhada e quente. Foi a única coisa que ela sentiu. Depois disso, Ally perdeu contato com seu corpo, com o bebê recém-nascido, com os azulejos frios. Como se tivesse escapado da sala, olhou para as dezessete torres de vigia do campo, com seus guardas. Viu a aldeia além do campo, suas ruas nevadas e casas geminadas, onde todos estariam comemorando as coisas boas que o novo ano traria. A poucos metros do campo, famílias viviam em paz. Talvez fossem dos guardas das torres de vigia, das mulheres que cuidavam das cozinhas. Será que o médico e a enfermeira moravam ali perto também? Contavam aos vizinhos o que faziam para viver?

Quando voltou para a mesa gelada, já haviam removido o cadáver ao seu lado. Era a única ali, além do médico e da enfermeira. A açougueira tinha ido embora. Seu filho estava seguro? Não havia lençóis manchados de sangue nem tigelas de água quente, e seu bebê não estava em seu peito. Seus seios estavam vazios, tão secos quanto sua barriga. Não havia mais nada para levarem. A enfermeira depositou a placenta em um dos frascos de formaldeído e colocou uma etiqueta.

O médico se aproximou e parou ao seu lado, tentando detectar seu último suspiro. Ally sentiu dois dedos frios em seu pescoço.

– É uma menina – sussurrou o médico, aguardando uma reação.

Ally sentiu seu hálito quente e quis sorrir agradecida, mas seus lábios estavam congelados.

– Ela ainda está viva? – perguntou a enfermeira.

– Acho que não... – respondeu o médico.

Mais uma vez, ele colocou dois dedos em seu pescoço para verificar seu batimento cardíaco: o último. Virou-se e saiu da sala. Ally ouviu a porta bater. A enfermeira apagou as luzes antes de sair.

Estava escuro. Mais uma vez, Ally estava pronta para viajar à noite.

# 30

## Setenta e quatro anos depois
## Berlim, abril de 2014

Ao sair do escritório do professor Galland, Nadine sentiu que estava à beira de um precipício, esmagada pelo conteúdo de uma carta que nunca deveria ter visto a luz do dia. Não estava pronta para perdoar, então, resolveu andar, e caminhou durante horas. Anton ligou para seu celular várias vezes em desespero, mas não obteve resposta. Ele repreendeu Luna por não ter acompanhado a mãe, que disse que gostaria de ficar sozinha. Luna telefonou para o outro lado do mundo para falar com Mares, que prometeu que pegaria um avião para ficar com a amiga, se precisasse dela.

Enquanto percorria as ruas, Nadine tentava entender por que fora tomada por um sentimento de culpa. Deveria ter procurado aqueles que nunca conhecera: Franz, sua mãe, sua avó, *Herr* Professor, mesmo que fosse apenas para visitar seus túmulos. Recusara-se até mesmo a chegar perto de Sachsenhausen, que agora tinha sido transformada em um museu escuro onde talvez os restos mortais de sua avó e de *Herr* Professor estivessem espalhados embaixo da terra. Ela havia confiado que sua filha se encarregaria de resgatá-los, como fizera com Ally. Agora, era ela quem precisava trazê-los todos de volta.

Nadine sentou-se em um banco no Tiergarten, com a carta que sua avó havia escrito aberta em seu colo. Levara setenta e quatro anos para chegar até ela. Nadine sentiu que estava de passagem, como uma turista caminhando na sombra de algo que deveria ter desaparecido havia muito tempo, mas ainda resistia. Uma suástica em uma parede esquecida na Bismarckstrasse, a águia com a cruz gamada entre suas garras, o mármore vermelho na estação Mohrenstrasse que veio da Chancelaria do Novo Reich do Führer, os postes de iluminação de Albert Speer na Strasse des 17 que ninguém quis derrubar, os vestígios permanentes da cidade dos sonhos do Führer.

Ela colocou o telefone de lado e desdobrou as duas folhas gastas. "Diante de mim está uma das chaves para o meu passado", ela pensou. A essência de Ally, sua avó. Tentou decifrar a ordem das cartas. Uma, escrita com caligrafia apressada, frases soltas, cheia de perguntas; a outra, em caligrafia miúda e quase ilegível, como se aproveitasse cada milímetro da folha em branco. Em ambas as cartas, vários parágrafos haviam sumido, como se as folhas de papel tivessem sobrevivido a um naufrágio.

Em uma delas, não havia data ou destinatário.

*Você tirou minha Lilith de mim. Qual foi o pecado da minha filha? Perdê-la me tornou mais pura aos seus olhos?*

*Sim, fomos uma desgraça para você, mas era tarde demais. Eu ainda sou. Lá estavam meus poemas publicados. Você não pode se livrar deles. O passado, Franz, sempre nos condena.*

*No fim, minha filha viajou à noite: ela está segura. Longe deste inferno, de você, de todos.*

*Agora, só quero que saiba que nunca vai conseguir se livrar de mim. Você também está manchado. Eu estou grávida. Seu filho nascerá em uma cela.*

A outra carta estava datada.

*Sachsenhausen-Oranienburg, 1º de janeiro de 1940*

*Franz,*

*Temos pouco tempo.*
 *Seu filho está prestes a nascer.*
 *Cada vez que ele se mexe, cada vez que me dá um de seus chutes que me sacodem, que me dobram de dor, ele me deixa feliz. Está vivo, ansioso para vir ao mundo.*
 *Os dias são longos, as noites são muito curtas.*
 *À noite, converso com nosso filho, conto a ele sobre Lilith, sua irmã. Sei que um dia ele a encontrará, quando a guerra acabar, quando cansarmos de ser monstros.*
 *Franz, não venho culpá-lo, seria inútil. Só lhe peço, em nome do amor que um dia tivemos um pelo outro, que pense agora em nosso filho. Você tem a chance de salvá-lo. Isso salvará você também. É impossível viver na escuridão por tanto tempo. Eu sei que um dia voltará a amanhecer.*

Ela estava lendo fragmentos da carta em voz alta quando recebeu um telefonema. Não era Anton ou Luna, e ela decidiu atender. A noite já havia caído.

— Se eu pudesse estar ao seu lado agora, eu estaria – disse Mares. – Você deveria vir para Valparaíso.

Nadine ficou em silêncio por um instante; então, disse:

— Lembra da vez em que visitamos o Altar de Pérgamo?

— Nadine, querida, me escute. Anton e Luna estão preocupados. Acho que é hora de você voltar para casa.

Nadine queria que Mares se lembrasse da visita ao Museu de Pérgamo, onde viram um velho chorando de forma inconsolável diante do antigo e magnífico altar grego. Nadine presumira que ele estava do lado perdedor, ansiando por uma Alemanha que nunca existiu, um Reich de mil anos que desmoronou em uma década. Mares, por outro lado, via-o como uma vítima dos nazistas, para quem o simbolismo do altar evocava cenas dolorosas que provocavam lágrimas de perda. Tinham acabado de passar por uma estação do metrô e viram o modelo do que Berlim poderia ter sido. Agora, era possível exibir o legado de Albert Speer, o grande arquiteto, o melhor amigo do Führer, o homem que cativara a todos com as imponentes dimensões e a simetria dura dos edifícios que criou, pensados para ficar na memória, que iriam sobreviver à sua própria ruína.

Mares ouviu sua amiga, tentando compreender sua divagação. Para Nadine, Franz e Albert Speer eram tipos parecidos, ambos especialistas em faz de conta. Se ele quisesse, poderia saber o que estava acontecendo na Alemanha, como admitiu o próprio arquiteto durante seu julgamento depois da guerra. "No fim, você só vê o que quer ver", afirmou Nadine. Foi fácil para Speer convencer os outros de que estava arrependido. O arquiteto, que havia sido ministro de Armamentos e Produção de Guerra do Reich, ouviu as testemunhas contra ele com gentileza e simpatia. Isso o diferenciava dos nazistas, que negavam o horror. Houve um gesto particular seu que cegou seus acusadores. Certa vez, Speer visitou uma fábrica subterrânea de armas e teve pena das condições dos trabalhadores; então, ele ordenou a construção de um barracão para que se alojassem e insistiu para que fossem alimentados de modo adequado. Na realidade, ele estava defendendo seus canhões. Franz, por sua vez, esforçara-se ao máximo para salvar os últimos poemas de Ally Keller. No fim, um gesto de bondade pode prevalecer. Ally havia lhe dito isso na última carta. Ao salvar seu filho, ele também seria salvo.

No dia da queda, depois de se despedir de alguém que considerava um amigo, Albert Speer não cumpriu a ordem do Führer de queimar Berlim como Nero havia incendiado Roma. Ele conseguiu conquistar o Führer e, então, mais uma vez, exibiu seus talentos e cativou as pessoas no julgamento; foi o único que demonstrou remorso no tribunal. No fim, o que ele sabia ou não sabia era irrelevante. Estava trancado em uma cela com quintal em Spandau, uma antiga fortaleza prussiana. Lá, deu vida à sua Germânia, escrevendo em segredo suas memórias em papel higiênico, contrabandeado para fora por um guarda compassivo.

O grande arquiteto foi condenado a vinte anos de tédio, pena que aceitou até à meia-noite do seu último dia de prisão. O homem que estivera à frente das fábricas de armamentos do terceiro e último Reich morreu glorioso, milionário, num magnífico hotel *art déco* de Londres, quando se preparava para dar uma entrevista na televisão. Um vaso sanguíneo em seu cérebro estourou.

Em Lucerna, num Natal, na casa de uma amiga francesa de seus sogros, Nadine tinha ouvido outro convidado dizer que compreender é perdoar.

– Acho muito difícil aceitar isso – respondeu Nadine.

A voz de Mares ao telefone a trouxe de volta ao presente.

– Você e Anton deveriam vir me visitar. Tragam Luna. Faz bem sair da cidade de vez em quando.

Antes de se despedir, Mares fez Nadine prometer que viajaria até o fim do mundo, como chamava a cidade chilena onde agora morava.

Chegando em casa, depois de ler a longa carta pela segunda vez, avistou Anton na janela. Quando subiu, ele a abraçou. Anton sentiu que ela estava tremendo.

Na manhã seguinte, a primeira ligação que Nadine fez foi para Elizabeth Holm.

Desde que Elizabeth doara os textos de Ally Keller para a universidade, ela aguardava a ligação de um parente que, com certeza, não estaria disposto a aceitá-la. Só dessa maneira ela conseguira realizar o desejo final de sua mãe. A carta tinha sido uma revelação recente para ela também. O pai nunca lhe contara nada sobre a mãe nem que ela tinha uma meia-irmã que haviam mandado para Cuba. Crescera como filha da guerra, sozinha, sem passado e sem descendentes.

Nadine sentiu que Elizabeth estava aguardando ao lado do telefone havia dias. Sua voz era suave, e ela conferia a cada palavra a mesma entonação. Ela não saltava nem acrescentava sílabas. Encontraram-se à tarde no apartamento de Elizabeth.

– Meu pai era... ele *é*... um bom homem – disse Elizabeth Holm, com o olhar fixo na janela. Ela segurava uma xícara fumegante de café, mas ainda não havia tomado nenhum gole.

Nadine e Luna Paulus, duas estranhas, bombardearam-na com perguntas desde o momento em que abriu a porta, como se ela tivesse alguma resposta.

Nadine correu os olhos pela sala procurando algum tipo de objeto físico que as conectasse, enquanto Luna encarava Elizabeth. A pessoa sentada diante delas era a parente mais próxima de sua mãe, sua meia-irmã. Nadine tinha a esperança de encontrar uma parte de Lilith em Elizabeth. Lilith vivia de alguma forma naquela estranha: em seus gestos, no seu tom de voz, nos seus ombros caídos, nas mãos agarradas à xícara como se fosse um escudo. Lilith e Elizabeth compartilhavam a mesma mãe; deviam ter algo em comum. No entanto, apenas uma delas era filha do traidor.

Luna tentou reconhecer a bisavó no perfil da mulher, no azul perdido de seus olhos, no peso de suas pálpebras. Não conseguiu enxergar semelhança alguma. Claro, Ally Keller morrera aos 25 anos, muito mais próxima à idade que a própria Luna tinha agora.

Ao vê-la junto à janela, Nadine sentiu que, à sua maneira, Elizabeth também estava se despedindo. É impossível suportar tamanho fardo quando a jornada se aproxima do fim. Elizabeth ergueu a xícara de café várias vezes, saboreando o aroma sem prová-lo, no entanto. Levava-o aos lábios e, então, detinha-se nervosa. Nunca havia voltado a Sachsenhausen, conforme ela mesma contou. Nunca conseguiu. Em sua certidão de nascimento, emitida tardiamente, estava registrado que ela havia nascido em Oranienburg, e não no campo de concentração onde sua mãe a trouxera ao mundo. Sim, Ally Keller foi registrada como sua mãe, mas seu pai lhe dissera que Ally havia morrido durante o parto. Um caso de amor juvenil interrompido pela guerra, foi tudo o que ele dissera. Ele tinha apenas 21 anos e fora chamado para a linha de frente, como todos naquela época. Ninguém podia recusar. Elizabeth crescera com a avó paterna no mesmo apartamento onde ainda morava. Não conhecera o avô, que havia morrido na Grande Guerra, deixando a avó grávida de Franz.

A única coisa de que Elizabeth se lembrava de sua infância era que, numa noite, ela e a avó tinham mergulhado juntas em um rio, amarradas com uma corda na cintura, com os bolsos de seus sobretudos cheios de pedras. Fugindo do bombardeio em Demmin, ao norte de Berlim, tinham ido ficar com uma das irmãs de sua avó.

– O que uma menina de 5 anos estava fazendo nas águas escuras e geladas do rio Tollense? – foi o que ela se perguntou por muitos anos.

Um dia, sua avó a ajudou a decifrar o pesadelo que a atormentava. A irmã de sua avó não havia sobrevivido. As águas a levaram, com centenas de outros aldeões que escolheram tirar a própria vida em vez de viver como derrotados. Ela e a avó foram salvas por soldados do Exército Vermelho, ou assim ela foi informada.

O exército alemão havia abandonado a aldeia e explodido as pontes sobre o rio. Para onde poderiam correr? O Exército Vermelho estava se aproximando, determinado a destruir tudo o que encontrasse. Quase todas as famílias da aldeia desapareceram sob as águas dos três rios que cercam o lugar. Sim, ela e a avó foram salvas, mas o horror nunca a abandonou. Tinham vagado por dias, abrigando-se entre os escombros, comendo restos, antes de retornar a uma Berlim que não reconheciam mais. Foi o que sua avó lhe contara, mas tudo o que existia para Elizabeth era o momento na água, o céu acima delas e uma corda em volta da cintura para que não pudesse se mover. E as pedras, aquelas pedras arrastando-a para o fundo do rio. A intenção de sua avó era que as duas morressem naquela noite, mas, por algum motivo, isso não aconteceu.

Seus dias em Berlim foram marcados pelo som constante de sirenes. Elizabeth não conseguia entender por que, se os vermelhos já haviam tomado a cidade, as bombas continuavam a cair, destruindo ruas e abrigos. Um dia, você tinha vizinhos; no outro, não. Um dia, havia uma fileira de casas geminadas e, quando o sol nascia, o quarteirão estava reduzido a um enorme monte de concreto e tijolos. "Eu ainda posso ouvir o som das sirenes", contou Elizabeth.

A guerra prosseguira após a libertação, pelo menos para ela. Quando menina, decidira nunca se casar ou ter filhos. Os homens eram levados para o *front* e as mulheres acabavam perdendo seus filhos também. Lembrava-se de como sua avó percorria as ruas da Berlim libertada em busca de comida. Voltava para casa suja, sangrando, com um pedaço de pão ou duas batatas. Nos melhores dias, trazia uma barra de chocolate que tinha sido entregue por um soldado americano.

Nadine sabia que Elizabeth era apenas mais uma vítima. Às vezes, as pessoas se deixam morrer. Sua mãe fora capaz de escolher. Será que sua avó também? Ela imaginou a garotinha entre os escombros. Como seria a cidade vista daquela janela, setenta anos antes?

Três anos depois da libertação, Franz voltou para casa. Elizabeth sorriu quando mencionou o nome do pai.

– Percebe? É por isso que não se deve ir embora – ela acrescentou.

Se ela e a avó tivessem partido, para qual lar Franz teria retornado? A única lembrança que a menina tinha de seu pai era uma fotografia dele de uniforme.

– Ele era bonito – disse ela. – Mas o homem que voltou estava encurvado, arrastando uma perna, e não havia nem um pingo de vida em seu rosto. Estava com os olhos fundos, e sua pele tinha escurecido e adquirido um tom esverdeado.

Elizabeth ainda se lembrava do cheiro do pai como o de um animal morto. Daquele dia em diante, Franz sempre foi um velho para ela.

Depois que ele voltou, Elizabeth recebeu um nome, documentos e um passaporte. Seu pai decidiu adotar o sobrenome da mãe, então, todos na casa se tornaram Holm. Queriam apagar o nome Bouhler, como se, assim, pudessem corrigir o passado.

Elizabeth foi estudar em Moscou. Era apenas mais uma estrangeira ali, e a desprezavam. Formou-se professora e, quando voltou para casa, descobriu que a avó havia morrido. Fora enterrada sem uma lápide, e um muro agora dividia a cidade. Seu pai trabalhava em uma biblioteca, classificando livros. Certa vez, disse-lhe que sonhara ser escritor, mas a guerra tomava decisões pelas pessoas, tirava seu livre-arbítrio, transformava todos em sombras.

O primeiro emprego de Elizabeth foi em uma escola, onde foi recebida com desconfiança. Ela ensinava russo para crianças que não tinham interesse no idioma e que a tratavam como uma espiã ou uma informante. Todos tinham medo uns dos outros. Seus vizinhos se tornaram inimigos seus, ouvindo todos os seus pensamentos.

Um dia, a Stasi[55] levou seu pai e ela ficou sem vê-lo por mais de um ano. Enfiaram-no em uma van quando ele saiu do trabalho e o levaram

---

[5] A Stasi era a principal organização de polícia secreta e inteligência da República Democrática Alemã. Criada em 8 de fevereiro de 1950, centrava suas operações

sem sequer perguntar seu nome. Uma mulher que afirmou trabalhar com ele ligou para Elizabeth naquela noite dizendo que ele não voltaria para casa. Elizabeth não fez perguntas. Ambas sabiam que o telefone poderia estar grampeado.

– Eles o levaram em uma van – disse ela.

Todos sabiam o que isso significava. Quando um homem à paisana lhe pedia para entrar em uma van sem janelas, você sabia qual seria seu destino. Não haveria acusações ou julgamentos. Você apenas desapareceria, e pronto. Então, um dia, deixariam você ir, e você teria que começar de novo do zero. O que ela poderia fazer? Nada. O que alguém poderia fazer contra a polícia secreta? Ela teve sorte de não ter perdido o emprego na escola; pôde continuar a lecionar.

Na tarde em que seu pai voltou – quantas vezes seria permitido voltar? –, nenhum deles ousou falar sobre o motivo de ele ter sido levado ou sobre o que lhe fizeram. O passado nunca vai embora, por mais forte que seja o desejo de esquecer. Elizabeth acabou descobrindo que seu pai havia sido denunciado por um invejoso administrador da biblioteca que queria dar a seu sobrinho o emprego de Franz. Ele o acusou de ser um oficial nazista que nunca havia sido julgado. "E aqueles anos que ele passara em campos de prisioneiros de guerra soviéticos?", Elizabeth perguntou de um modo retórico. Segundo seu pai, ele havia sido mais bem tratado lá, por ter sido oficial e se entregado e colaborado com os Aliados, do que por seus compatriotas alemães orientais, que o haviam torturado no porão de um prédio que não aparece no mapa de Berlim, onde prenderam os dissidentes políticos.

---

na capital, Berlim Oriental, onde mantinha um extenso complexo em Lichtenberg e outros menores dispersos pela cidade. Seu principal objetivo era espionar a população da Alemanha Oriental, por meio de uma enorme rede de espionagem de civis informantes. (N. da P.)

Ser nazista não era o que mais preocupava a Stasi, mas, sim, alguns telefonemas que recebera de um colega militar que havia sobrevivido à guerra e estava escrevendo um livro de memórias em Berlim Ocidental. Seu pai lhes dissera que não se lembrava do homem, que o tempo e a fome tinham destruído sua memória. Ainda assim, a polícia secreta o submetera a frio e calor extremos, trancando-o em uma cela solitária por semanas, sem janelas e com uma lâmpada acesa o tempo todo. Franz começou a desejar nunca ter nascido. Viera ao mundo em uma época que ninguém deveria ter de enfrentar.

Franz nunca mais conseguiu voltar à biblioteca e, um dia, desistiu de procurar trabalho. Não havia muito que um velho como ele pudesse fazer; então, ele ficava em casa lendo ou vagava pela cidade. Acabou desistindo de fazer caminhadas quando percebeu que, às vezes, lutava para descobrir onde estava e tinha dificuldade para encontrar o caminho de casa.

Numa noite, numa época em que Franz estava de cama já fazia vários dias com uma gripe que o deixou febril, Elizabeth ouviu o nome de Lilith pela primeira vez. Ela achou que fosse uma antiga paixão. Quando perguntou ao pai quem era a mulher de seus pesadelos, Franz ficou envergonhado e mergulhou em seu silêncio habitual. A essa altura, estava confundindo passado e presente. Às vezes, acordava acreditando que estava no campo de prisioneiros de guerra soviético; outras, que estava em uma cela da Stasi. Então, ele caía de joelhos e rezava – justo ele, que nunca havia acreditado em Deus.

Pouco tempo depois, ele passou a chamar Elizabeth de "mãe". Elizabeth guardava uma notável semelhança com a mãe dele, era o que Franz dizia quando despertava de seu torpor e permanecia num estado mais lúcido. Elizabeth aceitou a deterioração mental de seu pai como havia aceitado tudo o mais que a vida jogou sobre seus ombros, até que, numa noite, para grande alarme dos vizinhos, ele saiu correndo nu para a rua, gritando o nome de sua mãe: Ally.

Ele passou por uma infinidade de exames, e Elizabeth manteve a esperança de que algumas pílulas mágicas pudessem trazer o pai de volta e resgatar o homem calmo e gentil que ele havia sido. Consultaram vários médicos e hospitais, onde ele fez escaneamentos cerebrais e foi submetido à terapia de grupo, que o deixou cada vez mais mal-humorado, até que acabou sendo diagnosticado com demência senil. A deterioração foi rápida. Dois meses depois, estava acamado, recusando-se a se levantar, tomar banho ou comer. Partia o coração de Elizabeth ouvir seus gemidos incessantes, então, no fim, ela tomou a difícil decisão de mandá-lo para um lar de idosos, um Senioren-Domizil. Sempre teve esperança de que ele se recuperasse, de que fosse apenas uma doença passageira, mas ele nunca mais falou nem andou. Ele havia desistido.

Foi então que Elizabeth decidiu esvaziar o quarto dele. Ela doou suas roupas e os sapatos para instituições de caridade e se desfez de tudo que o pai acumulara ao longo dos anos: recortes de jornais, revistas, programas de teatro, manuais de instruções, recibos. Em um canto bem no alto do armário, ela descobriu uma caixa pesada e gasta. Podia sentir que o que estava ali dentro era diferente do restante.

Ergueu-a e a colocou sobre a mesa da sala de jantar, onde permaneceu fechada por vários dias. Elizabeth tomava café da manhã, almoçava e jantava olhando para a caixa, como se fosse uma convidada à mesa. Por fim, resolveu ver o que havia ali. A primeira coisa que viu foi uma revista literária publicada pouco tempo antes. O nome de sua mãe estava escrito nela, então, Elizabeth leu *O Viajante da Noite*. Imaginou que o casaco de gabardine vermelha deveria ter pertencido a ela, assim como todos os outros papéis que estavam dentro da caixa. Foi a primeira vez que se sentiu próxima da mulher que a trouxera ao mundo. Depois, no fundo da caixa, ela encontrou a carta e descobriu que tinha uma meia-irmã chamada Lilith.

Ela poderia ter jogado todos os papéis amarelados no lixo, com o casaco de gabardine vermelha. Poderia ter escolhido esquecer-se de tudo aquilo. No entanto, descobriu o nome do professor que havia resgatado e estudado os textos de sua mãe e decidiu telefonar para ele. Sua meia-irmã, embora fosse mais velha que Elizabeth, poderia estar viva. Talvez seu pai a tivesse procurado antes, para realizar o desejo de Ally, ou apenas para encontrar cinzas ou portas fechadas. De todo modo, o que tinha a perder? Fizera a coisa certa? Ainda não tinha certeza. "Queria acreditar que sim", disse ela, como se esperasse a confirmação de uma delas. Nadine não disse nada. Luna olhava em volta, congelada no tempo, como se o muro entre as duas Alemanhas ainda estivesse em pé.

— E quem era Lilith? — Elizabeth perguntou; sua voz estava hesitante.

Luna saiu de seu devaneio, esperando a resposta da mãe. Nadine titubeou.

— Minha mãe morreu em Cuba — ela disse, então. Não quis lhe dizer que era provável que tivesse tirado a própria vida. — A guerra nunca acabou para ela. No entanto, ela conseguiu me salvar... Ela me colocou em um avião, sozinha, quando eu era bem pequena, e eu fui adotada por uma família que morava em Nova York.

Ao ouvir a si própria, Nadine percebeu que a guerra também não havia terminado para ela. Vivera uma guerra após a outra. A guerra entrara em um avião, em uma sala de espera do tribunal, em uma boneca de pano com seu nome.

A expressão de Elizabeth foi tomada pelo desânimo. A razão pela qual levara a caixa para a universidade e recebera Nadine e Luna em sua casa era a esperança de realizar o último desejo da mãe que nunca conheceu: que suas duas filhas, um dia, se encontrassem.

— Gostaríamos de visitar Franz — disse Luna.

Nadine pensou: se Franz havia se refugiado no esquecimento e estava deitado em uma cama numa casa de repouso para idosos, que sentido havia em confrontá-lo? Não conseguia entender o que mais sua filha queria saber, por que ela continuava a interrogar Elizabeth como se esperasse um milagre? Franz não ia despertar do estado inerte em que se encontrava, e ele era o único que conhecera sua mãe e sua avó.

– Você deve compreender... não há muito para ver – advertiu Elizabeth, por fim, depositando sua xícara de café sobre uma mesa coberta com uma toalha de renda puída. – Meu pai não tem condições de sair da cama, ele não se mexe. Ele mal consegue dizer uma palavra. Ele tem 95 anos.

Nadine sabia que Luna vinha registrando cada palavra, cada gesto, e que, mais tarde, em seu apartamento, escreveria até o amanhecer, preenchendo cadernos com suas impressões, para gravar cada momento. Era ela quem precisava conhecer Franz.

– Escrevi sobre ele, ou melhor, sobre a lembrança que minha bisavó tinha dele – disse Luna. – Agora, com esta carta...

Elizabeth olhou de relance para Nadine. Queria saber o que ela pensava. Nadine assentiu com a cabeça.

– Você tem o direito de conhecê-lo – disse Elizabeth. – Seria melhor visitá-lo à tarde... Pode ser na sexta?

Nadine levantou-se. Luna já estava na porta, olhando para a xícara de café que não havia bebido. Elizabeth permaneceu em sua poltrona perto da janela, mas, ao perceber que a visita estava chegando ao fim, ficou em pé.

– Não posso tomar café a esta hora, eu não conseguiria mais dormir – disse ela se dirigindo a Luna.

Nadine e Luna esperaram Elizabeth abrir a porta. Luna foi a primeira a sair. Quando estavam no corredor, Nadine voltou-se para Elizabeth e a abraçou. A velha senhora ficou imóvel, a princípio, mas, depois, levantou um braço para acariciar as costas de Nadine. Luna observou de longe.

Atravessaram a Gustav-Adolf-Strasse sem saber em que direção iam. Caminharam bastante, até chegarem ao Jüdischer Friedhof, onde havia mais de cem mil sepulturas. Luna sentiu que a reunificação não tinha feito muita diferença na vida das pessoas naquele bairro. As mulheres ainda se vestiam como na era soviética. As ruas estavam sujas, pichações cobriam todas as passagens. O cheiro da cidade era diferente ali, doce, mas rançoso.

– Se você quiser, vou para sua casa e passo a noite lá – disse Luna.

– Não há necessidade. Você terá muito o que escrever esta noite...

Elas se abraçaram e, depois, Nadine observou Luna se afastar até que ela desapareceu em uma esquina.

# 31

## Quatro dias depois
## Pankow, maio de 2014

Na sexta-feira, na estação Eberswalder Strasse, Nadine pegou o bonde amarelo em direção à Warschauer Strasse. Para ela, pegar a Strassenbahn sempre foi uma viagem ao passado. Ela era apenas mais uma na multidão. Sentiu-se desorientada; então, ocupou-se de identificar as paradas uma a uma. Luna estava indo para lá também, e elas se encontrariam na sétima estação, na esquina da Landsberger Allee com a Danziger Strasse. Nadine chegou cedo. Pensou que o trajeto levaria mais tempo. Então, ela decidiu sentar-se e tomar um café, mas, quando desceu do bonde, viu que não havia nenhum café nem um pequeno restaurante entre os prédios austeros que eram idênticos; suas janelas eram tão pequenas que pareciam ter sido feitas para impedir a entrada da luz do sol, ou as pessoas de sair.

Ela decidiu esperar a filha na rua. Já havia enviado uma mensagem para ela, e Luna respondeu dizendo que estava a caminho. Nadine tinha pressa. Queria acabar logo com aquele encontro, relegá-lo ao passado, colocá-lo em algum lugar que não fosse capaz de aborrecê-la. "Acho que é tarde demais para voltar para casa", ela pensou. Gostaria de se trancar em seu quarto e, depois, fazer uma viagem com Anton para longe de Berlim. Perguntou-se mais uma vez por que deveria se submeter a um encontro que havia lhe tirado o sono nas noites anteriores.

Fechou os olhos e esperou um sinal. Começou a contar para relaxar e ouviu a voz de Anton. Ele dissera a Nadine que elas estavam cometendo um erro.

– Mas Luna precisa ver Franz... – ela respondeu.

Seria Luna que iria confrontar Franz; foi Luna quem herdara a história, e ela parecia determinada a não deixá-la cair no esquecimento. Luna estava convencida de que deveria enfrentá-lo, para descobrir como Franz havia passado de anjo da guarda de Ally para seu traidor e, depois, para guardião de sua memória. Foi assim que explicara aos pais. Se Anton tivesse pedido para ela não ir, e também conseguido convencer a filha, Nadine não estaria sentada, tremendo, em um banco congelado do lado de fora de uma estação de bonde no meio do nada. Mas dizer "não" a Luna era como tentar deter as marés. Sua filha precisava dar um rosto a seus fantasmas.

Ela não se dera conta quando o colocou, mas estava usando um vestido cinza-escuro, como se estivesse de luto por alguém que havia conhecido. Passara anos sentindo-se culpada por seu silêncio, por sempre seguir o caminho de menor resistência. Vivera toda a sua vida de acordo com o ditado "Se você não consegue se lembrar, então não aconteceu". Passara a juventude inteira virando as costas para o passado, até que sua filha nasceu.

Os ombros de Nadine estavam pesados. Por que sua filha teve de se tornar personagem de uma história à qual não pertencia? Ela poderia ter mantido Luna bem longe do antigo poema e da obsessão de sua avó e de sua mãe pela escuridão.

Enquanto aguardava, os sons se intensificaram, as cores se fundiram, as formas mudaram de densidade. As pessoas saíam da Strassenbahn M10, mas não sua filha. Todo mundo estava indo para algum lugar, com um propósito. Todos tinham um destino. Os carros davam passagem, as bicicletas vinham na direção oposta. Ela ouviu o apito de um policial. As crianças corriam, evitando os motoristas. Viu-se cercada por fragmentos. "O que eu estou fazendo aqui?", perguntou-se várias vezes, até que viu a filha descer do último vagão amarelo do Strassenbahn.

Nadine engoliu em seco, procurando com desespero uma única gota de saliva. Entre os passageiros vestidos com roupas de tons escuros, Luna era como uma aparição. Estava usando o casaco de gabardine vermelha de sua bisavó. O coração de Nadine transbordou quando a filha se aproximou com uma calma incomum. Seus passos eram deliberados, sem pressa.

Luna abraçou a mãe e Nadine pensou, não pela primeira vez, que a filha representava tudo o que ela sempre quis ser e fazer, mas nunca fora em frente por medo. Ou apenas por causa da letargia que a fazia se sentir uma vítima. Ela tinha sido derrotada. Sua filha não.

Uma rajada de vento trouxe-lhe uma surpreendente sensação de estabilidade. Ela sentiu o cheiro de óleo dos bondes, o ranger dos cabos elétricos. Estendeu a mão para a filha e, juntas, deixaram a estação para trás. Por fim, ousou reconhecer o óbvio. Sua filha havia cortado os cabelos na altura do queixo e os clareado. Com os cabelos curtos, as ondulações eram menos pronunciadas.

– Cada vez que a vejo, sinto mais de Ally em você.

A filha sorriu, encostando a cabeça no ombro da mãe por alguns segundos. Foi um gesto de aprovação, de "não tenha medo, vai dar tudo certo". Luna passara horas escrevendo na noite anterior, recordando e reconstruindo rostos que estavam faltando. Sem saber disso, Nadine vinha traçando uma linha direta até Franz desde o dia em que chegara à Alemanha, uma linha que Ally Keller havia iniciado e à qual Lilith deu continuidade. Cabia a ela e à filha concluí-la.

A jornada até o prédio de seis andares que havia sido convertido em casa de repouso para idosos parecia, de alguma forma, familiar para

Nadine, assim como o encontro com Elizabeth Holm. A tia de Nadine sempre estivera lá, mas permanecera invisível para elas até que, por fim, decidiram vê-la. Já haviam estado naquela instituição residencial antes, nesta vida ou em outra, Nadine queria contar à filha. Sentia-se como Ally Keller, de mãos dadas com Lilith, embora, desta vez, não tivesse certeza de quem era quem. Tudo à sua volta parecia pequeno. A filha agora a guiava, e ela se deixava conduzir por caminhos que outros haviam trilhado.

Nadine ergueu a cabeça e notou que havia nuvens negras ofuscando o sol. Olhou para a filha e quis dizer que estavam seguras agora que a noite havia caído. Viraram uma esquina e se depararam com um agradável jardim – imaculado, simétrico – no meio da árida paisagem urbana de prédios da era soviética. O Altenheim era um retângulo com fileiras de pequenas janelas e uma porta no meio. Nadine achou que parecia um transatlântico, perdido no mar, onde almas perturbadas iam terminar seus dias. Franz era uma delas. As paredes amarelas desbotadas se destacavam em contraste com o gramado verde.

O jardim estava bem silencioso. Nadine desejou sentir outra rajada de vento ou, melhor ainda, que viesse um vendaval. Os galhos nodosos e as folhas secas faziam a primavera parecer outono ali, como se a desordem reinante na mente dos idosos também definisse as estações. Elizabeth as aguardava ao pé dos seis degraus semicirculares da entrada com um sorriso nervoso no rosto. Ela parecia fazer parte da geometria do lugar. Na sombra da tarde, e de longe, aparentava ser mais jovem. Suas rugas haviam desaparecido, e seus cabelos estavam presos para trás, com mechas retorcidas para dentro, fazendo sua cabeça parecer maior e seu rosto, mais cheio. Ela usava uma saia cor de creme e uma blusa de seda esverdeada com um laço bufante. Seus sapatos eram pretos, volumosos.

Quando Nadine e Luna se aproximaram, Elizabeth fixou o olhar com curiosidade no velho casaco de gabardine vermelha de sua mãe e estendeu a mão, talvez evitando outro abraço desajeitado.

— O casaco fica bem em você, Luna — ela comentou.

Ao entrarem no prédio, Elizabeth disse:

— A maioria deles está na faixa dos 90 anos, como papai, mas alguns têm mais de 100 anos.

Nadine estremeceu. Os idosos em cadeiras de rodas mal se moviam. Eram como estátuas de sal, balançando com o avanço e o recuo da maré. A recepcionista estava com os olhos cravados em um livro. Vez ou outra, um deles executava um leve movimento — um gesto, um suspiro, alguém virava-se para olhá-las e logo em seguida voltava à sua posição original —, apenas o suficiente para confirmar que ainda estavam vivos. Todas as pessoas daquele lar tinham sobrevivido à guerra, todas fizeram parte dela. Todos sabiam o que era ser derrotado. Luna sentiu que o material que ergueu aquelas paredes foi o silêncio.

— Meu pai está no sexto andar — disse Elizabeth. Elas tomaram o corredor da direita, passando por uma sala clara e aberta que conduzia aos elevadores. — Muitos deles recuperam a memória aqui, mas papai não. Ele não quer voltar ao passado. Muito pelo contrário. Desde que chegou, ele se recusou a dar um passo ou dizer uma única palavra.

Elizabeth fez uma pausa para que Nadine e Luna pudessem observar a decoração da sala.

— Faz pouco tempo que mudaram a decoração aqui — disse ela. — Os médicos acham que cercar os pacientes de objetos com os quais eles estão familiarizados os ajuda a recuperar habilidades perdidas.

Nas prateleiras havia um secador de cabelo niquelado, cujo fio tinha uns pontos desencapados selados com fita, e revistas dos anos 1960, 1970 e 1980. Havia latas de repolho e pimentões recheados, daquelas que eram vendidas três décadas antes, além de caixas de detergente da marca Spee e FEWA. Livros em russo, um antigo toca-discos desgastado, vários aparelhos de rádio de diferentes tamanhos, câmeras Zenit e um quepe militar com o símbolo vermelho do martelo e da foice. Fotografias amareladas das marchas de 1º de maio, com todos usando lenços vermelhos no pescoço, e rolos de filme Orwo ASA 400. Na parede principal, havia uma pequena pintura do beijo de Honecker e Brejnev e, ao redor, fotos da Praça Vermelha e do Mar Báltico. Havia até uma aquarela do Muro de Berlim, sem o arame farpado, coberto de flores. Sobre a mesa no centro, havia um telefone cor de laranja, além de pequenas bandeiras vermelhas de papel espalhadas pela sala.

– Ontem, foi 1º de maio – disse Elizabeth, pegando uma das bandeiras. – Dia do Trabalho. Houve uma pequena celebração.

Elizabeth lhes contou que, sempre que os idosos passavam pela sala antes de retornar para seus quartos, a tensão em seus rostos diminuía um pouco. Antes, muitas vezes, eles ficavam agitados, com a respiração entrecortada, como se estivessem perdidos numa floresta. Mas, agora, graças à evocação do passado, tinham começado a reconhecer seus filhos e netos por alguns instantes e até conseguiam manter uma conversa com algum fio de lógica, mesmo que fosse repetitiva. A memória estava lá, ela precisava apenas ser reativada.

– Quem melhora consegue, pelo menos, dormir tranquilo, sem se sentir tão perdido, como o papai.

Ocorreu a Luna que talvez alguns precisassem ir ainda mais longe para resgatar a memória, uma ou duas décadas a mais, mas há determinados passados que ninguém deseja recuperar. "Talvez seja melhor essas lembranças permanecerem reprimidas", ela pensou. Enquanto estavam juntas no elevador, ela quis perguntar a Elizabeth se haviam tentado mostrar a Franz uma fotografia sua em seu uniforme nazista. O interior do elevador era revestido de fórmica com listras escuras e havia um enorme telefone marrom com números escritos à mão ao lado dos botões.

– Estamos de volta à Alemanha Oriental – comentou Nadine.

– Essa é a ideia – respondeu Elizabeth.

Elizabeth lhes disse que a equipe chamava o sexto andar de "última parada", pois era onde ficavam os quartos dos residentes com demência mais aguda. O elevador parou, e a porta começou a se abrir com dificuldade. Elizabeth teve de empurrá-la com a mão.

O sexto andar estava envolto em escuridão, o que fazia as paredes parecerem cinzentas. Havia uma luz neon no fim do corredor, um tubo comprido e nu. Todas as janelas e portas estavam fechadas. O cheiro de mofo da umidade era insuportável. Nadine podia ouvir um gemido abafado vindo de algum lugar no chão, repetido como um eco excruciante.

Luna imaginou todas as possíveis maneiras como aquele encontro poderia se desenrolar. O velho estaria dormindo, ou com os olhos fechados o tempo todo, ou manteria o olhar fixo na janela, sem olhar para elas? Luna estava convencida de que o reconheceria. Tentaria identificar o rosto que sua avó descrevera em trechos de poemas. Apagaria as décadas que se abateram sobre ele, e o verdadeiro Franz ressurgiria. Gostaria de ler para ele um dos poemas, mas de nada adiantaria. Elizabeth explicara que Franz tinha deixado de reconhecer o mundo exterior. Era como se o seu cérebro estivesse lutando contra um turbilhão que o ocupava por inteiro.

Chegaram ao fim do corredor. Elizabeth pediu que aguardassem. Ela entraria primeiro e tentaria deixar Franz confortável, arejar um pouco o quarto. Paradas na porta, Nadine e Luna foram atingidas pelo fedor de urina e lençóis rançosos. Tudo o que podiam ver do interior do quarto era uma janela com as cortinas fechadas. A cama deveria estar à esquerda. Elizabeth tentou abrir a janela, mas estava emperrada. Olhou para Luna, com uma expressão de aflição no rosto, tentando demonstrar que estava se esforçando ao máximo, que ela não queria que sentissem repulsa quando vissem seu pai.

– Vou procurar uma enfermeira para trocar a bolsa coletora e trazer lençóis limpos – disse Elizabeth, partindo apressada de cabeça baixa.

Nadine e Luna observaram-na sair. Ela não precisou se orientar para encontrar o posto de enfermagem. Conhecia o sexto andar muito bem. Enquanto se afastava pelo corredor, foi engolida pela escuridão.

Nadine e Luna ficaram de mãos dadas, imóveis. Luna podia sentir as batidas do coração de sua mãe e queria se desvencilhar, seguir seu próprio ritmo. Nadine soltou sua mão. Luna entrou no quarto, com os olhos fixos na janela. Deteve-se no meio do aposento e, antes de olhar para a cama, virou-se e observou a mãe. Nadine se aproximou da porta e, por fim, entrou no aposento e se manteve alguns metros atrás dela. Luna fechou os olhos por alguns poucos segundos e, quando os abriu, virou-se e olhou para Franz.

A primeira coisa que Luna viu foi o rosto do velho, afundado no travesseiro como se sua cabeça fosse tudo o que restava dele; depois, seu corpo engolido pelos lençóis e pelo colchão. Ele havia perdido os cabelos. Não tinha sobrancelhas nem cílios. Seu crânio brilhante estava coberto de manchas senis. Seu nariz era comprido; os lábios, finos; as órbitas, círculos escuros. Deitado em seus lençóis amarelados, Franz não era mais do que uma massa descorada. Luna queria ver o amante de sua bisavó, o poeta pomposo. Queria ouvir a voz de comando do oficial parado na entrada do prédio número 32. Queria vê-lo de braços dados com Ally Keller, vagando sob a chuva pela Unter den Linden.

De repente, o quarto pareceu pequeno e o ar ficou denso. Franz abriu os olhos devagar. Ao erguer as pálpebras enrugadas, sua respiração se tornou agitada. O mero movimento consumia a pouca energia que lhe restava, fornecida pelo soro intravenoso preso ao braço. A agulha parecia estar fincada direto em seu osso, incapaz de supri-lo com o líquido vital. Na escuridão do aposento, toda a luz que vinha do corredor se projetava sobre Luna, intensificando o rubro de sua gabardine e os tons dourados de seus cabelos.

Por um instante, Luna sentiu-se intimidada pelos olhos vazios de Franz. "Já chega", ela pensou. Talvez devesse ter ouvido seus pais – aquele encontro nunca deveria ter acontecido. O Franz que tinha agora diante de si não era o Franz dos poemas. Este havia se afogado em sua própria urina e nos excrementos e deixado de existir. Luna queria desviar os olhos, mas não conseguiu. Sentiu uma conexão com Franz; ele a estava encarando.

A respiração de Franz foi ficando cada vez mais agitada. Cada suspiro de ar que chegava a seus pulmões fazia todo o seu corpo estremecer. Luna tentou ler seus olhos. Suas íris estavam borradas com vasos sanguíneos entrelaçados em um mapa sem fim. Franz arregalou os olhos o máximo que pôde, e Luna fechou os dela. Sentia-se exausta, sem energia, prestes a sair e deixar o velho decrépito em paz.

– Ally... – Luna ouviu o nome de sua bisavó.

A voz era fraca, mas não era a voz de um velho. Ela abriu os olhos e viu o rosto de Franz pela primeira vez, sob as sombras e rugas.

– Ally... – A voz emergiu dos lençóis. – Me perdoe.

Luna olhou para Franz, depois, para a mãe, então, de novo para Franz, como se ele não fosse deixá-la partir. Nadine cobriu o rosto com as mãos e começou a chorar.

– Me perdoe... – repetiu o velho, mais alto dessa vez.

Luna não sabia se ia até ele, se chamava a enfermeira ou Elizabeth, ou se corria para os braços da mãe e fugia. Estava sonhando? Ali estava o homem que havia traído sua família, bem diante delas. De repente, Luna sentiu náuseas. Quem era ela para lhe conceder perdão? Quem era ela para recusá-lo? Ela ficou paralisada no lugar, até que Franz começou a uivar, um grito alto e interminável de pura angústia.

Nadine pegou Luna pela mão, apressaram-se porta afora e saíram para o corredor vazio. Dirigiram-se para as escadas, não queriam esperar o antigo elevador. Antes de começarem a descer, viram Elizabeth correndo, com uma enfermeira ao seu lado. Os gritos de Franz eram como uma sirene que não podia ser silenciada.

Lá fora, na serenidade do jardim, o som de seu lamento continuava a ecoar em suas cabeças.

# 32

## Um ano depois
## Havana, maio de 2015

Luna Paulus não escreveu uma palavra desde o dia em que visitara Franz na casa de repouso para idosos. Passava noites em claro sozinha, organizando as cartas e os poemas de sua bisavó. Não havia mais nada para decifrar. Parecia que Franz vivera até os 95 anos para poder ver Ally Keller uma última vez e pedir seu perdão. Na manhã seguinte à visita, foi encontrado morto, vitimado por um ataque cardíaco.

Elizabeth disse a Nadine que ele havia morrido em paz, com um sorriso no rosto, e que não tinha sofrido. Isso é sempre um consolo diante da morte. Mas, quando o encontraram, ele já tinha dado seu último suspiro. Era impossível saber quanto sofrera. Não houve velório, nem nota de falecimento, nenhuma procissão de amigos passando por ele. Foi enterrado no cemitério de Friedrichsfelde, ao lado de seus pais. Na lápide, gravaram seu sobrenome verdadeiro, Bouhler, e as datas de seu nascimento e de sua morte. Luna achava que deveriam ter seguido a tradição e escrito tudo o que o falecido fora na vida: soldado, nazista, prisioneiro, poeta, estudante, bibliotecário, sobrevivente. Em vez disso, Elizabeth escolheu a frase lacônica "Aqui jaz um bom pai". Não havia anjos nem cruzes na lápide. Ninguém deixou flores nem pedras.

Nadine telefonou para Mares, para dar a notícia.

– Agora, ele pode pedir desculpas cara a cara com Ally Keller e Bruno Bormann, e Deus sabe quantos outros mais, flutuando lá no céu – concluiu Mares.

Entretanto, Nadine sabia que Mares não acreditava em céu nem em paraíso, e muito menos no inferno. De seu ponto de vista, era difícil compreender a existência de Deus, ainda mais considerando como ela havia sofrido nas mãos do comunismo e de seu marido. Por mais que tentasse, não conseguia acreditar em nada. Para ela, a fé era um conceito muito abstrato, era algo inato.

Tia Elizabeth partiu do mesmo modo como surgiu, sem preâmbulos nem despedidas. Depois daqueles dias, Nadine encontrou-se com ela algumas vezes. Jantaram em um restaurante sem graça em Weissensee e, depois de um silêncio constrangedor, sentindo-se culpada por não ter convidado Elizabeth para jantar com eles em casa, Nadine disse, num rompante, que ela deveria ir ao casamento de Luna quando a ocasião se apresentasse. Anton nunca tinha visto Elizabeth com bons olhos. Dizia que, no fundo, sempre haveria algo de nazista nela, em seu pai e em sua avó. De todo modo, o convite de Nadine foi apenas um gesto educado, pois ela tinha certeza de que Luna jamais se casaria. Desde pequena, Luna era inflexível quanto à hipótese de caminhar pelo corredor de uma igreja em um vestido branco, imagine ficar em pé em um altar e prometer se unir a uma pessoa pelo resto de sua vida.

Depois daquele jantar, Elizabeth deve ter se sentido como parte da família, porque admitiu a Nadine que vinha lutando contra uma doença havia anos e que chegara a hora de desistir da luta. Elizabeth vinha se mantendo graças aos tratamentos de quimioterapia e radiação porque não suportava a ideia de deixar o pai sozinho na casa de repouso. No entanto, quando ele partiu e, enfim, foi descansar ao lado de seus pais depois de tanto sofrimento, ela percebeu que havia chegado o momento de jogar a toalha. Nadine se ofereceu para visitá-la, mas Elizabeth recusou. Não conseguia lidar com piedade nesse estágio. Seria internada no hospital e, quando morresse, alguém ligaria para Nadine. Ela prometeu.

Foi o advogado de Elizabeth quem telefonou. A mulher que ela nunca chamara de tia havia falecido, deixando todos os seus bens – uma modesta conta bancária e um lúgubre apartamento – para sua sobrinha-neta, Luna Paulus.

Oito meses depois do primeiro encontro com Elizabeth, Luna e sua mãe voltaram ao seu apartamento. Na primeira vez que estiveram lá, o lugar aparentara ser pequeno e escuro, mas agora parecia enorme. Abriram as janelas para deixar o ar entrar.

– Eu não estou pronta para abrir gavetas – disse Luna. – Acho melhor deixarmos como está por um tempo.

Vendo a filha tão perdida e incapaz de encontrar seu conforto habitual na escrita, Nadine reuniu todas as suas forças e disse a Anton que, enfim, cumpriria a promessa que fizera a Luna quando a menina tinha 10 anos. Embarcariam juntas em um avião e iriam para Havana.

– Será apenas um fim de semana. Não posso mais faltar ao trabalho.

Três dias seriam suficientes para visitar os túmulos de seus pais, deixar flores e ver a casa onde ela havia nascido, conforme dissera a Luna. Ela só queria respirar o ar da ilha e sentir o sol tropical no rosto. Visitaria também o porto, para ver a baía onde o transatlântico que levara sua mãe a Cuba ficou ancorado durante uma semana.

– Não tenho mais nada para fazer em Havana – disse ela a Anton. – Não será uma viagem turística, está mais para um...

Ela não concluiu a frase. Não estava voltando por causa de sua filha. Estava enfrentando o próprio medo, ou, melhor, deixando-o para trás. Esse era o verdadeiro motivo.

Luna perguntou à mãe se ela estava de fato preparada para realizar um voo tão longo, e Nadine se lembrou de que a distância era uma ilusão e que ela já havia triunfado sobre o tempo. Não havia mais nada a buscar no passado, Nadine assegurou. O propósito de Nadine era honrar a memória de sua mãe.

O encontro com Franz proporcionara a Nadine uma estranha sensação de paz. Ela estava cansada de procurar culpados. No fim, todos eram culpados, se você investigasse o suficiente.

No dia em que voaram para Cuba, Anton as acompanhou ao aeroporto. Nadine estava de bom humor. Desde o dia em que viajou sozinha em um enorme avião para começar uma nova vida com completos estranhos, era primeira vez que voltava ao país onde nasceu. Agora, estava retornando, de mãos dadas com a filha.

— Você é meu amuleto da sorte — disse a Luna enquanto tomavam seus assentos no avião, prestes a decolar. — Eu fui uma garotinha que nunca gostou de adultos — contou Nadine. — Os adultos sempre me pareceram criaturas tristes e solitárias. Eu nunca teria acreditado que voltaria a voar de avião, muito menos com minha filha. Obrigada por ter vindo comigo.

O voo foi mais curto do que algumas das viagens de trem que haviam feito. Ela percebeu que o tempo é sentido de forma diferente conforme a idade. Quando viajou aos 3 anos, pareceu-lhe uma eternidade, como se ela tivesse perdido décadas de sua vida. Dessa vez, a travessia do Atlântico foi rápida. Ela fechou os olhos pouco depois da decolagem e, quando os abriu, Havana era um ponto em uma longa e estreita ilha que se estendia sob seus pés.

Elas foram as primeiras a descer os degraus da escada do avião.

— Se está assim tão quente em maio, como deve ser no meio do verão? — perguntou Luna à mãe.

Nadine não conseguiu responder; estava sufocada com o cheiro de gasolina que as atingiu quando embarcaram no ônibus do terminal.

Juntaram-se a uma longa fila para passar pela imigração. Um homem de estatura baixa, cabelos escuros e olhos grandes, a interrogou:

– Você é cubana?

– Acredito que não – respondeu Nadine, irritada de imediato com a própria resposta. Ou você é ou não é. Ela não era cubana. – Eu nasci em Cuba, mas cresci nos Estados Unidos. Agora, moramos em Berlim.

– Na "Rada" ou na "Rafa"? – questionou o homem, usando as siglas em espanhol para as duas antigas Alemanhas. Encarava-a com uma expressão de dúvida.

Nadine não entendeu a pergunta. Ela achou que seu espanhol havia se tornado muito europeu, achou que precisaria se acostumar com o modo como falavam na ilha.

O funcionário olhou para o passaporte, depois para ela, indo e voltando os olhos como se duvidasse de Nadine. Uma mulher branca de olhos claros e cabelos louros e uma filha morena, ambas com o mesmo sobrenome estrangeiro. E era a mãe que, segundo seu passaporte, havia nascido em Havana.

– Mãe, ele está falando da Alemanha Ocidental e da Alemanha Oriental – Luna sussurrou.

– Oh, há apenas uma Alemanha há quase vinte e cinco anos já.

– Mas você não respondeu à minha pergunta.

– Minha filha nasceu na Alemanha Ocidental. Minha mãe... Bem, minha mãe nasceu quando havia apenas uma Alemanha, antes da guerra.

– Mas se você nasceu em Havana, pelo que sabemos, você é cubana e sempre será. Em que ano você foi embora de Cuba?

– Muitos anos atrás, acho que você nem havia nascido.

– Responda à pergunta. – O homem pareceu irritado.

– Em 1962. Eu tinha 3 anos.

– Você foi para a Alemanha?

– Eu viajei para Miami.

– Ah, com os *gusanos*.

Os olhos de Luna se arregalaram. Ela se lembrou do que Mares havia dito. Mares era um *gusano*, um verme, e agora sua mãe também era considerada assim. Isso significava que ela também se tornaria um *gusano*?

– Minha mãe era alemã. Fui de Miami para Nova York e, depois, nós fomos morar na Alemanha. Sim, Alemanha Federal, sua "Rafa".

Dizer "nós" soou estranho para Nadine. O homem folheou página após página do passaporte dela como se quisesse rasgá-lo em pedaços para descobrir algum erro. A pouca luz do terminal, a umidade e sua sede desesperadora começaram a deixar Nadine desconfortável. As perguntas do homem não a intimidaram. Ela não tinha motivos para ficar nervosa, como pensou.

– Daqui a pouco, vamos beber água – ela disse a Luna, para que o funcionário ouvisse.

– Eu estou bem, mãe.

Nadine sabia que isso era verdade. As pernas que tinham começado a tremer eram as dela própria. Mas qual seria a pior coisa que poderia acontecer? Mesmo que a levassem para uma cela e a interrogassem durante horas, no fim, teriam que deixá-la voltar para Berlim no mesmo avião em que haviam chegado. Outras nove horas enclausuradas entre as nuvens.

Sem dizer uma palavra, o funcionário da imigração pegou os dois passaportes e saiu da cabine. Aguardaram um minuto, depois dois, três. Para Nadine, pareceram horas.

O homem voltou, mas, dessa vez, parou atrás delas.

– Venham comigo.

Seguiram por um corredor com ar-condicionado melhor e, no fim dele, um homem alto e magro com um rosto bronzeado as aguardava à soleira de uma porta.

Ele pediu que se sentassem e deu uma garrafa de água a cada uma. Elas beberam. O homem magro era só sorrisos.

– Como foi a viagem de vocês? – ele perguntou em inglês.

– Rápida – Nadine respondeu, com um ar de ousadia.

– Fico feliz em ouvir isso. Aqui estão seus passaportes. Bem-vindas a Havana.

Nadine e Luna não sabiam se deveriam sair da sala ou esperar que alguém as acompanhasse para cruzar a linha entre o aqui e o lá, o passado e o presente. Nadine queria ter certeza de que estava segura.

O homem se levantou, pediu-lhes que o seguissem e, na área da esteira de bagagens, indicou-lhes uma mulher vestida com uniforme militar, de saia muito curta e meias sete oitavos, que as aguardava com as suas pequenas malas.

Enquanto caminhavam para a saída, em direção à luz, viram uma multidão reunida do outro lado da porta de vidro. Quando, enfim, saíram, Nadine avistou seus nomes em um cartão escrito à mão que alguém segurava: *Señora y Señorita Paulus*. Logo abaixo estava escrito *Hotel Nacional*.

O homem com o cartão as conduziu até uma minivan, onde elas se juntaram a alguns turistas. A maioria deles era composta de alemães, e eles pareciam inquietos, talvez pelo fato de terem ficado esperando. Nadine não sabia o que estava fazendo com aquele grupo de turistas alemães, de volta à ilha onde nascera.

Ela fechou os olhos e desejou que, quando os abrisse, estivesse de novo em Berlim. Com os olhos bem cerrados, tentou dizer a si mesma que nunca havia saído da Alemanha, que estava apenas tendo um de seus muitos pesadelos em que era transportada de volta para a grande casa em Vedado, onde nasceu, ou para as ruas de Maspeth, para o tribunal em Düsseldorf ou para o mercado de Natal em Bochum-Linden. Nadine sabia que Luna estava absorvendo cada detalhe do trajeto, desde a luz até os cheiros. Viu seu rosto corado, seus olhos arregalados, atentos a cada gesto, a cada frase.

· ✦ ·

Havana era como uma cidade em miniatura, uma cidade esquecida pelo tempo. O Hotel Nacional ficava em uma colina perto da costa. O quarto delas tinha vista para o mar.

O cemitério era um palácio onde tudo era branco e reluzente. O jazigo da família Bernal permanecia intacto, como se alguém estivesse cuidando dele. Por outro lado, o mármore é eterno; com certeza, ninguém havia chegado perto dele por décadas, muito menos se ajoelhado para acender uma vela. Tinham deixado lírios brancos na lápide. Os lírios são plantados na primavera – eles exalavam um aroma inebriante, o que significava que já estavam velhos. Também visitaram o cemitério de Guanabacoa, para prestar homenagem a Albert e Beatrice Herzog, o casal judeu que salvara Lilith. Colocaram algumas pedras pretas brilhantes sobre seus túmulos.

Depois, desceram ao porto e atravessaram a baía. Na fortaleza Castillo del Morro, ao pé de um enorme muro de pedra corroído pelo tempo e pela água salgada, contemplaram Havana. Seria essa a vista que as pessoas que tinham viajado com sua mãe alemã, aquelas que não haviam recebido permissão para desembarcar do *St. Louis*, teriam contemplado. De repente, Havana parecia distante, inalcançável. Nadine sentiu-se como um daqueles 937 passageiros, como se não tivesse nascido em Havana. Por que tinha voltado? É impossível voltar para um lugar do qual não se tem nenhuma lembrança.

Era hora de ver a casa onde nasceu e onde sempre presumiu que sua mãe havia tirado a própria vida. Ao chegarem à residência de Vedado, Nadine e Luna desceram do carro e tiraram algumas fotos. Era muito menor do que Nadine imaginara, quase uma casa de boneca. Uma senhora idosa saiu da casa ao lado e as observou enquanto Nadine e Luna abriam o portão de ferro para o jardim e se aproximavam da porta da frente. Bateram com insistência e, como ninguém veio abrir, começaram a se afastar. Então, a vizinha idosa avançou com surpreendente velocidade pela calçada para abordá-las. A velha senhora, com lágrimas escorrendo pelo rosto, segurou as mãos de Luna.

– Você deve ser Nadine – disse ela em espanhol.

Antes que Luna pudesse corrigi-la, Nadine perguntou:

– Você conheceu minha mãe?

– Que tolice da minha parte. Claro, querida, você é muito jovem para ser Nadine, mas devo dizer que a jovem me lembra muito a *señora* Bernal.

A mulher abraçou Nadine. Alguns segundos depois, quando ainda estavam abraçadas, Nadine gesticulou para a filha como se não tivesse certeza do que deveria fazer. Luna deu de ombros; ela também estava perplexa.

– Vamos entrar em minha casa – disse a senhora. – Meu nome é María. Fui vizinha de sua mãe por muitos anos.

As duas a acompanharam sem fazer perguntas. María as conduziu a uma construção que se assemelhava muito à casa de Lilith, convidou-as para sentar e pediu licença. As paredes eram revestidas por várias camadas de cores indefinidas de tinta. Conforme a luz, podiam parecer amarelas ou rosadas. Na casa, havia madeira escura e móveis de vime. Uma foto de família, de uma jovem ao lado de um homem de terno segurando uma criança, pendia no meio da parede, de frente para a rua. Na imagem amarelada, Nadine pôde perceber que a jovem era a velha que haviam acabado de conhecer. Um pequeno altar com uma Virgem e um castiçal repousava em um canto da sala.

María voltou carregando uma bandeja de prata com dois copos de água. Pôs a bandeja na mesinha de centro, entregou um copo a cada uma e tirou do bolso uma vela branca e uma caixa de fósforos.

Acendeu a vela na frente da Virgem e se benzeu. Parecia que estava rezando para ela. Elas não conseguiam ouvir o que María estava dizendo à Virgem.

— Eu costumava rezar o rosário por sua mãe todas as tardes – contou ela, sentada ao lado de Nadine. – Você não tem ideia do quanto pedi à minha *Virgen de la Caridad del Cobre* que fizesse um milagre para que Lilith pudesse se reunir à sua filha. No dia em que colocamos sua mãe na casa de repouso, prometi a ela que, um dia, você viria encontrá-la. Ninguém se esquece de sua verdadeira mãe.

Nadine não conseguia acreditar no que estava ouvindo.

— Quando eu era criança, disseram-me que minha mãe havia cometido suicídio logo depois que me mandaram para longe – disse ela com um nó na garganta. – Se eu soubesse que ela tinha vivido até a velhice, teria corrido para encontrá-la. Nunca imaginei...

— Pelos céus! Por que você haveria de pensar numa coisa dessas? – disse María com uma expressão de choque. – Deus nos abençoou. Deus sempre ouve nossas orações... Nadine, sua mãe está viva.

Nadine cobriu o rosto com as duas mãos e começou a chorar.

— Tem certeza? – Luna perguntou. – Você sabe de quem estamos falando?

— Da *señora* Lilith Bernal. Quem mais? Vocês não têm ideia do quanto Lilith sofreu. Primeiro, perdeu o marido, depois, você. É isto o que uma revolução faz: aniquila famílias. Olhem para mim, uma viúva com meu filho na prisão. Não abandonei este maldito país porque não posso deixar meu filho na cadeia. E vocês sabem por que ele está na cadeia? Só por pensar diferente.

— Podemos ir vê-la agora mesmo? Você nos levaria? Temos um carro esperando por nós lá fora.

— Ouça, *mija*, não quero que você crie expectativas demais. Lilith está velha e, às vezes, fica confusa. Ela não está maluca, mas vive em sua própria realidade. Ela não consegue andar, mas, graças a Deus, as freiras cuidam bem dela em Santovenia.

– Ela está doente? – perguntou Nadine.

– Doente, não, mas nós somos velhas. E não há cura para isso. Ela sofreu bastante desde muito jovem. Eu costumava ir vê-la todos os domingos, depois da missa; agora, vou uma vez por mês. Você não sabe como é difícil chegar lá de ônibus. Mas amanhã é sábado. Podemos ir visitá-la mais cedo.

– E quem mora na casa da minha avó? – Luna perguntou.

– Uns comunistas. Sabe... na primeira oportunidade que eles têm, tomam nossas casas e se apossam delas. Eles estão viajando, agora, não sei para onde foram. O homem é um soldado, eu acho, ou um diplomata, quem é que sabe?

María se levantou do sofá e saiu da sala sem dar explicações. Voltou segurando uma sacola plástica amassada. Havia um envelope dentro dela.

– No dia em que sua mãe quase incendiou a casa, ela estava com esta carta na mão – ela disse, entregando a sacola a Nadine. – Você estava prestes a fazer 8 anos.

Nadine pegou a sacola. Não ousou abri-la. Seus batimentos cardíacos estavam tão altos que ela mal conseguia ouvir María.

– Vamos ver minha avó amanhã – disse Luna. – Acho melhor voltarmos para o hotel agora, para que você possa descansar.

– Lilith vai ficar tão feliz – disse María. – E, graças a Deus, vocês duas falam espanhol.

Despediram-se com outro demorado abraço. No caminho de volta para o hotel, Nadine não se atreveu a ler a carta. Quando voltaram para o quarto, ela tomou um banho e esperou Luna adormecer para que pudesse ler sozinha as palavras de sua mãe.

Ao pé da janela, com vista para o mar, Nadine leu a carta em voz alta.

# 33

## Vinte e sete anos antes
## Havana, janeiro de 1988

Em 1º de janeiro de 1967, quando Nadine completaria 8 anos, Lilith passou a comemorar o aniversário da filha sozinha. Não havia bolo nem velas brancas acesas, uma para cada ano de vida da filha. Todos os anos, Lilith segurava apenas uma vela na mão e, com os olhos fixos nela, sentava-se no meio da sala de jantar mal iluminada. "Como posso comemorar o aniversário da minha filha com uma vela?"

Sobre a mesa havia um pequeno envelope rosa sem nada escrito contendo uma carta que ela havia escrito vinte e um anos antes. Ao vê-lo, ela sorriu, mas logo foi tomada pela tristeza. Não tinha a caixa azul índigo com ela.

Passara a noite inteira se perguntando como havia conseguido se acostumar com uma vida sem a filha. Desde aquele dia, quase três décadas antes, ela vivia na escuridão. À noite, vagava pela cidade, por suas calçadas quebradas pelas poderosas raízes de ceiba e da árvore-de-fogo. Durante o dia, escrevia cartas que não tinham destinatários.

Tinha morado em uma ilha com uma nova identidade e uma nova família. Havia aprendido um novo idioma. Apagara o passado como quem limpa um espelho embaçado. Desde que abandonara a filha, nada disso significava coisa alguma para ela.

Pouco depois de ela ter enviado Nadine para Nova York, as freiras do convento de Santa Catarina de Sena foram expulsas do país. Nadine foi ao cartório do convento, questionou, e foi informada de que não havia registros da partida de uma menina de 3 anos chamada Nadine, nem de nada chamado "Operação Pedro Pan". Encararam-na como se ela estivesse louca.

Por fim, encarregou-se de cuidar do mausoléu da família Bernal no cemitério de Colón, o qual ela visitava todas as sextas-feiras. Comprava flores e discutia com o vendedor em alemão, alegando que estavam murchas, que queria que suas flores tivessem raízes.

Lilith era, mais uma vez, uma estrangeira em Cuba. Falava consigo mesma em alemão, e os vizinhos pensavam que ela havia enlouquecido. María, que morava ao lado, começou a visitá-la à tarde e a fazer compras para ela na mercearia. Se Lilith comia, era graças a María, que, com devoção religiosa, todas as noites lhe trazia um prato de comida quente e rezava o santo rosário em voz baixa para que os vizinhos não a ouvissem. Quando terminava, María escondia o rosário na blusa. Quando perguntava como se sentia, Lilith respondia em alemão.

Lilith escrevia cartas e as levava ao correio. A princípio, o funcionário dos correios lhe explicava que, como a carta não tinha endereço, ele não poderia aceitá-la. Ainda assim, ela deixava a carta no balcão toda semana, até que o atendente, por fim, começou a aceitá-la e até carimbá-la na frente dela só para vê-la sorrir e fazê-la deixar a agência o mais rápido possível.

Um dia, ela foi ao correio e viu que estava fechado.

– Ninguém liga para cartas nesta ilha – disse-lhe uma velha. – Desde que os comunistas chegaram ao poder, eles não querem que saibamos sobre o mundo. Faz anos que não recebo uma carta da minha filha, que está em Miami.

Lilith deu meia-volta, trancou-se na casa de Vedado e, durante anos, continuou escrevendo cartas. Os aposentos foram aos poucos inundados por folhas de papel manchadas de tinta com frases ilegíveis. As portas começaram a se soltar das dobradiças, o pó e as teias de aranha tomaram conta dos cantos como se ninguém morasse sob aquele teto havia anos.

María sentiu compaixão por sua vizinha. Ela própria tinha um filho preso pelos comunistas, e nem a deixavam visitá-lo. Quando Lilith tinha cerca de 50 anos, María decidiu ir para Calzada del Cerro e dar início ao processo para que Lilith, que não tinha família, fosse aceita na casa de repouso Santovenia.

– Se ela tem problemas mentais, deveria ir para uma instituição psiquiátrica – disse um dos diretores da casa de repouso a María.

– Ela não é louca – explicou María. – Ela perdeu os pais, o marido e a filha. Está triste e não consegue cuidar de si mesma.

Um ano depois, durante as férias de Natal, proibidas pelo governo uma década antes, ela foi informada pela casa de repouso que uma cama havia sido desocupada e que ela poderia iniciar o registro de sua vizinha.

María preencheu todos os formulários, mas decidiu que aguardaria até o início do novo ano e levaria Lilith para o asilo no começo de janeiro.

Em 1º de janeiro de 1988, por volta do meio-dia, María viu uma coluna de fumaça subindo do telhado da casa de Lilith. Quando chegou lá, outros vizinhos já haviam arrombado a porta e apagado o fogo com baldes de água.

– Quem pensaria em acender uma vela nesta casa? – disse um homem que saiu da residência encharcado, segurando um balde vazio na mão e arrastando papéis chamuscados.

Lilith permaneceu em pé no corredor com um envelope na mão. María conduziu-a até a sala de estar e elas sentaram-se juntas.

– Por favor, me espere aqui – pediu María. – Encontrei um lar para você, onde será cuidada e poderá escrever todas as cartas que quiser para sua filha sem ser incomodada. Mas, saiba, eles não vão deixar você acender uma vela lá.

Lilith sorriu. Quando a vizinha saiu, ela fechou os olhos e fingiu saborear o bolo que nunca conseguiu assar e imaginou as oito velas que não pôde comprar nem apagar. Qual seria o desejo dela desta vez? Por que imaginá-lo se os seus desejos nunca haviam se tornado realidade? O abandono, este, sim, sempre tivera dia e hora.

María voltou, e as duas permaneceram sentadas em silêncio na sala.

– Virão buscá-la logo mais – disse ela. – Embora seja um pouco longe para mim, prometo que irei visitá-la nos fins de semana.

Duas horas depois, um carro parou na entrada e buzinou.

– São eles – disse María, levantando-se. – Ficar nesse lugar vai ser bem melhor para você.

María saiu primeiro, e Lilith a seguiu.

Parada na soleira de sua casa naquela noite, segurando o velho envelope rosa sem nada escrito, Lilith recitou de cor o poema que sua mãe lhe dera em seu oitavo aniversário. Antes de entrar no carro ladeada por dois homens, um de verde-oliva e outro de branco, Lilith se virou e procurou María, que correu em direção a ela. A vizinha pegou o envelope que Lilith lhe entregou e a abraçou.

– Temos que ir – disse o homem de branco. – Você pode visitá-la aos domingos – disse ele a María. – Só dê a ela algum tempo para se ajustar, primeiro.

O carro começou a partir, e, com os vidros baixados, Lilith sentiu que o vento a libertaria. No entanto, como se nunca tivesse sido apagado de sua memória, o ar ainda estava carregado com pólvora, cinzas, couro e metal. Nada havia mudado para ela. A cidade ainda estava coberta de cacos de vidro. "Sonha-se com a liberdade como se sonha com Deus", disse a si mesma em alemão. De quem era essa voz? Não conseguia nem reconhecer mais a própria voz.

Mais uma vez, os sonhos e Deus deixaram de fazer sentido para ela. Gostava de pensar que, ao longo do caminho, estava deixando um rastro atrás de si que a acompanharia aonde quer que a levassem. Para que um dia, quando sua filha voltasse – porque ela estava convencida de que a filha voltaria –, ela pudesse encontrá-la. Cheia de esperança e com um sorriso, derramou uma lágrima: a última.

Nesse momento, proferiu em voz alta o conteúdo da carta que entregara a María, a carta que escrevera à sua Nadine, em alemão, sua língua materna, e deixou que o vento levasse as palavras o mais longe possível, como quando alguém joga no mar uma garrafa de vidro com uma mensagem.

*Havana, 1º de janeiro de 1967*

*Minha querida Nadine,*

*Seu pai e eu sonhamos com você antes de você nascer. Na noite em que nos casamos, Martín acariciou minha barriga e previu que você seria uma menina.*

*Então, antes de você crescer dentro de mim, eu já a chamava de Nadine, minha Nadine. Imaginei-a com olhos grandes e curiosos querendo reconhecer tudo ao seu redor. Na primeira vez que senti seu batimento cardíaco, quando você deu seu primeiro chute, quando se moveu como se quisesse sair para me abraçar, corri para contar ao seu pai. Você nos trouxe tanta felicidade...*

*No dia de Ano-Novo em que você nasceu, não precisamos de champanhe nem de música. Você foi a nossa festa. Ainda que a cidade estivesse tumultuada e o mundo, de cabeça para baixo, você nos trouxe paz, minha Nadine. Desde o momento em que a segurei em meus braços, apeguei-me a você. Naquele dia, amei ainda mais o seu pai quando o vi com você no colo, como se vocês dois se conhecessem desde sempre. Você e ele eram apenas um, e você se agarrou ao dedo dele. Foi nesse instante que ele fez uma promessa: um dia, vocês voariam juntos, os dois sozinhos.*

*Rezei para que aquela noite durasse para sempre, e vimos você dormir, contamos seus suspiros e, toda vez que eu a amamentava, era a mulher mais feliz do mundo.*

*Eu quero que você tenha apenas aquela lembrança feliz de nós, porque, sim, Nadine, seu pai e eu fomos muito felizes na sua companhia.*

*E, agora, devo pedir seu perdão. Hoje, no dia em que você completa 8 anos, a mesma idade que eu tinha quando soprei minhas oito velinhas em Berlim e fiz um desejo que jamais se concretizou: nunca me separar de minha mãe. Eu achava que, juntas, fugiríamos do inferno. Quando eu tinha essa idade, minha mãe me enviou, com dois estranhos, para uma ilha do outro lado do oceano, e eu nunca entendi como ela pôde fazer isso com sua única filha. Praguejei, queria esquecê-la, prometi que nunca mais falaria alemão. Eu queria apagar meus 8 anos com ela.*

*Você teve que nascer para que eu pudesse compreender minha mãe. Na noite em que comecei a sentir as contrações do parto, antes mesmo de ouvir seu primeiro choro, perdoei minha mãe, pois senti que eu estava viva e que, se tive a chance de ser mãe, foi graças a ela. Aprendi que, às vezes, a única forma de salvar o que mais amamos se dá por meio do abandono.*

*Minha querida Nadine, você não tem ideia da culpa que eu sentia por não ter compreendido minha mãe. Sei que, quando chegar o dia de me despedir desta vida, voltarei para os braços dela. E* peço a Deus que, quando eu ficar sem fôlego, ele permita que eu me refugie em minha mãe, para que eu possa dizer a ela o quanto a amei.

Minha querida Nadine, eu também tive que abandonar você, e sei que entender isso é difícil na sua idade. Se consigo suportar a dor de não ter você comigo todos os dias, é porque sei que está viva e feliz, mesmo que eu não esteja próxima para acordá-la todas as manhãs com um beijo.

Um dia, você vai crescer, talvez me xingue, mas espero que, quando se tornar mãe, você me entenda. Uma mãe nunca se esquece de sua filha, mesmo que nunca mais possa segurá-la em seus braços.

Aqui, nesta ilha que agora deve parecer distante, eu esperarei você. Aguardarei com enorme expectativa, até meu último suspiro, a sua chegada. Hoje, esse é o meu único desejo.

Perdoe-me, minha Nadine.

*Eu a amo com todo o meu coração.*
*Sua mãe,*
*Lilith*

# 34

## Vinte e sete anos depois
## Havana, maio de 2015

No início da manhã de sábado, Nadine e Luna, acompanhadas de María, viajaram de carro para o lar de idosos Santovenia. Calzada del Cerro parecia um caldeirão. O sol açoitava o asfalto e produzia um vapor como se fosse derretê-lo. Os carros cruzavam o meio da via, ignorando os sinais de trânsito; pedestres andavam a esmo, correndo o risco de ser atropelados. O motorista gritava com qualquer um que o ultrapassasse. As três passageiras, todavia, ficaram em silêncio. Para Nadine, aquela parte da cidade fazia lembrar um cenário de guerra. Havia policiais armados em cada esquina e longas filas nas entradas das lojas. O estrondo ensurdecedor de caminhões e ônibus lotados a irritava. O motorista pisava no freio toda vez que avistava um enorme buraco no meio da pista, e, como não havia cintos de segurança, tinham que se agarrar ao teto do carro e às maçanetas das portas.

De repente, viraram uma esquina e entraram em uma rua tranquila e arborizada. O carro parou em frente a um prédio palaciano, ao que tudo indicava, agora abandonado, que ocupava todo o quarteirão.

— Esta *villa* pertenceu aos condes de Santovenia – explicou María. – Nadine, Havana era uma cidade muito elegante.

Luna e María desceram do veículo primeiro. Nadine fechou os olhos, inspirou fundo e prendeu a respiração. Ficara acordada a noite toda, lendo diversas vezes a carta de sua mãe que agora estava guardada em sua bolsa.

María havia ligado para a casa de repouso, para avisar que chegaria com a filha e a neta da senhora Bernal no sábado de manhã. Ela foi informada de que estariam esperando por elas com Lilith banhada e vestida para a visita.

Atravessaram o enorme portão gradeado e foram recebidas por uma freira de hábito rosa-claro.

— Milagre de Deus – disse a freira. – O milagre da Virgem.

O corredor de lajes de mármore branco e cinza era pontilhado de poltronas vazias encostadas nas paredes. Elas foram conduzidas a um pátio interno onde uma pequena fonte borbulhava baixinho.

— Ela não fala muito, mas sei que vai entendê-las – explicou a freira. – Ela gosta de ficar na sombra.

Nadine avistou a mãe do outro lado do pátio. Durante aquelas primeiras horas da manhã, não havia mais ninguém nos jardins. De longe, ela achou que sua mãe parecia pequena, tão pequena como se fosse uma criança de 8 anos. Nadine achou que fosse ficar nervosa, que suas pernas fossem ceder, mas, naquele instante, ela estava cheia de energia. Ela correu e foi a primeira a se aproximar da mãe.

Na sombra, suas narinas se encheram do perfume de violetas. Os cabelos de Lilith estavam curtos e brancos. Sua pele era lisa, sem rugas, mas os braços estavam cobertos de manchas escuras. Ela unira as mãos sobre as pernas; seu olhar parecia perdido. Quando Nadine se aproximou, Lilith ergueu a cabeça para olhá-la. Seus olhos percorreram o rosto de Nadine. Quando Nadine segurou as mãos de sua mãe, ela sorriu. De repente, sentiu as mãos de Lilith tremendo. Ela achou que sua mãe a havia reconhecido.

— As mãos dela estão tremendo – disse Nadine, virando-se para Luna. Luna começou a chorar.

— Não temos por que chorar – disse Nadine, embora seus próprios olhos estivessem úmidos.

Luna se curvou e deu um beijo na avó. Nadine tentou abraçá-la, com cuidado. Lilith parecia pequena, frágil. O perfume de violetas a envolvia.

Com as mãos trêmulas, Lilith começou a acariciar o rosto da filha na testa e foi descendo até chegar ao queixo. Repetiu o movimento várias vezes, como se fosse uma pessoa cega cujas pontas dos dedos lhe traduziriam a aparência de Nadine. "Suas mãos são macias e quentes como as de um recém-nascido", Nadine pensou consigo mesma.

Ouviram Nadine falando em alemão com a mãe como se fosse um murmúrio. Nadine contou-lhe sobre sua vida em Nova York, sobre seus estudos em Berlim, sobre o dia em que conheceu Anton e se apaixonou perdidamente por ele. Falou sobre Luna, que herdara o talento de sua bisavó Ally. Todas as histórias que ela contava eram felizes.

— Temos outra poetisa na família – disse ela.

— Como minha mãe – Lilith sussurrou em alemão. – Eu sabia que, um dia, nos encontraríamos, mesmo que eu já estivesse muito velha.

— Se ao menos eu soubesse disso antes... – repreendeu-se Nadine.

— Minha querida filha, eu sempre tive esperanças. Há tantas perguntas sem respostas. Você não sabe como foi difícil, para mim, compreender minha mãe... compreender o fato de ela ter me enviado sozinha para Cuba. Consegue imaginar?

— Foi a guerra, mãe. Somos todas vítimas da guerra.

— A guerra... Perdemos tudo, mas eu estou com você e minha neta, agora. Já posso morrer em paz. Fiz o melhor que pude, minha pequena Nadine. Nunca tive a intenção de abandoná-la.

Nas horas que se seguiram, elas conversaram um pouco; depois, permaneceram em silêncio, apenas desfrutando a presença uma da outra.

– Venha conosco para Berlim – disse Nadine.

– Não, minha pequenina. Não consigo nem me mover mais. Além disso, seu pai está enterrado aqui. É a minha vez de ficar ao lado dele.

Lilith segurou a mão da filha e a apertou como se quisesse ter certeza de que não estava sonhando.

De repente, Lilith começou a cochilar, como se estivesse dormindo.

– É hora de ela descansar – disse a freira que estava por perto. – Foi muita coisa para um dia.

Passaram apenas quatro horas na casa de repouso, mas, para Nadine, elas representaram um ano inteiro de felicidade.

Nadine queria voltar ao asilo, mas, no dia seguinte, elas pegariam o voo de volta para Berlim. Precisava encontrar uma forma de voltar a Havana o mais rápido possível. Queria levar a mãe para Berlim, mas temia que, em seu estado frágil, ela não sobrevivesse à travessia do Atlântico.

Quando chegaram ao hotel, Luna abraçou a mãe.

– Você vai me deixar ler a carta?

– Assim como o poema de Ally – disse ela, entregando a Luna o envelope rosa –, esta carta pertence a você. – Ela fez uma pausa. – Volte para Berlim. Vou ficar um pouco mais com minha mãe.

# 35

## Seis meses depois
## Berlim, novembro de 2015

Na noite em que Lilith morreu, Luna despediu-se dos pais, vestiu o casaco de gabardine vermelha, saiu do apartamento e foi caminhar pelas ruas de Berlim até o amanhecer. A cidade lhe parecia diferente agora, como se fosse uma extensão dos lugares que havia deixado para trás em Cuba. Em Havana e Berlim, ela sentia o passado sob seus pés.

Na noite em que Lilith morreu, ocorreu a Luna que, ao "resgatar" Lilith, Franz e Elizabeth, ela dera aos três a chance, para o bem ou para o mal, de se despedir das pessoas que mais amavam. Talvez tenham deixado o mundo sabendo que suas vidas não foram tão inúteis quanto acreditavam.

— Não se pode deixar a vida carregando um fardo pesado — ouvira sua avó Ernestine dizer em mais de uma ocasião. — Para alcançar o outro lado, você deve viajar o mais leve possível.

A notícia chegou com um breve telefonema de María. Luna e seus pais estavam organizando uma viagem a Cuba para dezembro. Os três planejavam passar o Natal com Lilith.

O período que Nadine passou em Havana deixou Anton e Luna muito ansiosos. Ela só conseguia falar com eles uma vez por semana.

Anton precisou ir à embaixada de Cuba em Berlim para solicitar a permanência de Nadine por mais um tempo. Ele foi tratado como um criminoso. Em Havana, obrigaram Nadine a ir todas as noites à recepção do Hotel Nacional, e lá, a contragosto, prolongavam sua estadia um dia de cada vez, até a noite em que ela recebeu um documento de um funcionário do governo cubano afirmando que não havia possibilidade de estender mais a sua visita.

Nadine sentiu, com o passar dos dias, que Lilith estava partindo aos poucos. Passavam as tardes juntas no jardim principal de Santovenia como se nunca tivessem se separado. Lilith falava de seu pai, o músico, como se o houvesse conhecido. Contou-lhe que ela e a mãe haviam morado com ele em Berlim. A princípio, Lilith parecia mais lúcida do que Nadine imaginava, mas, com o tempo, ela percebeu que sua mente vagava e permitia que ela reescrevesse a própria história.

– Este sempre foi o nosso lar – disse Lilith, certa vez, a Nadine. – Fui muito feliz aqui com meus pais.

No dia em que Nadine teve de partir para Berlim, María aconselhou a ela se despedir de sua mãe apenas como se fosse voltar no dia seguinte.

– É muito difícil, para a senhora Bernal, compreender o tempo – disse-lhe María. – Para ela, todos os dias pertencem ao passado.

Depois que voltou de Cuba, Nadine passou a telefonar para María todos os domingos, após sua visita a Lilith em Santovenia. Ela agora pagava as viagens de María a Cerro e enviava remédios a ela e à sua mãe, tendo de enfrentar diversas barreiras para conseguir despachar os pacotes para Cuba. Às vezes, ela enviava por intermédio de Madri; outras vezes, ia por Miami. Nadine fez uma doação ao lar de idosos Santovenia por meio de uma organização católica da Galícia. Uma vez por mês, telefonava para a casa de repouso, e uma das enfermeiras colocava o fone no ouvido de Lilith. Nadine falava com a mãe em alemão, contando-lhe que logo a cidade estaria coberta de neve, que sua neta havia se tornado uma escritora como Ally. Ela só não lhe falou sobre a existência de uma irmã, Elizabeth, que havia morrido pouco tempo antes. Por que fazê-la sofrer com histórias que nem mesmo Nadine e Luna conseguiam entender em sua totalidade?

Luna suspeitava que este seria o último Natal de sua avó e, quando o telefone tocou, pressentiu a má notícia assim que ouviu a voz de María. Tomada de nervosismo, Nadine arrancou o telefone da mão de Luna quando esta mencionou o nome de Lilith.

Nadine ouviu com atenção o que María lhe dizia, e Luna percebeu que ela estava franzindo os lábios. Os olhos de Nadine se encheram de lágrimas. Anton foi até onde estava a filha e a abraçou; depois, se aproximou de Nadine. Quando desligou o telefone, Nadine caiu nos braços do marido e desmoronou. Luna espantou-se com seu choro. Era a primeira vez que via Nadine lamentar a morte de sua mãe, Luna percebeu. Quando adolescente, a notícia de que Lilith havia morrido em Cuba nunca pareceu real para ela. Agora, Lilith era um ser humano de carne e osso.

Nadine contou a Luna o que María havia lhe informado em meio a murmúrios. Lilith havia falecido por volta da meia-noite. Encontraram-na de manhã. María lhe dissera que, depois que Lilith encontrou a filha e a neta, seus olhos se encheram de luz.

– Lilith ainda estava viva apenas porque nunca parou de sonhar com aquele reencontro – disse María a Nadine.

A casa de repouso já tinha todas as informações sobre o mausoléu da família Bernal no cemitério de Colón. Seria um enterro simples; haveria flores e orações. Nadine prometeu que voaria para Cuba assim que pudesse. Ela disse a María que gostaria de lhe dar um abraço, que isso seria como abraçar a mãe pela última vez. Nadine seria, agora, a nova guardiã do mausoléu da família Bernal.

Depois que Luna se despediu de seus pais e deixou o apartamento deles, caminhou sem rumo pela cidade e acabou em uma das ruas que levavam ao Tiergarten. Sentou-se em um banco, fechou os olhos e deixou sua mente vagar com liberdade.

Quando o sol nasceu, o Tiergarten era um banco, um poste de luz, uma árvore e uma menininha correndo, sempre voltando para os braços da mãe. Ela viu Ally e Lilith à luz do sol. Elas não precisavam mais se esconder.

Em sua imaginação, Luna embarcou no número 4 da Tiergartenstrasse, passando por janelas e portas abertas, lojas cheias de antiguidades à venda. Ao sul do Portão de Brandemburgo, fileiras de casas geminadas davam para o parque. Ela entrou na loja de iluminação dos Herzog. Agora, havia uma em cada esquina da cidade, era uma cidade banhada de luz. O sino ressoou quando ela entrou; ficou deslumbrada com um teto iluminado por centenas de lâmpadas multicoloridas. Ouviu Beatrice e Albert recebê-la: *Shalom*. Atrás do balcão, Paul, o belo filho do casal, atendia um cliente.

Luna deixou a loja e continuou seu caminho enquanto nuvens de garoa fina se acumulavam sobre ela na Unter den Linden. Ela apertou o casaco de gabardine vermelha ao redor do corpo e ficou observando as tílias em flor.

Precisava se apressar, estavam esperando por ela. Fechou os olhos com mais força e, num instante, chegou à Anklamer Strasse, ao prédio com o número 32 em bronze azinhavrado. A pesada porta de madeira da frente parecia recém-pintada, os paralelepípedos da calçada, imaculados. Luna abriu a porta com facilidade e entrou. À esquerda, no apartamento 1B, tocou com os dedos a mezuzá pendurada em um ângulo no alto do batente da porta e depois subiu as escadas.

Luna seguia o mapa que havia desenhado. No terceiro andar, caminhou até o fim do corredor, que se iluminava conforme ela avançava. Abriu a porta de um apartamento e foi tomada de surpresa pelo cheiro de couro e pergaminho. *Herr* Professor, sentado em uma poltrona de veludo, lia em voz alta. Luna se aproximou para poder ouvi-lo.

– O passado é prólogo.[6]

Reclinado sobre o sofá, com o peito nu e reluzente como uma escultura grega, Franz tentava dormir, embalado pela voz de seu mestre.

Luna saiu do apartamento e abriu a porta adjacente. Ao entrar, viu Ally Keller e seu marido, Marcus, parados junto à janela. Ouviu a voz de Lilith lhes chamando. Eles não reagiram. A garotinha repetiu "mamãe" – dessa vez, mais alto. Depois de uma pausa, ela disse "papai". Marcus correu até ela e a rodopiou no ar. Ally se virou. Ela sorriu. As velas sobre a mesa da sala de jantar estavam acesas. Sentados a uma ponta da mesa estavam Lilith e Martín com um bebê nos braços. Ao lado, Nadine e Anton conversavam. Luna tentou escutar o que estavam dizendo, mas tudo girava ao seu redor. As paredes começaram a desaparecer. Luna olhou para cima. O teto havia desaparecido. Ela começou a chorar, como outrora o fizera pela avó, pela bisavó, como só se chora pelos mortos, com desespero. Procurou um espelho, sentindo a necessidade de saber quem ela era.

Percebeu que já era noite de novo; talvez aquela noite nunca tivesse acabado. Da janela de seu apartamento, viu um casal atravessando a Anklamer Strasse. Quando chegaram à esquina, os estranhos se viraram e olharam para ela. Luna se viu sentada no canto da janela de seu próprio apartamento.

Ela passou várias horas daquela noite organizando as cartas e os poemas esquecidos de sua bisavó. Não havia mais nada a decifrar. As cartas amareladas enviadas de Sachsenhausen e o envelope rosa sem nada escrito agora jaziam no chão de madeira. Folhas de papel em branco

---

[6] William Shakespeare, *A Tempestade*, ato II, cena I. (N. da T.)

cobriam a mesa. O vazio sempre a intrigara. Tinha que começar, mas não sabia por onde.

Os olhos de Luna se encheram de lágrimas que não eram dela. Tinha início uma de suas muitas vidas. Ela começou a escrever numa página em branco. Outra pessoa redigia. Tudo o que ela fazia nesse momento era mover a mão. Tentou decifrar o que havia escrito antes, as palavras aleatórias, mas não conseguiu. Ela as leu em voz alta. O que ela ouviu foi o silêncio. Em meio à quietude, as palavras foram se formando, alcançando-a uma a uma. Perdeu toda a noção do tempo; não sabia o dia da semana. Nem mesmo o ano.

Leu o que havia escrito. Calma, protegida pelas sombras, ela agora conseguia distinguir a voz que a guiava. De repente, ela a ouviu: *À noite, somos todos da mesma cor...*

O dia amanheceu, claro e resplandecente.

# Nota do autor

## Eugenia

As leis de "higiene racial" da Alemanha entraram em vigor em 1933, e o governo de Adolf Hitler, mais tarde, aprovou a política de esterilização obrigatória. Cerca de 20% da população foi considerada portadora de defeitos genéticos ou raciais. A princípio, os nazistas começaram a esterilizar pessoas que tinham transtornos mentais. Em seguida, vieram os *mischlings*, que tinham um dos pais ariano (ou de "raça pura") e o outro de uma raça distinta, sobretudo negros ou judeus. Em 1935, o governo aprovou por unanimidade a Lei da Cidadania do Reich e a Lei de Proteção do Sangue Alemão e da Honra Alemã, que classificavam os cidadãos conforme sua herança racial.

A eugenia é a busca por uma raça superior por meio do aprimoramento de traços hereditários. A política de eugenia na Alemanha tinha base em pesquisas que foram realizadas nos Estados Unidos e no mundo a partir do fim do século XIX. Os nazistas criaram o programa Aktion T4 para matar ou esterilizar mais de 275 mil pessoas. As mulheres eram esterilizadas por radiação, por meio de sessões de raios X, e os homens, por vasectomia, muitas vezes, sem anestesia.

Muitas crianças afro-alemãs, rotuladas de "bastardos da Renânia", foram retiradas das escolas ou recolhidas das ruas e levadas a instalações médicas para que fossem esterilizadas. A miscigenação, em particular com os africanos das colônias, era considerada uma ofensa racial.

As leis alemãs de eugenia eram baseadas sobretudo em pesquisas efetuadas por médicos de Pasadena, na Califórnia. Na primeira metade do século XX, o método desenvolvido por esses profissionais deu origem à esterilização involuntária de cerca de 70 mil indivíduos nos Estados Unidos. A esterilização continuou a ser praticada em alguns estados, incluindo o estado da Virgínia e da Califórnia, até 1979.

## MS *St. Louis*

Na noite de 13 de maio de 1939, o transatlântico *St. Louis*, da Hamburg-America Line (HAPAG), zarpou do porto de Hamburgo com destino a Havana, capital de Cuba. Cerca de novecentos passageiros estavam a bordo – a maioria, refugiados judeus-alemães. Alguns eram crianças que viajaram sem os pais.

Todos os refugiados tinham autorização para desembarcar em Havana, expedida por Manuel Benítez, diretor-geral do Departamento de Imigração de Cuba, com o apoio do comandante do exército, Fulgencio Batista. As licenças foram obtidas por intermédio da companhia HAPAG. No entanto, uma semana antes de o transatlântico partir de Hamburgo, o presidente de Cuba, Federico Laredo Brú, emitiu o Decreto 934 (assim chamado com base no número de passageiros a bordo do *St. Louis*), invalidando as autorizações de desembarque assinadas por Benítez.

O navio chegou ao porto de Havana num sábado, 27 de maio. As autoridades cubanas não permitiram que atracasse na área atribuída à companhia HAPAG, o que o obrigou a ancorar em plena baía de Havana. Apenas quatro cubanos e dois espanhóis não judeus foram autorizados a desembarcar, com 22 refugiados que obtiveram autorizações do Departamento de Estado cubano anteriores às emitidas por Benítez.

O *St. Louis* partiu para Miami em 2 de junho. Ao se aproximar da costa dos Estados Unidos, o governo de Franklin Roosevelt negou sua entrada no país. O governo de Mackenzie King, no Canadá, também recusou a entrada da embarcação.

Portanto, o *St. Louis* foi forçado a voltar para Hamburgo. Poucos dias antes de sua chegada, o Joint Distribution Committee (JDC) negociou um acordo para que vários de seus países-membros recebessem os refugiados. A Grã-Bretanha aceitou 287; a França, 224; a Bélgica, 214; e a Holanda, 181. Em setembro de 1939, a Alemanha declarou guerra, e os países da Europa continental que haviam aceitado os passageiros do *St. Louis* logo foram ocupados pelas forças de Hitler.

Apenas os 287 passageiros recebidos pela Grã-Bretanha permaneceram seguros. A maioria dos outros passageiros do *St. Louis* sofreu os horrores da ocupação alemã ou foi assassinada em campos de concentração nazistas.

## Operação Pedro Pan

Entre dezembro de 1960 e outubro de 1962, cerca de 14 mil crianças deixaram Cuba sem seus pais, em aviões comerciais, por meio de uma operação coordenada pela Igreja Católica e apoiada pelo governo dos Estados Unidos. O Departamento de Estado dos Estados Unidos da América autorizou Brian O. Walsh, um jovem padre católico de Miami, a levar as crianças cubanas para o país sem vistos. Muitos dos pais que enviaram seus filhos para os Estados Unidos enfrentaram perseguições políticas durante o regime de

Fidel Castro, instaurado à força em 1º de janeiro de 1959. Outros estavam envolvidos em atividades clandestinas e temiam perder seus direitos parentais ou que seus filhos sofressem doutrinação política na escola. O governo comunista fechou escolas católicas, confiscou todas as propriedades pertencentes à Igreja e assumiu o controle de empresas privadas.

A Operação Pedro Pan recebeu esse nome por causa do clássico romance de J. M. Barrie sobre um menino que nunca cresce e que vive na mítica ilha da Terra do Nunca. Esse programa constituiu o maior êxodo em massa de crianças motivado por questões políticas no Hemisfério Ocidental, na história moderna.

Em outubro de 1962, como resultado da Crise dos Mísseis de Cuba, que envolveu Estados Unidos, Cuba e União Soviética, todo o tráfego aéreo entre Havana e Miami foi paralisado, deixando no limbo muitas crianças refugiadas, que ficaram aguardando a chegada de seus pais. Muitas dessas crianças foram mandadas para diferentes cidades nos Estados Unidos. Algumas permaneceram sob os cuidados da Igreja Católica; outras foram acolhidas por famílias, colocadas em lares para delinquentes juvenis ou enviadas para orfanatos. Muitas delas esqueceram-se do idioma espanhol e algumas nunca mais viram seus pais.

# Agradecimentos

*A Viajante da Noite* levou quatro anos para ser concluído, mas o que começou com *A Garota Alemã* e, então, continuou com *A Filha Esquecida*, três romances independentes reunidos pelo MS *St. Louis*, envolveu várias décadas de pesquisa. Alguns capítulos de *A Garota Alemã* datam de 1997.

Ouvi falar do MS *St. Louis* pela primeira vez por intermédio de Tomasita, minha avó materna, filha de galegos que vieram para Cuba no início do século XX. Minha avó estava grávida de minha mãe quando o navio ancorou no porto de Havana. Quando eu era criança, ouvia que Cuba pagaria por cem anos pelo que fizera com os refugiados judeus da Alemanha.

À minha avó, minha profunda gratidão.

Durante um de nossos muitos *brunches* em Manhattan, Johanna Castillo, a então editora da Atria Books na Simon & Schuster, perguntou-me por que eu nunca havia escrito um romance. Ela tinha lido meu primeiro livro a ser publicado nos Estados Unidos, *In Search of Emma*, uma espécie de livro de memórias, e me disse que enxergou meu potencial para escrever ficção. Minha resposta foi que todo escritor tem um romance guardado em uma gaveta em algum lugar. Naquele dia, *A Garota Alemã* começou a tomar forma. Em um *brunch* subsequente, mostrei-lhe tudo o que havia reunido sobre o MS *St. Louis*, incluindo documentos e fotografias originais. Em poucos dias, assinei um contrato para publicar o romance.

A Johanna, minha amiga, editora e agora agente literária, por acreditar em mim. É graças a ela que meus três romances existem.

Se no segundo ato de *A Viajante da Noite* dei vida à Cuba de Batista, empenhando-me em estudar seus livros, suas contribuições e seus erros, foi graças a meu avô materno, Hilario Peña y Moya. Meu avô era um apoiador apaixonado de Batista, mesmo durante a revolução de 1959. Ele nunca tentou esconder suas ideias de familiares ou amigos, ou mesmo de estranhos. Ideias que poderiam tê-lo levado à prisão na época. Eu me lembro que, quando eu era criança, Batista morreu no exílio. Os amigos de meu avô fizeram fila em casa para prestar suas condolências.

Agradeço a toda a equipe da Atria Books e à Simon & Schuster, minha editora, por tudo o que fizeram para garantir que meus livros chegassem a novos leitores todos os dias.

A Daniella Wexler, minha fiel editora, e sua assistente, Jade Hui, na Atria Books, toda a minha gratidão. Obrigado por me fazerem soar melhor em inglês.

A Peter Borland, meu maravilhoso novo editor, obrigado por sua visão. Eu sei que, com você, meus livros vão decolar. Um brinde a uma longa jornada juntos.

A Libby McGuire, por sua crença e sua paixão por meus livros.

A Wendy Sheanin, por sua paixão por livros e por ajudar meus romances a encontrar muito mais leitores.

A Gena Lanzi, Katelyn Phillips, Tamara Arellano, Sean deLone e toda a equipe da Simon & Schuster, meus sinceros agradecimentos.

A Annie Philbrick, por sua paixão pelos livros, por ler os meus, por sua amizade. Uma amizade que nasceu de uma viagem memorável a Cuba, em que, no primeiro dia em que chegamos a Havana, terminamos por nos sentar frente a frente em um restaurante à beira do rio. Desde então, Annie tornou-se a *"madrina"* (madrinha) dos meus romances.

À equipe editorial da Simon & Schuster Canada, em especial à publicitária Rita Silva, pelo apoio.

À equipe editorial da Simon & Schuster Australia, em particular, Dan Rufino, Anna O'Grady e Anthea Bariamis. Obrigado por sua contribuição editorial e pela oportunidade de me permitir viajar e conhecer meus leitores em seu belo país.

Ao autor australiano Thomas Keneally, por apoiar *A Garota Alemã* e me acolher em sua casa em Sydney.

A Berta Noy, minha editora espanhola, que sempre acreditou em mim e adquiriu os direitos de *A Garota Alemã* na Espanha e na América Latina. Obrigado a toda a equipe da Ediciones B, Penguin Random House, em especial meu editor, Aranzasu Sumalla, em Barcelona; Gabriel Iriarte, Margarita Restrepo e Estefanía Trujillo, na Colômbia; e David García Escamillo, no México.

A Louise Bäckelin, minha editora na Förleg, na Suécia; aos meus editores em Boekerij, na Holanda; à Gyldendal Norsk, na Noruega; Simon & Schuster, no Reino Unido; Czarna Owca, na Polônia; Dioptra, na Grécia; 2020 Editora, em Portugal; Politikens Forlag, na Dinamarca; Matar, em Israel; Alexandra, na Hungria; Topseller, em Portugal; Bastei Lübbe, na Alemanha; Presses de la Cité, na França; Chi Min Publishing Company, em Taiwan; Casa Editrice Nord, na Itália; Jangada, no Brasil; Epsilon, na Turquia.

A Nick Caistor, meu tradutor de inglês. Além de ser um brilhante tradutor, Nick é um excelente editor.

A Alexandra Machinist, que, como minha agente literária, negociou a publicação de *A Filha Esquecida* e de *A Viajante da Noite* com a Atria Books.

A Esther María Hernández, por refinar o espanhol de tudo que escrevo. Graças a ela, sou melhor na minha língua materna, que, às vezes, sofre pelas décadas passadas nos Estados Unidos.

A María Antonia Cabrera Arús, por sua preparação precisa em espanhol e seu olhar crítico.

A Cecilia Molinari, uma excelente editora, preparadora e tradutora, e uma querida amiga. Obrigado também por ter contribuído, com Faye Williams, para a tradução para o inglês de *A Viajante da Noite*.

A Néstor Díaz de Villegas, autor, ensaísta, pintor, poeta, por me aproximar de Batista e por seus comentários inspiradores. Por nossas conversas sobre livros e autores.

A Zoé Valdés, escritora e fervorosa apoiadora de Batista. Obrigado por seu auxílio constante.

Ao escritor Joaquín Badajoz, por me oferecer uma leitura final do manuscrito em espanhol antes de enviá-lo para meus editores em Barcelona. Foi um luxo ter suas recomendações.

À escritora Wendy Guerra, uma leitora perspicaz da minha obra e apaixonada por meu manuscrito, por suas belas palavras.

A Andrés Reynaldo, autor especialista e leitor. Jamais me esquecerei de seus comentários sobre tudo o que escrevi.

A Mirta Ojito, por ter a paciência de ler meus rascunhos e ouvir minhas ideias, e por seus conselhos, sua amizade e sua paixão pela leitura.

A María Morales, que sempre tem algo a acrescentar aos meus personagens e a suas histórias.

A Carole Joseph, que sempre ouve com paciência meus projetos literários, mesmo quando não passam de uma ideia.

A Laura Bryant, por promover de maneira incansável tudo o que escrevo. Graças a você, recebemos a primeira oferta para levar *A Garota Alemã* para a telona.

A Clemente Lequio, por acreditar em meus livros.

À equipe da Hollywood Gang Productions: Gianni Nunnari, Andre Lemmers e Jacqueline Aphimova.

A Katrina Escudero, minha agente de cinema e tevê.

A Verónica Cervera, excelente leitora e amiga que está sempre disposta a ler meus manuscritos.

A Herman Vega, por sua amizade e pelos *designs* de capa que me ajudam a escrever.

A Yvonne Conde, escritora e uma das meninas da Operação Pedro Pan, por responder a todas as minhas perguntas sobre o êxodo das crianças cubanas e por suas observações ao ler o manuscrito.

A Ania Puig Chan, que me ajudou a recriar algumas ruas de Berlim, assim como a casa de repouso para idosos.

A María del Carmen Ares Marrero, que inspirou uma das personagens, Mares.

A Ana María Gordon, Eva Wiener, Judith Steel e Sonja Mier, as verdadeiras garotas do MS *St. Louis*, por serem uma inspiração de tudo que escrevo. Obrigado por manterem a memória viva.

À minha família, que é a primeira a me apoiar em cada um dos meus livros.

À minha mãe, por ser a primeira leitora e por transmitir seu amor pela leitura e pelo cinema.

A Emma, Anna e Lucas, que sempre me ajudam a encontrar nomes para meus personagens. Obrigado por sua paciência enquanto eu estava trancado escrevendo.

A Gonzalo, por me apoiar durante mais de três décadas.

# Bibliografia

AGOTE-FREYRE, Frank. *Fulgencio Batista: From Revolutionary to Strongman*. Rutgers University Press, 2006.

AITKEN, Robbie; ROSENHAFT, Eve. *Black Germany: The Making and Unmaking of a Diaspora Community, 1884-1960*. Cambridge University Press, 2013.

ALIGHIERI, Dante. *La divina comedia*. FV Éditions, 2015.

BAKER, Jean H. *Margaret Sanger:* A Life of Passion. Hill and Wang, 2011.

BARBERAN, Rafael. *El vampiro de Düsseldorf*. Sonolibro Editorial, 2019.

BARRIE, J. M. *Peter Pan*. Signet Classics, Penguin Group (USA), 1987.

BATISTA, Fulgencio. *Piedras y leyes*. Ediciones Botas-México, 1961.

_____. *Respuesta...* México: D.F., 1960.

_____. *The Growth and Decline of the Cuban Republic*. The Devin-Adair Company, 1964.

BECK, Gad. *An Underground Life: Memoirs of a Gay Jew in Nazi Berlin*. University of Wisconsin Press, 1999.

BEJARANO, Margalit. *La comunidad hebrea de Cuba*. Instituto Abraham Harman de Judaísmo Contemporáneo, Universidad Hebrea de Jerusalem, 1996.

BEJARANO, Margalit. *La historia del buque San Luis: La perspectiva cubana*. Instituto Abraham Harman de Judaísmo Contemporáneo, Universidad Hebrea de Jerusalem, 1999.

BILÉ, Serge. *Negros en los campos nazis*. Ediciones Wanáfrica S.L., 2005.

BLACK, Edwin. *War Against the Weak: Eugenics and America's Campaign to Create a Master Race*. Dialog Press, 2012.

BLAKEMORE, Erin. "German Scientists Will Study Brain Samples of Nazi Victims". *Smithonian Magazine*, 5 maio 2017.

BROZAN, Nadine. "Out of Death, a Zest for Life". *The New York Times*, 15 nov. 1982.

CAMPT, Tina M. *Other Germans: Black Germans and the Politics of Race, Gender, and Memory in the Third Reich*. The University of Michigan Press, 2005.

CARR, Firpo W. *Germany's Black Holocaust: 1890-1945. The Untold Truth: Details Never Revealed Before*. CreateSpace, 2012.

CASTRO, Fidel. Discurso pronunciado por el comandante en jefe Fidel Castro Ruz en la reunión celebrada por los directores de las escuelas de instrucción revolucionaria, efectuada en el local de las ORI, el 20 de diciembre de 1961. *Fidel, soldado de las ideas*. Disponível em: <www.fidelcastro.cu>.

_____. *La historia me absolverá*. Ediciones Luxemburg, 2005.

CHAO, Raúl Eduardo. *Raíces cubanas: Eventos, aciertos y desaciertos históricos que por 450 años forjaron el carácter de lo que llegó a ser la república de Cuba*. Dupont Circle Editions, 2015.

CHESTER, Edmund A. *A Sergeant Named Batista*. Grapevine Publications LLC, 2018.

COHEN, Adam. *Imbeciles: The Supreme Court, American Eugenics, and the Sterilization of Carrie Buck*. Penguin Books, 2016.

CONDE, Yvonne M. *Operation Pedro Pan: The Untold Exodus of 14,048 Cuban Children*. Nova York: Routledge, 1999.

DE LA COVA, Antonio Rafael. *La guerra aérea en Cuba en 1959: Memorias del teniente Carlos Lazo Cuba. El juicio por genocidio a los aviadores militares.* Ediciones Universal, 2017.

DÍAZ DE VILLEGAS, Néstor. *Cubano, demasiado cubano.* Bokeh, 2015.

DÍAZ GONZÁLEZ, Christina. *The Red Umbrella.* Alfred A. Knopf, 2010.

DOMÍNGUEZ, Nuño. "Alemania reabre el caso de los asesinados por la ciencia nazi". *El País*, 22 maio 2017.

DUBOIS, Jules. *Fidel Castro: Rebel – Liberator or Dictator?* The New Bobbs--Merrill Company, 1959.

EVANS, Suzanne E. *Hitler's Forgotten Victims: The Holocaust and the Disabled.* The History Press, 2010.

FERNÁNDEZ, Arnaldo M. "Historia y estilo: doble juicio revolucionario". *Cubaencuentro*, 13 fev. 2019.

FORNÉS-BONAVÍA DOLZ, Leopoldo. *Cuba cronología: Cinco siglos de historia, política y cultura.* Editorial Verbum, 2003.

GAY, Peter. *Weimar Culture: The Outsider as Insider.* W.W. Norton & Company, 2001.

GBADAMOSI, Nosmot. "Human Exhibits and Sterilization: The Fate of Afro Germans Under Nazis". CNN, 26 jul. 2017.

GOESCHEL, Christian. *Suicide in Nazi Germany.* Oxford University Press, 2009.

GÓMEZ CORTÉS, Olga Rosa. *Operación Peter Pan: cerrando el círculo en Cuba. Basado en el documental de Estela Bravo.* Casa de las Américas, 2013.

GOSNEY, E. S.; POPENOE, Paul. *Sterilization for Human Betterment: A Summary of Results of 6,000 Operations in California, 1909-1929.* The Macmillan Company, 1929.

GRANT, Madison. *The Passing of the Great Race.* Ostara Publications, 2016.

HITLER, Adolf. *Mein Kampf.* Mariner Books, 1998.

KOEHN, Ilse. *Mischling, Second Degree: My Childhood in Nazi Germany.* Puffin Books, Penguin Books, 1977.

KÜHL, Stefan. *The Nazi Connection: Eugenics, American Racism, and German National Socialism*. Oxford University Press, 1994.

LANG-STANTON, Peter; JACKSON, Steven. "Eugenesia en Estados Unidos: Hitler aprendió de lo que los estadounidenses habían hecho". *BBC News Mundo*, 16 abr. 2017.

LELYVELD, Joseph. *Omaha Blues*. Picador, 2006.

LEÓN, Gustavo. *De regreso a las armas: La violencia política en Cuba: 1944-1952*. Trilogía de la República. Tomo II. CreateSpace, 2018.

LOWINGER, Rosa; FOX, Ofelia. *Tropicana Nights: The Life and Times of the Legendary Cuban Nightclub*. In Situ Press, 2005.

LUCKERT, Steven; BACHRACH, Susan. *State of Deception: The Power of Nazi Propaganda*. United States Holocaust Memorial Museum, 2009.

LUDWIG, Emil. *Biografía de una isla (Cuba)*. Editorial Centauro, 1948.

LUSANE, Clarence. *Hitler's Black Victims: The Historical Experiences of Afro--Germans, European Blacks, Africans, and African Americans in the Nazi Era*. Routledge, 2003.

MACHOVER, Jacobo. *Los últimos días de Batista: Contra-historia de la revolución castrista*. Editorial Verbum, 2018.

MARTIN, Douglas. "A Nazi Past, a Queens Home Life, an Overlooked Death". *The New York Times*, 2 dez. 2005.

MASSAQUOI, Hans J. *Destined to Witness: Growing Up Black in Nazi Germany*. William Morrow and Company, 1999.

MEYER, Beate; SIMON, Herman; SCHÜTZ, Chana (org.). *Jews in Nazi Berlin: From Kristallnacht to Liberation*. The University of Chicago Press, 2009.

NOACK, Rick. "A German Nursing Home Tries a Novel Form of Dementia Therapy: Re-creating a Vanished Era for Its Patients". *The Washington Post*, 26 dez. 2017.

OGILVIE, Sarah A.; MILLER, Scott. *Refugee Denied: The St. Louis Passengers and the Holocaust*. United States Holocaust Memorial Museum, 2006.

OJITO, Mirta. "Cubans Face Past as Stranded Youths in U.S.". *The New York Times*, 12 jun. 1998.

ORTEGA, Antonio. "A La Habana ha llegado un barco". *Bohemia*, nº 24, 11 jun. 1939.

OSTERATH, Brigitte. "German Research Organization to Identify Nazi Victims that Ended Up as Brain Slides". *DW*, 2 maio 2017.

PEÑA LARA, *Hilario* (ex-capitão do Exército Rebelde). Arquivo pessoal.

PLANT, Richard. *The Pink Triangle: The Nazi War Against Homosexuals*. Henry Holt and Company, 1986.

PRIETO BLANCO "POGOLOTTY", Alejandro. *Batista: "El ídolo del Pueblo"*. Punto Rojo Libros, 2017.

PROCTER, Robert N. *Racial Hygiene: Medicine Under the Nazis*. Harvard University Press, 1988.

RIEFENSTAHL, Leni. *A Memoir*. Saint Martin's Press, 1993.

_____. *Behind the Scenes of the National Party Convention Film*. International Historics Films, Inc., 2014.

ROSS, Alex. "How American Racism Influenced Hitler". *The New Yorker*, 23 abr. 2018.

SARHADDI NELSON, Soraya. "Nursing Home Recreates Communist East Germany for Dementia Patients". *NPR*, 22 jan. 2018.

SARTRE, Jean-Paul. *Sartre on Cuba: A First-Hand Account of the Revolution in Cuba and the Young Men Who Are Leading it – Who They Are and Where They Are Going*. Ballantine Books, 1961.

SCHOONOVER, Thomas D. *Hitler's Man in Havana: Heinz Lüning and Nazi Espionage in Latin America*. The University Press of Kentucky, 2008.

SEATON WAGNER, Margaret. "A Mass Murderer; The Monster of Düsseldorf. The Life and Trial of Peter Kurten". *The New York Times*, 9 jul. 1933.

SPEER, Albert. *Inside the Third Reich:* Memoirs. The Macmillan Company, 1970.

SPOTTS, Frederic. *Hitler and the Power of Aesthetics*. Harry N. Abrams, 2018.

TABORDA, Gabriel E. *Palabras esperadas: Memorias de Francisco H. Tabernilla Palmero*. Ediciones Universal, 2009.

TAVERAS, Juan M. *El negro y el judío:* El odio racial. CreateSpace, 2017.

THOMAS, Gordon; MORGAN-WITTS, Max. *Voyage of the Damned: A Shocking True Story of Hope, Betrayal, and Nazi Terror*. Amereon House, 1974.

TORRES, María de los Angeles. *The Lost Apple: Operation Pedro Pan, Cuban Children in the U.S., and the Promise of a Better Future*. Beacon Press, 2003.

TRIAY, Victor Andres. *Fleeing Castro: Operation Pedro Pan and the Cuban Children's Program*. University Press of Florida, 1998.

TRUITT, Dr. W. J.; SHANNON, T. W. *Eugenics: Nature's Secrets Revealed. Scientific Knowledge of The Laws of Sex Life And Heredity, or Eugenics: Vital Information for The Married and Marriageable of All Ages; a Word at The Right Time to the Boy, Girl, Young Man, Young Woman, Husband, Wife, Father and Mother; also, Timely Help, Counsel and Instruction for Every Member of Every Home, Together with Important Hints on Social Purity, Heredity, Physical Manhood and Womanhood by Noted Specialists*. The S. A. Mullikin Company, 1915.

United States Government Printing Office Washington. Committee on the Judiciary. *Hearings Before the Subcommittee to Investigate the Administration of the Internal Security Act and Other Internal Security Laws of the Committee on the Judiciary United States Senate Eighty-Sixth Congress. Second Session Part 9.* 27, 30 ago. 1960.

United States Holocaust Memorial Museum. *Deadly Medicine:* Creating the Master Race. United States Holocaust Memorial Museum, 2008.

_____. *Voyage of the Saint Louis* (catálogo).

VALDÉS, Zoé. *Pájaro lindo de la madrugá*. Algaida, 2020.

WHITMAN, James Q. *Hitler's American Model: The United States and the Making of Nazi Race Law*. Princeton University Press, 2017.

WIPPLINGER, Jonathan O. *The Jazz Republic: Music, Race, and American Culture in Weimar Germany*. University of Michigan Press, 2017.